ME ERRA, ROYCE TASLIM

ME ERRA, ROYCE TASLIM

LAUREN HO

Tradução de Andresa Vidal

ALTA BOOKS
GRUPO EDITORIAL
Rio de Janeiro, 2025

Me Erra, Royce Taslim

ALTA NOVEL é um selo da EDITORA ALTA BOOKS do Grupo Editorial Alta Books (Starlin Alta Editora e Consultoria Ltda.)

ISBN: 978-85-508-2498-7

Translated from original Bite Me, Royce Taslim. Copyright © 2024 by Lauren Ho. ISBN 9781368095518. First Published by Disney • Hyperion, an imprint of Buena Vista Books, Inc. Translatlon rights arranged by Jill Grinberg Literary Management LLC and Sandra Bruna Agencia Literaria, SL All rights reserved. PORTUGUESE language edition published by Starlin Alta Editora e Consultoria Ltda., Copyright © 2025 by Starlin Alta Editora e Consultoria Ltda.

Impresso no Brasil — 1ª Edição, 2025 — Edição revisada conforme o Acordo Ortográfico da Língua Portuguesa de 2009.

Dados Internacionais de Catalogação na Publicação (CIP)
(BENITEZ Catalogação Ass. Editorial, MS, Brasil)

H597e
1.ed. Ho, Lauren
Me erra, Royce Talim / Lauren Ho ; tradução Andresa Vidal. – 1.ed. – Rio de Janeiro : Alta Books, 2025.
304 p.; 13,5 x 21 cm.

Título original: Bite me, Royce Taslim.
ISBN 978-85-508-2498-7

1. Ficção juvenil. I. Vidal, Andresa. II. Título.

10-2024/129 CDD 028.5

Índice para catálogo sistemático:
1. Literatura infantojuvenil 028.5
2. Literatura juvenil 028.5

Aline Graziele Benitez – Bibliotecária – CRB-1/3129

Produção Editorial: Grupo Editorial Alta Books
Diretor Editorial: Anderson Vieira
Vendas Governamentais: Cristiane Mutüs
Gerência Comercial: Claudio Lima

Coordenadora Editorial: Illysabelle Trajano
Produtora Editorial: Beatriz de Assis
Tradução: Andresa Vidal
Copidesque: Giovanna Chinellato
Revisão: Ana Beatriz Omuro
Diagramação: Viviane Brandt

ALTA BOOKS
GRUPO EDITORIAL

Rua Viúva Cláudio, 291 — Bairro Industrial do Jacaré
CEP: 20.970-031 — Rio de Janeiro (RJ)
Tels.: (21) 3278-8069 / 3278-8419
www.altabooks.com.br — altabooks@altabooks.com.br
Ouvidoria: ouvidoria@altabooks.com.br

Editora **afiliada à:**
abdr ASSOCIADO CBL Câmara Brasileira do Livro

Para Sophie e Henry.

1

AMIGAS E AMIGOS, TODO mundo deveria ter uma roupa íntima da sorte.

Todo mundo.

Bom, eu não costumo ser uma pessoa supersticiosa, mas provavelmente não é coincidência que, nas duas semanas desde o início do último ano, todas as vezes que usei este exato conjunto cinza do Rick & Morty, empatei ou quebrei meu recorde pessoal nos cem metros rasos, minha prova favorita. Claro, eu passei o verão inteiro treinando com a equipe nacional de velocistas, mas suspeito que o Sr. Rick e o Sr. Morty sejam os verdadeiros responsáveis pela minha evolução ultimamente.

Só é uma pena que a sorte não estivesse em outro conjunto. Este par já está um pouco velho; a cor original nem era cinza...

Tá bom, talvez eu seja um *pouquinho* supersticiosa. Mas só porque sou uma pessoa prudente e quero considerar todas as possibilidades. Eu sei por experiência que a sorte compensa. A escola em que estou atualmente me ensinou que, na vida, sorte é indispensável. Por exemplo, se você tiver a sorte de nascer rico, pode ter zero personalidade e, ainda assim, sempre estar no topo de tudo e de todos, como espuma na água. O resto de nós, que tem apenas riqueza interior, tem que se contentar em conseguir as coisas do modo antigo: com muito esforço e charme.

Solto um suspiro, mexendo na bainha desgastada do meu short Às vezes é bem difícil ser tão rico espiritualmente; afinal, é impossível esfregar sua riqueza interior na cara das outras pessoas.

Há um lampejo de cor cruzando o campo vizinho. Meu foco vai para a origem dele, Royce Taslim, se exercitando ao longe, o único usando collant de corrida laranja-neon e preto. Por que alguém teria — e usaria — roupas de corrida tão coloridas? *Cruzes*, penso sombriamente, isso é uma ofensa contra o bom gosto e possivelmente um sinal de profundo apodrecimento espiritual, ou até mesmo de desvio maligno.

Tenho certeza de que Royce Taslim é um ser corrompido. Apesar daquela fachada de pele bronzeada e dos cabelos brilhantes, lá no fundo, onde realmente importa, ele não presta.

— Chan, você está acompanhando os tempos delas ou sonhando acordada? — bradou Everett, o treinador das garotas. Alto, esguio e na casa dos cinquenta, o treinador Everett foi um ex-campeão nacional júnior nos cem metros e agora, como ele gosta de nos lembrar de vez em quando, é um dos melhores treinadores que existem por aí, embora não tenhamos certeza do que esse "por aí" signifique, geograficamente ou não.

— Sim, treinador! — respondo, erguendo o iPad. Como capitã do time, sou responsável por registrar os melhores tempos individuais e da equipe em cada treino. Também tenho a "honra" de lidar com várias tarefas rotineiras que o treinador Everett me delegou, como encomendar equipamentos esportivos e uniformes da equipe e fazer o trabalho administrativo mundano que não traz glória nenhuma. De alguma forma, apesar de ser uma das três melhores velocistas juniores nacionalmente classificadas com aspirações à associação atlética americana NCAA — todo atleta promissor da Malásia sabe que para subir de nível, precisa entrar para o sistema universitário dos Estados Unidos —, estou fazendo trabalho braçal. Ouço dizer que meu estimado cocapitão de atletismo, o Sr. Calças Neon Royce, não faz nada desse tipo. Acho que o sobrenome Taslim é um escudo protetor do trabalho sujo.

— Ótimo — diz o treinador Everett, marchando para longe de mim até chegar à sua cadeira perto da pista, já encharcado de suor.

Esse é o nosso adorável clima tropical aqui de Kuala Lumpur; mesmo que a pista de corrida de última geração no Colégio Dunia American International seja parcialmente coberta, a temperatura fica em torno de 32ºC na sombra e ainda mais alta no campo vizinho. Em dias como este, o pavio do treinador é ainda mais curto. Faço uma nota mental para arrasar no sprint de cem metros, que é o próximo.

Eu me alinho na pista com minhas colegas de equipe Tavleen Kaur, Tan Qiu Lin, Lina Nguyen e Suraya Ismail, assumo a posição de largada e espero pelo sinal do treinador. Me viro para minhas colegas de equipe e dou um sorriso, esperando que seja percebido como tal. Minha irmã mais nova, Rosie, já me disse que não sou muito de sorrir, mas não se pode confiar em ninguém com menos de 12 anos.

— Em suas marcas! — grita o treinador Everett.

Entro no modo corredora, um estado de espírito em que fico hiperfocada e certos aspectos de mim são elevados para onze em uma escala de dez, enquanto outros sentidos são reduzidos. Tudo que não está relacionado à corrida desaparece e fica em segundo plano.

O tiro da pistola eletrônica de largada ecoa e nós partimos. Eu corro. Me transformo.

Eu não sou *apenas* Agnes Chan, dona de um conjunto de roupas íntimas *Rick & Morty*, estudante mediana e sem destaque — até irrelevante.

Eu sou a Agnes Chan, a superestrela das pistas, a capitã. Segura de si e querida por todos, alguém que conquistou plenamente o direito — se não mais — de estar onde está.

Eu cruzo a linha de chegada à frente das minhas colegas, é claro, e todas as meninas do time de atletismo gritam e aplaudem. "Agnes! Agnes!" O placar eletrônico informa meu tempo: 11,81 segundos nos cem metros rasos, um novo recorde pessoal. A euforia da minha vitória se mistura com um caloroso sentimento de camaradagem enquanto as meninas me erguem nos ombros de Tavleen. Sim, apesar de tudo o que aconteceu no meu passado, posso ser um pouco sortuda às vezes.

Depois do treino, usando meus fones de ouvidos, caminho pelo impecável gramado esmeralda do campus de vinte e oito hectares do Colégio Dunia American International, cujos imponentes prédios misturam a arquitetura tradicional da Malásia com instalações modernas e de ponta, até parada de embarque que fica do lado de fora da escola. Passo pelas músicas da minha playlist favorita de pop pós-treino, tentando encontrar algo que combine com o meu humor. As Hot Flashes — a propósito, este é o apelido que dei para a equipe de corrida — estavam em uma maré de sorte. Arrasaríamos as outras equipes no próximo intercolegial. Depois, eu e minhas colegas Hot Flashes malasianas temos os campeonatos estaduais, seguido dos Jogos do Sudeste Asiático, que acontecem no início de fevereiro, no qual pretendo superar os tempos que me renderam as medalhas de prata e bronze nas categorias de cem metros rasos e revezamento, respectivamente, em uma competição nacional ano passado.

— É disso que eu estou falando — digo em voz alta, desafiando minha educação cultural e a superstição inerente. — Este é o Ano da Chan.

Se meu último ano continuar pelo mesmo caminho que o meu penúltimo ano, então nada poderá me parar.

Mudo de ideia sobre a música e, em vez disso, seleciono um dos meus especiais de stand-up favoritos da incrível comediante canadense Amina Kaur, para me ajudar a relaxar durante minha longa viagem até o subúrbio de Ampang, um distrito que recebeu imigrantes coreanos e onde fica uma das Koreatowns não oficiais da cidade. 100% *Kaur-nadian* tem episódios de uma hora, cheio de observações brilhantes sobre tudo, desde imperialismo cultural até sobre fazer e provar *maple taffy* com o que só pode ser neve suja para impressionar seu crush pela primeira vez, e depois passar horas se cagando. Meu turno de quatro horas no Seoul Hot — o restaurante de churrasco coreano onde tenho trabalhado informalmente nos últimos dez meses — começa em uma hora. Vou precisar dar um pouco de risada para me preparar para enfrentar o que será um turno brutal. Meus músculos estão tremendo de fadiga, tanto que não tenho energia para evitar meu arqui-inimigo, Royce Taslim, que está atravessando o gramado em direção aos portões da escola, sorrindo pela boa sorte de ter nascido Royce Taslim.

Sabe aquelas pessoas que andam como se tivessem um holofote sobre elas, e que nunca, jamais, têm caspa ou tropeçam nos cadarços? Esse é o Taslim. O Sr. Imaculadamente Perfeito. Vestindo um moletom preto, jeans e tênis brancos, tudo de marca, e o sorriso de um cara que sabe que, no final do dia, alguém que não será ele estará lavando a cueca que espero, espero mesmo, esteja enfiada no meio da sua bunda suada neste momento. Com esse tempo, ninguém está usando jeans, meus amigos, mas, acreditem, Taslim foi o único que não percebeu isso.

Taslim fica ao meu lado e damos aquele aceno com o queixo um para o outro. Atravessamos o gramado e, em silêncio, saímos pelos portões imponentes até a área de embarque de carros. Tento não piscar excessivamente ao vê-lo, porque li em algum lugar que piscar pode ser interpretado como um sinal de ansiedade — ou seria atração? E não há absolutamente nenhuma razão para Taslim me causar ansiedade ou atração, nenhuma mesmo. Claro, ele tem cabelos pretos como a noite que contrastam com seus grandes olhos quase âmbar, e suponho que ele seja alto e musculoso, mas tire tudo isso e sobra o quê? Um esqueleto; sim, somos todos apenas esqueletos ambulantes sob toda essa pele e cabelo. Além disso, ganhar na loteria genética não é algo para se admirar em alguém, assim como a fortuna geracional, embora alguns possam discordar.

Mas o que realmente me deixa na defensiva quando estou perto de Royce é sua elegância insuportável. Tudo nele é tão impecável, desde a maneira como fala até suas roupas. Que preguiça, sabe. Nunca dá para saber como se comportar com esse tipo de gente. Quem vê cara, não vê coração e etc, etc. Ao contrário de Royce Taslim, o meu coração está estampado bem na minha cara.

— Chan — ele diz em tom agradável.

— Taslim — digo, um instante depois e dois decibéis mais alto. Porque tudo que ele consegue fazer, eu posso fazer melhor.

Ele levanta uma sobrancelha e faz um gesto para eu tirar meus fones de ouvido, mesmo que eu já tivesse pausado discretamente o episódio assim que o vi pelo canto do olho. Suspiro e os removo. Paramos ao lado da faixa de embarque.

— Bom treino?

— Fenomenal — respondo. Estou numa missão pessoal para melhorar meu vocabulário e comecei a usar um dicionário de sinônimos por diversão. — Acabei de ter a sessão mais maravilhosa. E você?

— Foi bom — diz Taslim, que é indonésio e fala com um sotaque indo-britânico, graças aos anos de tutoria particular, escolas internacionais e por respirar os ares fortificantes do dinheiro. — Eu quebrei um recorde estadual, de forma não oficial, claro.

Ele é o campeão escolar de lançamento de dardo — mas pelo que sei, não está indo para a NCAA porque não se qualifica, apesar de ser campeão intercolegial na Malásia. Apenas os talentos de verdade conseguem competir no nível da NCAA. À noite, essa informação me aquece — bem, figurativamente, porque sempre está quente em Kuala Lumpur, já que é uma cidade equatorial.

— Eu, uh... — Tento desesperadamente encontrar algum tipo de novo feito pessoal e não consigo me lembrar de nada. — Quebrei o recorde nacional dos cem metros rasos hoje, de forma não oficial, claro — minto sem peso na consciência. Eu ainda estava três décimos de segundo longe do recorde nacional, mas e daí?

Taslim assente. Decido que não gosto de como suas sobrancelhas grossas e brilhantes se parecem com travessões peludos.

— Acho que isso significa que estamos na corrida para liderar o atletismo juntos novamente? — pergunta. Já fazia dois anos que nós éramos cocapitães na escola.

Ele acabou de fazer um trocadilho usando a palavra "corrida"? Liderar juntos? Claro que não, não o tio-do-pavê-Taslim. De qualquer forma, mesmo que ele tenha brincado, trocadilhos são um desperdício para ele, porque Taslim torna tudo tão... qual é o antônimo de fofo?

Desinteressante. Sem graça. Especialmente sem graça. Isso.

— Quiçá — digo friamente.

— Perdão?

— Talvez — respondo, corando.

— Legal — diz ele.

Nós nos encaramos, eu predatoriamente, ele, com suas sobrancelhas grossas. Não há afeto entre nós — bem, pelo menos não do meu lado. Taslim provavelmente nem está muito preocupado com o fato de que estamos entre os três atletas selecionados que competem pelo título de Atleta Estudantil do Ano, um reconhecimento estabelecido pela organização de ex-alunos de nossa escola para os formandos, que tem como prêmio uma de bolsa de estudos bacana de vinte mil *ringgits* e mensalidade grátis para o resto da vida em uma franquia popular de academia daqui. É prestigioso, e eu poderia usar esse dinheiro para a faculdade e outras coisas. Taslim não precisa desse dinheiro, e eu odeio que ele esteja concorrendo ao título e seja meu único competidor real — o outro garoto não conta, porque mal chegou ao nível distrital; uma indicação simbólica, na verdade.

Tem sido assim desde que eu me transferi para a Dunia há quatro anos: Taslim e eu, disputando a supremacia esportiva.

De esguelha, vejo seu carro: um Rolls-Royce Cullinan preto se aproximando do ponto de embarque, os vidros escurecidos para total privacidade. Mesmo em uma escola cheia de filhos de expatriados — de diplomatas, políticos, chefes disso e daquilo, médicos e juízes — que têm motoristas para buscá-los, aquele SUV é mais chamativo do que a maioria, atraindo olhares dos jovens podres de ricos. Quando chega ao ponto de embarque, um segurança salta para fora e abre a porta para Royce, porque vai que ele machuca o pulso ao fazer isso, não é?

— Uau — murmuro, não totalmente baixo pelo jeito.

— Algum problema?

— Sou alérgica a exibicionistas — respondo, encarando-o.

Ele assente, com uma expressão simpática no rosto.

— Deve ser difícil, nessa escola.

— Meu Deus, pare com isso! — digo, batendo o pé no chão.

— Parar com o quê? — pergunta Royce, olhando ao redor.

— Isso! Seja lá o que for essa falsa simpatia. Sou sua única concorrente para o título de Atleta Estudantil do Ano, então me trate com o desdém que eu mereço e que guardo para você — respondo impacientemente.

Royce fica parado como uma estátua. Provavelmente nunca tinha sido confrontado assim na vida. Me preparo para a explosão que deve vir. Há um longo silêncio, quase tão alto quanto o rugido do sangue retumbando pela minha cabeça.

— Não te enxergo como uma competidora, Chan — ele diz, por fim. Algo em seu tom de voz se torna frio. — Nos vemos por aí.

Não me enxerga como uma competidora? Que insulto absolutamente ofensivo, como se eu estivesse abaixo de sua consideração.

— O-o quê? — eu sibilo de raiva. — Como se atreve? Não ouse virar as costas para mim, Taslim — gaguejo, correndo atrás dele. — Não se...

Ele se vira e seus olhos se arregalam.

— Agnes! Cuidado! — ele grita, lançando-se em minha direção.

Mas é tarde demais.

Eu sinto antes de saber o que me atingiu... minha sorte, finalmente acabando.

2

HÁ UMA BATIDA NA PORTA. Três batidinhas demoradas e um pigarro. Mesmo sem falar, eu sei quem é.

— Agnes, querida, eu trouxe comida, posso entrar?

— Berghhhh — respondo, o que toda mãe entende como: Sim, por favor, entre por sua conta e risco. Eu consigo sentir o cheiro do que ela trouxe, e não é comida. É punição.

A porta se abre e minha postura se endireita automaticamente. Do espelho que eu coloquei em minha escrivaninha, vejo enquanto minha mãe coloca a cabeça pra dentro, com cautela nos olhos, antes que o resto dela apareça segurando uma bandeja com algo que cheira tão mal que eu sei que tem de ser algum tipo caro de erva tradicional chinesa. Ela pisca um pouco enquanto seus olhos se ajustam à escuridão, perfurada apenas pela luz da tela do laptop, então aperta os lábios quando me cheira. Não abro as janelas do quarto desde que fui liberada do hospital há duas semanas; isso e o fato de que mal tenho tomado banho por estar marinando em meu desespero e na raiva pelo motorista que fugiu, devem ter transformado o cheiro em uma mistura potente.

Com cuidado, ela se aproxima com a bandeja enquanto eu continuo a ignorá-la. Sua linguagem corporal é de alguém prestes a entrar numa área demarcada com minas terrestres. Ela está tentando ignorar os uivos bestiais que saem das caixas de som, pensando que estão vindo do meu jogo no computador, mas na verdade é uma banda emo experimental que encontrei no Spotify chamada *Holy Yeast*.

— Você parece bem — ela diz com sua voz ensolarada e encorajadora de mãe.

Não tiro os olhos do assassinato de milicianos rebeldes em *Counter-Flash: HardBoiled*. Estou usando o mesmo moletom que tenho usado nos últimos...dias.

— Mmfffph.

Eu provavelmente deveria trocar de roupa, mas a inércia me diz: “Para que se preocupar com isso?” Pensando bem, eu não saí da minha cadeira, muito menos do meu quarto, desde que voltei do hospital, exceto para ir ao banheiro e para as sessões de fisioterapia duas vezes por semana. É possível que a cadeira gamer e eu sejamos uma só agora. Uma ciborgue-cadeira.

— Então, Agnes, como você está se sentindo hoje?

Um dos soldados inimigos com quem estou lutando me sacode e tenta me esfaquear, mas eu desvio. Eu enfio minha Super Faca de Caça em seu corpo, mirando, como todos os especialistas sabem, na metade esquerda do abdômen, um pouquinho na diagonal do umbigo, onde fica a aorta abdominal. Morra. Morra. Morra. O sangue jorra. Ele morre. Eu dou um grunhido, satisfeita.

— Bem, eu acho.

— Então... legal que amanhã você volta para a escola, não é?

Outro grunhido.

— Você deve estar morrendo de saudades depois de duas semanas de repouso em casa.

— Aham — digo, que é uma maneira neutra de responder a essa pergunta.

Porque a verdade é que estou com medo.

Amanhã saberei com certeza o que acontecerá com minha carreira como atleta, a única coisa em que venho trabalhado com propósito desde os 11 anos; também é a única coisa que realmente deu à minha mãe motivação para se erguer da névoa que a envolvia por tantos anos, levando-a a buscar a ajuda profissional de que precisava, e — por destino, acaso, seja lá o que você acredite que guie nossos caminhos — a Stanley. À nossa frágil vida nova.

A tela do meu celular emite um som de notificação, e eu a ignoro depois olhar rapidamente. É Zalifah “Zee” Bakri, minha amiga mais próxima da escola.

JUNTAS E NOS SENTINDO ÓTIMAS!

O que é ótimo e tudo mais, mas eu gostaria que as outras Hot Flashes mostrassem mais preocupação. Depois do acidente, as mensagens das minhas colegas de equipe rapidamente diminuíram — espero que elas voltem a me procurar quando eu voltar para a escola.

Minha mãe se senta na cama.

— Você... você quer falar sobre a reunião com o treinador Everett e o treinador Mellon amanhã?

— O que tem para falar? — digo enquanto, na tela, corto o braço de outro soldado com um Cutelo Sujo. O reflexo da minha mãe faz uma careta, então paro de jogar e salvo a partida. Mantenho meu rosto impassível enquanto me viro para encará-la.

— Agnes, você pode me contar qualquer coisa.

Eu respiro fundo.

— Não há nada para contar. Estou bem.

— Mas o Dr. Koh diz... — Ela para quando me vê empalidecer com o nome do cirurgião. — As coisas podem não... ser as mesmas com...

— Shhhhhh! — digo, colocando as mãos nos ouvidos. — Bate na madeira, mãe! Não falamos sobre a Coisa Ruim a menos que tenha acontecido. Eu já te disse! — Cruzo os dedos dos pés sob a cadeira.

— Tudo bem, tudo bem — diz ela, alarmada com o tom agudo da minha voz. — Não falaremos sobre isso até seu retorno médico.

Eu me acalmo.

— Obrigada — respondo, lamentando minha explosão ao ver a expressão contraída em seu rosto. Dolorosamente, me forço a sorrir. Isso não a tranquiliza nem um pouco. Estranho.

— Tem, hã, mais uma coisa que você deveria saber antes de ir para a escola amanhã — diz minha mãe, parecendo um pouco desconfortável.

— O quê?

Minha mãe adota um tom falso casual.

— Os Taslims meio que se ofereceram para pagar pela sua cirurgia e fisioterapia.

Aperto o braço da cadeira com força.

— O quê? — Então, sibilo... na medida do possível, considerando que a palavra não tem nenhum S. — Quando?

— O treinador Everett me contou quando ligou para perguntar sobre você, na semana passada. Disse que Ming Taslim, que está no conselho daquela instituição de caridade esportiva deles, Reabilitando Campeões, aquela que parece a fundação Make-A-Wish, mas para atletas doentes ou lesionados que sejam... bom, menos favorecidos. Disse que tudo o que você precisa fazer é enviar um pedido oficial de assistência.

Eu preferiria rastejar por um campo de cacos de vidro, mas não digo isso em voz alta.

— E o que você respondeu? — pergunto, mortalmente calma.

— Disse ao treinador Everett que nosso seguro está cuidando disso.

Mentira. Ou, bem, quase mentira.

Suspiro aliviada, sem me preocupar em contestar suas mentiras inocentes.

— Ótimo. Nunca aceite o dinheiro dela. É dinheiro sujo, extraído das veias dos orangotangos — Torço o nariz. — Além disso, pensando bem, eu não sou exatamente a pessoa mais necessitada a quem ela poderia atirar dinheiro, então provavelmente há um motivo por trás disso. — Estalo os dedos ao ter uma epifania. — Ahá! Ela provavelmente está preocupada que eu diga algo à imprensa e culpe Taslim, que estava falando comigo quando atravessei a rua. Claro, eu literalmente andei no meio da rua e esqueci de, tipo, olhar para o trânsito, mas Taslim ainda assim estava envolvido de alguma forma. Todo mundo sabe que ela vai lançar sua plataforma e aplicativo Pais Asiáticos Modernos no próximo mês e seria uma má publicidade ter seu filho ligado a isso, então ela está tentando *comprar meu silêncio.*

— Agnes — diz minha mãe.

Meu telefone toca novamente. Eu olho para a tela: treinador Everett. Falando no diabo...

> Oi, Chan, espero que esteja tudo bem. Ansioso para a nossa reunião na segunda-feira.

Provavelmente faremos uma videochamada com o treinador Mellon, meu recrutador da Universidade de Maryland, para saber o veredito sobre o que aconteceria com minha vaga na equipe depois do último check-up que fiz há alguns dias com o Dr. Koh, meu cirurgião ortopédico. Dado que o treinador Everett precisava planejar as próximas provas durante minha ausência, tanto minha mãe quanto eu demos permissão ao Dr. Koh para informar o treinador Everett sobre minha condição em uma ligação no fim de semana passado, no que dizia respeito à minha capacidade de competir. Mas eu encorajei o Dr. Koh a não alarmar o treinador Everett — acredito que minhas palavras exatas foram: "Vamos suavizar a verdade e apresentar o melhor cenário possível, que tal?" Mas sabe-se lá o que o estúpido Juramento de Hipócrates exige que os médicos façam, urgh.

> Sim, até mais

Estou preocupada. Se o treinador Mellon voltar atrás com a minha vaga...

Eu balanço a cabeça, tentando me manter positiva, ou pelo menos parecer positiva na frente da minha mãe, que está me rondando. Eu preciso estar no time, caso contrário, vou ter que repensar todos os meus planos para a faculdade. Fui recrutada pela Universidade de Maryland no início do terceiro ano, e todos sabiam que isso significa que eu era uma estrela. Se isso for tirado de mim, terei que correr atrás e me candidatar às faculdades como todo mundo, com base nas minhas notas, o que não é ideal. Meu único talento é correr. Não sou versátil como Tavleen, que é flautista e matleta, ou Suraya, que é pianista de concerto. Sou uma estudante no máximo mediana. É minha culpa… não me esforço tanto nos estudos quanto no atletismo. Quando se trata de esportes, eu sempre dou meu máximo, com foco total. E agora não tenho mais nada.

Nada.

A sopa tem um cheiro azedo e terroso; ossos, raízes esmagadas e o que parece ser lascas de queratina girando no líquido. Eu faço uma careta e empurro a mistura para longe.

— Que nojo. Você sequer sabe para que serve essa sopa?

O sorriso dela vacila.

— Acho que o moço da casa de ervas disse ajuda os músculos, aumenta o QI e o fluxo sanguíneo.

— Não são meus músculos que precisam de ajuda. — Eu lanço essa frase como um desafio. Seu rosto, sempre um livro aberto, fecha-se rapidamente.

Eu fecho os olhos e respiro fundo. Não é culpa da minha mãe que eu tenha fraturado a fíbula como um idiota. Não é culpa dela que minha carreira está possivelmente acabada no último ano do ensino médio — e provavelmente isso significa que qualquer carreira universitária no atletismo esteja em risco também. Por causa de um erro estúpido. Igual quando a minha mãe… Balanço a cabeça para desanuviar os pensamentos.

— Tranquilo. Eu vou tomar isso aí. — Então, com os olhos ainda fechados, acrescento: — Desculpa. — Eu costumo ser muito cuidadosa com a minha mãe, controlada.

— Tudo bem — diz ela suavemente. Parece que ter filhos é noventa por cento engolir a merda que sua cria despeja e dizer que está tudo bem, pelo menos no meu caso.

Ela estende a mão e bagunça meu cabelo comprido e oleoso, algo que não fazia há séculos. Eu não protesto. Depois, ela sai. Suspiro e contemplo a sopa, sabendo que minha mãe provavelmente se esforçou para encontrar a melhor e mais respeitável casa de ervas medicinais. Pego a colher e deixo o vapor se dissipar do líquido marrom-escuro na colher de porcelana. O primeiro gole da sopa atinge meus sentidos, quente e amargo, como o amor.

Numa manhã nublada de segunda-feira, Stanley dá partida na minivan da família — palavras dele, não minhas —, e começa a difícil corrida contra o relógio (e também contra seus cabelos) até a escola, comigo no banco da frente, como sua copilota, e Rosie, minha irmã mais nova de 11 anos, no banco traseiro.

— Agnes, você está um cocozinho — diz Rosie para mim, alegremente, afastando os cachos ruivos escuros dos olhos enquanto encontra meu olhar pelo espelho retrovisor. Não fiz nenhum esforço para me arrumar para meu primeiro dia de volta à escola. Não é como se alguém fosse comentar quão brilhante está meu cabelo no rabo de cavalo de sempre — e não está — quando estou com uma tala cinza enorme da perna esquerda e mancando com muletas de antebraço que meu médico insistiu que eu usasse por pelo menos um mês, sendo que faltam duas semanas ainda.

— Olha a língua — diz Stanley serenamente.

— Rosie, o que sempre digo pra você? Se quiser magoar alguém, precisa ser mais específica. Os detalhes importam. Não tenha medo de ser descritiva. Por exemplo, em vez de dizer "sua aparência me incomoda", você tem que dizer algo como "seu nariz é tão grande que parece que tá tentando cheirar o que sua bunda tá fazendo lá embaixo; não me obrigue a ficar vendo isso!".

— Hi-hi-hi! Bunda!!!— Rosie dá uma risadinha.

— Originalidade lhe renderia mais pontos — continuo com toda a sabedoria adquirida ao longo dos anos. — Talvez, em vez de só dizer "bunda", diga "bunda de gelatina" ou…

— Chega de falar sobre bundas — ordena Stanley com firmeza. — Rosie, isso não foi legal. Não faça bullying com ninguém.

— Estávamos só brincando…

— Palavras machucam, meninas, mais do que feridas físicas às vezes; lembrem-se de que uma caneta é mais poderosa do que uma espada — continua Stanley.

Reviramos os olhos em resposta, mas paramos. Meu padrasto tem uma tática para nos conter que, para mim, é muito mais eficaz do que a raiva da minha mãe. Provavelmente porque ele é professor há quase duas décadas, inclusive de adolescentes.

— Quem disse isso obviamente nunca sangrou até a morte em um duelo de espadas — sussurra Rosie. Seu pai a ignora.

— Concordo — sussurro de volta. Ela sorri.

O trânsito começa a piorar. Suspiro. Quando minha mãe nos leva, sempre chegamos à escola em vinte minutos, evitando o congestionamento e multas por excesso de velocidade, tudo de uma vez.

— Pai, você pode andar mais rápido? — Rosie reclama. — Quero chegar à escola antes da Jasmine.

— A pressa é inimiga da perfeição — diz Stanley.

Reviramos os olhos mais uma vez; Stanley e seus ditados. Pela velocidade que ele está dirigindo — uma lesma no tráfego — quase desejo que minha mãe estivesse ao volante. Quase. Mas Stanley faz a viagem valer a pena em outros aspectos. Ele nos deixa escolher a música e podemos cantar alto o quanto quisermos. Se alguém vir um Nissan Serena bege — com um adulto fazendo careta enquanto duas adolescentes uivam, como lobas, ao som de Taylor Swift e BlackPink — rastejando pelas ruas de Kuala Lumpur, somos nós, embora à primeira vista você talvez não repare que somos uma família. Stanley e Rosie são haitiano-americanos brancos, enquanto eu sou malasiana-chinesa, mas passar dois minutos conosco na minivan deixa claro que sabemos muito mais sobre os hábitos intestinais uns dos outros do que gostaríamos de admitir. Além disso, o fato é que Rosie e eu somos muito indiferentes ao canto desafinado de Stanley para não sermos uma família. Também sabemos que todas as noites de quinta-feira são Noites de Encontro e nunca, jamais, devemos passar pelo corredor em frente ao quarto deles depois das dez da noite, por várias razões.

— Agnes, você tem reunião com o treinador Mellon e o treinador Everett mais tarde para discutir sua situação, certo?

Assenti. Uma tênue chama de esperança cresce em meu peito. Talvez, apesar das tomografias, ele pense... Balanço a cabeça, incapaz de sequer ter uma remota esperança de que eu ainda pudesse correr na competição interescolar, não depois do que ouvi o cirurgião dizer. Mas em cinco meses —três, se depender de mim — eles poderiam esperar até eu me recuperar, me colocar pelo menos no campeonato estadual e no nacional?

A minivan desacelera até parar no semáforo quase imperceptivelmente. Stanley se vira e me olha nos olhos.

— Ei, Agnes? — Ele está com sua Cara de Seriedade, embora o efeito seja arruinado pelos olhos gentis e seus lábios sempre prontos para sorrir. Uma vez, Stanley tentou me chamar de querida quando me conheceu, quatro anos atrás, mas meu rosnado o dissuadiu de tentar novamente.

— Sim, Stanley?

Rosie chama minha mãe de "mãe", mas eu chamo Stanley pelo nome, o que ele aceita numa boa. Nunca tive um pai e a palavra "pai" me enche de um pavor que não compreendo totalmente. Mas suspeito que minha mãe preferisse que eu o chamasse de pai.

— Mesmo que você não seja uma corredora, ainda é especial — diz ele, mentindo com a convicção de um educador.

Meus olhos se enchem de lágrimas e tenho que desviar o olhar. A família mente sempre para te proteger.

Paramos primeiro em frente ao ponto de desembarque dos alunos do ensino médio. Eu desço do carro com a ajuda do Stanley e de um guarda de trânsito, sentindo uma pontada de dor, mas me mantendo firme.

— Venho te buscar depois, então me mande uma mensagem quando acabar a aula, certo? — ele diz.

Eu concordo com a cabeça e caminho com cuidado até os portões.

Nesse momento, um grito rompe o ar. Fecho os olhos e espero pelo turbilhão de energia que é a Zee, que joga os braços em volta de mim em um berro de alegria.

— Agnes! — ela cantarola. — Bem-vinda de volta!

— Zee — digo, rindo, me desequilibrando um pouco nas muletas.

Ela faz uma grande cena cheirando meu rosto e cabelo e dizendo como sentiu falta do meu cheiro. Apesar do meu atual estado de espírito apocalíptico e de melancolia, vê-la me anima imediatamente; é inevitável. Eu descreveria como ser atingida pelo Raio de Amor dos Ursinhos Carinhosos — meus ombros relaxam e um sorriso se desenha involuntariamente no meu rosto emburrado.

— Minha florzinha — ela diz, afastando-se de mim gentilmente depois do abraço. Ela passa meus braços por sobre seus ombros, para me estabilizar, então dá um leve empurrão no meu quadril com o dela, pegando minha mochila mesmo após eu dizer que não precisava. Passa pela minha cabeça que esta pode ser a primeira vez que Zee carrega, literalmente, o fardo de alguém; como filha de um ministro-chefe e uma das bisnetas de um dos fundadores da Malásia, na escola ela sempre está cercada de ajuda, até mesmo da não contratada. Puxa-sacos, como ela os chama.

Somos uma dupla estranha, se você nos examinar individualmente. Além de frequentarmos as mesmas aulas, não temos muito mais em comum, em termos de origem, classe social, família, interesses, música etc. Nem sequer gostamos das mesmas comidas (eu não sou fã de pão, e ela ama, por exemplo). Mas compartilhamos um ódio por bajuladores, lambe-botas (palavras dela) e pessoas que acham que "uau" é uma boa resposta para qualquer coisa.

Zee e eu nos conhecemos quando cheguei à Dunia, há quatro anos, depois que Stanley e minha mãe se casaram e eu me transferi para esta escola. Por coincidência, nós nos sentamos lado a lado na minha primeira aula, e a professora a designou para me mostrar a escola. Depois que a aula acabou, ela se apresentou e esperou que a luz do reconhecimento se acendesse nos meus olhos, mas isso não aconteceu. Eu não fazia ideia do que o sobrenome dela simbolizava, não a reconhecia das revistas sociais em que a família dela aparece, e mesmo depois de saber sua identidade, não mudei a maneira como interagia com ela, ou seja, com desinteresse educado, até que, no nosso quarto dia juntas, ela fez um comentário casual que quase me fez cuspir de tanto rir, e eu respondi com uma observação que a deixou de olhos arregalados, e assim nasceu uma amizade.

Zee vem de uma família rica, de uma dinastia política, e meu genuíno desinteresse por tudo isso foi um alívio para ela. Quatro anos depois, ainda somos grandes amigas, o que é um milagre quando se entende o quão grande é o desequilíbrio de poder — se você é alguém que pensa nesses termos quando se trata de relacionamentos — entre nós: Ela tem todos os contatos, poder, dinheiro, e eu não tenho nada para oferecer em troca. Apesar de ela saber que se suas conexões e dinheiro fossem a única forma de me tirar de uma situação complicada, ou melhorar minha circunstância, eu ainda sim teria orgulho demais para usá-la. Uma vez brinquei que preferiria mostrar minhas partes íntimas no *OnlyFans*.

— De qualquer forma — disse ela na primeira vez que eu falei isso —, é preciso ter algo que valha a pena mostrar para ganhar dinheiro no *OnlyFans*, não é mesmo? — Ela não está errada. Mesmo assim, isso se tornou meio que a nossa piada interna.

Ainda falta uma hora para o início das aulas, então cortamos pelo pátio — o "caminho apreciável", segundo Zee — para chegar ao auditório para a assembleia matinal especial. Zee está usando seu *hijab* verde-escuro e o uniforme estilo baju *kurung* em verde-menta, e eu uso saia verde-escura até o joelho e a camisa polo verde-menta da escola.

— Não acredito que faz de duas semanas que não te vejo! Parece uma eternidade! — Zee reclama. — E você nem me deixou te visitar.

— É complicado. Cupins — digo evasivamente. Nas últimas vezes em que ela pediu para passar por lá, tive toda a pandemia de covid-19 como desculpa, e depois disse que estávamos reformando o lugar e havia muito pó etc. — Talvez durante o recesso de Natal.

— Então tá — diz Zee, arqueando uma sobrancelha, mas decidindo não insistir, principalmente porque finjo tropeçar.

Tem alguns motivos pelos quais não deixo ninguém ir me visitar, e não posso negar que é porque não quero que minha melhor amiga em Dunia veja o quão simples e modesta é minha casa em comparação à dela, onde já até dormi algumas vezes. Não estou tentando fingir nada — todo mundo sabe que sou filha do Stanley Morissette e que vou para a escola quase de graça, ao contrário das mensalidades exorbitantes que os outros pagam, mas há uma diferença entre deixá-los imaginar o tamanho desse abismo e mostrar de fato.

Andamos pelo campo de atletismo, imaculado sob o sol da manhã, onde alguns fanáticos estão fazendo exercícios antes das aulas. Eu avisto Royce Taslim sozinho (o que é surpreendente) perto do campo, esticado no gramado fazendo flexões com uma só mão, vestindo um conjunto de corrida preto e cinza de estampa camuflada que são só um projeto de roupas, tudo superjusto e de tecido fino. Urgh, exibido.

Talvez eu tenha dito essa última frase em voz alta, mas Zee não percebe, porque — seguindo seu olhar — Royce Taslim começou a fazer polichinelos. Minha suposta amiga está encarando as saltitantes... coxas do Royce.

— Zee! — Eu estalo meus dedos na frente do rosto dela, e ela volta a si com um susto. Fala sério, ela não tem mesmo gosto para garotos?

— Desculpa — diz ela, com as pontas das orelhas ficando vermelhas.

— Deus está vendo.

— Diz a pecadora que está pensando em criar uma conta no *OnlyFans*.

Ela sorri e eu sorrio de volta. Nós damos as mãos e caminhamos em direção ao auditório, Zee fofocando em uma velocidade frenética enquanto tento não pensar na minha reunião com o treinador Everett daqui a três horas, logo antes do intervalo para o almoço.

O escritório do treinador Everett fica no segundo andar do centro administrativo de fachada de vidro, e eu tenho que pegar o elevador. Chego um pouco mais cedo para ter tempo de me recompor e conferir se não estou toda suada de pavor. Eu bato na porta, e entro quando ele chama. O treinador Mellon já está na tela, conectado de Maryland. Dou meu melhor sorriso e praticamente grito minhas saudações.

— Agnes, por favor, sente-se — diz o treinador Everett, neutro.

Eu me sento diante dele, na desconfortável cadeira de madeira, controlando-me para não ficar balançando a perna esquerda como costumo fazer quando estou animada e/ou nervosa.

— Então — diz o treinador Mellon —, como está se sentindo?

Uma droga, penso, sarcasticamente.

— Estou bem, treinador — respondo, endireitando-me e adotando minha expressão favorita: o rosto pleno de uma campeã. Mesmo se eu estivesse sentindo dor naquele momento, você nunca perceberia. Eu sou a própria encarnação da saúde... da cintura para cima.

— Quando vai estar completamente recuperada? —pergunta ele.

— O cirurgião disse que é uma fratura leve, então é provável que eu consiga voltar a treinar em três meses.

Eram cinco ou seis meses, no mínimo, mas, como eu disse, estou otimista. E, na verdade, não é uma fratura leve — é pior do que isso, e teríamos que monitorar meu progresso nos próximos meses para saber se eu realmente conseguiria correr a nível competitivo de novo. Estou tentando não deixar meus pensamentos vagarem por esse caminho. Se eu não pensar no pior cenário, talvez não aconteça.

Preciso chegar à NCAA e correr. Meu futuro glorioso depende disso.

O treinador Mellon suspira.

— Isso é quase metade da temporada, Chan. Você não vai poder participar de todas as grandes provas e não conseguiremos acompanhar seu desempenho. Nem mesmo temos certeza de que você estará em alta performance quando voltar.

— Só preciso de um pouco de tempo, mesmo, estou c-confiante...

Ele balança a cabeça e baixa os olhos para o colo quando diz:

— Desculpe, Chan, mas teremos que retirar nossa proposta.

Um entorpecimento glacial se espalha pelo meu rosto, meu corpo.

— M-mas... mas, *treinador* — digo. É tudo o que consigo dizer quando o que desejo é gritar.

— Sinto muito mesmo, Agnes — diz o treinador Mellon com uma voz mais suave —, mas não posso mudar as regras. Você sabia que a sua vaga estava condicionada ao cumprimento desses requisitos. Desejo muita sorte com sua recuperação e sua carreira.

Ele acena para o treinador Everett.

— Tom, eu gostaria de ter notícias melhores. Realmente queríamos a Agnes aqui.

— Claro, Chris. — O treinador Everett suspira.

Ele desliga. Fico sentada ali, lutando contra o choque diante dos acontecimentos.

O treinador Everett esfrega os olhos com uma mão grande e cheia de calos, antes de fixá-los em mim. Estão compassivos.

— Sinto muito, Agnes. — Ele nunca me chama de Agnes. — Você não faz ideia do quanto isso me machuca também. Você é uma das nossas melhores corredoras... é a minha melhor corredora, sem dúvida. Mas se não pode correr, teremos que te tirar do time aqui também.

Este segundo golpe acaba comigo. Se eu não estiver no time da escola, não serei elegível para Atleta Estudantil do Ano — eu nem sequer teria o consolo desse título. Nada para marcar tudo que sacrifiquei, meu tempo, meu esforço, minha alegria.

Um soluço irrompe de mim. Tento contê-lo, mas ele escapa como gás de uma latinha de refrigerante que acabou de ser aberta. Não posso acreditar que estou chorando na frente desse homem. Quero dizer, costumava segurar meus gases na presença dele.

O treinador Everett é chamado de treinador Everest em tom de brincadeira por um motivo: ele é rígido feito uma montanha, mas ao ouvir meu choro, ele empalidece, pega um punhado de lenços de papel e os oferece para mim, os quais recuso com movimentos nervosos da mão.

— E-este deveria ser m-meu ano — soluço. — Agora está tudo arruinado.

Ele mexe na caixa de lenços nervosamente.

— Bem, ahn, Agnes, eu poderia te colocar na equipe de reserva, mas nem isso é garantido.

— Não precisa — digo, levantando-me com dificuldade. Não sou uma atleta reserva e não preciso de migalhas de piedade. Ele tenta me ajudar a levantar, mas eu o afasto, querendo preservar o último resquício da minha dignidade. — Obrigada pelo seu tempo — digo, virando-me para sair.

— Agnes...

— Por favor, não se sinta mal. — Limpo minhas lágrimas e tento sorrir. — Eu entendo, de verdade.

— Estou aqui se precisar conversar — diz o treinador Everett, constrangido. — E... Agnes?

— Sim? — respondo, cravando minhas unhas na palma da mão. *Controle-se. Não demonstre fraqueza na frente do treinador.*

— Se precisar de alguma coisa, especialmente ajuda com suas notas, agora que... agora que está nessa situação, por favor, não hesite em me procurar... ou a qualquer membro da equipe... pode sempre contar conosco.

Platitude. Ótimo. Justamente o que preciso para superar esse pesadelo. Assinto, dando o sorriso mais horrível do mundo, antes de sair cambaleando de seu escritório, passando pela porta que leva ao escritório do treinador Fauzi, treinador-assistente da equipe masculina, meio cega pelas lágrimas — e dando de cara com uma parede humana.

— Ahhh! — eu grito, jogada para trás pela colisão e caindo de bunda com um forte impacto, minhas muletas lançadas para longe.

— Eita! — diz Royce Taslim, tropeçando nas minhas muletas e, perdendo o equilíbrio, caindo desajeitadamente perto de mim e prendendo minha perna esquerda não ferida sob suas... suas...

Coxas saltitantes.

Eu dou um grunhido. A pessoa que havia causado toda essa bagunça na minha vida, ao me distrair, agora estava tentando me machucar ainda mais?

— *Taslim* — digo, minha voz cheia de repulsa.

— Ai, merda, você está bem, Chan? — diz ele, horrorizado com sua monumental incompetência ou com o estado do meu rosto pleno de campeã. Ele salta e se vira, pegando as muletas e minha mochila, antes de me oferecer a mão para me ajudar a levantar.

— Eu consigo me levantar sozinha — blefo. Levo um ou dois longos minutos em tentativas desajeitadas, lutando com o chão como uma tartaruga de costas (eu não desisto facilmente) antes de suspirar e sinalizar que o deixaria me ajudar.

Royce morde o lábio, pensa um pouco e, ignorando meu braço estendido, pega as muletas antes de colocar meu braço esquerdo em volta de seu pescoço enquanto enlaça minha cintura, então, com seu braço esquerdo agora segurando minhas muletas, ele me ergue gentilmente para ficar de pé em um único movimento pra cima, sussurrando "um, dois, três" enquanto o faz. Ele me levanta como se eu não pesasse nada, e o impulso me inclina em direção a ele.

Por dois segundos, descanso no peito dele, respirando seu cheiro — *odor, odor corporal*! Corrijo-me, alarmada —, minha testa descansando em seus ombros firmes, e estou tão bem encaixada que é como se estivéssemos valsando. Estou ciente de que ambos estamos respirando alto, e que filetes de catarro estão escorrendo do meu nariz para as clavículas dele, expostas em sua regata com decote V.

Levanto os olhos e um arrepio desce pela minha espinha quando nossos olhares se encontram, castanho-claro sobre preto suave. Minha respiração fica presa quando percebo quão densos e fortes são os músculos de seu pescoço e ombro, o que é uma reação completamente normal quando um predador do topo da cadeia alimentar encontra outro. Um reconhece o outro, e como eu, Taslim é um lobo, embora seja do tipo astuto que prefere se disfarçar de cordeiro.

— Estou bem — murmuro, desorientada, me afastando de seu meio abraço enquanto tomo cuidado para não tocar em sua pele exposta e brilhante, por questões de higiene. Meus pensamentos ainda estão bagunçados, o que explica por que minha respiração está tão pesada.

— Posso te ajudar a chegar em algum lugar? —pergunta ele.

— Não — respondo, quase cuspindo a palavra. — Por que você não presta atenção por onde anda da próxima vez?

Ele franze o cenho.

— Ei, *você* que esbarrou em *mim,* Chan. A culpa é sua.

— Como eu poderia ter esbarrado em você quando mal consigo andar? — Eu grito, minhas emoções se intensificando. — Sabia que perdi minha vaga em Maryland e o treinador Everett m-me expulsou do time da escola? Que perdi tudo pelo que me esforcei? V-você sequer entende como é isso?

Ele pisca para mim, atordoado. Todos sabiam que eu fui a primeira recrutada da NCAA na história da escola.

— Caramba, Agnes — diz ele quando se recupera. — Eu sinto muito, mesmo. Eu entendo o que é p-perder algo importante...

Ele *entendia* meu problema? Há! Um riso de escárnio escapa de mim.

— Cara, por favor. Primeiro, é Chan para você, Taslim; e em segundo lugar, não, você nunca entenderá. Você e sua vida perfeita — Desenho dois círculos separados no ar e aponto para o espaço entre eles. — e meus desafios e eu não somos um... um diagrama de *Venn.*

Eu fico em silêncio, dominada pela emoção, parte dela sendo triunfo, já que também estou surpresa por ter feito uma referência matemática neste momento — ao menos espero que tenha sido uma analogia precisa.

Ele recua.

— Você nem me conhece — diz bruscamente.

Dou de ombros.

— Sei o suficiente. Você é filho de Peter Taslim e da ultracelebridade malasiana, ex-rainha da beleza e empresária Ming Taslim, o herdeiro de uma dinastia de óleo de palma que derruba florestas virgens em todo sudeste da Ásia e agora está se diversificando em outros setores menos polarizantes, como fabricação de equipamentos esportivos e imobiliário, mas basicamente é uma tentativa de limpar todo aquele dinheiro da morte de orangotangos. Estou errada?

Assim que as palavras saem da minha boca e pousam na cabeça de Taslim como uma tonelada de orangotangos mortos, ele empalidece e sei que atingi em cheio. Eu falei demais. Talvez parte disso tenha sido consequência da minha reunião horrível com o treinador Everett, e Taslim foi o dano colateral, mas não me arrependo... pelo menos, não muito. Dado que essa família é cercada por pessoas que dizem a eles que são ótimos porque distribuem algumas centenas de milhares de ringgits em empreendimentos filantrópicos todos os anos — mixarias se considerar seu patrimônio líquido, que está na casa dos bilhões de dólares americanos — e estão fazendo o possível para limpar sua imagem e ganhar respeito, eles bem que podem lidar com alguns observadores pouco impressionados.

Ele não responde por um tempo. Umedece os lábios, e eu fico curiosamente fascinada com esse gesto.

— Eu não sou minha família — diz ele, por fim. Taslim balança a cabeça e deixa escapar uma risada amarga. — E pensar... pensar que eu ia oferecer para ser seu monitor pessoal, já que perdeu tantas semanas de aula...

— O quê? — pergunto, surpresa. Royce, um dos melhores monitores do programa de reforço da escola, queria me ajudar? — Eu?

— É — diz ele, com um olhar indecifrável.

Isso é tão legal da parte dele, uma parte de mim, a versão anteriormente ingênua, sussurra. E ouvi dizer que os lanchinhos que acontecem na tutoria dele são nota 10, com coisas como pipoca gourmet e macarons...

Decadência é um sinal de podridão moral, rebato mentalmente, como uma humana perfeitamente normal. *E quanto à oferta dele, não, não é porque ele é "legal", é culpa. Esqueceu que ele literalmente causou seu acidente?*

Isso é um *exager...* Mas a minha Versão Antiga não termina a frase, porque a minha Versão Madura a silencia com uma meia de ginásio usada. Eu me recomponho e dou um sorriso desdenhoso.

— Obrigada, *colega*, mas não preciso da sua penitência.

Ele aperta os lábios.

— Tá, que seja. Esqueça que eu ofereci. Te vejo por aí, Chan.

Então, sem olhar para trás, ele se afasta na direção exata para onde eu estava indo. Droga, *Taslim*. Fico parada até que ele tenha ido embora e, apoiada nas muletas, avanço com firmeza na direção dele, mas sem realmente querer alcançá-lo. Pego meu celular e envio uma mensagem para a Zee pedindo para ela cancelar os planos e me encontrar no almoço. Isso é sério.

3

— ISSO É SÉRIO, ZEE — digo. — Sem a proposta de Maryland, vou ter que achar um jeito de entrar em outra escola da primeira divisão da NCAA para tentar participar de uma seleção por fora. Isso significa que preciso melhorar muito as minhas notas e encontrar uma atividade extracurricular interessante para incluir nas minhas redações para a faculdade!

— Hmm? — murmura ela, distraída. Zee está escaneando a multidão de adolescentes mascando chiclete à procura de alguém enquanto edita um vídeo para suas redes sociais em @theZeeBakri, onde posta sobre maquiagem e, às vezes, moda *hijabi,* para um público de cerca de 280 mil seguidores no Instagram e ainda mais no TikTok.

— Ei, eu estou aqui! — resmungo. Algumas das Flashes passam pela nossa mesa comprida, acenando, mas não vêm falar conosco. Devem estar ocupadas.

— Desculpe, estou ouvindo — diz ela. Então estende a mão sobre a mesa e dá um tapinha na minha. — Então, o que você vai fazer?

— Não faço a menor ideia. Eu estava contando com a bolsa de atleta, mas agora parece que vou ter que me reinventar, maximizar meus pontos fortes e buscar novas oportunidades… blá, blá, blá… algo do tipo.

Um CEO de uma startup unicórnio, de vinte e poucos anos, muito barulhento e gesticulador, deu uma palestra para a gente na primeira semana do último ano. Ele era ex-aluno da Dunia e depois foi para Yale ou alguma universidade dessa linha. Ele me irritou muito porque não parava de falar sobre como era um gênio autodidata, convenientemente se esquecendo de mencionar que seu pai é um desenvolvedor multimilionário que tem contato com políticos e que, obviamente, podia lhe dar o dinheiro para começar, falhar e mudar de rumo, ou seja, ele tinha um paitrocínio.

— Vou me encontrar com a sra. Tina na próxima semana para discutir as opções, ver o que posso fazer para melhorar minhas chances de entrar em uma faculdade nos EUA, considerando todas as mudanças.

— Certo, mas as redações para faculdade são sobre crescimento e introspecção, não necessariamente sobre ter atividades extracurriculares interessantes, lembre-se disso.

— Eu acho que se você for boa o bastante em alguma coisa, eles vão te escolher.

— Nesse caso, você é boa em escrever, talvez possamos descobrir como *maximizar* esse ponto forte? — Os tutoriais de maquiagem da Zee têm monólogos hilários que são, em grande parte, ideias e contribuições minhas.

Droga. O unicórnio nos pegou.

— Mas eu nunca ganhei um prêmio nem nada do tipo — digo, lembrando-a.

— Nós vamos dar um jeito. — Zee estala os dedos. — Ooh, talvez você possa dar conselhos para velocistas juniores e outros atletas! Eu te deixo deslumbrante, pronta para a câmera. Aí você pode se tornar uma grande influenciadora no TikTok, como eu!

— Como se fosse superfácil ser uma grande influenciadora. — Eu balanço a cabeça, zombando. — Além disso, me tornar influenciadora não vai fazer uma faculdade me dar uma bolsa, que, se não se esqueceu, é a missão real. Você sabe que não posso frequentar nenhuma escola nos EUA sem uma bolsa integral ou, no mínimo, uma muito generosa.

Ela dá de ombros.

— Ei, alguns TikTokers ganham muito dinheiro. Pelo menos estou tentando dar ideias. Quer saber? Ainda não entendo por que competir na NCAA é tão importante para você, flor.

— Os esportes são minha melhor chance de ter sucesso na vida, já que não sou uma estudante privilegiada. — *Não sou você,* penso, mas não digo.

— Não existe um meio-termo entre esses dois extremos? A vida não é só sobre conquistas.

— Nenhum que eu aceitarei — respondo. Se eu não pudesse correr competitivamente, teria que encontrar outra maneira de brilhar. Eu preciso disso.

Ser uma vencedora faz parte da minha *identidade.*

Zee morde o lábio inferior enquanto me examina. Por mais que ela seja solidária, não entende meu desejo de me destacar porque já tem o dinheiro da própria família. Um silêncio desconfortável cresce entre nós, quebrado apenas quando o celular dela vibra. Ela baixa o olhar e começa a rolar pela tela. Seu tom é leve quando diz:

— Me pergunto o que Taslim está fazendo agora.

— Ele está bem ali, comendo. — Aponto para Taslim, largado no centro de uma mesa comprida, cercado por seus bajuladores/puxa-sacos de sempre, mordendo o que parece ser a opção lamentável de hambúrguer vegetariano da cafeteria. Eu reparei nele assim que entrei no refeitório... não que estivesse procurando por ele na multidão, é claro. Ele é apenas alguém muito difícil de passar despercebido.

— Tee e Zee — diz ela, com o olhar distante. — O casal poderoso do futuro de Dunia.

— Vocês dois precisam se esbarrar e se apaixonar logo — digo, revirando os olhos.

— Sabe, o estranho é que meio que nos conhecemos de vista, porque crescemos frequentando os mesmos eventos sociais, apesar de nunca termos conversado de verdade. — Sua expressão fica sonhadora. — De qualquer forma, nosso primeiro esbarrão apaixonado deveria acontecer de preferência quando eu estiver de salto, porque sou baixinha.

Ela volta a rolar por suas redes sociais enquanto penso melancolicamente sobre quais são minhas opções para me destacar em atividades extracurriculares. Estamos apenas no segundo mês do último ano, mas resta pouco tempo para encontrar uma atividade extracurricular em que eu seja boa o suficiente antes do prazo de inscrição para as faculdades em janeiro; isso, junto com minhas notas, espero que muito mais altas, deve garantir que alguma faculdade decente me dê pelo menos uma bolsa parcial. Se tudo isso soa muito vago, é porque eu nunca tinha pensado nesse caminho — nunca imaginei precisar de um plano B.

Mas é hora de encarar a realidade: me formar como a melhor atleta da escola já está fora de cogitação. Já era. Preciso mudar de rumo. Um pânico estranho borbulha na minha barriga enquanto tento decidir meus próximos passos. Qual vai ser a minha jogada agora? Sempre tive um plano traçado para o futuro, sempre soube quais seriam meus próximos passos: uma bolsa de atletismo pra estudar em uma universidade da primeira divisão da NCAA e quebrar mais recordes de velocidade, me formar, virar técnica da seleção nacional, trazer a primeira medalha de ouro olímpica em atletismo para a Malásia e viver tranquila pelo resto da vida, bem de boa. Só que agora estou encarando a perspectiva de um futuro comum, medíocre...

Passar de alguém que busca por pódios a ser uma pessoa comum me assusta. Qual é o sentido de fazer algo na vida se eu não vou ser a melhor? E como meus fracassos impactariam minha mãe?

— Ah! — exclama Zee, tirando-me dos meus devaneios sombrios. Ela tira os olhos do celular. — Eu sei onde o Taslim vai estar nesta quarta-feira depois da escola, e você vai comigo.

— Oi? — digo cautelosamente, lembrando-me da vez em que Zee sugeriu que acampássemos no saguão de um hotel onde a boy band J-qoo estava filmando um videoclipe a apenas, sei lá... um voo de distância, em Langkawi. Quando tínhamos treze anos.

Zee não dá importância para meu tom preocupado.

— Nos comentários do último post dele, o Shyam, da equipe dele, perguntou se ele vai pular o lanche do time depois do treino de dardo, ao que Tee respondeu que sim, e que estaria fazendo "o de sempre" com Deepak.

— E?

— E isso significa que vamos saber onde ele vai estar na quarta depois do treino de dardo, porque vamos segui-lo para ver o que o Tee faz no tempo livre.

— Você quer dizer que vamos ser *stalkers*.

— Eu gosto de saber mais sobre meus crushes antes de tomar uma atitude, qual o problema? — Zee dá de ombros.

— Vou deixar você pensar em como seria assustador se um cara fizesse isso com você.

— Não é perseguição se ele está postando o que está fazendo no Instagram — retruca Zee, irritada. — Mas eu entendo se você está preocupada com a lei.

— Tudo bem, tanto faz. Me arraste para a prisão com você.

— Vai ser divertido, você vai ver — diz Zee alegremente.

Eu olho para cima e vejo Taslim nos observando, quase como se ele soubesse que estamos planejando algo. Eu o encaro com coragem, até ele ficar vermelho e desviar o olhar. *Venci, Taslim*, eu me vanglorio. Por algum motivo, encará-lo fez meu coração acelerar e meu estômago se revirar como peixes eletrocutados. Faço uma nota mental para lembrar de tomar um antiácido antes da nossa atividade criminosa de amanhã.

4

CHEGA QUARTA-FEIRA. Eu me aconchego na biblioteca para esperar enquanto Zee decide ir para casa "dar um tapa no visual" para o seu encontro com o destino.

Lembre-se de ser inconspícua.

Eu lhe envio uma mensagem como lembrete, porque o instinto de sobrevivência de Zee, baseado em uma vida de luxo, tem predileção por ostentação e excesso. Não podemos stalkear alguém por aí em um carro Bentley cor-de-rosa personalizado, como o da mãe dela.

O motorista da Zee me busca meia hora antes de o treino da equipe de atletismo masculina terminar, em um Toyota Vellfire preto com vidros fumê — ou seja, o veículo familiar mais discreto que ela tem. Assim que entro, ela sobe a tela de privacidade entre nós e o motorista e eu troco de roupa, tirando meu uniforme e vestindo o traje mais adequado para uma perseguição que encontrei: um vestido sem mangas preto de algodão e tênis brancos. Dou uma olhada na minha amiga: Zee está elegante, com calças jeans pretas, uma *kurti* verde-jade de mangas compridas e um lenço de cabeça cor de beringela, combinados com sapatos de saltos de couro preto bem altos.

— Parecem desconfortáveis — comento.

— Mas meus pés ficam incríveis neles.

— Pensei que deveríamos ser discretas. Inconspícuas.

— Sim, a ideia é essa. — Ela passa um batom rosa-choque. — Só por precaução. — Sorri.

Passamos quarenta minutos jogando cartas e fofocando, e quase perdemos Taslim quando ele sai sorrateiramente pelo portão, usando um boné de beisebol e óculos de grau, sendo identificado apenas por sua altura e pela pulseira amarela do seu Apple Watch, entrando em um táxi em vez de seu SUV convencional; mas não antes de dar uma olhada nos arredores, como se fosse um péssimo agente disfarçado de um livro policial. Interessante. Parece que o Sr. Perfeito tem um segredo, e eu vou desmascará-lo. Não literalmente, é claro.

Pak Ismail, um motorista que eu não reconheço — Zee me diz que ele geralmente dirige para o irmão dela — obviamente não é um homem de meia-idade qualquer. Quero dizer, o jeito que ele me examina de cima a baixo sem emoção, a forma como se senta extremamente ereto, apesar de estar na casa dos sessenta anos, e ser mais forte do que a maioria dos meus colegas, deveria ter me alertado sobre isso. A forma superfluida de se desviar dos outros carros enquanto acelera pela estrada movimentada, com Royce Taslim quase seis carros à frente fazendo uma curva à direita que teríamos o perdido de vista se Pak Ismail não tivesse dado quase um cavalo de pau entre duas faixas de carro para pegá-la, realmente entrega tudo.

— O truque — diz Pak Ismail em malaio, sem olhar direito para a estrada enquanto faz a curva à direita, sorrindo para nós pelo retrovisor o tempo todo — é sempre manter seu alvo à vista, mas não o seguir muito de perto.

Eu grito quando ele freia bem a tempo de evitar atropelar, sei lá, uma criança que decide atravessar a rua naquele momento. Zee não se abala.

— Pak Ismail é um militar aposentado — diz ela, como se isso fosse me confortar. Ser *militar* não significa nada para mim. O que ele fez no exército… isso, sim, é mais relevante. Quem se importa se ele é o melhor atirador do mundo se ele dirige como um desvairado… o que é, de fato, a maior parte do seu trabalho?

Quase grito quando Pak Ismail diminui a distância entre nós e o táxi de Taslim a dois carros, e então pegamos o trânsito do horário de pico numa das rodovias, onde, de alguma forma, desafiando as regras de trânsito e todas as orientações de segurança, duas pistas se tornam três, até quatro numa das saídas. Temos que desacelerar para um passo de tartaruga enquanto seguimos o táxi de Taslim no engarrafamento de sempre de Kuala Lumpur, rumo ao movimentado centro da cidade. Eu me acomodo no meu assento e admiro a vista da metrópole se preparando para seu turno noturno. São quase 18h45, e a luz do lado de fora das janelas escurecidas dos vidros fumês começa a ficar rosa com a poluição, ao mesmo tempo que o exército de arranha-céus ganha vida. É caótico, lindo e eletrizante, mas é melhor admirar de longe, não enquanto se navega por um mar de carros.

— Para onde Taslim está indo? — resmungo. — Os robôs não desligam à noite?

— Estou morrendo de fome — reclama Zee. Ela está jogada no assento ao meu lado, como se fosse uma poça humana, fazendo barulhos dramáticos.

— Você não está morrendo de fome; só está com o estômago vazio — digo, mas remexo na minha bolsa e passo para ela os biscoitos de algas que sempre guardo para um lanche antes do jantar. — É um in...

— ...sulto para todas as pessoas que realmente estão passando fome no mundo, que estão morrendo, eu sei, eu sei, não deveria dizer isso, sou monstruosa.

Fecho a boca. Zee me antecipou, palavra por palavra.

Finalmente, o táxi de Taslim diminui a velocidade e entra em Chow Kit, um bairro decadente no centro, com a maior feira livre da cidade e onde casarões da era colonial, abrigando uma variedade de atacadistas, disputam espaço com cafés sofisticados, as fachadas brilhando com neon e letreiros fluorescentes antigos, o avanço da gentrificação desordenada ganhando visibilidade, apesar da reputação da área como um distrito da luz vermelha. Olho para a Zee e ela olha para mim. O que Taslim está fazendo aqui?

O táxi dele entra em uma rua lateral cercada por carrinhos de vendedores ambulantes e food trucks oferecendo tanto comidas tradicionais locais, como *lok-lok* e bolo de cenoura frito, quanto pratos mais novos e estrangeiros, descendo em direção a um beco sem saída mal-iluminado.

O táxi para, Taslim salta e, inesperadamente, vai até uma barraca de hambúrguer na calçada.

— Pare um pouco mais adiante, por favor — diz Zee ao motorista, que imediatamente faz uma curva brusca à esquerda, quase derrubando um motociclista, e para em um beco perpendicular. Zee precisa de toda sua força para desprender meus dedos dos apoios de braço. Saio cambaleando com minhas muletas, o rosto pálido enquanto o dela está envolto em um sorriso sereno. Pak Ismail parte em disparada para aterrorizar mais motoristas.

Nós nos esgueiramos até a rua, espiando pela esquina e torcendo para que Royce ainda não tenha ido embora. Ele não foi. Ainda está esperando pelo hambúrguer.

Agora que estamos na rua, posso sentir o aroma tentador da carne de hambúrguer barato cozinhando na margarina vindo até nós. Meu estômago ronca em sofrimento.

— Shhh — diz Zee, como se isso fizesse alguma diferença: estamos totalmente visíveis ali, esperando ao ar livre, com as costas para o prédio, de vez em quando espiando pela esquina para verificar Taslim, que, alheio às suas perseguidoras, está se deliciando com seu hambúrguer de rua, provavelmente apreciando o raro sabor da gordura trans.

Depois de um tempo, baixamos a guarda e começamos a assistir TikToks, gargalhando. Felizmente, Taslim não nos nota em meio ao barulho das pessoas e do tráfego. Ele finalmente termina o hambúrguer e anda até uma loja sem identificação, faz uma pausa diante de uma porta escarlate que leva ao segundo andar e desaparece por ela.

Eu me viro para a Zee, apontando o dedo para a figura de Taslim se afastando, triunfante.

— Você viu isso?

— Er... sim, eu estava bem ao seu lado.

— Pergunta retórica. Entrando no segundo andar de uma loja *sem identificação* em *Chow Kit!* Eu sabia que tinha algo suspeito no Taslim. Todo aquele gel no cabelo dele... Fico imaginando o que ele está fazendo aqui.

— São sete e vinte, Agnes. Provavelmente ele veio comprar eletrônicos com desconto. Afinal, este é o lugar certo para isso — diz Zee, sempre a generosa.

— Pirataria é *crime*.

— Okay, vamos ver o que o Royce está fazendo aqui, então — retruca Zee, revirando os olhos.

Ela começa a andar em direção à loja, pisando firme no chão, como se a calçada fosse uma passarela. Eu a sigo com dificuldade, olhando desconfiada pra cima e pra baixo da rua cheia de luzes, sem saber do que exatamente deveria desconfiar, mas certa de que quando o perigo aparecer, vou estar preparada.

— Um pouco de subterfúgio, talvez? O Pak Ismail não está aqui pra nos proteger — falo baixo e rápido.

Zee me ignora e sobe depressa os degraus; o barulho alto dos saltos dela ecoa no vão da escada, que é pichado e cheio de bitucas de cigarro, as solas vermelhas cintilando no escuro. Tenho certeza de que vão ser a última coisa que eu vou ver na vida. Eu suspiro, subindo a escada com certa dificuldade; em prédios antigos como este, nunca ouviram falar sobre acessibilidade.

Chegamos ao topo da escada e encontramos uma cortina de veludo, por trás da qual vem um sussurro de música e conversa baixa. Troco olhares com a Zee.

— Seja lá o que está atrás dessa cortina, não é uma promoção de eletrônicos — murmuro.

— É meio suspeito mesmo —admite ela. — Algum tipo de clube?

— Clube de swing — digo com satisfação. Minha mente é invadida por imagens aleatórias, mas de maneira distante, sem envolvimento. Caramba, o Taslim está ferrado. Se é que ele já não está se ferrando por lá agora mesmo.

— Provavelmente vai ter segurança. A gente pode precisar de uma senha ou um código.

— A gente pode voltar — sugiro.

— Tá brincando? Eu não enfrentei o trânsito em horário de pico e acabei com meus saltos YSL pra desistir agora. Vamos entrar, sim, medrosa.

— Não estou com medo! — Mas continuo parada.

A gente, bom, ela puxa a cortina...

— Posso ajudar? — fala um homem bruscamente, surgindo da alcova escura ao lado da porta, quase fazendo a Zee e eu termos um ataque cardíaco.

— Ah, desculpa, tio! Somos só um bando de turistas perdidas — grito, me agarrando ao braço da Zee.

— Tá chamando quem de tio? — exclama o homem. Ele aperta um interruptor e uma lâmpada fraca acende. O homem tem pouco mais de vinte anos; é forte como uma montanha. Não tenho mais dúvidas de que estamos em uma masmorra sexual.

— *Maaf, maaf* — diz Zee, desculpando-se em malaio. — Estamos, ah, procurando por nosso amigo, que acabou de... ah... vir aqui.

— Ah, o Ray? — O homem sorri.

— Ray?

— Seu amigo, que vai se apresentar.

— Claro. — Talvez todos usem apelidos aqui para manter as coisas impessoais. — Sim, ele.

— Você é maior de idade? Tem documento? — ele me pergunta. — Se não tiver, não poderá beber. Somos rigorosos aqui.

Nada de álcool para menores de idade, mas o sexo é liberado. Certo.

— Ah, não temos, mas não viemos beber.

— Beleza.— Ele assente. — É melhor mesmo. Nunca se sabe o que acontece quando o público fica bêbado. Ficam bem menos tolerantes com quem está se apresentando. Muito grito, provocação. Um deles até jogou uma garrafinha no comediante que fez piada com fãs de críquete.

Eu congelo. Comediante... Meu Deus, era pior do que eu podia imaginar. Taslim era um amador de stand-up. Taslim? Que era possivelmente a pessoa menos espontânea e mais rígida que eu conhecia? Que personificava o ditado "bonito até abrir a boca"?

E mais, eu sou fã de comédia stand-up. Como ele ousa macular isso com sua performance? Eu preciso assistir a essa atrocidade.

— Eu preciso assistir a essa atrocidade — digo em voz alta.

Uma voz estala no walkie-talkie do segurança.

— Malik, estamos quase lotados aqui. Só mais um assento disponível. Regulamento de segurança e tal.

Malik faz uma cara de desculpas.

— Foi mal, crianças, vocês ouviram o que ele disse.

— Vai você — diz Zee generosamente. Ela não gosta de stand-up; se contorceu toda quando ouviu o que estava sendo apresentado. — Quer dizer, você tá de muleta, veio até aqui e gosta desse tipo de coisa. Assiste ao show do Taslim e depois me conta o que achou. Aí, quando o show estiver quase acabando, me chama e eu venho, cheirosa e elegante, e finjo que assisti também. — Ela já está ligando para Pak Ismail, e ouço ele dizer que estará por perto em dez minutos, o que provavelmente significa três minutos. Ele estava comendo roti canai em um restaurante ali perto, a duas ruas de distância.

— Sério? Tem certeza?

— Claro! — Ela se inclina e sussurra. — Grave toda a apresentação e me envie. — Então joga um beijo no ar e desaparece escada abaixo.

Malik se vira para mim e diz:

— Tem uma taxa de entrada de vinte *ringgit*, com direito a uma bebida.

Droga. Eu não esperava ter que pagar nada; só tinha algumas moedas. Pego meu celular para pagar pelo aplicativo do banco e descubro que está completamente sem bateria. Droga de novo. Praguejando, tiro minha carteira e a esvazio, colocando as moedas na palma da mão antes de ordená-las na mesa.

— Um… dez centavos… oooh, cinquenta! Vinte centavos... cinquenta… — Dou meu sorriso mais cativante para Malik. — Tem *alguma chance* de você fingir que não percebeu e me deixar entrar? — Empurro a pilha de moedas até ele, que somava a impressionante quantia de dois e oitenta e três. — Eu não vou contar para ninguém se você enfiar isso no bolso.

Malik empurra a pilha de moedas de volta para mim.

— Valeu, mas não vai rolar. Ou você paga a taxa completa ou se apresenta. Quem sobe no palco entra de graça.

— Por que não disse isso antes? Vou me apresentar! — exclamo, e imediatamente me arrependo. Nunca fiz uma apresentação solo na vida, muito menos em algo tão dinâmico quanto uma comédia stand-up. Mas é isso ou pagar, e eu não tenho grana.

Ele levanta uma sobrancelha, como um caça-talentos.

— Você é mesmo uma comediante?

— Não somos todos, quando a inspiração nos atinge? — digo de forma mística. — Especialmente quando a inspiração se chama gin, vodka, ahn, rum. — Nunca bebi álcool na vida.

Ele ri.

— É, essa foi boa.

— Então, o que eu preciso fazer para subir no palco?

— Primeiro, você precisa preencher essa inscrição. — Ele me entrega uma prancheta e uma caneta, então carimba o interior do meu pulso direito com a palavra "comediante" em tinta azul. É tudo muito retrô. — Depois, você precisa fazer um set de cinco minutos.

Cinco minutos. Engulo em seco. Será que eu consigo mesmo contar piadas durante cinco minutos? Acho que se eu falar bem devagar, deve acabar logo... né? Já assisti tantos vídeos de comédia que devo ser uma especialista por osmose. E alguns desses stand-ups tinham mais de uma hora de duração; cinco minutos deve ser fichinha. Olho para a lista de inscrição, identificando Taslim... com o nome de Ray. Ray Lim. Por que ele tem medo de que alguém descubra que ele está num clube insignificante de comédia? Que paranoia! Balanço a cabeça e assino como *Agnes Chan;* não tenho nada a esconder.

Malik sorri e abre a porta de onde sai um burburinho animado.

— Bem-vinda, Agnes Chan.

5

MINHA PRIMEIRA IMPRESSÃO do lugar é: caramba, é maior do que eu pensei.

Cerca de trinta cadeiras dobráveis de metal estão dispostas em diferentes configurações ao redor de pequenas mesas de madeira, em frente a um palco pequeno, acarpetado e com uma cortina de veludo ao fundo, onde há uma faixa pendurada que diz: KL KETAWA!: A NOITE DE OPEN MIC MAIS DESCOLADA DE K.L. No fundo da sala, um pequeno bar ostenta uma iluminação neon cor-de-rosa e branca. Acima do balcão, uma placa de led indica COQUETÉIS, e um único atendente, com moicano estiloso e regata branca, está servindo chope para um cliente. O local não parece ser o tipo de bar que serve coquetéis, mas quem sou eu para julgar alguma coisa? Até então, minha única experiência com a vida noturna se resumia a barracas mamaks de comida abertas 24 horas e ao McDonalds. Nunca havia frequentado um bar ou um clube de comédia antes. E agora, aqui estou eu, sem saber o que fazer com as mãos e com a minha expressão facial.

Percebendo os olhares curiosos de todos que estão sentados, sigo mancando o mais rápido que posso para os fundos do local. Nem sinal do Taslim. Será que tem algum camarim ou sala de espera para os comediantes? Não faço a menor ideia, e ninguém parece interessado em me explicar.

Eu me apoio no balcão e peço um copo d'água para o funcionário, cuja identificação escrita à mão presa à roupa diz LAI, ELU/DELU. Lai repara no meu gesso e, mesmo que eu tenha negado educadamente ("Estou bem, estou bem, obrigada"), gentilmente puxa uma cadeira dobrável para mim, em vez do banco do bar, e pega uma garrafa de água mineral gelada, servindo um copo. Ofereço pagar, mas elu não aceita. Ótimo, porque eu não teria condições de pagar nem pela água mineral, tendo apenas 2,83 ringgits malaios no bolso, e acabei de perceber, olhando rapidamente o cardápio, que uma garrafa de água mineral custa seis.

— Primeira vez aqui? — diz Lai, não sorrindo, exatamente, mas com o olhar calmo e gentil. Agora próximos, chuto que deve estar na faixa dos trinta e poucos, talvez quarenta.

Assinto, feliz por alguém ter me notado.

— Vou me apresentar, mas não sei para onde devo ir.

— O pessoal está na salinha atrás da cortina, mas é apertado, e os comediantes gostam de fumar escondido com a janela aberta, então, com todo o suor de nervosismo deles, deve estar bem fedido lá. Além disso, quase todos os comediantes são homens mais velhos, então se não ficar tão à vontade lá, pode ficar aqui comigo. — Sorri.

— Obrigado, Lai. — Aceito, grata.

— Quando chamarem seu nome, é só ir para o palco. É bem informal, não se preocupe.

— É a minha primeira vez na vida fazendo stand-up — confesso. Não tinha intenção de dizer isso, mas me escapa.

— Saquei. — Lai dá uma piscadela, então faz um sinal para Malik, que estava encostado na outra ponta do bar, já que não era mais necessário do lado de fora. Lai sussurra algo, Malik confirma com a cabeça e vai para trás da cortina. — Como é sua primeira vez, pode fazer um set de três minutos em vez de cinco. Vamos te colocar na segunda metade, um pouco antes do principal, quando todo mundo já bebeu e se aqueceu pelo comediante de abertura da segunda parte. A plateia geralmente está mais receptiva nessa hora — explica Lai, e eu agradeço efusivamente.

E então, a hora do show chega. Um senhor branco, careca e corpulento, vestindo uma camiseta preta e jeans, sobe ao palco.

— E aí, pessoal? Recebam nossas boas-vindas ao KL Ketawa, a Noite de Open Mic Mais Descolada de KL! Vamos aplaudir os comediantes que estão aguardando lá nos bastidores!

A plateia irrompe em aplausos e gritos entusiasmados.

— Meu nome é Kieren e serei o mestre de cerimônias! Teremos nove comediantes na programação desta noite. Estou ansioso para apresentar os rostos novos que irão divertir vocês hoje, assim como os de sempre. Por favor, sejam gentis… ou não! Queremos que só os melhores retornem… quem não sabe ser contador de piada, pode voltar a ser contador financeiro. Aliás, nem sei o que é pior: ser um contador rico ou comediante pobre, sacou?

Algumas risadas forçadas ecoam pelo local. Estremeço e percebo Lai fazendo o mesmo.

— Ele sempre repete essa piada — murmura Lai.

Kieren tagarela um pouco sobre o intervalo e avisos gerais, e eu me distraio. Peço a Lai uma folha de papel e uma caneta, pensando sobre o que devo falar. Minhas mãos começam a tremer e o nervosismo faz o desodorante perder o efeito. Apesar da minha bravura inicial, percebo que me meti em uma fria. Minha cabeça está mais vazia do que a minha carteira, e isso não é pouca coisa.

O primeiro comediante, Bryan, um senhor na casa dos cinquenta, que pelo visto é um queridinho da plateia, sobe ao palco com aplausos calorosos e gritos de incentivo. Estou tão nervosa que só pego pedaços do set dele, que fala sobre seu trabalho, um negócio chamado "analista de risco". O próximo, Kumar, que se apresenta dizendo ter 23 anos, tem aparência simpática com cabelo bagunçado, mas solta um set amador e um pouco forçado sobre pornografia e a vida de solteiro. A plateia resmunga, mas não pega no pé dele. Lai me conta que Kumar se apresenta há nove meses e foi um dos novatos que mais se dedicou.

— A parte triste do stand-up é que o esforço é só uma pequena parte do sucesso. Stand-up é tanto sobre a personalidade, presença de palco e timing cômico quanto sobre a qualidade do seu texto — diz Lai. — E pra bombar nesse ramo, a pessoa também precisa de um pouco de sorte.

Concordo com a cabeça. Entendo bem sobre essa parte da sorte.

— A plateia está sendo legal com o Kumar porque ainda é cedo. Semana passada, ele foi escorraçado com as mesmas piadas.

Faço uma careta e sinto o suor descendo em cascata pelas minhas costas. Lai é encorajador e gentil, mas esse papo não estava ajudando em nada a diminuir minha ansiedade. Por que o Taslim sequer está fazendo isso? Penso em dar no pé dali, mas minha curiosidade e meu orgulho competitivo tinham sido despertados. Eu precisava ficar.

— O que você sabe sobre meu amigo, Ray?

— Ray? Ray Lim? — diz Lai em tom de surpresa. — Ele é seu amigo?

— Sim — minto. — Mas é a primeira vez que eu o vejo se apresentar. — *Por favor, diga que o Garoto de Ouro é ruim, por favor.*

— Bom, então, não vou dizer nada para não influenciar sua opinião — responde Lai, para minha decepção, e dá de ombros. — Nenhum de nós conhece o Ray muito bem. Ele é… reservado. Mas você sabe o que as pessoas dizem sobre comediantes e suas bagagens emocionais. Tentamos dar espaço para que cada um seja o que quiser ser aqui.

Eu assinto. É um sentimento bonito, embora eu suspeite que o Ray seja reservado por razões bem diferentes — leia-se: os pais dele. O que o Garoto de Ouro poderia estar enfrentando? Ele é o retrato do sucesso. Sua família é unida e rica. É o garoto mais sortudo que eu conheço.

Apesar do nervosismo, tento focar nas performances. Mais três pessoas se apresentam, incluindo uma mulher na casa dos trinta. A mulher, Gina, encerra a primeira parte com aplausos estrondosos. Eu faço anotações sobre o set dela, que foi brilhante, falando sobre ser uma australiana que cresceu em Hong Kong. Me lembra um pouco a Ali Wong. Gina Cheung tem tudo o que Kumar não teve: carisma, presença, um *timing* impecável; e o material dela era novo.

Começo a hiperventilar. Eu vou ser um desastre épico, sinto isso.

Lai coloca a mão suavemente sobre mim.

— São só três minutos. Relaxa. Apenas se entregue.

— Tá bom. — Eu retribuo com um sorriso fraco.

Os primeiros dois comediantes a se apresentarem depois do intervalo, Hamid e Vern, são homens de vinte e poucos anos, ambos eficientes e que conseguem umas boas risadas em seus *sets* de cinco minutos. Fico de olho no meu relógio e tento respirar devagar. Treze minutos e dezessete segundos se passam. E então é a minha vez.

— E agora, pessoal, eu prometi carne fresca, e não há nada mais fresco do que uma adolescente estreante, virgem na comédia. — A plateia geme. Kieren faz uma careta. — Mantenham a civilidade e recebam com aplausos, Agnes Chan!

Eu caminho com o entusiasmo de alguém indo para a forca, ou alguém que perdeu no par ou ímpar e é o escolhido para comprar os ingressos para um show do BTS. Meu estômago faz um barulho alarmante. Cerro os dentes. *Por favor, por favor, por tudo que é sagrado, que eu não solte um arroto de pânico.*

Subo os três degraus até o palco, suando e me coçando por causa do gesso, meus braços trêmulos na muleta (deixei a outra no bar para poder segurar o microfone com a mão livre).

— Vai começar o show ou o quê? — Alguém que nunca foi amado na infância diz sarcasticamente.

Você consegue, Agnes. Se Taslim consegue, você também é capaz.

E com esse desafio, começo meu set.

— Oi, pessoal. Me disseram que eu tinha três minutos no palco. Três minutos! Isso é tipo dez vídeos do TikTok! Eu não tenho atenção para tanto... éee... ah, espera, o que eu estava dizendo mesmo?

Silêncio. Engulo em seco ao ouvir o som da minha primeira piada caindo por terra. A plateia me encara em silêncio. Começo a salivar, mesmo sem nenhum docinho ali por perto. Eu achava mesmo que conseguiria improvisar? Onde eu estava com a cabeça?

Olho para as pessoas na plateia, banhadas pelo brilho quente das luzes do palco, um grupo variado de turistas e nativos na casa dos quarenta e cinquenta anos em diferentes estágios de embriaguez. Eles não parecem usar TikTok.

Naquele exato momento, decido mudar de rumo e falar sobre a minha mãe.

— Minha mãe não é como as outras mães de jovens da minha idade. Ela nasceu durante os anos 1980... basicamente o MySpace dos millennials. Engravidou de mim quando tinha vinte anos. Aparentemente, com *Spandau Ballet* ao fundo. Por muito tempo imaginei que ela tinha me concebido em um teatro, o que é meio chique. Então vocês podem imaginar minha decepção quando descobri que *Spandau Ballet* era uma banda e que, na verdade, tudo tinha acontecido em um carro. — Pigarreio e digo: — O que significa que eu fui praticamente uma bebê pirateada.

A plateia irrompe em risos. Uma onda de algo mais forte e excitante do que adrenalina, uma sensação que só sinto quando venço, percorre meu corpo. Eu sei o que é, claro... é poder.

— Outro dia, tivemos uma briga porque ela não queria que eu saísse tarde com meus amigos. Não é como se eu pudesse *realmente* me meter em problemas — levanto a muleta e pulo de um pé só, e a plateia ri de maneira simpática —, mas ela respondeu que não necessariamente alguém precisa se mexer para se *meter* em problemas. É, mãe, *você acha?*

A plateia geme.

— Eu disse que ela não era um grande exemplo, já que engravidou superjovem. Ela disse que fez isso porque não aguentava mais ver um terreno de primeira — aponto na direção do útero — sempre vazio.

Mais gemidos.

— Claro, mãe, você usou seu *terreno* como investimento. — Aponto para um homem de terno sentado perto do palco. — Igual ao John, o verdadeiro banqueiro aqui. — Risadas, risadas de verdade, ecoam pelo espaço. Essa foi a primeira vez na minha vida que falei sobre a dor que carrego por ser um "acidente"... só que a transformei em comédia. Dizer que estou agradavelmente surpresa seria um eufemismo.

Alguém pisca uma luz azul três vezes do fundo da sala: tenho um minuto restante. Eu me jogo na performance.

— Quero que minha mãe supere as questões dela e viva como as outras pessoas, então arranjei uma terapeuta para ela. Mas não temos condições de pagar uma de verdade, então encontramos uma estudante de psicologia. Agora, toda vez que pergunto se ela está melhor, ela diz — faço uma pausa para dar efeito e completo, com a expressão séria: — *Carpe Diem*, ou a vida te carpe.

A plateia explode em risada. A mesma pessoa pisca uma luz vermelha três vezes no fundo da sala e eu entendo que meu tempo acabou. Três minutos.

Faço uma reverência desajeitada, apoiada na muleta, e o aplauso da plateia é ensurdecedor. Dou um sorriso nervoso e desço do palco. Sem saber para onde ir, vou para o fundo da sala, para me juntar a Lai mais uma vez.

— Você foi muito bem! — diz Lai, sorrindo. — Para uma estreante, me impressionou muito.

— Valeu. — Meu coração ainda está acelerado; engulo em seco. — Não faço ideia do que falei lá em cima.

— Seu amigo Ray não tirou os olhos do palco.

— Sério?

Por algum motivo, essa informação me deixa ainda mais nervosa. Lai me passa outro copo de água gelada e eu bebo tudo de uma vez. De repente, estou desesperada para ir ao banheiro, então peço licença.

Quando saio, Kieren ainda está interagindo com a plateia. Eu viro o pescoço, procurando Taslim, e o vejo parado sombriamente nas sombras perto das cortinas de veludo, esperando para subir ao palco. À primeira vista, nem o reconheço. Taslim — ou Ray, corrijo-me — escondeu seus cabelos abundantes e ondulados sob um gorro azul-escuro, e está vestido com uma camisa xadrez em padrão verde e azul-marinho, desbotada e amassada, sobre jeans pretos; quase como se estivesse tentando se misturar ou disfarçar sua figura musculosa e esguia. E há sua postura, ele está um pouco curvado, ao contrário de sua habitual pose elegante e graciosa. É quase como se ele estivesse tentando se passar por outra pessoa.

Seus olhos encontram os meus e uma emoção indecifrável passa por seu rosto. Ele franze os lábios. Acho que não está feliz em me ver.

Por alguma razão, o Garoto de Ouro, o engomadinho Royce Taslim, cuja mãe regularmente toma o chá da tarde com uma verdadeira princesa malaia, está no palco de um bar decadente fingindo não ser um Taslim, e eu sou a única pessoa que sabe quem ele realmente é.

O que significa que eu represento uma ameaça.

— Pessoal, aplaudam e recebam nossa estrelinha da noite, que, pela primeira vez, fará seu set de quinze minutos. Com vocês, Ray Lim!

Bato palmas junto com os outros, e Ray/Taslim, com os olhos fixos em mim, começa a falar.

6

TASLIM PARECE DESCONFORTÁVEL desde que subiu ao palco. Seu olhar incerto sempre passa por onde estou sentada. Não sei se isso faz parte do personagem Ray, ou se foi a minha presença inesperada que causou esse nervosismo.

E tem também a questão da apresentação dele. Pelo que entendi da introdução de Kieren, não é a primeira vez de Ray — inclusive, ele deve ter vindo aqui com bastante frequência e se saído bem o suficiente para ser promovido à atração principal, mesmo em uma noite de open mic. Ainda assim, dá para perceber que as coisas não estão funcionando direito.

Para começar, ele fica dizendo "é...".

— Como eu estava dizendo, é... — Ah, sim, ele também está repetindo "como eu estava dizendo" sem parar.

E fica pigarreando. Alto. No microfone.

Ray/Taslim se confunde em uma piada sobre trabalhos escolares. Quando ninguém ri, torço para que ele mude o assunto, mas ele continua insistindo no mesmo tema. Nada. Ele ainda está teimando em falar sobre a vida de estudante. E então percebo por que ele está insistindo nessas falas... ele só tem essas piadas preparadas. E não consegue pensar rápido o suficiente para reagir à plateia.

A hostilidade da plateia é palpável. Um murmurinho de descontentamento cresce. Alguém o vaia.

Taslim termina com uma piada sobre TikTok e ninguém, absolutamente ninguém, ri. As vaias ficam mais altas. Taslim congela no palco, mesmo quando Lai pisca três vezes rápidas o sinal vermelho com a lanterna. Reconheço o mesmo olhar de pânico que senti no início do meu set no rosto dele, e naquele momento, decido parar de vaiá-lo. Tenho que admitir que foi um pouco grosseiro da minha parte ter vaiado, para começar. Não sei por quê, mas competições revelam o pior de mim.

Kieren pula no palco e pega o microfone das mãos imóveis de Taslim, quebrando o feitiço. Ele se arrasta para os bastidores, dando fim ao seu sofrimento.

— Muito bem, pessoal, este é o fim da nossa noite de open mic. Aplausos para nossos corajosos comediantes... e alguém compre uma fralda para o Ray. Lembrem-se: toda quinta-feira, KL cai na risada... bem, na maior parte do tempo. Tenham uma boa noite!

A plateia se dispersa, embora alguns fiquem para aproveitar a promoção de cerveja: leve duas, pague uma. O bar fica movimentado, então eu me afasto para um canto, incerta sobre o que devo fazer em seguida... esperar até que alguém fale comigo? Ir para casa? Não quero sair ainda. A adrenalina ainda corre pelas minhas veias. Taslim não está em lugar nenhum, não que eu esteja procurando por ele.

Alguns dos comediantes saem da sala de espera e me cercam.

— Oi — diz Gina, estendendo a mão. Eu a aperto com cuidado, equilibrando-me nas muletas. — Agnes, certo? Você foi incrível! Essa foi sua primeira vez? Eu estou com tanta inveja. Aliás, sou a Gina.

— Vern, Vern Goh — apresenta-se o cara super bronzeado e de cabelo desgrenhado ao lado dela. Nós apertamos as mãos, e sinto que o conheço, embora não consiga me lembrar de onde.

— Bom começo, Ags... posso te chamar de Ags? — Faço uma careta e ele ri. — Entendi. De qualquer forma, saiba que levei quatro tentativas antes de conseguir uma única risada que não fosse relacionada às minhas roupas.

— É, ele apelou com uns truques baratos por um bom tempo, usando camisa havaiana de cor berrante e um par de meias engraçadas — comenta Hamid.

Fico surpresa que Vern precisasse se vestir de um jeito específico para chamar atenção. Ele tem um charme natural e confiante que deve atrair as pessoas como beija-flores ao néctar. E também não é nada feio.

Vern mostra a língua.

— Melhor do que você, Hamid, que nem sabe escrever uma piada — ele responde de maneira bem-humorada.

— Ei, o Kumar que é a bolacha murcha do nosso pacote: ele mal consegue falar no palco — diz Hamid entre goles de sua bebida.

Kumar dá de ombros.

— Sei que não sou o melhor comediante, mas continuo voltando porque amo isso aqui — ele me diz timidamente.

Concordo com a cabeça.

— Entendo. Eu me sinto assim quando corro... corria. — Faço uma careta. É verdade que a alegria que sinto ao correr é totalmente distinta da adrenalina de ganhar uma corrida. Quando estou correndo, é como se nada pudesse me tocar. Me machucar. E, claro, tem o fato de que eu sou... era muito boa nisso. Todos em Dunia me conhecem por causa das minhas conquistas, e não posso negar, é intoxicante ser conhecida pelos próprios talentos. Eu senti um pouco disso hoje à noite, ao me apresentar. Aquela mesma descarga de eletricidade.

Como se eu fosse alguém que importasse.

Vern estala os dedos.

— Eu sei quem você é! — ele diz de repente. — Você é aquela corredora incrível. Eu estava alguns anos à sua frente na SMK Taman Sentosa. — Essa era minha antiga escola antes de eu ser transferida para a Dunia.

Dou uma segunda olhada enquanto uma memória surge e se encaixa. Vern, sentado nas mesas de madeira desbotadas pelo sol ao lado do campo de futebol, cercado por seu grupo confiantemente preguiçoso, matando aula. O tipo de cara que te faria sentir incluída ou excluída com um olhar. Lembro de uma longa tarde em que conversamos a sós, uma semana antes de eu deixar minha antiga escola — quando minha mãe, depois de meses de progresso, voltou ao fundo do poço e eu estava me escondendo do Stanley, que tinha ido me buscar na escola.

— Oh, er, oi? — digo, como se não tivesse certeza se já nos conhecíamos. — Não estudo mais lá. Já faz uns quatro anos.

— Imaginei — diz ele, com um sorriso de canto de boca. — Pararam de fazer aqueles anúncios irritantes sobre suas vitórias na assembleia matinal.

— Desculpa — respondo, dando de ombros. — Eram *mesmo* irritantes.

— Agnes isso, Agnes aquilo — diz Vern, revirando os olhos. — Cara, era como se você sozinha fosse todo o programa de atletismo ou algo assim. Ah, espera... — ele estala os dedos, fingindo surpresa —, você era mesmo! Quer dizer, é uma escola pública subfinanciada, afinal.

Rimos até eu ficar sem fôlego. Por algum motivo, essa observação me tocou profundamente. Mesmo tendo encontrado algum senso de pertencimento na Dunia, com os esportes, as Hot Flashes e a Zee, ainda há uma parte de mim que entende, lá no fundo, que sou diferente.

— Então, quem é o melhor comediante do grupo? — pergunto para mudar de assunto, não querendo excluir os outros.

— Ray — diz Gina, com um sorriso. — Depois de mim, é claro. Sei que pelo desempenho de hoje não parece, mas o Ray tem um dom natural para a comédia.

— Bom, o Vern também é muito bom — fala Kumar. — Os dois começaram quase ao mesmo tempo, pensando bem. Mas, pessoalmente, eu prefiro o humor do Vern. É mais mórbido e ácido.

Vern sorri e dá um tapinha nas costas de Kumar.

— Você está apostando no cavalo certo, meu amigo.

— Ray e Vern são tão competitivos — comenta Gina, revirando os olhos.

— Não quer nos passar seu WhatsApp? Assim podemos te adicionar no nosso grupo — diz Kumar. — Usamos para inscrições, assim deixamos algumas vagas para quem chega de surpresa, visitantes e tal.

— Claro — digo, e passo meu número para ele.

— Quer uma bebida? — pergunta Gina. — Lai não vai te servir, mas eu posso te arrumar uma cerveja.

Balanço a cabeça.

— Não, obrigado. Vou pra casa logo.

— Como quiser — ela responde, espreguiçando-se. — Achei que adolescentes como vocês quisessem só aproveitar a chance de se se apresentar para poder beber e fumar um baseado com a gente, os veteranos.

Ela olha na direção da sala de espera, cortando a conversa com um olhar significativo. Será que ela estava falando sobre o Taslim? O Garoto de Ouro envolvido com bebida alcoólica para menores... ou coisa pior?

— Já volto — digo. Dirijo-me para a sala, cuja entrada fica atrás da cortina de veludo que serve de fundo ao palco, com o coração disparado. Pela emoção de pegá-lo fazendo algo ilícito, claro.

— Ei, Roy... Ray? — chamo, hesitante, empurrando a porta de madeira velha.

— O quê? — ele responde com a voz rouca.

Vejo Taslim imediatamente, mesmo no escuro. Ele está sentado no sofá, com a cabeça entre os joelhos.

— Você está bem?

Ele levanta a cabeça de repente. No escuro, é difícil dizer se ele estava chorando.

— Agnes — diz ele em um tom seco, levantando-se.

— Desculpe pelas vaias — falo com sinceridade.

Taslim marcha até mim, e na fresta de luz que vem da porta, consigo ver seu rosto. Ele não estava chorando... longe disso.

Ele me encara, e eu sustento seu olhar. Ficamos em silêncio por um tempo. Estamos tão próximos que posso sentir cada exalação que vem dele, posso ver cada pulsar da veia em sua testa, a tensão em seus lábios. Posso quase estender a mão e…

Cobrir esse rosto dele com o gorro.

— Me encontre no beco, Chan — ele rosna antes de sair pisando firme.

7

ENCONTRAR UM CARA NUM beco escuro de Chow Ki, onde rola de tudo, desde gente mal-encarada até gangues rivais de bombadões (às vezes os dois), não é exatamente o melhor dos cenários. Mas eu sou mesmo uma adolescente bem prudente e sensata.

— Você contou pra alguém sobre quem eu sou? — pergunta Taslim assim que ficamos sozinhos. Sua linguagem corporal está agitada, um pé batendo no chão escuro sem parar.

Fiz uma careta.

— Quê? Não! Eu guardei seu segredo, esquisitão.

Ele relaxa, tirando o gorro e passando os dedos pelo cabelo. Fica calado por um tempo, me encarando como se estivesse avaliando a veracidade das minhas palavras antes de decidir que eu não estou mentindo.

— Escuta, é muito importante… tipo, muito importante mesmo que ninguém descubra quem eu sou. Por um monte de motivos que eu não posso te explicar. Promete?

Sua voz está tensa e seus movimentos estão nervosos; bem diferente do jeito normal dele, sempre certinho e controlado.

Dou de ombros.

— Tá, tá, relaxa. Eu prometo. Aff.

— Obrigado — ele agradece com muita relutância.

— De nada, eu acho.

— Então, foi mesmo a sua primeira vez? — Ele tenta fazer graça.

— No palco?

— Onde mais? Claro, né?!

Devo contar a ele? Royce Taslim não merece nenhuma resposta. Talvez eu deva deixar ele remoendo isso ou enchê-lo de informações falsas. Mas quando vejo a agitação dele, tão diferente do seu jeito habitual de Abominável Homem das Neves, meu próprio coração amolece. Vulnerabilidade é contagiosa, por isso a evito como uma praga.

Suspiro.

— Sim, foi. Quer dizer, eu assisto a muito stand-up no meu tempo livre, e uma vez participei de uma batalha de rima na Twitch, mas foi só isso.

Ele fica quieto por um tempo. Então, como se tivessem pedido para ele fazer gargarejo com vidro, diz:

— Você é boa.

— Obrigada — digo, satisfeita. Tenho que conter minha mão direita, que está cerrada e pronta para fazer um gesto de comemoração. Modéstia é uma virtude. — E você? Faz isso há muito tempo?

— Sim. Um pouco. Mas esse foi meu primeiro set de quinze minutos. Nossa, que desastre.

Ouvir ele admitir isso me amolece.

— Seu set não foi uma porcaria — digo, tentando ser gentil. — Teve uma ou outra piada bem *risível*. Só não era o público certo.

Uma sombra perpassa o rosto dele e ele cerra os dentes.

— Eu fui péssimo. Regra número um: a culpa nunca é do público; é de quem está se apresentando. A sequência não deve ser fixa. Eu entrei em pânico e basicamente voltei para um set ensaiado, o que nunca teria acontecido se eu não tivesse me abalado ao ver você, Chan.

Quê? Como ele ousa jogar a culpa da própria incompetência em cima de mim?

— Ah, então o simples fato de ver uma pequena conhecida na plateia fez você perder o controle? Quer que eu traga a mamãe e o papai na próxima vez, para eles segurarem a sua mão? Comprarem o público pra você?

Taslim fica sério como uma pedra.

— Não posso segurar a mão deles se eles nem sabem que faço stand-up, Chan.

— Seus pais não sabem? — digo, surpresa, mas sentindo-me vingada... minha suposição estava certa. A expressão do Royce também confirma essa verdade: os pais dele não apenas não sabem do que ele está fazendo, como também não aprovariam isso. *Ora, ora, ora,* penso. *Esta é uma oportunidade interessante.*

— O quê?

— O quê?

Taslim arqueia uma sobrancelha.

— Você falou alguma coisa em voz alta.

Droga. Eu fazia isso às vezes.

— Não, não falei.

— Falou sim. — Ele sorri de lado. — E, caso não saiba, você cantarola quando está empolgada. É... — Ele se inclina para mais perto, e eu fico presa naqueles olhos. Não porque são bonitos... podem ser, para algumas pessoas básicas, mas não para *mim*... mas porque eles, como as pupilas horizontais de um mangusto, são intensos e estranhos. — Esquisito.

— Não sou esquisita, *você* é quem é esquisito — digo, o auge de um debate supermaduro.

Ele endireita os ombros de um jeito que acha ser intimidador.

— Chan?

— Sim?

Ele franze a testa e me encara. Se eu cantarolo quando estou empolgada, ele esfaqueia só com o olhar.

— Eu não aceito a insinuação... de que o dinheiro dos meus pais facilitam as coisas na minha vida. — Ele crava um dedo na palma da mão. — Eu ralo muito para conquistar tudo o que tenho. Cheguei onde estou por mérito próprio.

Uau. Simplesmente... uau. Ele é mesmo tão iludido assim?

— Odeio ter que te dizer isso, mas você é um iludido — rebato, revirando os olhos. — Olha, eu não duvido que você se esforce bastante, mas, por favor, por favor, não menospreze o fato de que você teve mais privilégios do que a maioria de nós. Você nunca teve que dividir seu tempo entre ajudar em casa, cuidar da sua mãe doente, trabalhar meio-período e fazer reforço online, em vez de estudar com monitores graduados em alguma universidade da Ivy League, tomando suplementos específicos que ajudam seu desempenho cerebral, enquanto você sobe na vida, impulsionado pelos gases e delírios de grandeza, com seus pais aplaudindo cada uma das suas conquistas. — Despejo tudo isso sem pausar.

Ele fica quieto por um tempo e diz:

— O que houve com a sua mãe? — pergunta suavemente, parecendo constrangido.

Eu me sobressalto. Não tinha percebido que havia falado sobre isso.

— Nada. Esquece o que eu disse — respondo irritada. — Foi há muito tempo e ela está bem agora. Cuida da sua vida.

Um silêncio tenso se instala enquanto avaliamos um ao outro.

— Não discordo de tudo que você disse sobre meu privilégio — diz ele, enfim —, mas eu deveria ter deixado claro que estava falando apenas sobre o stand-up. As conquistas do Ray vieram com meu próprio esforço.

Ninguém aqui sabe que sou Taslim, e em parte é porque quero evitar tudo o que você mencionou. Além disso, só porque sou pedante, preciso corrigir você em mais um aspecto. — Ele faz uma pausa para causar efeito. — Essa coisa de suplemento é para os fracos, eu já nasci perfeito.

— Ha ha ha — digo ironicamente. — Não me mate de rir. Continue. Você realmente entrega tudo.

Taslim fixa o olhar no chão.

— Na verdade, meus pais nem ligam para as notas que eu tiro — ele fala quase pra si mesmo. — Não importa, no final das contas. Meu futuro já está todo determinado.

Decido não pedir pra ele explicar. Há um tom pesado de tristeza no jeito como ele fala, apesar de tentar soar prático.

— Tenho certeza de que se importam. Afinal, eles não têm escolha, já que você é filho único e a plataforma sobre maternidade da sua mãe acabou de ser vendida por uma fortuna.

Ele ergue uma sobrancelha.

— Você anda me stalkeando?

— Todo mundo sabe disso — digo levemente, sem confirmar nem negar a pergunta dele. — Sua família é assunto chato de tabloide.

— Mas você sabe — ele diz, dando um sorrisinho com o canto da boca.

— Sei — respondo, olhando pra cima, para encará-lo. — É preciso conhecer o inimigo.

— E por que eu sou seu inimigo? — pergunta, aproximando-se de mim. Eu me desestabilizo um pouco com essa proximidade repentina e ele estende a mão pra me segurar, só que me pega pelo antebraço e deixa a mão ali por um tempo antes de me soltar, sua ausência causando arrepios. Eu só não estou acostumada a ser tocada, é isso.

— O prêmio de Atleta Estudantil do Ano vem com dinheiro, e nós dois estávamos na corrida por isso — digo.

— Você acabou de fazer um trocadilho, Chan? — ele diz, arregalando os olhos para enfatizar.

— Talvez — digo, distraída pela forma como seus olhos refletem o dourado da luz da rua. Involuntariamente, meus olhos caem para a boca dele, que está bem na minha linha de visão. Sua boca levemente entreaberta está…

Cheia de bactérias. Absolutamente tomada por saliva. E então eu recito os fatos que sei sobre a cavidade oral: A saliva contém enzimas como amilase, lisozima e lipase, que catalisam a quebra dos alimentos. Basicamente, a digestão começa na boca. Então, se você pensar bem, se a língua do Taslim entrar na sua boca, você está basicamente digerindo... Meu Deus, por que estou pensando nisso? O que tem de errado comigo, caramba?!

Claramente tem algo errado com Taslim também. A respiração dele está entrecortada e parece que ele levou uma pancada na cabeça. Ele me observa com um olhar estranho, como se eu fosse um quebra-cabeça ou uma pizza, algo entre essas duas coisas. A tensão no ar aumenta. Ele inclina levemente a cabeça e eu engulo em seco quando...

— Rato! — grito quando um roedor do tamanho de um lulu-da-pomerânia corre a menos de dois metros de nós, seus olhos vermelhos cintilando na luz da rua. Fico satisfeita ao ver Taslim dar um salto. Observamos enquanto o bicho se arrasta para dentro de um bueiro, talvez para se juntar ao palhaço Pennywise, seu servo.

— Meu Deus — diz Royce, tremendo. Eu estremeço, minha alma lentamente retornando ao meu corpo.

Seja lá o que aquilo era, sou grata pela interrupção. Porque houve um momento em que eu realmente...

Não. Não. Deve ser o cheiro de tinta ou o amianto das paredes. Afinal, a casa de show fica em um prédio condenado que deveria ter sido demolido há muito tempo, se não fosse pelo suborno de alguém.

Taslim também parece ter recuperado o controle, porque agora está me olhando da mesma maneira que olhou a noite toda.

— Qual é o seu problema? — explodo.

— Você. Você é o problema — Taslim rosna. Ele se inclina para perto de mim novamente. Muito perto. Eu engulo em seco, os olhos fixos em qualquer lugar, exceto em seus lábios. — Essa área é minha, Chan. Fique longe.

— Quem tem que ficar longe é você! — retruco, bem atrevida, dez horas depois. Na minha cabeça. Durante a primeira aula do dia, Literatura Inglesa. Normalmente adoro Literatura Inglesa, mas hoje me concentrar na aula é uma causa perdida. Tudo o que consigo fazer é tentar me manter acordada, já que cheguei em casa bem tarde ontem.

O que aconteceu foi que, depois do nosso confronto, Taslim e eu seguimos caminhos distintos (na verdade, ele ofereceu me pagar um táxi, mas eu recusei, por orgulho). Meu celular estava descarregado e eu não tinha como mandar mensagem para ninguém nem compartilhar carona pelo aplicativo de viagem, então peguei um ônibus — bem, três ônibus, com o meu cartão de transporte, e quando cheguei em casa, às onze e meia, minha perna "boa" estava dormente de exaustão e minha mãe tinha adormecido na mesa da cozinha esperando por mim, acordando só quando eu a sacudi. Ela reclamou um pouco sobre a hora, mas percebeu uma certa animação em mim que não via desde o acidente, por isso provavelmente não me repreendeu pela demora, já que sabia que eu estava com a Zee; em vez disso, só me deu uma bronca por sair com a bateria do celular descarregada. Eu estava tão cansada depois da adrenalina que acabei desabando direto na cama, sem fazer meu ritual noturno. E eu não sou do tipo que deixa a higiene bucal de lado, especialmente considerando tudo o que sei sobre saliva.

Então, pode-se dizer que acordei esta manhã ainda mais irritada com Royce Taslim do que o habitual. E mais do que um pouco confusa com suas reações ao longo da noite.

Minha professora de Inglês, Sra. Xu, está falando sobre temas e simbolismos secundários em poemas. Eu me desligo. Fico lembrando da expressão do Royce quando ele me avisou para ficar longe — ele quase parecia ter medo de mim. Vulnerável. Como se eu tivesse o poder de tirar algo importante dele.

Meu Deus, será que ele dá tanto valor assim para se apresentar na frente de uma multidão de estranhos como Ray Lim? É assim que ele se diverte? Que patético.

Quer dizer, eu suponho que, como a mãe dele é uma ex-modelo/rainha da beleza/multi-empreendedora e o pai pertence a uma dinastia indonésia, a família deles está sempre sob os holofotes da mídia e de todos os sites de moda e fofocas, então ele já deve ter sentido qual é o gosto da fama.

Eu franzo a testa... não, estou sendo injusta. Eram os pais de Taslim que tinham o rosto estampado por toda parte, ele mesmo era *low-profile*, seja por escolha própria ou da família. Além disso, ele estava se apresentando no stand-up com um nome artístico.

E o modo como ele ficou sem palavras quando mencionei os pais dele e deduzi que não sabiam que ele fazia stand-up?

Eu sorrio, estilo o gato de *Alice no País das Maravilhas* (nunca usei aparelho ortodôntico caro, então sim, é uma referência apropriada). *Ah, Taslim, agora eu te peguei no pulo*, eu me gabo. Metaforicamente, é claro. Não quero pegar Taslim em nenhum sentido físico da palavra...

Meu celular vibra com uma série de mensagens. Discretamente, eu o pego e rolo a tela para ver.

Zee: Ei, O QUE ACONTECEU ONTEM? TE ESPEREI POR DUAS HORAS

Zee: Ok, confesso, duas horas em casa

Zee: Tá bom, tá bom, talvez eu tenha dormido depois de uma hora

Zee: Ah, espera, acabei de receber suas mensagens, estranho. Seu celular morreu?

Digito uma resposta o mais discretamente possível sob meu livro didático.

Eu: É, amiga, ddesculpa minha bateria morreu qndo cheguei lá. Suas msgs apitaram só aggora.

Zee: E aí, como foi a apresentação? Cadê o vídeo?

Eu: Sem chance d gravar qlqcoisa, tive q me apresentar! Alemm disso, Zmeu cel morreu! E eu usei um gorro no ppalco!

Zee: Nãaaaaao! Eu queria ter visto sua apresentação!

Eu: Vc só qria ficar de olho no Taslim 😊

Zee: Nah, já superei isso, ele estava usando gorro. De propósito. Além disso, não sou fã de comediantes. São muito carentes.

Eu: Vlw, amiga 😭

Zee: Você é a exceção, é claro. De qualquer forma, me conta tudo mais tarde.

Prometo atualizá-la pessoalmente depois da escola e então tento me concentrar na aula.

Meu telefone vibra novamente: fui adicionada a um grupo de WhatsApp chamado "Noites do Open Mic pela Cidade" — obra do Kumar, sem dúvida. Examino a lista de regras sobre o que postar no grupo e, casualmente, abro a lista de membros só para ver quantos comediantes estavam ali. Uma descarga elétrica passa por mim quando vejo o nome de uma pessoa em particular. Ray, ou seja, Taslim.

Eu tenho o número de telefone do Taslim. Essa constatação causa coisas estranhas no meu peito, que parece estar tendo convulsões. Ponho a culpa em alguma alergia qualquer.

8

É MANHÃ DE SÁBADO e Stanley está sozinho na cozinha quando eu entro, bocejando e rolando pelas minhas notificações. O grupo do open mic está fervilhando de mensagens: há um show amanhã à noite em um popular pub irlandês na cidade e Taslim está na lista.

Não sei por que ainda não saí do grupo, embora já tenham se passado cerca de duas semanas desde a minha estreia no stand-up. Talvez seja bom sentir que pertenço a uma comunidade novamente. As Flashes têm *obviamente* estado muito ocupadas com treinos e compromissos sociais, então não tiveram a chance de me convidar para sair, mas eu também estive bastante ocupada com as minhas inscrições para a universidade. Além das faculdades de maior renome que seriam "altamente aspiracionais, dado tudo o que aconteceu" — palavras diplomáticas da minha conselheira, a Sra. Tina —, ela me aconselhou a mirar em algumas faculdades medianas e outras não tão renomadas assim, considerando minha necessidade de um bom auxílio financeiro. Então, tudo isso me deixou atolada.

— Bom dia, Ags — diz Stanley, apontando para o forno. — Separei uns crepes para você.

— Obrigada, Stanley — falo. Eu os enxarco com xarope de bordo e bastante manteiga e devoro tudo. Ter liberdade para comer o que eu quiser é a única vantagem dessa tragédia.

Ele solta um pigarro e eu me preparo para o que virá a seguir.

— Então, percebi que você não tem "saído" muito — ele faz aspas no ar — com seus amigos desde que voltou às aulas, apesar de ter parado de usar as muletas na sexta-feira passada.

— Hmmmm — resmungo de forma neutra.

Ele não está errado. Eu acordo, vou para a escola, fico na biblioteca estudando, depois vou para casa, onde estudo mais um pouco, às vezes vou para a casa da Zee para estudar com ela (Aini, a supermonitora que ela tem desde o penúltimo ano, não se importa que eu me junte a elas), depois trabalho nas minhas inscrições para a faculdade. Mal vejo minha família esses dias, exceto de manhã. Tenho estado ocupada, mas não tenho sido social como costumava ser.

— Está tudo bem? — A voz do Stanley é gentil.

— Cem por cento. — Assinto com firmeza. Claro, às vezes fico um pouquinho solitária, e às vezes realmente sinto falta de correr, mas só quando penso em corrida. Por isso estou me esforçando tanto para não pensar no assunto. — É que todo mundo está muito ocupado, especialmente eu, com fisioterapia, redações para a faculdade e, hum, a vida.

— Hmm — murmura ele, me observando enquanto toma seu café. — Hmm.

Quando Stanley faz isso, eu imediatamente quero contar todos os meus segredos para ele. Em vez disso, eu o imito e digo:

— Hmm.

— Você sabe que pode me contar qualquer coisa, e eu prometo ouvir primeiro, acima de tudo — diz ele depois de um tempo. — E se for algo que você não possa... Bem, você sabe, eu posso guardar um segredo se não for perigoso ou prejudicial. — Ele quer dizer, obviamente, guardar da minha mãe. Nos quatro anos ou mais desde que ele entrou em nossas vidas e mudou tudo para nós, passei a confiar nele. Mas não o suficiente para contar meus segredos.

Eu ergo barreiras em todo lugar, até em casa.

Não tenho certeza de que ele conseguirá esconder algo como: “Estou perdida, triste demais, não tenho perspectiva de futuro e isso me preocupa” da minha mãe. Não posso arriscar desencadear a depressão dela, mesmo sabendo que ela tem conseguido controlar com remédios e terapias há anos. Eu vi como ela ficou quando estava deprimida, e simplesmente não posso passar por aquilo de novo.

Meus braços coçam e eu os arranho, distraída.

— É só o estresse do último ano. Provas e inscrições para a faculdade, essas coisas.

— Entendi. — Stanley acena com a cabeça. — Mas me avise se precisar de ajuda em alguma das suas aulas, pelo menos. Não posso garantir que serei de muita ajuda em Geografia ou História, mas sou bom naquelas coisas científicas.

— Coisas científicas? — brinco.

— E em francês — ele diz com uma expressão séria.

— Obrigada, Stanley. — Eu me inclino e o abraço. Com força, para que ele saiba que estou bem, mesmo que eu não esteja.

Duas horas depois, estou sentada nas arquibancadas do estádio, olhando para o canto do campo onde a equipe feminina de corrida está aquecendo. Não há muitas pessoas aqui. Apenas alguns pais superprotetores, ajudantes, amigos e pessoas aleatórias que só querem um lugar pra sentar.

Observo as meninas correndo e correndo...

Essa manhã mesmo eu as convidei para tomar um *bubble tea*. Nós costumávamos fazer isso, tomar chá gelado depois do treino de sábado, mas elas não confirmaram. Então, fuçando nas redes sociais de uma das meninas, descobri que elas estavam planejando ir ao Planet Bounce, um café com um parque de trampolins, depois do treino, para tomar vitaminas e saltar.

Eu amo o Planet Bounce. Eu amo trampolins. Eu amo vitamina de frutas. Mas elas nem sequer perguntaram se eu queria ir, mesmo que achassem que eu ia no máximo só tomar alguma coisa. Eu não sou mais relevante para minhas colegas de equipe.

É difícil estar aqui em cima, nas arquibancadas, e não lá embaixo. Antes que eu possa me conter, estou chorando silenciosamente, tentando não parecer que estou em lágrimas, uma habilidade que nunca dominei. Enfio os nós dos dedos na boca para impedir que meus lábios tremam e puxo a aba do meu boné o mais para baixo que posso.

— Oi — diz uma voz constrangida a algumas fileiras de distância.

Dou um salto de um metro no ar, soltando um gritinho, então seco meu rosto às pressas antes de virar para encarar o intruso indesejado da minha lamúria.

É claro que é o Taslim. De alguma forma, sempre nos flagramos em nossos piores momentos, e eu não estou preparada para isso. Não temos o tipo de relacionamento que permite ser vulnerável um com o outro.

Você ainda tem alguém com quem possa ser vulnerável?, uma voz pergunta sem ser convidada, e eu a silencio.

— Está me seguindo? — digo, mesmo que não seja verdade. Ele está lá, impecável em seus jeans e uma camisa polo num tom de abacate que realça o brilho dourado do seu bronzeado enquanto eu estou cheia de catarro no nariz.

— Eu é quem estou te seguindo? — ele responde com incredulidade. — Esqueceu que você literalmente surgiu do nada no meu show de stand-up? E que ainda está bisbilhotando no chat do grupo?

Bufo.

— Ao contrário do que pensa, você não é dono da comédia. Este ainda é um país livre. Quase sempre. Às vezes. De qualquer forma, por que você não está no campo, treinando?

— Meu técnico está doente, então eu fui pra biblioteca estudar para as provas do primeiro semestre. E aí eu percebi que esqueci uma coisa no armário então... Espere aí — ele me encara sério. — Por que eu tô me justificando? Eu tenho tanto direito de estar aqui quanto você, *se não mais.*

Ele cruza os braços, e eu também.

— Tá bom, desculpa — murmuro. — Só estou um pouco... irritada.

— Você parece melhor — ele fala isso como uma constatação, mas continua me observando como se fosse uma pergunta.

— Está falando da falta de muletas e do gesso? — Solto uma risada curta. — Você, de todas as pessoas, deveria saber que, para atletas, uma lesão como essa vai muito além de cicatrizar bem o suficiente pra aguentar ficar em pé numa apresentação. Eu sou uma velocista, Taslim. E sou muito, muito boa. Ou melhor, era. Eu não deveria estar assistindo às minhas companheiras correr... *eu* deveria estar correndo.

Ele morde o lábio inferior, concordando com a cabeça.

— Eu sempre admirei a sua ética de trabalho. Você é uma atleta muito dedicada e, uh, uh, graciosa. — As orelhas dele ficam vermelhas; talvez ele seja alérgico a fazer elogios aos outros.

— Valeu.

Ele hesita antes de dizer, quase pra si mesmo:

— Mas você não acha que é mais do que só uma velocista?

— Se eu tenho outras atividades extracurriculares? Bom, eu estava na equipe de coral que ganhou o campeonato distrital há dois anos... mas só porque a Sra. Xu estava desesperada quando uma das meninas ficou doente, e ela me ofereceu crédito extra por isso. Ah, sim, eu sei bordar ponto-cruz bem rápido. Mas fora isso, zero. E minhas notas estão boas, mas não excepcionais, então as chances de eu conseguir uma bolsa pra universidade são pequenas, principalmente quando tem tantos alunos melhores do que eu.

— Não, eu quis dizer, você não acha que é muito mais, como pessoa, do que só uma velocista?

Penso nisso, mas não tenho respostas. Minha identidade inteira sempre esteve envolvida com esportes. Quando criança, eu sempre fui a mais rápida em qualquer turma, e quando comecei a ganhar competições na escola primária, o treinador falou com minha mãe sobre me conseguir um treinamento adequado. Corrida era um esporte fácil de começar. Não tinha muitos custos iniciais. Só precisava de bons tênis, e não eram tão caros se você os encontrasse em brechós.

— Não sei quem eu sou sem isso — admito.

— Entendo — diz Taslim.

— Você? — Eu zombo. — Não, você não entende, Taslim. Você é uma daquelas pessoas realmente irritantes que é boa em tudo o que faz, além de suas notas: dardo, xadrez, línguas, olimpíadas de matemática. — Taslim era um bom matemático (não o melhor, mas mesmo assim) — E violino. E mesmo que você não seja especialmente talentoso em algo, se quisesse ter sucesso o suficiente nisso, seus pais conseguiriam ajuda para aprimorar qualquer centelha de talento que você tivesse. É fácil para você. A vida.

Ele aperta a mandíbula por um tempo. Sua voz está tensa, e ele fala devagar:

— Não nego que seja mais fácil para mim do que para a maioria. Mas eu também tive que batalhar pelas coisas, coisas das quais você não faz a menor ideia.

— Claro — eu digo em um tom neutro.

Taslim faz um gesto para o assento ao meu lado na arquibancada, arqueando a sobrancelha, e eu dou de ombros.

— É um país livre.

Ele se aproxima. Admiro a facilidade e a agilidade dele ao saltar da sua fileira diretamente para o assento ao meu lado em um movimento fluido. Observamos minhas colegas de equipe treinando, não exatamente encostados, mas perto. O tecido de sua polo roça contra meu braço, e um arrepio percorre meu corpo. Eu me afasto sorrateiramente.

Ele pigarreia e se mexe no assento.

— Escuta, eu venho querendo, ah, eu quero pedir desculpas pelo meu comportamento no stand-up, na verdade. Não sei o que deu em mim, geralmente não sou do tipo babaca que marca território...

— A parte que você geralmente não marca território é verdade.

Ele ri.

— Ok. Eu mereço isso, embora geralmente seja talvez um exagero. Na maioria das vezes sou bem legal com você, não sou?

— Você é quem diz. — Viro-me para encará-lo. — Não é uma pessoa fácil de entender.

— O que quer dizer com isso?

— Você simplesmente não é — digo, muito eloquentemente. — Quero dizer, acho que você é como um daqueles políticos de longa carreira. É superficialmente legal com todo mundo e apresenta essa superfície muito tranquila para todos, mas por baixo de todo esse mar tranquilo, sei que existem correntezas que vão te afogar.

— Quem diria, você projeta muito, hein? — ele diz, olhando para mim. — Acho que posso dizer o mesmo de você, Srta. Guardo-Meu-Jogo-A-Sete-Chaves.

— Eu sou muito aberta — digo, cruzando os braços e estreitando os olhos. — É só que, ao contrário de você, não tento ser legal com todo mundo.

— Com certeza, não — ele concorda.

— Tá, aonde você quer chegar? — digo, ficando cada vez mais irritada.

Ele levanta as mãos em uma rendição fingida.

— Olha, de verdade, sinto muito pelo que fiz no clube de comédia. Aquilo não foi... não foi meu melhor momento. — Ele remexe na barra da sua polo. — Você me pegou em um momento vulnerável: meu primeiro solo de quinze minutos, que foi um desastre total, e foi a primeira vez que alguém que me conhece... bem, como Royce, me via fazendo aquilo. Foi simplesmente desorientador, e era você. E, sabe, você é tão, hum, intimidadora. De qualquer maneira, não estou dando desculpas pelo jeito que eu agi, não me entenda mal, eu só... Quero dizer, tudo isso é para dizer que eu... eu sinto muito.

— Eu sou intimidadora? — pergunto, confusa. — Por quê? É por causa da minha expressão plena de campeã? — Eu a testo com ele.

Ruborizando, ele desvia os olhos e se inclina para trás em seu assento.

— Deixa pra lá.

Ele realmente tem cílios incríveis, reparo. Não é à toa que ele consegue lançar dardos tão bem, os cílios devem proporcionar sombra contra a luz. Meu olhar desliza para seu peitoral, que está muito visível sob a camisa polo nessa posição reclinada. Uau, é realmente... visível.

Forço-me a pensar em pepinos-do-mar, depois entro em pânico por causa de sua forma fálica, e em vez disso penso nos ouriços-do-mar, espinhosos. Nada sexy em ouriços-do-mar. Nada. Bem... a menos que você chegue ao seu interior macio.

Dou um pulo e percebo que estava com os olhos grudados no peitoral do Taslim esse tempo todo. Desvio o olhar rapidamente e foco nas sobrancelhas dele que, digo para mim mesma, parecem no mínimo taturanas.

— Então, o que você acha sobre a pena de morte? É justificada em alguma situação? Discurse sobre isso!

Taslim ri, uma risada alta e chiada.

— Ai, Agnes Chan — ele diz, depois de se recuperar. — Todo dia com você é um privilégio.

Ficamos observando o treino das Flashes por mais um tempo sem fazer comentários. Royce passa as unhas em cima de uma mancha invisível no jeans dele.

— Ei, eu falei sério antes. Adoraria ser seu monitor. Quer dizer, tipo, não adoraria, mas tipo, tipo assim... Eu estaria disposto a, hã, te ajudar a melhorar suas notas ou no que eu puder, com trabalhos da escola, tarefas. Pode fazer a diferença para entrar na universidade que você quer.

— Isso é... — Eu hesito, mexendo as mãos. — Eu não quero... quer dizer, eu quero, mas... mas tipo, só se você me deixar pagar por isso. — Eu termino a frase rapidamente.

— Chan, o objetivo de ser um monitor dos colegas é *não* cobrar...

— Eu quero... Eu *preciso*.

— Tudo bem — ele diz suavemente. — Eu não aceito dinheiro ou qualquer coisa do tipo, mas você pode, não sei... — Ele faz cara de pensativo. — Você joga *CounterFlash: Hardboiled?*

— Todo mundo joga, não?

Ele ri.

— Definitivamente, não. Em que nível você está?

— Estou no nível setenta e três.

— Puta merda. — Ele engasga.

— Pois é. Eu não tinha muito o que fazer nas primeiras duas semanas depois que me machuquei.

— Ótimo. Então me pague com itens de CounterFlash — ele diz. — Um item. O que eu escolher do seu estoque.

Eu faço uma varredura mental no meu inventário. Tem algumas coisas lá que valem uma boa grana e alguns achados razoavelmente bons — é um risco, dependendo de quão ganancioso ele quer ser. Mas não tenho mais nada para negociar. Assinto.

— Claro.

Marcamos de nos encontrar na próxima quinta-feira depois da escola, que, se tudo correr bem, será seguida por uma segunda sessão na segunda-feira seguinte. Faríamos duas sessões de três horas por semana, pelo menos. As provas de final de semestre serão em dois meses mais ou menos, e se eu me esforçar bastante, posso no mínimo elevar minha teimosa nota 7 em biologia avançada e álgebra para 9. Isso pode fazer a diferença, uma remota chance de ser aceita em uma das minhas segundas opções.

Um grito da equipe de atletismo interrompe nossa conversa e nós observamos a comoção. As garotas estão fazendo uma pausa para beber água, e Suraya está mostrando um vídeo no celular que as faz explodir em risadas estrondosas.

— Eu sinto falta disso — digo suavemente.

Ele se vira para me olhar.

— O quê?

— Eu... Eu... é... — Meus olhos se enchem de lágrimas novamente e eu baixo o olhar. — É só que... Eu não, bem, minhas amigas... Eu não me encontrei muito com elas desde o acidente. — Minhas colegas de equipe haviam enviado seus pêsames, por mensagens de texto e um cartão feito em grupo, mas em grande parte, não houve convites para sair depois das aulas ou dos treinos, como costumávamos fazer. — Eu sinto falta delas.

Admitir isso me trouxe de volta à realidade da situação. Meus olhos transbordam e minha garganta se fecha, engolindo o restante do meu discurso. Eu me abaixo para mexer nos cadarços.

— Bem — diz Taslim, depois de uma pausa —, se elas fossem mesmo suas amigas, não te deixariam de lado desse jeito. Eu não faria isso.

Continuo com a cabeça abaixada, tentando esconder minhas lágrimas, quando sinto uma mão no meu ombro. De Taslim. Quente e firme, persistente. Congelo, e algo acontece com minhas pernas, que de repente se transformam em gelatina. Tento falar, dizer para ele tirar a mão, mas não consigo. Mesmo. Ficamos nessa posição constrangedora por um tempo, as palavras não ditas entre nós escritas em nossos corpos travados.

— Cuide-se, Chan — ele diz.

Eu resmungo de uma maneira que acho ser amigável. Então vejo seus tênis indo em direção à saída e desaparecerem.

Eu me sento, ainda abalada, e tento recuperar o controle sobre minhas emoções. *Respire. Acalme-se*, digo a meu próprio coração. Mas meu corpo não me obedece. Eu afundo nas arquibancadas, olhando para as minhas colegas de equipe, tentando processar o emaranhado de emoções que se desenrola dentro de mim. Engulo o nó na minha garganta enquanto luto contra uma sensação desconhecida que se instala no meu estômago e o calor que queima minhas bochechas, meu pescoço e minhas costas.

Então, uma mensagem de texto de um número desconhecido:

Ei, se estiver achando difícil, sei lá, essa situação toda... Estou aqui. Pode falar comigo. A qualquer hora. Seu amigo, RT.

Eu guardo o celular, meu rosto formigando. Royce Taslim, o incontestável rei do ensino médio em Dunia, acabou de se proclamar meu amigo. Por que ele está sendo tão legal comigo, uma ninguém?

9

— SABE, VOCÊ DEVERIA SAIR UM POUCO — diz a Rosie para mim na manhã seguinte.

Estamos jogadas de frente uma pra outra no sofá de três lugares da sala de estar. Estou exausta e inquieta — a insônia e jogar no computador tiram meu sono à noite. Sem ter muito com o que me ocupar, e pra fugir da minha vida antiga, comecei a fazer ponto-cruz. É coisa da minha mãe, que fazia isso com a mãe dela quando era pré-adolescente, e agora, por algum motivo, estou bordando também.

— Eu saio — digo.

— Fala sério, quando você não tá estudando, tá jogando. Precisa sair para encontrar gente, se divertir. Você tá ficando *tão* chata.

— A Agnes não existe para ficar animando a sua vida, Rosie — lembra minha mãe, entrando na sala com uma pilha de roupa. Ela se joga no sofá e começa a dobrar as roupas, parecendo um pouco mais pálida que o normal.

— Ei, eu tô aqui — retruco. — Posso falar por mim mesma.

— Você só fica estudando e preenchendo as inscrições para a faculdade.

— Tenho que fazer as duas coisas, e principalmente estudar pra caramba se quiser notas quase perfeitas. Senão já posso esquecer a bolsa de estudos, até mesmo a parcial, isso se eu entrar em alguma universidade nos EUA.

Minha mãe morde o lábio.

— Escuta... não precisa se preocupar... Não é... A gente consegue...

— Relaxa, mãe — eu a interrompo. — Eu dou um jeito — falo, forçando um sorriso. Não quero que ela se sinta mal por causa da nossa situação.

A verdade é que eles não têm dinheiro pra me mandar para os Estados Unidos, mesmo se vendessem a casa. Nossa família está cheia de dívidas. Eles acham que eu não sei, mas eu tenho visto as contas. Enquanto Stanley e minha mãe estiverem empregados, sobrevivemos. Por enquanto. Mas nada é garantido.

— Voltando ao que eu estava falando, a Agnes tá chata pra caramba, e só sabe suspirar, irritante pra *dedéu* — diz Rosie, erguendo os braços numa imitação perfeita da minha mãe. Pegou esse "pra dedéu" da amiga dela, a Jasmine. — E olha só essa cara de boba que ela fica fazendo, esparramada no sofá que nem uma mulher de meia-idade com o pé na cova...

— Obrigada, irmã — falo, enquanto a minha mãe solta um "Obrigada, Rosie", para qual a Rosie cora e diz:

— Mas é claro que não tô falando de você, mãe. Você não tem nem 45.

— Tenho 37, mas aceitei minha obsolescência da meia-idade com elegância, obrigada — responde a minha mãe, seca.

Rosie continua a tagarelar:

— E ela nem xinga mais quando eu me sento mal, falando de postura e sei lá o que mais. Parece que desistiu da vida. Eu não vou aceitar isso.

Minha mãe dá um tapinha na minha cabeça.

— Ela só tá... se readaptando. Logo vai encontrar a personalidade espevitada dela de novo.

— Eu quero minha irmã de volta — reclama Rosie. — Ela costumava ser divertida. Esse projeto de ser humano que ela é agora é um tédio. Uma bunda mole — ela acrescenta, se lembrando da lição que eu dei.

— Olha a boca — reclama minha mãe. — Que tal dizer: "essa versão da minha irmãzinha não é a minha favorita"?

— Ah, obrigada, vocé duas — digo irritada. Deixo o bordado de lado. — Vou subir para estudar num lugar onde posso ser eu mesma, irritada e chata, sem censura.

— Espera, Agnes, só... senta aqui, por favor. — Minha mãe para de dobrar as roupas, então coloca as mãos no colo e pigarreia. Seus dedos estão agitados. — Eu, hum... preciso contar algo para vocês, meninas.

Ela não olha para nenhuma de nós.

— O quê? —pergunta Rosie, desconfiada.

Não falo nada enquanto observo minha mãe. Meu estômago se revira. Ela está corando.

— Estou grávida — diz ela, com a voz um pouco trêmula. — Cerca de dez semanas, mas achei que deveria contar a vocês...

Rosie grita e se joga em minha mãe, com a alegria de um golden retriever ganhando um petisco.

— Mãe! — ela grita. — Eu sou a garota de 11 anos mais feliz de todas! Ganhei uma nova chance de ter uma irmã de verdade!

— Rosie! — repreende minha mãe, mas está sorrindo.

— Brincadeirinha, Agnes — diz Rosie, com a voz abafada pelo cabelo da nossa mãe. — Eu ainda te amo.

— Obrigada, maninha. E parabéns, mãe — digo, tentando sorrir de novo. Por algum motivo, minha voz está falha e fraca. Por dentro, me sinto oca, como se alguém tivesse me esvaziado por inteira. Eu me levanto e abraço minha mãe por dois segundos, então me afasto.

— Estou muito feliz que vocês estejam felizes — diz minha mãe, e na hora me sinto uma pirralha ingrata por não estar 100% eufórica.

Pego meu bordado e faço pontos sem sentido, esquecendo de seguir meu gráfico. Escuto Rosie e minha mãe rindo de nomes de bebê, e uma dormência desce sobre mim até meus dedos pesarem como chumbo.

O que está acontecendo comigo?

Termino mais algumas fileiras de pontos e peço licença. Eu me arrasto escada acima, captando meu reflexo no corredor ao entrar no meu quarto. Minha postura está terrível. Parece a postura de uma lesma num dia muito quente. Tudo está tão errado.

Me jogo na cama e enterro o rosto no travesseiro. Cada músculo do meu corpo pesa como se fosse feito de concreto. Me sinto frágil, como se fosse despedaçar se alguém me tocar. Se eu achava que não poderia piorar depois do acidente, parece que eu estava enganada.

Ganhei uma nova chance de ter uma irmã de verdade! A voz da Rosie ecoa na minha mente. Era uma piada, mas isso me pegou de jeito. Nova chance! Nova chance!

Tento ler um dos romances de que gosto, mas nada parece prender minha atenção. Coloco um especial de comédia para tentar distrair minha cabeça. Nem posso fazer o que sempre faço quando a vida quer me atropelar: sair para correr. Não dá para fugir da realidade dessa vez. Nem mesmo as piadas de Amina Kaur me ajudam.

Minha mãe e Stanley vão ter um filho. Juntos.

Um pensamento pequeno e sem importância surge na minha consciência. Royce dizendo eu poderia procurá-lo se precisasse conversar com alguém, a qualquer momento. Eu coro ao lembrar de nós dois nas arquibancadas. Como seu toque percorreu todo meu ser.

Aperto as unhas na palma da mão e torço para que a dor afaste a doença que me infectou; porque só posso estar doente para me arrepiar com o toque do Royce. Eu claramente estou com tempo demais. Preciso de uma distração.

Abro o chat do grupo de comédia e rolo ociosamente pelas últimas mensagens, como tenho feito regularmente desde que fui adicionada.

Gina: Vocês se inscreveram para o open mic desta noite? O bar está com uma promoção especial para a torre de cerveja aos domingos e parece que vai lotar! E é claro, sou a atração principal hoje à noite, então, por favor! Venham me dar uma força!

Hamid: Estarei lá! Vou de laranja, se alguém quiser combinar as cores.

Antes que eu perceba o que estou fazendo, copio e colo a lista acrescentando o meu nome no final.

O chat explode com mensagens:

Gina: Uhuuul! Bem-vinda de volta, garota!

Milly: Oiiii! A gente ainda não se conhece, mas já ouvi falar de você! Te vejo hoje à noite!

Vern: Aaaaaaaaaaaags!!!

Então, do nada, uma mensagem privada do Vern:

A gente devia que marcar um rolê um dia desses. Pra colocar o papo o dia.

Sinto minhas bochechas esquentarem.

Eu: Claro.

Hamid e Kumar mandam mensagens de oi com vários emojis. Royce não envia nada.

Mando uma mensagem pra Zee avisando que vou me apresentar, sem ter certeza se quero mesmo que ela apareça lá. Ela responde com uma sequência de emojis gritando que terminam com

CLARO QUE EU VOU, CARA!

Envio uma mensagem no grupo das Hot Flashes com os detalhes da minha apresentação. Me alertaram sobre evitar convidar pessoas queridas para as primeiras apresentações nessa jornada do stand-up — Kumar e Hamid foram especialmente cautelosos —, mas isso não é exatamente uma jornada para mim, só quero uma chance de socializar com meus amigos novos e antigos.

No grupo, elas me elogiam, mas ninguém promete aparecer.

10

PEÇO LICENÇA DEPOIS DO JANTAR, aviso meus pais que vou encontrar uns amigos e vou para o restaurante moderno de comida libanesa, onde a noite de open mic "Pé na Jaca" está rolando.

Eu logo encontro o grupo de comediantes. Eles estão sentados numa mesa de canto, perto do pequeno palco elevado onde a banda costuma tocar. Aqui não tem sala de espera, então a pessoa que vai se apresentar sobe ao palco quando o nome é anunciado. O grupo acena quando me vê. Aceno de volta e, quando confirmo que Royce não estava lá, solto um suspiro que nem eu mesma percebi que estava segurando. Conheço a Milly, uma expatriada britânica na casa dos 40 anos, que é professora de linguística, além de outra comediante de improvisação que às vezes faz stand-up para aprimorar suas habilidades; outro comediante veterano, na casa dos trinta e poucos anos, chamado Sai, acena com a cabeça para mim, mas conversa apenas com Bryan; Kong, que é estreante, deve ter uns vinte anos e está branco de tão nervoso. Ele dá um comprimento meio sem jeito.

Eu me sento perto de Kumar e Gina.

— Como está o som? — pergunto para a Gina.

— Ótimo. — Ela está suando.

— Ei, você está bem?

— Sim, só nervosa pra caramba. É a primeira vez que faço um set de vinte minutos. A maioria dos meus sets mais longos foi de dez ou quinze.

— É um marco importante — diz Bryan, que está comandando o show hoje. Ele estica a mão e dá um tapinha amigável no braço da Gina. — O primeiro set de vinte minutos é sempre grandioso, assim como o primeiro de dez, o de quinze...

— Bem, então, quebre a perna? Boa sorte? Que a Força esteja com você? Seja lá no que você acredita — digo rapidamente quando ela fica vermelha de vergonha.

— De qualquer forma, aqui está a lista de apresentações que foi postada no chat do grupo com os horários de vocês — diz Bryan.

Dou uma olhada e vejo que sou a segunda a se apresentar na segunda metade das apresentações, com um set de cinco minutos. Ray é quem fecha a primeira metade, com sete minutos.

Kong emite um agradecimento quase inaudível, e Bryan diz:

— Ei, ei, vem cá. — E o tira do banco, levando-o até um canto ao ar livre, provavelmente para dar uma animada nele. O nervosismo pré-apresentação é contagioso.

— Cadê o Ray? — eu me pergunto. Faltam dez minutos para as cortinas subirem.

— Ele me disse que já está chegando — diz Gina. — Ele e o pai estão presos no trânsito.

Assinto, percebendo a mentira do Royce enquanto mantenho um olho na porta à procura da Zee, que mandou agora uma mensagem avisando que está a caminho — o que no jeito malaio de falar significa que ela acabou de perceber que precisa sair e vai chegar meia hora atrasada; ainda há uma pequena parte de mim que espera ver minhas colegas de equipe na plateia. Royce entra sorrateiramente alguns minutos depois e fica em pé no canto da sala. Gina faz um sinal para ele se juntar aos outros, mas ele balança a cabeça. Seus olhos encontram os meus e se desviam.

Ele está te evitando, uma voz dispara na minha cabeça.

Aperto a mandíbula. Não sei se isso é verdade — suspeito de que sim — mas se for... pensar que Royce está me evitando me atinge como um tapa. Depois da nossa interação nas arquibancadas ontem, eu estava começando a pensar que poderíamos ser amigos, mas agora que estou de volta ao stand-up, ele está me tratando como se eu não fosse ninguém de novo.

Tanto faz. Eu me forço a lembrar de quando isso não me afetaria, porque agora está me incomodando mais do que eu gostaria de admitir.

Bryan abre a noite com uma ótima performance, seguida por Vern, Milly e Kong (que foi um fiasco, mas recebeu aplausos entusiasmados por ser um doce e desajeitado novato na comédia). Kong sai do palco e corre para fora do restaurante, provavelmente para vomitar na calçada.

— Mais um soldado abatido — diz Milly.

E então é a vez do Royce.

Ele sobe no palco, umedece os lábios e segura o microfone com tanta força que consigo ver os nós de seus dedos brilhando de tão brancos. Normalmente esse seria o meu momento de jogar uma praga mental nele, mas, curiosamente, não faço isso. Não consigo.

O que está acontecendo comigo?

— Eu... eu... eu... — Ele balança a cabeça, então recomeça, com a voz mais firme. — Vou estudar medicina no Reino Unido, ou pelo menos é o que minha mãe diz. Ela já escolheu até minha faculdade, acreditam? Oxford. Ela quer que eu vá para Oxford. Assim mata dois coelhos com uma cajadada só. Se eu fracassar em medicina, pelo menos posso me casar com uma pessoa bem-sucedida. De preferência, da realeza... mas *sem pressão.*

O público ri. Kumar se inclina e sussurra:

— Legal, ele está fazendo o número da mãe mandona e da dívida estudantil. Boa sacada.

— Enfim, os livros de medicina são bem caros — Royce continua —, então minha mãe disse: "Vamos comprar todos de uma vez agora, por causa da inflação!". Eu tive que comprar um livro de imunobiologia, e o lojista disse: "Aceitamos Master, Visa e rins." Eu disse a ele que já não tinha mais rins disponíveis depois de ter comprado o livro de anatomia, mas ele poderia ficar com o da minha mãe. Afinal, ela quem disse "Qualquer coisa pela sua faculdade." — Uma pausa. — Aposto que ela não pensou que isso significaria ficar sem um dos rins.

Ele consegue algumas risadas tímidas e continua improvisando sobre ser um estudante no mundo inflacionário de hoje. As piadas e os trocadilhos são inteligentes e deveriam ter arrancado risos mais fortes, mas é sua interpretação que não convence. Mordo o lábio e sinto vergonha alheia enquanto o número continua no mesmo tom. Por que ele está fazendo essas piadas? Ele não tem outro material? Royce não é pobre. Pelo amor de Deus, ele tem segurança particular.

Quem é Ray Lim de verdade?

O resto do seu número se desenrola e termina com aplausos educados.

Royce captura meu olhar e desvia quase imediatamente. Desce as escadas sem pressa e fica encostado na parede, num dos cantos da sala, olhando para o celular, enquanto Bryan faz alguns anúncios. Há um intervalo de quinze minutos, e eu me pergunto se ele vai se aproximar quando Bryan terminar.

Prendo a respiração quando ele vem para a mesa dos comediantes e cumprimenta todos com um e aí. Todos dizem frases encorajadoras, mas Royce não parece animado com isso.

Ele me ignora, e eu o ignoro, magoada. Pego meu celular e finjo estar concentrada no meu número. Bem, se o Sr. Marrento vai ser um babaca comigo, por razões que eu não entendo, então eu vou esquecer a cordialidade com ele. Não faz diferença para mim se Royce está na minha vida ou não.

Mas meus dedos começam a tremer enquanto repasso meu set.

Royce avisa que vai pegar um refrigerante e pergunta se alguém quer alguma coisa do bar. Gina vai com ele; aparentemente os comediantes têm um vale refrigerantes por conta da casa, mas a Gina precisa ir pra assinar a conta.

— Nesta lista de hoje, o Ray é o mais experiente, depois da Gina e do Bryan? — pergunto pro Vern. — Parece que ele tem mais tempo do que os outros comediantes.

— Não, ele não é mais experiente, mas comédia não é sobre quem está há mais tempo, é sobre quem é *bom*. O Ray pega mais tempo porque ele é muito bom, apesar de só fazer stand-up há uns dois anos. — Vern vê a minha cara de confusa e completa: — Odeio admitir, mas ele costuma ser bem, bem melhor. Ele tá meio travado ultimamente, mais ou menos desde que você apareceu. — Ele me encara, pensativo. — Então, me fala a real: está rolando alguma coisa entre vocês dois? Tem uma certa... tensão no ar.

Eu tento me conter.

— Bem, nós meio que nos conhecemos da escola. — Não dou mais detalhes, pois se descobrirem em que escola estudamos, a credibilidade do personagem que Ray criou iria pelos ares. — Tipo, somos cocapitães da equipe de atletismo e, hum, somos um pouco competitivos.

Vern bate a mão na mesa.

— Ahá! Então é isso. Agora tudo faz sentido.

— É, a gente realmente não se dá bem por causa disso.

— Então, vocês não estão saindo juntos? — ele pergunta, me observando.

Eu nego com a cabeça e ele me dá um sorriso misterioso.

— Interessante — diz.

Ele afasta o cabelo do rosto e está prestes a falar algo quando Royce volta com Gina e Zee, radiante em uma blusa verde-esmeralda de manga comprida, jeans e um lenço floral rosa e branco, e arrasando com um batom escuro. Os três estão segurando garrafas de refrigerante abertas para todos, embora Zee esteja com um braço levantado, gravando um vídeo panorâmico do lugar enquanto narra para suas redes sociais.

— Zee! — digo, acenando.

— Agnes! — ela diz, colocando as bebidas e depois o telefone de lado. — Eu vim preparada com carregadores portáteis, no plural! E comprei bebidas para todos!

— Eu tentei avisar que os refrigerantes são cortesia para os comediantes, mas ela praticamente me empurrou de volta e disse para colocar todas as bebidas no cartão de crédito chique e metalizado dela — Gina conta.

— Ah, sem problemas, fico feliz em dar uma força — diz Zee despreocupada. — Afinal, Agnes é minha melhor amiga. E agora sei que sou a estranha não-comediante aqui na mesa, então sempre que precisarem de algo do bar, me deixem buscar.

— Uau — Vern murmura ao meu lado, e eu sinto um choque de reconhecimento em seu tom.

— Você é sempre bem-vinda para se sentar na mesa dos descolados — Milly diz, sorrindo —, se estiver pagando as bebidas.

Zee bate palmas duas vezes.

— Fechado. Desde que não seja bebida alcoólica, por razões óbvias. — Ela desliza para o sofá. — Desculpa o atraso — grita da ponta da mesa para mim.

— Não tem problema — respondo. — Já estou acostumada. Pelo menos você não perdeu meu número.

— É, apesar de estar chateada por ter perdido a apresentação do "Ray" aqui — ela diz, com uma piscadela para Royce, que cora. Ele deve ter lhe contado sobre a situação quando se encontraram no bar.

Eu apresento Zee como Zee, mas é claro que todos já tinham reconhecido ela. É o que acontece quando seu tataravô é um dos fundadores do partido político mais antigo da Malásia e seu pai é um ministro-chefe.

Eu reparo no pequeno suspiro que ela solta quando cumprimenta Vern. Uh-oh.

— Você é modelo? — ela pergunta a Vern, com uma das mãos no coração enquanto olha profundamente em seus olhos.

Vern ri com desdém, afastando o cabelo bagunçado dos olhos.

— De jeito nenhum. — Ele se vira abruptamente para Hamid, e os dois começam a discutir sobre o set de Bryan.

Zee assente.

— Tão grosseiro — eu a ouço dizer um pouco sonhadora.

Algumas pessoas saem da mesa e, na redistribuição de lugares, Royce e Zee acabam sentados na outra ponta. Observo Royce conversando com Zee e Gina, lutando contra uma pontada de inveja enquanto eles riem juntos. Royce pode ser muito charmoso, embora claramente não esteja tentando ser comigo. De alguma forma, isso me irrita mais do que deveria. Foco, digo a mim mesma.

Então chega a minha vez. Subo no palco sob os gritos da plateia. Há uma grande mesa de clientes particularmente barulhentos comemorando o que parece ser um aniversário (o balão gigante de trinta anos ajudou). Alguém daquela mesa grita:

— Ei, novinha!

— É por causa de pessoas assim — digo, apontando para a mesa de aniversário —, que posso acabar perdendo meu réu primário.

Eles riem de forma amigável — ou embriagada.

Eu sigo para o meu número sobre ser uma adolescente gamer.

— Eu tenho bitcoins! — grita um homem usando uma guirlanda de flores de plástico fúcsia, que deve ser o aniversariante da mesa animada. Um murmúrio baixo começa entre seus amigos. — Cripto, cripto, cripto.

— Calma lá, *cringes* — digo amigavelmente. — A vez de falar é de quem está com o microfone, beleza? Podem "criptografar" isso?

As mesas ao redor explodem em aplausos e vaias calorosas, e o cara que começou com tudo levanta as mãos em rendição.

— Tô bêbado — ele diz, como se isso explicasse tudo.

Eu paro de dar atenção a essa mesa e me viro para o público.

— Enfim, falando em redes sociais, meus pais não têm TikTok, e isso é ótimo. Acho que eles se arrependeriam de ter filhos se vissem o que a gente anda fazendo por lá. Outro dia, vi um TikTok de espinhas sendo estouradas em câmera lenta. Tipo, chamem logo os cavaleiros do apocalipse.

Eu continuo nesse ritmo até que Bryan indica que meu tempo acabou, fazendo um X com os braços. Fecho o show com a minha melhor piada. A plateia bate palmas com força, e eu as acolho de forma um pouco tímida, a adrenalina deixando meu organismo enquanto caminho em direção aos meus colegas comediantes. Então Bryan se levanta e sobe no palco para apresentar o próximo.

Eu hesito ao chegar na mesa lotada. Só há um lugar vago — e é no sofá ao lado do Royce, que está sentado ao lado da Zee.

Eu cerro punhos, dentes e tudo mais e me forço a sentar, como se não fosse nada de mais ficar ao lado dele. Porque não há nada entre nós que poderia tornar sentar ao seu lado um problema, afinal. Royce é como qualquer outra pessoa. Apenas um ser humano comum.

Zee se inclina e belisca meu braço; seus olhos estão arregalados.

— Agnes, eu não sabia que você era engraçada.

Dou um tapa no braço dela e ela mostra a língua.

— Abram espaço — diz Milly, quando volta com uma torre de cerveja e alguns copos. — Essa rodada é por minha conta, seus mão-de-vaca, então se sirvam à vontade.

Eu me arrasto mais para o lado, com a expressão de uma lesma entrando em uma banheira de sal, até meu corpo encontrar o do Royce.

Ele e eu nos mantemos em um ângulo que minimize o contato, mas apesar de termos começado tentando não nos tocar, depois de um tempo começa a parecer que não estamos resistindo mais. Sua coxa pressiona forte contra a minha com uma insistência que faz a minha boca ficar seca. Talvez ele esteja tentando conseguir mais espaço. Eu empurro de volta, na vibe de defender meu território naquele banco, e só isso.

Vern chega perto e aperta a minha mão.

— Ags, você não ensaiou aquele número, né? Digo no bom sentido.

— Não, quer dizer, tive que improvisar algumas partes por causa do cara que ficou me interrompendo.

— Mandou bem — diz Gina, me dando um *high-five*. — Você é espontânea. Talvez a melhor que eu já vi.

— Você costumava falar isso de mim — diz Royce, com um tom de brincadeira.

Ao que Gina dá de ombros e diz, com uma piscadela cúmplice pra mim:

— .高山一有还山一

— Eu também falo mandarim — resmunga Royce, afastando sua coxa da minha.

Vern se serve de uma caneca de cerveja e coloca outra diante de mim.

— Quer um pouco? — ele diz, indiferente.

Estou prestes a pegar — minha primeira bebida alcoólica, e por que não? Eu estava apanhando da vida há um *mês inteiro* — quando Royce empurra a caneca pela mesa com um movimento rápido do pulso.

— Está tentando eliminar a concorrência, Vern? — Ele não diz isso de maneira engraçada. Na verdade, todo o seu corpo está tenso. — Além disso, ela é menor de idade.

— Ah, não seja estraga-prazeres, Ray — diz Vern. Sua voz é brincalhona, mas seus olhos estão frios. — Não é como se eu nunca tivesse te visto beber, e você tem a idade dela, não é?

Royce se vira para mim, e eu entendo o olhar dele. É um lampejo de preocupação do tipo "O que você contou para ele?", e eu dou de ombros e faço um leve gesto negativo com a cabeça para tranquilizá-lo de que seu segredo de menino rico está seguro comigo. Ele relaxa um pouco, mas não o suficiente para tirar o braço do caminho da caneca de cerveja do Vern.

— Para com isso, Vern — interrompe Gina, antes que a tensão aumente. — Você não quer causar problemas para o Bryan com o restaurante por causa de bebida para menores.

Vern dá de ombros.

— Não achei que fosse grande coisa. Ela tem, o quê, 17 anos? Não é uma criança. — Ele pisca os olhos felinos para mim e vejo um desafio neles.

— É, *papai* — digo de forma displicente para o Royce, irritada que ele achou que estava em posição de "me proteger".

Royce afasta o braço e diz:

— Vai em frente, então.

— Eu não acho que nenhum de vocês deveria estar bebendo — diz Zee. — Especialmente você, Roy... *Ray.* Você sabe, alguém sempre pode estar por perto, de olho.

Ela levanta as sobrancelhas e sei que ela está pensando nos tabloides. Porque, mesmo com o cabelo estranho, as roupas amarrotadas e o gorro, Royce é muito bon... quer dizer, ele é muito "cara-de-Royce" para passar despercebido, embora você precise saber por quem está procurando. Ele só não está sendo perseguindo porque é um jovem low-profile, mas se alguém soubesse que o filho de Peter e Ming Taslim está na área...

— Ninguém com menos de 21 anos bebe aqui — diz Gina, intervindo para pegar a caneca de cerveja em questão e tomar o conteúdo em alguns goles barulhentos. — Não precisamos cometer nenhum deslize, pessoal. — Ela acena com a cabeça em direção ao bar, onde um homem de óculos na casa dos 50 está olhando na direção deles. — Está vendo aquele cara de terno? É o Nick, o novo gerente do restaurante. Espero que não reclamem do show de hoje, porque ele odeia quando somos rudes com os clientes, mesmo que sejam provocadores. É ruim para o negócio. Precisamos deste local: tem um público diverso de pessoas da região e estrangeiros, o palco é profissional, e o esquema que temos aqui é ótimo, com bebidas e petiscos grátis durante as apresentações. — Ela não está apontando o dedo, mas eu sinto a indireta em suas palavras. Não havia pensado nas consequências do meu set.

— Desculpa — digo.

Gina dispensa meu pedido de desculpas com um aceno.

— Não se preocupe com isso, não é culpa sua. Vou falar com o Nick, acalmá-lo se for necessário. E intimidar as pessoas para dar gorjeta.

Como neste restaurante não havia uma taxa de entrada, os comediantes estavam circulando uma caixa de gorjetas entre as mesas dos clientes.

— Obrigado, mamãe Gina — a mesa entoa em coro.

À minha direita, Royce murmura bem pertinho do meu ouvido:

— Você não precisava se desculpar por nada. Aqueles idiotas foram grossos e arrogantes. — Ele morde o lábio antes de continuar. — E seu set não foi... uma porcaria. Teve uma ou outra piada bem risível.

Uma referência... *minha* referência. Uma centelha lenta e secreta se espalha dentro de mim. Viro-me para o Royce, para agradecê-lo, no exato momento em que ele olha para mim, nossos olhares se encontram e, desta vez, não desviamos.

Gina sobe ao palco depois de Hamid e arrasa. Sua apresentação é perfeita, uma parte emendando na outra, sem hesitação. Eu rio junto com a plateia, quase sem perceber o tempo passar. Ver Gina brilhando tanto em algo que ela ama fazer me fez perceber que tudo isso, e mais, está ao meu alcance. Eu posso ser tão boa quanto era como velocista e ainda me divertir fazendo isso.

Eu tenho um propósito de novo.

Quando a apresentação dela termina com aplausos estrondosos, Gina desce do palco praticamente flutuando e se junta a nós. Uma banda sobe para se preparar para tocar música ao vivo.

Nick se aproxima devagar e entrega a caixa de gorjetas que estava circulando com os dizeres "caixinha para comediantes mortos de fome" e um envelope.

— O envelope é da mesa do aniversariante. Bom trabalho hoje, pessoal. — Ele faz uma saudação desajeitada e vai embora.

Os olhos de Gina se arregalam quando ela verifica a quantia de dinheiro no envelope em que está escrito: *Divirtam-se e desculpem por sermos idiotas! – Dan.*

— Uau, gente — ela diz, com a voz baixa —, tem *muito* dinheiro aqui dentro. O aniversariante realmente manda ver no negócio das criptomoedas. — Ela abre a caixa de gorjetas e sacode o conteúdo de forma especulativa. — E tem uma boa quantia aqui também.

Os comediantes se reúnem em volta de Gina com expressões reverentes. A Malásia não tem uma cultura forte de gorjetas, então isso é uma surpresa bem-vinda. Ela tira o dinheiro do envelope; o maço de notas de cinco e dez ringgits é obscenamente grosso. Ela conta a pilha de notas lentamente, como se estivesse deleitando-se com a experiência.

— Trezentos... quatrocentos... quinhentos... seiscentos. — Ela lambe os lábios e dá um assobio baixo. — Puta merda. Quer dizer, eu sou artista há muito tempo, e essa é uma gorjeta enorme. Tem tipo *seiscentos e vinte* ringgits aqui, além das gorjetas que recebemos das outras mesas. — Ela balança a cabeça, os olhos arregalados. — Normalmente a gente se dá por satisfeito se sair de um show desses com cinco ringgits de gorjeta cada.

— Foi tudo graças a você — diz Kumar. — Você foi a CEO da comédia.

— Eu não assisto a stand-up, mas até eu posso dizer que você estava arrasando. Tem meu respeito! — diz Zee.

Gina fica radiante com o elogio.

— Obrigada. Vocês também arrasaram, principalmente a mini-Dona Maisel aqui! — Ela me dá uma cotovelada brincalhona. Eu coro.

— Todos vocês foram ótimos. De qualquer forma, normalmente nos meus shows o comediante principal fica com 25% do total arrecadado, então... parabéns, Gina! — diz Bryan, o comediante mais experiente e quem comandou o show de hoje. Os outros murmuram, concordando. Sai e Milly se oferecem para passar adiante a parte deles, e Kong ainda está sumido, azar o dele.

— Não vou discutir — diz Gina, sorrindo. Ela separa a parte dela e divide o restante com os outros. Estou animada que minha noite me rendeu dinheiro de verdade, já que estou afastada do Seoul Hot. Organizo as notas e as coloco na carteira, para não acabar, sei lá, jogando fora, embora as chances de isso acontecer sejam... nulas.

— Aqui está a sua parte — diz Gina, passando os últimos sessenta ringgits para o Royce.

— Tá tudo bem, eu não preciso — ele fala rapidamente, sem pegar o dinheiro. — Pode ficar

— Com o assim? — Gina se espanta.

Todos estão olhando para o Royce agora. Eu sei o motivo de ele não querer o dinheiro, é claro, mas o resto deles não sabe. Sessenta ringgits não é nada para o Royce, mas aqui ele é o *Ray*, o artista morrendo de fome. Um estudante pobre com veia artística.

Ele pisca.

— Quero dizer, eu não *mereço*, depois daquela apresentação.

— Cara, pega logo. Até o Kumar pegou, e ele foi horrível — disse Gina. Ela se vira para ele e diz: — Desculpa, querido. Sabe que eu te amo.

— Eu joguei meus cinco minutos no lixo — Kumar concorda.

— As pessoas ficaram em choque — disse Hamid. — Se arrependeram de ter nascido.

— Pode parar — retruca Kumar de forma bem-humorada.

— Eu não... — O pescoço do Royce está ficando vermelho. Ele percebe que cometeu uma gafe e está pensando em como sair dessa. Eu fiquei perturbada pelo fato de ele achar que sessenta *ringgits*, sim, sessenta ringgits malaios, não era nada demais pra um adolescente. — Ah, então tá, sim, por que não?

Ele estende a mão, pega desajeitado o dinheiro e, sem nem olhar, enfia as notas amassadas no bolso da calça jeans. Zee levanta uma sobrancelha pra mim, tendo observado toda a cena.

Um nó duro se forma no meu estômago. Eu precisava trabalhar na cozinha do Seoul Hot por três horas pra ganhar menos do que isso. Ele tem só 17 anos, pelo amor de Deus. Quanto é a mesada dele?

— Eu vou nessa — anuncia Kumar. — Dou aula amanhã e preciso dormir. Sou professor assistente numa pré-escola — ele me explica.

— A gente também, eu acho — diz Hamid, olhando de relance para Vern, mas Vern acena para ele ir e diz que vai ficar.

— Tenho que falar melhor com o Bryan sobre a nova competição de stand-up amador que eu acabei de descobrir. Pelo visto, um amigo do Bryan está na equipe de marketing da JOGGCo, a copatrocinadora do evento, e sabe das coisas — diz Vern. Ele olha pra mim. — E se a Srta. Chan aqui puder ficar um pouco mais, eu gostaria de bater um papo com uma velha amiga.

Dou de ombros.

— Claro — digo. Consigo sentir os olhares da Zee (e Royce) em mim. — Err, sim, mas sabe, a Zee pode ficar?

Vern me olha interrogativo, mas concorda.

— Claro, por que não?

— Na verdade, eu não posso — diz Zee, parecendo desapontada. — Avisei meus pais que chegaria cedo em casa.

— Fica para a próxima, então — diz Vern, sem perceber a esperança que brilha nos olhos da Zee com suas palavras. Ele se vira para Bryan. — Ok, agora desembucha! Quero todas as informações privilegiadas!

— Não sei nada além do que já foi divulgado, mas claro, me enche de perguntas pra te dar respostas que eu não tenho sobre a competição — retruca Bryan.

— Que competição? — pergunta Milly.

— Aquela nova, só pra jovens — responde Sai.

— Aqui — diz Kumar. — Eu te mandei um link.

Competição Internacional de Jovens Comediantes JOGGCo (Primeira Seletiva para ASEAN e Leste Asiático)

Convidamos todos os comediantes amadores de 16 a 21 anos da Associação das Nações do Sudeste Asiático (ASEAN) e do Leste Asiático para a primeira seletiva da Competição Internacional de Jovens Comediantes JOGGCo (CIJC.), que será realizada pela primeira vez em Kuala Lumpur! o vencedor terá a chance de se apresentar no lendário clube de comédia, Comedy City, em Nova York, para abrir a turnê americana de um renomado comediante da Netflix com um set de cinco minutos, e levará para casa US$ 10.000 em dinheiro!

— Puta merda, dez mil dólares em dinheiro? — digo sem pensar.

— No Comedy City: dá pra acreditar? — exclama Royce num tom que nunca tinha ouvido escapar dele.

— Meu Deus, que siglas horríveis — reclama Milly. — CIJCJ, que horror.

— Eu chamaria só de JOGGCo — sugere Sai.

— Que bacana, estou com inveja de vocês — suspira Gina. — Quem dera eu fosse qualificada para me inscrever.

— Quantos anos você tem, tia? — provoca Kumar.

— Morda a língua, jovenzinho. — Gina dá um tapa brincalhão nele.

— Muito melhor fazerem as seletivas aqui do que em Bangkok — acrescenta Vern, animado. — Mal posso esperar!

— Você não tá um pouco velho pra isso, Vern? — pergunto a ele.

— Tentando dar uma indireta para descobrir a minha idade? — ele responde, levantando uma sobrancelha. Então sorri e se inclina mais perto. — Está flertando comigo?

— Eu não! — rebato, irritada. A Zee está olhando diretamente pra gente, e parece analisar toda a conversa.

Vern recua, entretido.

— Só estou te provocando — diz ele. — Tenho 19, Agnes. E você?

— Dezessete — respondo. Eu achava que ele tinha 20 e poucos anos. Talvez a confiança, o bronzeado de surfista e o jeito debochado dele o faz parecer mais velho do que é.

— Legal — ele diz em tom suave, colocando casualmente um braço ao redor dos meus ombros. — Você deveria se juntar a nós e competir.

Ao meu lado, ouço mais do que vejo Royce apertar o maxilar. Urgh, ele é tão territorial em relação ao stand-up.

— Parece divertido — digo —, mas não sei se consigo me dedicar a isso, ou se sou boa o suficiente…

— Deveria, você é realmente talentosa — diz Bryan.

— Ele tem razão, você é espontânea — comenta Sai.

Eu fico corada, uma mistura de orgulho e constrangimento.

— Valeu, vou pensar no assunto.

— Eu vou garantir que ela volte — diz Zee. — Minha amiga tem potencial.

— Escute sua amiga, Zee, ela tem bom gosto — comenta Vern.

Zee fica corada.

— Obrigada. — Ela se levanta, a relutância marcada em seus movimentos. — Desculpe, mas tenho que ir. Meus pais estão me esperando, então é melhor eu me apressar...

— Até mais, querida, e voltem logo, as duas! — diz Milly.

Os comediantes acenam com a cabeça e as mãos. Com o canto do olho, vejo Royce saindo do sofá enquanto vou em direção à porta com Zee.

— Uau, agora eu sei por que você gosta dessa galera, são bem talentosos — diz Zee, acenando enquanto seu motorista chega. — Precisa de uma carona?

— Não se preocupe — digo. Ela sempre oferece, e eu geralmente recuso. — Eu vou voltar de ônibus.

Ela me manda um beijo ao entrar em seu Vellfire. Dou um tchauzinho e estou prestes a ir para o ponto de ônibus quando percebo Royce sentado na sarjeta alguns passos mais adiante, assistindo a um vídeo de um comediante se apresentando. Ele olha para cima e me dá um aceno rígido, que de alguma forma interpreto como um "venha aqui". Estou agindo de forma muito estranha esta noite.

— Oi — ele diz quando me aproximo. Royce guarda o celular e não faz menção de sair, então não interpretei mal a situação.

— Oi. — Aponto para o lugar ao lado dele. — Posso sentar?

— É um país livre — ele responde. Entendo como um sim e me sento ao lado dele.

— Então. Sem ratos esta noite — digo, porque obviamente sou uma conversadora de alto nível.

— Não — ele responde, com um brilho nos olhos. — Deve ser meu perfume.

Dou um riso abafado. Quem diria que Taslim tinha essa habilidade para o sarcasmo?

— Você foi muito bem hoje, Chan.

— Você também.

Ele inclina a cabeça para mim.

— Não precisa ser educada, eu fui mediano.

Nada em você é mediano, penso, mas não digo. Em vez disso, dou de ombros.

— Não esquenta com isso. Todos temos dias ruins, certo?

Ele me dá um meio sorriso.

— Todos esses meio-elogios; é quase como se estivéssemos chegando a um ponto onde podemos ser amigos.

— É — concordo. Seus olhos ficam muito dourados sob as luzes quentes da rua.

— Então, você vai se inscrever na competição? — ele pergunta depois de um silêncio em que muitas palavras deixaram de ser ditas.

Eu pondero sobre isso. Tenho procurado algo para me libertar da névoa enfadonha de decepção depois que minha carreira esportiva no ensino médio terminou cedo demais, e os eventos desta noite, a naturalidade de tudo, pareceram certos. Talvez isso seja um sinal. Tem que ser.

— Sim, eu vou, sim — respondo, assentindo. — O que significa que vou ter que fazer muitos outros open mics para chegar a um nível aceitável. Você vai me ver o tempo todo. Consegue lidar com isso?

— Vai ser um saco, mas acho que posso tolerar — ele diz, e só porque percebo um leve movimento brincalhão em seus lábios carnudos sei que ele está me provocando.

— Acho que vou te ver por aí, então, Lim — comento, tentando disfarçar a falha na minha respiração. Bactérias, lembro a mim mesma.

Ele se inclina mais perto, tão perto que consigo sentir o cheiro do seu perfume, que parece uma mistura das essências de Timothée Chalamet e Timothy Olyphant (os melhores Tims de Hollywood).

— Desafio aceito. A propósito, hum, se você não estiver... se você ainda não estiver, hum, tem certeza de que não quer...

— Precisa de uma carona, Agnes? — alguém pergunta.

É Vern, chegando em um Fusca azul-claro vintage que faz barulhos perigosos de vez em quando. Viro a cabeça rapidamente. Ele acena.

— Íamos trocar uma ideia depois das bebidas, mas você deu uma de Cinderela com sua amiga.

— Belo carro — digo, sorrindo. — Desculpe, me desliguei, esqueci completamente. Acho que estou mesmo cansada depois do show.

— Vocês se conhecem? — Royce pergunta, com uma expressão estranha no rosto.

— Sim, nós já estudamos juntos — digo ao Royce.

— Ela era famosa, todo mundo a conhecia — diz Vern. — Então, carona?

— Por onde você vai passar? Não quero incomodar.

Vern dá de ombros.

— Não é incômodo nenhum. Eu gosto de dirigir. Mas se importa pra você, estou indo para Damansara.

— Ah, legal, eu moro no caminho, mais ou menos — digo a ele qual é o meu bairro.

— Perfeito. Sobe aí.

Entro pela porta que Vern abre para mim, notando o olhar do Royce enquanto nos afastamos da calçada. É estranho, mas quase parece que ele está desapontado por eu estar indo embora.

11

A VIAGEM DE CARRO está mais silenciosa do que eu esperava. Tamborilo os dedos no colo e transpiro sem elegância alguma. Todos os desfechos ruins possíveis passam pela minha cabeça, graças ao meu consumo excessivo de podcasts de *true crime* e minha amizade com a Zee, que acredita estar destinada a morrer de uma forma dramática (mas, curiosamente, não relacionada a veículos). Percebo que, além do fato de ele ser um comediante e de termos frequentado a mesma escola, não sei quase nada sobre ele.

— Eu não sei nada sobre você. Você poderia ser um *serial killer.*

— Assim como você — ele responde secamente. — Essas pernas velozes, a raiva interior... a clássica energia de uma *serial killer* em formação.

Dou uma risadinha e me ajeito no assento. O carro vai diminuindo a velocidade até parar totalmente no sinal vermelho.

— Você não se lembra mesmo de mim, né? — ele diz, olhando bem para mim.

— Não — admito. Tenho direito a uma mentirinha depois da longa noite que tive. Não estou a fim de conversar, não quero relembrar o passado.

— Já descobriu mais sobre seu pai? — ele pergunta. Assim, na lata.

— O quê? — digo, surpresa. Vern se lembra do que conversamos quatro anos atrás. Ele estava prestando atenção.

A luz do semáforo muda e avançamos lentamente no engarrafamento. Trânsito às 21h45 na via expressa de três faixas significa que houve um acidente. Os motoristas estão diminuindo a velocidade para dar uma olhada curiosa, alguns para anotar as placas e jogar na loteria no dia seguinte. Vamos ficar presos no congestionamento por um tempo.

— Você se esqueceu da conversa que tivemos na cafeteria naquela época, antes de você sumir da escola?

Dou de ombros, fingindo indiferença, e respondo:

— Ah, aquilo. Minha mãe me contou a história toda sobre o meu pai biológico, sim. Alguns meses depois da minha transferência.

Ele assente com a cabeça.

— E como foi?

— Inspirador — respondo com uma risada trêmula.

Quando completei 13 anos, pedi um presente incomum para a minha mãe: a história inteira do meu pai biológico — sem nomes, apenas os fatos —, e ela concordou, embora relutante. Então me contou sobre o caso de uma noite que teve com um conhecido no segundo ano dela na Universidade de Georgetown e engravidou. Ele vinha de uma família asiático-americana poderosa e conservadora, que os obrigariam a se casar se ele tivesse reconhecido a minha existência. Afinal, os pais da minha mãe também quiseram isso, entre outras coisas. Então, ela me manteve em segredo por muito tempo, mesmo depois do meu nascimento.

Ela disse que contou a ele sobre mim quando eu tinha uns 2 anos. Na época, ele já estava noivo e pediu pra ela nunca mais entrar em contato. Ofereceu uma enorme quantia para que ela sumisse, mas é claro que minha mãe não conseguiu aceitar, apesar de admitir ter se arrependido da decisão nos anos seguintes, quando as coisas ficaram difíceis.

Mamãe me mostrou uma foto dele, que encontrou online. Eu tenho os mesmos olhos escuros grandes, as sobrancelhas expressivas e a mesma curva de diversão nos lábios quando secretamente acho algo engraçado. Ele também tinha sido um atleta de destaque na juventude. Jogador de beisebol. Foi assim que entrou em Georgetown com uma bolsa de estudos. E foi assim que conheceu a minha mãe, uma bolsista acadêmica da Malásia.

E foi assim que a vida da minha mãe saiu dos trilhos.

Engulo o nó que sempre aparece quando penso nisso e mudo de assunto o mais rápido que posso.

— Então, hum, há quanto tempo você faz stand-up?

— Não sei. — Ele tamborila os dedos contra o volante descascado. — Dois, talvez três anos? Comecei depois que vi o primeiro especial da Ali Wong na Netflix. Você já viu?

— Com certeza — digo, balançando a cabeça sem parar. — Assisti com a minha mãe, e ela nem gosta de stand-up.

— Foi simplesmente... revelador, sabe? Tipo, caramba, eu posso fazer isso. Não preciso trabalhar num escritório.

— Suponho que você não fosse um aluno exemplar.

— Quem dera. — Ele bufa. — Eu me saía bem. Quero dizer, não era o melhor da turma, mas era um bom aluno. Tirava 10 ou 8, nunca tive dificuldades, mas também nunca tive aquela estrelinha na testa que me tornasse excepcional, digno de ganhar uma bolsa de estudos. Eu poderia ter seguido o caminho tradicional, acho, mas um dia eu simplesmente acordei e pensei: por quê. Por que estou fazendo isso? Não quero ir para a universidade, não quero ficar o dia todo em um escritório. Sou artista. Só quero fazer o que eu quiser, ganhar dinheiro suficiente para viver do meu jeito.

— Ah, então você é um desses, hein — digo.

— Como?

— Que família tem dinheiro, mas por algum motivo os filhos vão para escola pública?

Ele fica em silêncio por tanto tempo que me preocupo por ter dito alguma besteira.

— Não. Pobre como um rato de igreja — é tudo o que ele diz. — Mas e aí, por que você está na comédia?

— Por acidente? — digo, em vez de por *companhia.* — Tipo, eu, hum, literalmente e figurativamente tropecei e caí nisso.

Resumo o acidente.

— Bem, quando o atletismo perdeu uma estrela, nós ganhamos uma — ele diz. — Sorte a nossa.

— Obrigada. — Meu rosto fica em chamas. Nunca tinha sido elogiada tão francamente antes. — Eu… eu não sei se sou uma estrela… Sorte de principiante, acho.

— Não — ele diz, balançando a cabeça com convicção. — Você tem aquele quê especial. É raro pra um novato conseguir se sair tão bem logo de cara. Eu não tive essa facilidade. Você e a Gina nasceram para isso. — Ele me lança um meio sorriso. — Não precisa nascer com talento para ser bom, mas com certeza ajuda.

Tenho certeza de que meu rosto está derretendo.

— Eu sempre gostei de comédia stand-up. Ouço especiais desde os 12 anos. Tinha dias… — os dias que eu não gostava de lembrar, dias que acho que a minha mãe gostaria de apagar da memória — que eu passava horas assistindo a especiais no YouTube… Acho que absorvi um pouco por osmose.

— Comédia… a terapia mais barata que se pode encontrar — ele brinca sarcasticamente.

— Acho que é mais um tipo de distração do que uma terapia.

Ficamos em silêncio, cada um perdido em suas memórias. Então ele soluça, nós rimos, e o clima descontrai. Ele mexe em alguns botões do painel. Uma música pop animada que eu não reconheço começa a tocar.

— Que música é essa?

— "Wannabe" das Spice Girls. É uma música pop dos anos noventa. Se você quiser ouvir algo atual, é só pegar meu celular e abrir o Spotify. — Ele me passa o celular, que eu pego sem pensar. — Tá desbloqueado.

Eu concordo com a cabeça, tentando fingir naturalidade. Não é todo dia que se tem acesso à vida inteira de um cara mais velho em um só lugar.

Ele olha de relance e me vê encarando o telefone como se fosse um pager, daqueles que o Stanley me mostrou uma vez e que eu fiquei fascinada pela antiguidade.

— Tá tudo bem?

— Errr, sim.

Ele sorri para mim.

— Você não mudou nadinha. Seu jeito é especial, Agnes. Eu gosto de você.

Ele disse isso de uma forma tão descomplicada e simples. Bem diferente da pessoa em quem eu não estava pensando.

— Tá — respondo, sempre eloquente. Eu me esforço para falar do meu jeito normal, mas praticamente grito quando digo: — Por que está ouvindo pop dos anos noventa?

— Ah, estou buscando inspiração para uma piada sobre o pop old-school versus o pop de hoje. Sabe, as letras daquela época e de agora. Eu gosto de contrastar o passado com o presente nas minhas apresentações. É tão ridículo que estamos sempre dizendo sobre como é importante aprender com o passado, mas continuamos tão intolerantes, cruéis e horríveis quanto éramos há mil anos. — Ele ri sem humor, preso em alguma memória pessoal.

— Minha mãe é *millennial*, e ela ia dar muita risada se ouvisse você se referir ao pop dos anos noventa como old-school. Quero dizer, ela provavelmente cresceu ouvindo música ainda mais antiga, tipo dos anos setenta e oitenta. E, tipo, o pop dos anos sessenta… — Eu estava tagarelando sem parar.

O semáforo ficou verde e ele engata a marcha.

— Isso é verdade.

Seguimos em um silêncio confortável pelo resto da viagem, ouvindo músicas da juventude da minha mãe, até que ele quebra o silêncio com uma afirmação.

— Então, notei a tensão entre você e o Ray.

— Um pouco. — Assinto.

— Bem, você realmente abalou o Brilhante Ray, então eu diria que tem mais coisa aí. — Ele ri baixinho de alguma piada particular. — Você não é amiga do Ray, né?

Depois de uma pequena hesitação, respondo:

— Não somos amigos, mas temos uma relação amigável.

Luz vermelha. Paramos no semáforo. Vern se vira para mim e diz:

— Bom, mesmo que ele seja seu amigo, eu vou dizer isso: ele é um baita de um falso.

Sou pega de surpresa.

— Desculpa, o quê?

— Olha, eu não sou idiota. Aqueles tênis sujos de edição limitada? O jeans de grife "sem marca"? Aquele sotaque chique que ele tanto tenta disfarçar? Por favor. É por isso que as piadas dele sobre a vida de "cara comum" nunca rolam. — Vern zomba. — Especialmente quando se é Royce Taslim.

Então ele sabia.

— Quando você descobriu?

Ele ri.

— Hoje, na verdade. Quando Zee sem querer chamou ele de Roy. Pensei que, como ela era sua amiga e conhecia o Ray... o Royce, vocês deviam estudar na mesma escola. Ela é uma pessoa tão pública que foi bem fácil descobrir. A partir daí, foi só questão de colocar as palavras certas na barra de pesquisa, já que você mencionou que foram cocapitães do time de atletismo.

Um arrepio frio percorre as minhas costas.

— Você vai guardar o segredo dele, né?

Falo com firmeza, para que Vern não perceba a preocupação na minha voz. Ele dá de ombros.

— Por enquanto. Mas agora que sei quem ele é, me irrita ainda mais vê-lo contando aquelas piadas. Toda a persona dele de "pobre sofredor" é a minha realidade.

Vern estava certo, é claro. Ray... Royce estava sendo falso. Eu sabia disso. Só que soou muito mais forte, visceral, quando colocado dessa forma.

Falso. Falso. Falso.

— Ele é um cara legal. É gentil.

— Ele pode se dar ao luxo de ser gentil — retruca Vern. — A maioria das pessoas, especialmente os ricos, são gentis quando tudo está bem. O truque é pegá-los quando as coisas estão inconvenientes. Aí você descobre quem eles são de verdade.

O ar-condicionado estremece e solta ar quente. Vern mexe em uma alavanca e suspira quando nada acontece.

— Desculpa.

— Tudo bem, vamos abrir as janelas.

Ele olha para mim com aprovação. Pergunta meu endereço e seguimos em um silêncio amigável.

— Chegamos — anuncia. Ele processa o sobrado modesto e continua:

— Lugar bacana.

— Obrigada. E pela carona também.

— Imagina, disponha. E, Agnes?

Eu paro com a mão na maçaneta.

— Sim?

— Fico feliz que tenhamos nos reconectado.

Eu dou um tchauzinho e corro para dentro de casa, quase trombando com alguém esperando na sala de estar com a TV ligada: minha mãe.

— Dez e quarenta — ela diz, olhando para o relógio. — Nada mal.

— Você deveria estar na cama — comento.

— Deveria Mas queria ter certeza de que você estava bem.

— Estou — respondo. E ela balança a cabeça.

— Vou dormir agora.

— Mãe, por favor, não me espere acordada na próxima vez. Você sabe que eu posso cuidar de mim mesma.

— Eu sei. — Uma tristeza surge em seus olhos. — Você cresceu tão rápido.

Ela me dá um beijo e sobe as escadas. Espero até que ela tenha ido e vou para o meu quarto. Se eu vou entrar nessa competição de comédia, não há tempo a perder. Preciso começar a praticar.

Bryan gravou todas as apresentações com o celular; no grupo de comediantes, eles têm a tradição de fazer uma escala rotativa de participantes que fazem isso pelo grupo, para que possam estudar suas próprias performances e também a dos outros — ele havia enviado o link para o arquivo há meia hora. Avanço para o meu set, notando que o do Royce não está na gravação. Ele deve ter optado por não participar. Eu o tinha visto gravando seus próprios sets no próprio telefone montado em um tripé.

Seja qual for o motivo, é importante para Royce manter o Ray em sigilo, esconder-se à plena vista, viver uma mentira, e embora eu não ache que sua vida dupla seja sustentável a longo prazo — assim que você começa a ganhar notoriedade como comediante, mais cedo ou mais tarde alguém vai te gravar e postar na internet, e aí será apenas uma questão de tempo até que sua identidade seja exposta — sinto-me compelida a respeitar isso. Seria desonroso fazer o contrário, e, no fundo, eu ainda sou uma pessoa que tem espirito esportivo.

Assisto ao vídeo da minha performance repetidamente, tomando notas e trabalhando no meu set, escrevendo um novo material à medida que vou avançando, até adormecer em algum momento depois da meia-noite.

12

MEU SONO É AGITADO, com uma onda de sonhos frenéticos de pessoas rindo e me perseguindo. Acordo exausta e desorientada, antes mesmo do meu alarme tocar, tão cedo que mal há luz do lado de fora. Uma rápida olhada ao relógio confirma que são 6h15 da manhã, mais de uma hora antes do meu horário de levantar. Baixinho, xingo os deuses do sono e vou para a cozinha na ponta dos pés, em busca de café.

Há uma fresta de luz na porta entreaberta do escritório, o que é incomum... a essa hora, meus pais normalmente estariam dormindo no quarto deles. Paro a alguns passos do batente, onde Stanley e minha mãe estão tendo uma discussão agitada entre sussurros.

— As contas não batem, Stan — ela atesta. — Principalmente depois que as cobranças da fisioterapia da Agnes chegaram e o seguro disse que não vai reembolsar todas as sessões... aqueles... aqueles... — Minha mãe diz algo em cantonês que me faz corar. — Urgh. Vamos ter que... eu não sei, só...

Stanley suspira.

— Eu sei, estou tentando resolver com a escola. Talvez eu possa substituir a Clara Sim quando ela sair de licença-maternidade... dar aulas de inglês.

— Preparar todas essas aulas daria muito trabalho, ocuparia muito tempo.

— Não se preocupe com isso.

— Poderíamos vender meu carro...

— Aquela lata-velha? Não vai nos render muito e pode acabar saindo mais caro se precisarmos alugar um carro ou chamar táxi, principalmente para o meu trabalho.

Kuala Lumpur é uma cidade grande, com poucas áreas com bom acesso ao transporte público; pode ser terrivelmente difícil se deslocar de uma ponta a outra sem um carro. Como assistente jurídica de contencioso, o trabalho da minha mãe envolve algumas viagens para fins administrativos e de ajuda comunitária e, grávida, não faz sentido que ela viaje em um ônibus ou trem lotado.

— Eu posso pedir para fazer horas extras no escritório de advocacia — ela diz. — Vou falar com Khairul.

— Você já está trabalhando demais, Ling.

— Eu trabalho sentada, Stan.

— O médico disse que sua gravidez é…

— Stanley, estou bem. Hoje em dia, "velhinhas" da meia-idade como eu têm bebês o tempo todo — comenta ela secamente.

— Ling, você sabe que não é isso — resmunga Stanley. — Você tem outras…

— Manhêêêê! — soluça Rosie. — Mãe! Mãe! Eu tive um pesadelo!

— Depois continuamos essa conversa — diz minha mãe, já atravessando o cômodo.

Fico em pânico e volto silenciosamente para o meu quarto, entrando no exato momento em que ouço a porta do escritório abrir, com o som das dobradiças rangendo e os passos cuidadosos da minha mãe passando pela minha porta em direção ao quarto de Rosie. Quase fui pega. Ainda bem que jogo muitos games de estratégia para saber como escapar da captura de forças hostis.

Ok, talvez eu deva jogar um pouco menos.

Envio uma mensagem para a dona do Seoul Hot, a Sra. Yoon, perguntando se posso voltar a trabalhar, cruzando os dedos mentalmente para que ela esteja de bom humor.

Quem é?

Aperto os lábios, ao mesmo tempo impressionada por ela estar acordada e irritada por nunca ter salvado meu número. Antes do acidente, eu fazia pelo menos dois turnos de quatro horas por semana. Respondo com meu nome.

Ah. Pode ser na próxima sexta-feira? No horário de sempre? Você consegue atender os clientes?

Bom saber que minha saúde só importa se eu conseguir produzir.

Flexiono as panturrilhas. Não acho que seja uma boa ideia ficar em pé quatro horas por dia, mesmo que tenham se passado dois meses desde o meu acidente.

Claro

— Você vai participar de uma competição de stand-up com o Taslim? QUE TUDO! — diz Zee, eufórica.

Pelo entusiasmo dela, consigo ao menos dar um meio sorriso forçado. Meu coração não está ali na conversa. Da minha posição perto da janela, o gramado esmeralda brilha recém-regado pelos irrigadores automáticos. Dentro do refeitório com ar-condicionado, onde Zee e eu estamos colocando o papo em dia durante o almoço, os alunos estão rindo e conversando enquanto se servem do prato do dia (palitos de peixe — feitos de bacalhau de verdade e não algum tipo de réplica fajuta — ou hambúrguer vegetariano), conferindo os diferentes sabores de sucos naturais na fila do balcão, servindo-se de condimentos gourmet (que ninguém nunca rouba!), pegando guardanapos de papel e rodelas frescas de limão, taiti e siciliano, para adicionar à água. O contraste entre a fartura aqui e a pressão financeira em casa é gritante.

— Olha, se precisar da minha ajuda, eu topo tirar o Taslim da jogada — Zee oferece heroicamente.

— Tipo, assassinato? — pergunto, arqueando uma sobrancelha.

— Errr, o quê? — Ela gagueja. — Estava falando em *chantagem*. A gente descobre os podres dele e usa pra fazê-lo desistir da competição.

— Uau, que moral elevada a sua.

— Eu faria qualquer coisa por você — ela diz, então arregala os olhos. — Você faria o mesmo por mim, né?

— Menos matar alguém — falo com convicção. Zalifah Bakri precisa de limites.

Ela mexe na presilha do lenço em sua cabeça e me olha com malícia.

— Mas você me apresentaria para o Vern, né? Ele não é seu amigo?

— Zeeeeeee — gemo. — Acabei de começar na comédia. Preciso ser levada a sério.

— Você percebe a contradição nessa frase, né? De qualquer forma, romance é coisa séria, e pode ser feito às escondidas. — Ela bate os cílios. — Sua amiga aqui está meio obcecada pelo Vee. Ele é tão misterioso.

— Vou ver o que posso fazer — digo, evitando me comprometer com as paixões súbitas da Zee. Antes de Taslim, era um campeão de oratória que visitou a escola. Espero que o interesse dela mude logo. — Falando nisso, pensei que você não gostasse de comediantes de stand-up. "Muito carentes", foram suas palavras exatas.

— Vern não é nem um pouco carente, por isso é diferente — Zee diz. Ela realmente é ótima em ler as pessoas. — Então, me conte mais sobre essa competição.

Eu abro o site para olharmos juntas.

— A competição tem duas etapas. As eliminatórias em Kuala Lumpur vão ser no final de dezembro, logo antes das nossas provas finais; as semifinais, em Singapura, para competidores da Tailândia, Malásia e Singapura, vão ser no começo de janeiro; e a final, em Nova York, vai ser durante as nossas férias de primavera. O ganhador leva dez mil dólares americanos e uma chance de se apresentar no Comedy City em Nova York para abrir o show de algum comediante famoso da Netflix.

— Uau, Netflix — comenta Zee, com os olhos arregalados. Ela olha quem são os patrocinadores e o jurado principal que foram confirmados para a etapa de Nova York. — Nossa, essa competição é um baita negócio. Se classificar pra isso já seria bom pra caramba no seu currículo para a faculdade. Com suas notas melhorando... estou de dedos cruzados... você definitivamente teria uma chance maior de conseguir pelo menos uma bolsa parcial nos Estados Unidos.

Meu estômago embrulha; depois de tudo o que ouvi essa manhã, não tenho certeza se uma bolsa parcial seria o suficiente.

— Talvez eu não consiga ir para os Estados Unidos se não tiver uma bolsa integral — admito.

— Mas a NCAA não é seu sonho? — Zee pergunta ingenuamente.

Eu me viro, sentindo um aperto no peito, com uma rara irritação por Zee. Claro que é meu sonho. Eu sempre quis correr numa universidade da primeira divisão da NCAA e competir com os melhores do mundo. Mas agora que minha bolsa de atletismo foi revogada, as opções estão limitadas. Preciso de uma faculdade que me dê uma bolsa integral ou uma bolsa parcial muito boa. Eu até posso ter que considerar uma faculdade da segunda divisão, dadas as minhas notas atuais e as opções de bolsa que podem oferecer. Tenho que ser prática pra ter alguma chance de entrar no time, senão vou ter que olhar opções mais perto de casa, esquecer a NCAA, esquecer o ouro olímpico da Malásia...

Nem todo mundo consegue realizar os sonhos que tem na vida.

— Você vai dar um jeito de estudar nos Estados Unidos, tenho certeza disso — Zee diz, alheia. — E aí vamos poder nos ver sempre, independentemente do lugar! Viagens de carro! Vamos viver tantas experiências juntas... eu, longe da influência da minha família, traçando meu próprio destino para a liberdade financeira; você, uma velocista premiada novamente, e talvez até uma comediante da Netflix!

Cada palavra que ela diz aumenta mais a minha irritação.

— Vamos mudar de assunto.

Há um breve silêncio enquanto Zee se recompõe.

— Tá bom, e aí, o que seus pais acham do stand-up?

— Eles não sabem — confesso após uma longa pausa, enquanto brinco com a manga da minha roupa. — E não pretendo contar... por enquanto.

— Mas e as apresentações? Geralmente são à noite, não?

— E aí que você entra como minha cúmplice — admito. — Por favorzinho? — Sorrio, mostrando os dentes, e ela recua.

— Acho que tudo bem por mim — responde hesitante. — Mas por quanto tempo você vai conseguir esconder isso? E quanto à permissão para entrar na competição? Para os voos? Você não precisa de um responsável legal para assinar os formulários de autorização?

— Tenho certeza de que consigo convencê-los até lá — minto. Não quero contar que falsifico a assinatura da minha mãe há muito tempo, desde que tinha 9 anos.

— E quanto aos ensaios?

— A maioria dos lugares onde os comediantes se apresentam são ambientes públicos e familiares. Tipo restaurantes e casa de espetáculos. Não preciso da autorização deles para entrar.

— E se... e se acontecer alguma coisa com você?

— Eu vou ficar bem. Vou sempre te mandar a localização de onde eu estiver, assim você só precisa mandar a polícia atrás de mim se eu sumir depois de ter terminado. Não quero contar para os meus pais até que seja absolutamente necessário. — Como quando eu chegar à final. Isso.

Ela me olha incrédula.

— Mas eu não *entendo*... por que você não quer contar pra eles?

Zee é muito próxima dos pais dela, são como unha e carne. Ela conta tudo para eles, inclusive seus crushes. Eles até a consultam sobre a estratégia de mídia social da empresa. Ela passa férias com a mãe por vontade própria, só as duas, e planeja continuar assim até uma delas morrer... palavras dela (não é muito supersticiosa).

— Porque minha mãe vai se estressar, vai se preocupar com minha segurança, e eu não quero que ela se preocupe comigo, então vou ter que mentir.

— Toda mãe se preocupa.

— Sim, mas a minha mãe é... — Eu hesito. A minha mãe passou por tanta coisa comigo. Antes de eu aparecer na vida dela, ela foi uma aluna brilhante, uma filha perfeita. Quando engravidou, os pais conservadores a rejeitaram, ela teve que abandonar a universidade para cuidar de mim, e, no fim, virou uma assistente ao invés da advogada que deveria ter sido. Imagino a dificuldade de ser mãe solo enquanto ainda carregava os sonhos que não se realizaram. Acho que a depressão dela é culpa minha. A verdade chega à ponta da minha língua, mas eu a engulo de volta. — Minha mãe é... delicada, especialmente agora que está grávida... Não quero que ela se estresse, principalmente porque stand-up não é o melhor dos lugares para garotas.

Menciono alguns escândalos citados no #MeToo e Zee faz uma careta.

— Olha, eu vou contar pra ela se e quando eu chegar na final. — Cruzo os dedos atrás das costas. — É assim que funciona com a minha família.

Ela ajusta seu lenço na cabeça e me olha em silêncio. Finalmente, diz:

— Eu não consigo entender, mas você é minha amiga por alguma razão, então vou te apoiar.

— Valeu, Zee — digo, agradecida.

— Não se esqueça da sua promessa — ela fala, já rolando por suas mensagens no celular e murmurando algo como: "Eu falei para eles que acrobacias com fogo e cortinas de veludo não combinam!".

Deixo de prestar atenção. Zee está sempre envolvida em uma dúzia de outras atividades sociais na escola, além de suas obrigações com as redes sociais. Este ano, ela foi nomeada presidente do baile beneficente da escola, no início de dezembro. Ela é a pessoa mais esforçada que conheço.

— Qual promessa?

— Me arranja um esquema com o Vern — ela reitera. — Não me deixe perambular triste e solitária pelo deserto do amor.

— Ah, meu Deus.

— Por favor, Ags, quero uma história de amor épica... de preferência algo que eu possa postar nos meus stories com aquele filtro rosa!

Ela me faz um olhar suplicante e eu suspiro; tenho minhas suspeitas sobre a compatibilidade deles, mas tente recusar algo aos olhos brilhantes de mangá de Zee Bakri.

— Tudo bem, mas não prometo nada — resmungo. A vida já era complicada o suficiente para eu ainda ter que dar uma de cupido intercultural.

13

ENTÃO É AQUI QUE VIVE O DIABO.

Encaro o edifício à minha frente, dois andares feitos de pedra e madeira, a quinze minutos de caminhada do ponto de ônibus mais próximo, cercado por jardins meticulosamente cuidados. Ao lado do imponente portão de ferro forjado, há uma guarita com *dois* seguranças.

Agarro minha mochila e respiro profundamente: cheguei ao covil dos Taslim.

Levando em conta tudo o que aconteceu entre nós no último open mic no domingo, eu não esperava que Royce honrasse sua oferta de me dar aulas particulares, mas na terça-feira ele me mandou uma mensagem com seu endereço e perguntou em quais matérias eu precisava de ajuda. Nós combinamos um horário que funcionava para ambos e agora estamos aqui. Se ele pode ser profissional, eu também posso.

Fico de queixo caído quando o portão se abre assim que o segurança confirma minha autorização para entrar, revelando o tamanho absurdo da mansão que cintila sob o sol da tarde. Isso com certeza não é uma casa. É um resort. Um verdadeiro resort urbano, num dos bairros mais caros da região central de Kuala Lumpur, Kenny Hills. Dou uma olhada para baixo, para espiar meu look — legging preta e regata verde-água desbotada —, e então volto meu olhar para a casa: deveria ter escolhido um vestido de baile. Ou pelo menos algo com penas, certamente.

Ando hesitante pelo breve caminho até a entrada, sentindo a boca seca. Normalmente, Royce deveria dar suas aulas particulares de caridade na biblioteca, mas deve ter suas razões para sugerir fazer isso na casa dele, nenhuma delas amigável, suponho.

Toco a campainha e uma voz grave e rouca no interfone me pergunta o motivo da visita. Eu me identifico e as portas pesadas se abrem; uma mulher vestindo calça de linho preta e uma túnica de linho macio branco de mangas compridas sorri e me conduz para dentro sem mais comentários. Meu olhar vai para todos os lados, para tudo, estou hipnotizada e tentando não ficar boquiaberta. Tudo na casa é deslumbrante. Os espelhos de bronze polido e as obras de arte emolduradas; algumas paredes de destaque com revestimento de seda e motivos florais pintados à mão; os tapetes vintage, as almofadas de brocado; as linhas ornamentadas nos móveis de madeira escura. O ar com aroma de flores e, incongruentemente, com cheiro de mar. Estávamos bem no meio da cidade e o tráfego desapareceu. Era possível até ouvir o leve som das palmeiras balançando, o farfalhar dos arbustos de buganvílias roçando as portas francesas da sala de estar, que davam para um gramado perfeito que se estendia até uma vista do horizonte de Kuala Lumpur. E uma piscina de azulejos lápis-lazúli, longa o suficiente para dar várias voltas nadando, cercada em três cantos por um lago com lótus. Havia harmonia em cada detalhe, nenhum elemento estava fora de lugar.

A empregada gesticula para um cômodo ensolarado ao lado da sala de estar, no qual uma pequena mesa retangular com tampo de mármore preto é ladeada por duas poltronas. Em uma mesinha de canto há uma torre cromada servindo macarons em tons de rosa e amarelo-limão, quase perolados de tão bonitos, cercada por frascos de vidro com biscoitos e barras de granola, jarras de água aromatizadas de hortelã e pepino, e um bolo marrom irregular. Royce está sentado de costas para mim, e meu coração salta no peito — de nojo, é claro — ao ver sua postura perturbadoramente impecável. Admiro suas curvas e linhas como qualquer atleta faria, ou seja, com um olhar clínico e técnico.

— Chegou bem na hora — ele diz enquanto me sento.

— Claro que sim — respondo. — Por que não chegaria?

Na verdade, eu tinha planejado chegar com dez minutos de atraso, mas milagrosamente o transporte público foi pontual hoje e acabou com meu plano maquiavélico, então acabei chegando quinze minutos antes.

Ele dá de ombros, com um ligeiro sorrisinho de canto.

— Achei que você fosse se atrasar de propósito.

— Não sou uma ingrata. — Ele me lê como um livro aberto.

Royce levanta uma sobrancelha, o que de alguma forma só destaca a simetria perfeita de seu rosto, e, claro, me irrita ainda mais.

— Você está bonita.

Olho para a minha roupa.

— Certo. — Faço um gesto para o ambiente ao redor de mim. — Está tentando me impressionar ou o quê?

Agora é a vez dele de parecer desconfortável. Um leve rubor tinge seu rosto.

— Poderíamos ter ficado na biblioteca, mas pensei que... as cadeiras aqui são mais ergonômicas e, ahn, depois do seu acidente e tudo mais, quer dizer... as cadeiras de madeira da biblioteca...

Foi essa a verdadeira razão, e não apenas uma tentativa de me intimidar? Eu me ajeito na cadeira e decido que ele pode ter ganhado um ponto.

— Obrigada — respondo.

— E aqui também tem mais opções de bebida. E macarons da Ladurée e biscoitos açucarados, e bolo de banana que acabou de sair do forno, se quiser. Eu, ahn — ele dá um pigarro e afasta o cabelo da testa —, eu que fiz o bolo.

O gelo dentro de mim derrete.

— Cara, é você quem está me dando aula, *eu* é quem deveria estar te alimentando. — Vasculho minha mochila. — Toma, isto é para você.

Estendo o pacote de Haribo, que, pensando bem, agora parece inadequado. Grotescamente inadequado. Afundo um pouco na cadeira, o que é difícil porque elas são realmente muito confortáveis e ergonômicas.

— Obrigado — ele diz, aceitando minha oferta modesta e, por algum motivo, corando ainda mais. — Quer um pedaço de bolo?

— Claro — digo, dando um olhar duvidoso para a massa marrom.

Ele corta uma fatia do que deveria ser um bolo macio e possivelmente comestível e, fazendo barulho no processo, coloca em um prato. O Garoto de Ouro não tem cara de confeiteiro, mas vai saber... Royce é uma estrela no atletismo, um ótimo estudante e um cara bonito (objetivamente) — talvez também seja um confeiteiro habilidoso.

Eu me preparo e dou uma mordida obediente. O sentimento de triunfo briga com o desespero. O bolo está duro igual asfalto, mas engulo e ofereço o sorriso de uma convidada supereducada.

— Que... delícia — consigo dizer.

Ele desvia o olhar e responde timidamente:

— Ontem foi a primeira vez que fiz um bolo.

Percebi, penso, mas não digo. Então a técnica dele em competições é envenenar os adversários. Mas o que ele não sabe é que cresci com a comida da minha mãe; nada me assusta. Coloco outra colherada na boca e mastigo com entusiasmo para mostrar que eu sou a alfa, não ele.

— Hummmm, delicioso — repito. Faço um gesto ao redor. — E a casa é bacana.

— Obrigado.

Olho para as paredes cheias de fotos. Eram principalmente dos pais do Royce e dele, intercaladas com algumas do que eu presumo serem seus parentes.

— Uau, é todo mundo do clã Taslim?

Há um momento de hesitação antes de Royce responder secamente:

— Não.

Acho que nosso tempo de descontração acabou, então pego meu livro didático e o caderno. Royce faz o mesmo.

Uma empregada de rosto austero, na casa dos 60, usando um samfu de linho cinza claro, entra com bebidas. Ela faz uma breve reverência de cabeça para mim antes de lembrar Royce, em malaio, que ele tem uma sessão com o Mestre Zhang.

Royce suspira e a agradece.

— Quem é Mestre Zhang? — pergunto em um tom casual, lembrando da missão que Zee me deu, ou seja, descobrir algum podre sobre Royce.

— Meu professor de xadrez.

— Eita.

— Eita mesmo — ele responde.

— Não acredito que você tem que fazer aulas de xadrez.

— Nem eu. Odeio xadrez com todas as minhas forças. Mas aparentemente é bom para o raciocínio ou sei lá o quê.

— Odeio ter que estudar qualquer coisa — digo. — Queria poder dormir até o final da vida escolar e acordar na parte boa.

Ele me avalia com interesse.

— E qual seria a parte boa, Srta. Chan?

— A vida adulta. — Ter dinheiro e liberdade... ter a vida ganha.

— Qual é o seu emprego dos sonhos?

Tiro um fiapo imaginário da gola da minha camiseta.

— Quer mesmo saber?

— Sim, quero, Chan — diz ele. — Preciso, hum, saber o que minha pupila deseja para... hum, alinhar minha estratégia com seus objetivos.

— Ok, mas a menos que queira que eu acabe com você, não ria.

Seu rosto fica sério.

— Eu nunca daria risada de você. — Ele faz uma pausa, o menor indício de um sorriso surgindo em seus lábios. — Principalmente no seu stand-up.

Caio na gargalhada e ele também. A tensão se dissipa. Retribuo seu sorriso com sinceridade.

— Ok, agora falando sério, Chan.

Solto uma respiração forçada e barulhenta.

— Gestora esportiva em nível nacional e, se isso não der certo, fisioterapeuta.

— Você *quer* ser fisioterapeuta?

— Por que essa cara de espanto?! É praticamente um dos segmentos do esporte, então, por que não?

— A resposta para o trabalho dos sonhos não deve terminar com um "por que não?". Precisa ser algo que não chega nem perto das outras coisas. Então, qual é seu trabalho dos sonhos *de verdade?*

— Não tenho dinheiro para sonhar.

Ele ri. Ele *realmente* acha que estou brincando.

— Não, sério, qual é?

Fecho os olhos. Talvez ele tenha colocado soro da verdade no bolo, porque conto a ele meu segredo, meu verdadeiro sonho.

— Eu adoraria viver de escrever, sabe? Não sei exatamente em que área, mas definitivamente algo em tempo integral, talvez até dar uma aula ou outra. Amo o poder das palavras. Uma única palavra diferente e a frase ganha asas... — Paro. — Estou sendo boba. Esquece. Tenho que ser prática, e fisioterapia é uma área segura que não vai ser substituída por robôs tão cedo. — Faço uma careta. — Ou pela Inteligência Artificial.

— Não é bobagem nenhuma se é o que você quer. Eu assisti alguns tutoriais de maquiagem da Zee... sabe, aqueles que foram coescritos por você. Você tem talento.

Enrubesço com o elogio dele.

— E você? Qual é o seu trabalho dos sonhos?

— Comediante de stand-up — responde ele sem hesitação. Então ri, mas não há humor em seu tom. — Mas isso sim é só um sonho.

— Tenho certeza de que se você quisesse...

— Deixa isso pra lá — retruca ele, com um tom seco na voz. — O que eu quero não... — Ele passa a mão pelo rosto e, quando a palma desce, sua expressão séria de atleta está de volta. — Só para você saber, se estiver pensando em se tornar fisioterapeuta, vai ter que aprender a amar física.

Concordo com a cabeça, embora meus pensamentos estejam em outro lugar. É engraçado pensar em Royce, o *Royce Taslim*, tendo sonhos e desejos que não pode realizar e estar, bem... encurralado, embora eu possa estar imaginando coisas demais. Ninguém fica encurralado numa vida como a do Royce.

Ele volta para seu plano de aula.

— Aliás, estou feliz por ter a chance de ser seu tutor. Sempre quis te conhecer melhor.

Eu pisco, incrédula.

— Ah, sério? Por quê?

— Não sei... Você vive andando pela escola com a Zee, rindo e batendo papo, e eu sempre pensei: *Aquela ali é o tipo de garota que esconderia um cadáver pela amiga.*

— Eee-essa é uma maneira bem estranha de descrever alguém à primeira vista.

— Ok, então você é alguém com quem a gente sente vontade de fazer amizade.

Meu rosto esquenta.

— Valeu.

Ele abre o livro didático, agora com um tom de voz profissional:

— Deveríamos começar.

Ele passa a tagarelar sobre uma equação entediante e minha mente começa a vagar. Me pego olhando para a curva do bíceps dele, a tensão suave do músculo sob a pele bronzeada de uma maneira nada desapaixonada, e me belisco com tanta força sob a mesa que meus olhos se enchem de lágrimas.

Royce acaba me olhando e murmura:

— Espero que você não esteja chorando por causa da física. Nem por minha causa.

— É que estou com dor. Aquela dorzinha chata lá embaixo — digo, sem pensar. Oh, merda, talvez ele pense que estou com cólica...

— Não esse tipo de dor — apresso-me a acrescentar. — Só o meu bumbum que está dormente!

Os olhos dele descem até meu bumbum, e uma expressão que não consigo decifrar passa rapidamente pelo seu rosto. Estou usando a legging de corrida que menos me favorece, que está um pouco velha e apertada.

— Eu deveria me alongar! — Começo a me alongar com grande entusiasmo. — Meu fisioterapeuta comentou que estou rígida.

— É muito importante se alongar — diz Royce, com uma voz estranha.

Ótimo, ele provavelmente acha que sou esquisita. Mas não importa o que ele pensa. Volto a me abaixar para sentar, mas paro no meio do caminho. No decorrer do meu alongamento, fico desconfortavelmente consciente de que minha bexiga está cheia.

— Er, onde fica, tipo, o seu, er, toalete? — Nunca usei a expressão toalete na minha vida.

— No corredor, terceira porta à direita. Você... — Ele faz um gesto de se levantar para me levar até lá, mas eu o faço voltar com um maneio. Tenho certeza de que deve haver um banheiro. Em algum lugar.

Encontro… bem, um deles… e passo um tempo maior que o normal testando a seleção de cremes para as mãos superluxuosos.

— Encontrou? — ele pergunta quando percebe pelo perfume que estou voltando.

Balanço a cabeça enquanto volto para o meu lugar e me sento.

— Então, por que você está escondendo o stand-up dos seus pais?

— Porque eles acabariam com isso num piscar de olhos. Não seria… —Então dá um sorriso sarcástico e sem humor, e acrescenta: — apropriado para a nossa imagem.

Penso em todas aquelas revistas de socialite e negócios, na cobertura bajuladora da mídia tradicional e das redes sociais. O sobrenome Taslim é uma marca que grita a vida que todos buscam. Inovação. Estilo. Prestígio. Faz com que aquelas notícias sobre exploração ilegal de recursos florestais sejam apenas rumores, e se algum dia forem comprovadas, é possível simplesmente apontar o dedo para as empresas terceirizadas, alegando que foram negligentes, e tudo desaparece quando se paga o suficiente para que advogados e a equipe de relações públicas limpem a sujeira.

— Como você está fazendo para participar de todas as noites de apresentações, então? — Royce foi nas últimas três semanas. — E seus seguranças?

— Eu tenho as manhas — ele ironiza.

Nós fingimos nos concentrar na matéria à nossa frente. Depois de um tempo, digo:

— Apesar do seu pedido de desculpas, você ainda está estranho nas apresentações em que a gente se encontra. Por quê?

— Você reparou?

— Todo mundo reparou. É impossível não reparar.

Ele passa a mão pelo cabelo com uma expressão de arrependimento.

— A verdade é que estou um pouco… com inveja de você.

— Inveja de mim? — repito, surpresa. Como assim? — Por quê?

— Porque você é naturalmente talentosa na única coisa com a qual eu realmente me importo. E mais do que isso… — Ele tira uma migalha invisível da mesa, sem me olhar —, você tem a liberdade de ser você mesma no palco, falar sobre sua vida cotidiana, enquanto eu preciso inventar uma persona estúpida só para que meus pais não descubram que estou ali em cima de um palco.

Ah. Isso.

— Sim, sua performance sobre um zé-ninguém é ruim, mas não porque suas falas não são boas, pelo menos não do ponto de vista técnico, talvez.

— Talvez.

Eu sorrio.

— Acho que a razão pela qual não são tão boas, especialmente quando estou por perto, é porque não são autênticas para você.

— Eu pensei nisso — diz Royce, assentindo. — Antes de você chegar, eu conseguia enganar bem o suficiente porque tinha certeza de que ninguém na plateia me conhecia.

— Mas você não precisa inventar uma história toda, mesmo se estiver tentando não expor o fato de que você é, bem... rico.

— Ainda estou tentando descobrir, tentando mesclar meu humor com os assuntos que quero abordar, mas sinto que não tenho direito de fala por causa de quem eu sou.

— Você vai descobrir uma maneira — incentivo. — Você não é... burro.

Ele ri.

— Obrigado? Mas, sério, para constar, eu gosto... gosto de assistir você fazendo stand-up. Acho você engraçada e, hum, inspiradora.

— Como assim? — pergunto, me ajeitando no lugar para dar a ele uma chance de se expressar melhor.

Ele também se aproxima.

— Quando você quer alguma coisa, você vai atrás. É muito direta e prática, o que é muito revigorante, e tão... uh... sabe...

Nossos olhares se encontram e de repente percebo quão perto nossos dedos estão, praticamente ponta com ponta, e que ninguém está se afastando, apesar da ousadia de tudo isso.

Meu olhar viaja para os lábios dele. *Beeeeeijaaaa-Beeeijaaaa*, opina minha mente traidora, mesmo quando tudo mais em mim está gritando, *Bactérias!*

Eu me sacudo mentalmente e me lembro do rosto de um soldado que morreu de tétano em um dos meus livros de história, o que funciona para apagar um pouco meu fogo (a morte deveria ser capaz disso). A bactéria que causa o tétano está em toda parte, e para indivíduos não vacinados, um descuido infeliz permite que a bactéria viole as defesas, levando a uma morte cheia de agonia e aflição. Resumindo, o tétano, assim como o amor, tira vantagem de nosso descuido, e não posso me dar ao luxo de errar de novo.

Se eu não ganhar, ninguém da minha família ganha.

— Você está bem? — Royce pergunta, alcançando seu copo de água aromatizada com pepino. Aparentemente, eu não estava me sacudindo apenas mentalmente.

— Super de boa. Agora vamos nessa, lembra do seu pagamento. — Faço uma pausa estratégica. — Se quiser que eu dê pra você depois, é melhor mostrar serviço agora.

Royce cuspe a bebida a ponto de as veias no rosto dele saltarem.

— Você prestou atenção no que acabou de dizer? — ele diz quando finalmente se recompõe.

— Sim. — Um uso tático de duplo sentido proposital da minha parte.

Royce balança a cabeça e vira uma página, sorrindo.

— Todo dia, Chan. É assim com você todo dia.

14

RTas (ID do usuário: NinjaTimido) aceitou seu convite para se juntar ao CounterFlash.

Tavleen: Oi, pessoal! Estou gravando um story no Instagram para avisar que as Hot Flashes e eu vamos à pista de patinação amanhã para passar um tempo em equipe antes dos campeonatos estaduais! Venham ver nossas manobras.

Suraya (inclina-se para beijar a bochecha de Tavleen): Ya habibi!

Kima: Vamos, time!

— Você tem muitos amigos, Rosie? — pergunto à minha irmã no sábado enquanto assistimos a um reality-show chamado *A Rainha do Mar*, que segue concorrentes noruegueses produtores de salmão competindo pela… supremacia do salmão?

Era isso ou um novo reality-show em uma deslumbrante região caribenha onde os participantes fingiam estar superexcitados, mas eram recompensados por não transarem uns com os outros, chamado *Enclausurados*.

O mundo está mesmo perdido.

— Sim — Rosie diz sem empolgação. — Um montão. Às vezes até brigam para saber quem é meu melhor amigo, mas eu digo para se revezarem. É tão cansativo.

— Sério?! — exclamo, meu estômago afundando.

— Sim — responde Rosie. — Por que a pergunta?

— Nada, não. — Penso um pouco nisso. — E sempre foi assim? Desde que você e Stanley se mudaram dos Estados Unidos pra Malásia?

— Éééé — ela diz —, é o que eu chamo de charme potável.

Eu não a corrijo para "charme portátil".

— Parece que estou passando por uma seca de amizades.

— Ah — Rosie solta. — Você não é amiga da Zee?

— Sim, mas me referia ao meu círculo de amizades.

— As Hot Flashes? — Rosie diz, com um tom de admiração escapando de sua voz. — Elas são demais. Ainda bem que você não está lá para estragar as coisas.

— Rosie! — vocifero.

— Certo, certo, desculpe. Estou só brincando. — Ela faz uma expressão pensativa. — Hum. É verdade, não vejo vocês juntas na escola desde o seu acidente. — Ela me dá um olhar astuto. — Por que acha que isso tá rolando?

— Não faço ideia, não acho que seja um problema com a minha pessoa, propriamente dita.

— Uh-hum. Tem certeza?

— Absoluta. — Penso bastante no assunto. — Sabe o que é, acho que com tudo o que aconteceu, elas estão só... incertas sobre quando deveriam reaparecer na minha vida.

Voilà! Grande descoberta! A razão deve ser esta: eu não estava deixando clara a minha disponibilidade para me encontrar com elas!

É por isso, então, que agora estou na pista de patinação, escondida atrás da máquina de bebidas, espiando minhas amigas, que estão rindo enquanto fazem manobras radicais em círculos umas ao redor das outras.

Eu realmente não deveria estar stalkeando minhas próprias amigas, mas como eu poderia encontrá-las se não assim? Sei que elas estão muito ocupadas com os treinos e que devem ter apenas tentado me dar um espaço para superar a lesão e tudo mais. Então hoje é sobre isso: mostrar a elas que sou capaz de participar novamente do dia a dia, mesmo que não esteja mais correndo para competir.

Essa não é a pista de patinação no gelo que o time sempre vai, fica em um pequeno shopping num bairro dolorosamente chique, novinho em folha e ainda mais caro que o anterior. O preço do ingresso para entrar, mesmo quando negociei com o garoto no balcão, dizendo que *na verdade* não iria patinar (acho que não estou liberada para isso), foi uma facada, mas apesar de todos os meus argumentos, ele insistiu que eu pagasse o valor de estudante, que tem desconto, mas ainda assim é salgado. Aparentemente, regras são regras, foi o que a garota atrás do balcão de aluguel de patins me disse quando falei a ela que na verdade eu não usaria os patins, só precisava deles para manter a imagem. Não fiquei surpresa quando ela me entregou um par que, suspeito, não foi desinfetado desde o último usuário.

Me abaixo e finjo estar amarrando os cadarços quando as garotas, todas as onze, saem da pista numa muvuca, falando alto e tagarelando.

— Oi, pessoal — digo despreocupadamente, nada que alguém stalkeando suas amigas diria.

A conversa para e todas se viram para mim.

— Ah. Oi, Agnes — diz Kima Li, com os olhos arregalados. — Você... você vai patinar na condição que está?

— Eu? — Levanto minha perna direita, a que tinha lesionado, e digo:

— Bem, você vê algum gesso aqui?

— Mas o treinador disse...

— Eu estou bem — declaro animadamente. Me levanto nos patins de gelo e faço um grande esforço para não gritar quando uma dor aguda sobe pela minha perna. Caio de volta no banco de uma maneira que espero parecer casual. — Querem voltar para a pista?

— Er... — Suraya olha ao redor. — Estamos indo para o cinema.

Uma pausa.

— O que vão assistir? — pergunto, nada alegre.

— Operação 55: Cidade Mortal — responde Casey Lim. — Sabe, com o Charlie MacLane. — Charlie MacLane é um novo ator cozinhado pelos laboratórios de Hollywood, uma mistura de Chris Hemsworth e algum dos outros Chris.

— Aah, parece legal, ainda não assisti — digo, articulando bem as palavras.

Ninguém pergunta se eu gostaria de ir. Uma dor diferente atravessa meu corpo e minhas pernas tremem. Ainda bem que estou sentada.

— Por que vocês não me procuraram? — consigo perguntar depois que um silêncio desconfortável se prolonga entre nós. — Faz dois meses que voltei. Mandei mensagens perguntando se iriam sair, até convidei vocês várias vezes para me verem fazer stand-up. Não somos amigas?

Mais silêncio. Finalmente, Tavleen diz:

— Quer a verdade?

— Sim — respondo imediatamente. — Eu aguento.

As meninas trocam olhares, praticamente tirando par-ou-ímpar para decidir quem deveria falar pelo grupo. Tavleen, que eu soube ter usurpado meu lugar como capitã do time, respira fundo.

— Para ser honesta, é meio que uma surpresa que você nos considere suas amigas. Quero dizer, nós *adoramos* você como capitã, obviamente.

— Obviamente — ecoa Suraya.

Tavleen concorda com a cabeça.

— O time é o *melhor* quando você está por perto, mas não achávamos... nunca pensamos... bem, sempre achamos que você não gostava da gente.

— Não gostava de vocês?! — digo, quase gritando. Me recupero e falo. — Éé... Como? O quê? — Muito eloquente.

— Sim, eu concordo — diz Suraya.

Holly Toi, uma ninguém reserva do time, troca um olhar com Tavleen antes de pigarrear e dizer:

— Para ser sincera, é difícil ficar perto de você. Você é meio intensa, Agnes.

— Eu? Intensa? — Isso era novidade!

— Gostamos de você, claro — diz Tavleen, graciosa em seu triunfo como a nova abelha-rainha. — Como capitã. Você era muito boa para o desempenho do time.

— A melhor — disse Yuna Shastri, hesitante. — Mas na sua busca para nos tornar as melhores, você era... meio dura com a gente.

— Sim, bem assustadora — diz a Maria-Vai-com-as-Outras, também conhecida como Suraya. — Você realmente nos pressionava o tempo todo. E você e o treinador Everest alimentavam a energia um do outro. Agora ele está mais tranquilo. Ainda irritado, mas não tão rígido. Com menos instinto assassino.

— Você é *tão* assustadora nas provas de revezamento. Aquele seu sorriso macabro — diz Holly.

— Aqueles olhos! — alguém diz.

— Eu ficava com dor de barriga toda noite antes das competições, por sua causa — Kima se voluntariou a falar, num tom agudo.

— Aquele olhar! — alguém mais concorda.

— E sempre que estávamos competindo individualmente, ah meu Deus — fala Yuna. — Você é uma péssima perdedora, nas raras ocasiões em que uma de nós te superava.

— Acho que nunca te vi rir espontaneamente, exceto quando vencia — comenta Holly.

— Pois é. E não soubemos como responder às suas mensagens sobre suas apresentações de comédia — Kima murmura. Ela faz uma careta, sem me olhar nos olhos. — Não me leve a mal... — O que claramente significava que ela diria algo doloroso. — Mas, err, você não é divertida, Agnes.

Não sou divertida? PQP?! A *chatbot*, Kima, acha que eu não sou divertida?

— É um dos motivo de não querermos ver você se apresentar — diz a Maria-Vai-com-as-Outras. Suraya afia o machado antes de golpear novamente. — Além do fato de... não sermos amigas.

Eu me esforço para não esmorecer. Os ataques vinham de todos os lados. Baixo a cabeça e me concentro em amarrar meus sapatos para não desabar em lágrimas na frente das pessoas que antes eu considerava minhas amigas, meu grupo.

— Olha, Agnes — Tavleen diz, com a voz suave. — Nós somos a equipe que somos hoje por sua causa. Somos realmente gratas a você, de verdade. A gente te acha um máximo como capitã.

— Mas só... não te achamos o máximo como pessoa — conclui Kima.

— Desculpa — Yuna diz.

O silêncio retorna, dentro de mim há uma pessoinha uivando e rasgando tudo em pedacinhos, transformando tudo em confetes, mas controlo minhas emoções e olho para elas.

— Tudo bem — digo tranquila.

— Bom, hum, a gente se vê por aí, eu acho — diz Cassie. As meninas murmuram pedidos de desculpa enquanto eu me concentro em dar um sorriso humano, acenando para elas irem ao cinema, onde vão comprar baldes de pipoca e Coca Zero para petiscar enquanto fofocam sobre esse encontro com a ex-capitã triste e quebrada que achava que era amiga delas. Que era uma delas.

Cerro o punho, alternando entre raiva, desespero e uma vergonha que me embrulha o estômago, do tipo que não sinto nem quando sou um fiasco no palco. Bem-feito por baixar a guarda. Bem-feito por achar que podia ser igual a elas. Fungo na palma da mão, torcendo para que as pessoas achem que estou cheirando alguma droga em vez de tentando engolir o choro.

— E aí? — cumprimenta uma voz irônica e amigável.

Levanto a cabeça e fico pasma ao ver Vern, de uniforme de limpeza, camisa de botão de manga curta combinando com a calça azul-marinho escura toda manchada.

— O que você tá fazendo aqui? — pergunto.

Ele dá de ombros, levanta uma vassoura como se fosse uma espada, expondo uma tatuagem floral que envolve seu bíceps e espreita por baixo da manga direita.

— Eu trabalho aqui. Bem, é um dos lugares onde eu trabalho, para ser mais específico. — Ele se senta ao meu lado e do fundo de um bolso lateral tira o que espero ser um lenço limpo, entregando-o para mim solenemente. — Queda feia?

Algo na maneira como ele diz isso me desarma. Eu deveria estar mortificada por estar chorando em público. Em vez disso, fico emocionada com uma onda de conexão. Faço barulho para assoar o nariz.

— Tipo isso.

Ele não fala e eu também não, e depois de alguns minutos estou quase de volta ao normal, exceto pela raiva, a raiva ainda está lá, fervendo dentro de mim.

— Quem eram aquelas garotas com quem você estava? — Vern pergunta.

— Colegas de escola — respondo.

— Ah. — O desdém em uma única palavra. — Elas tão te enchendo? — pergunta ele, mexendo em um fio solto, ainda naquele tom casual.

Mordo o lábio. Não quero falar sobre isso, mas quando olho para ele, vejo apenas o sentimento de empatia irradiando de seus olhos. De alguma forma, intuo que ele entenderia pelo que estou passando, então acabo contando tudo o que aconteceu. Sem amenizar. Soltando toda a humilhação.

Ele cruza os braços, um sorriso irônico curvando o canto dos lábios.

— A desculpa delas para terem se afastado quando você mais precisou é que… você era boa demais no seu trabalho?

Dou uma risada seca.

— Elas disseram que não ligaram porque eu nunca deixei que elas entrassem aqui. — Aponto para o meu coração.

Ele faz uma cara de descrença.

— Isso é o melhor que elas conseguem fazer? — Um risinho de desprezo, um olhar na minha direção. — Não acredite nas desculpas delas. São um bando de mimadas idiotas. E, pior, nem são honestas o suficiente para dizer a verdade na sua cara.

Prendo a respiração, hipnotizada pela versão dele da história.

— O que você quer dizer? — Sim, Vern, conte-me mais. Me ajude a entender.

Vern suspira e passa a mão pelo cabelo escuro, ligeiramente ondulado.

— Olha, sinto muito por eu ser a pessoa que tenha que te arrancar dessa fantasia, mas elas não mantiveram a amizade porque não se importavam o suficiente para fazer isso. Simples assim. — Seus dedos começam a tamborilar impacientemente no colo. — A verdade, Agnes, é que você não é como essas garotas, mesmo que estudem na mesmo colégio. Elas são de outro mundo, e não importa o que você faça, nunca vai pertencer ao mundinho delas. Então, elas não querem se dar ao trabalho.

Lembro de mim na pista de corrida, vestindo minhas roupas de segunda mão ou compradas em brechós; minha mochila remendada e surrada, que usei nos últimos dois anos; e meu relógio "vintage" da Casio que fingia adorar, enquanto todos no colégio exibiam os mais recentes *smartwatches* ou relógios de grife que custavam meses de salário, às vezes mais. Meu uniforme, a única coisa que compartilhava com todos eles, é uma ilusão. Não somos farinha do mesmo saco, de jeito nenhum, nem um pouco. Desde o início, eu nunca me encaixei.

Ele consegue decifrar cada um dos meus pensamentos. Eu nunca sei fazer cara de paisagem. Sua mão se fecha sobre a minha e a aperta.

— Está tudo bem, esqueça elas. Você acha que alguma dessas garotas tem metade da sua coragem? Que elas conseguem dizer as coisas que você diz no palco?

Dou uma risada sarcástica, enxugando uma lágrima teimosa.

— Eu... eu digo coisas estúpidas no palco para fazer as pessoas rirem. Não estou fazendo um TED Talk.

— E daí? Você acha que arrancar risadas não exige tanto esforço quanto qualquer outra emoção humana?

— Eu n-não sei.

Ele balança a cabeça, indignado.

— Você conhece aquele ditado batido "Rir é o melhor remédio"? Mesmo enquanto as pessoas banalizam aqueles que as fazem rir, nos momentos mais tristes, é o riso que a maioria delas busca, não essas coisas supostamente profundas. Comédia é arte. Comédia é poder. Você tem o poder de um deus quando consegue fazer alguém rir, fazer refletir, como você faz. Não consegue ver isso? — Ele se inclina para perto, prendendo meu olhar com o dele. — E, Agnes, você vale por dez daquelas garotas, fácil. Você se entrega muito facilmente para pessoas que não te merecem.

Internalizo a maneira determinada como ele diz isso. A maneira como transforma opinião em fato. Pensando bem, quando eu não ligava pra o que os outros achavam, a vida era bem mais tranquila. Eu estava focada no que realmente importava. Só quando passei a pensar muito sobre amizades é que abri brecha pra sofrer, pra querer ser parte do grupo, me encaixar à força naquele mundinho perfeito de todos eles, enquanto aqui estava Vern, que não se importava em criar uma versão de si mesmo para se adequar a um ideal, sendo ele mesmo. Quando olho para ele, vejo tudo o que estava tentando ignorar, mas com outros olhos. Minhas diferenças são minha força... algo do que me orgulhar.

— Que se fodam elas — digo. Arranco os patins e os jogo de lado, me contorcendo com a força do meu chute. Tento ignorar a nova pontada de dor no meu joelho esquerdo. — Que se fodam.

Eu nunca falo palavrões, mas parece uma invocação de poder. Ele está certo: eu não preciso delas. Não preciso de nenhuma delas. Não mereciam minha presença, então não vão ter nada de mim.

— Vamos — ele diz, pegando minha mão. Ele me leva para fora da pista, deixa os patins na área de devolução e diz que vai conseguir meu dinheiro de volta mais tarde. Passamos por algumas lojas até chegar à saída que dá para o estacionamento.

— Está vendo algum dos carros delas? — ele pergunta em voz baixa.

Olho ao redor do estacionamento e avisto o Mini Cooper verde-limão da Kima, que ela provavelmente ganhou de presente de aniversário de 16 anos sem precisar mover um dedo para isso.

— Ali — respondo, apontando, quase sem respirar com a tensão.

Vern rapidamente analisa o estacionamento, que tem câmeras perto da saída, e se encosta nas paredes, deslizando por um trecho mais escuro, presumivelmente fora do campo de visão das câmeras, com a cabeça baixa.

Vejo tudo como num transe, a rapidez com que ele se aproxima do carro da Kima, o estalo suave, e então ele está vindo em minha direção, movendo-se com as costas voltadas para as câmeras enquanto caminha rapidamente de volta para onde estou.

— O que aconteceu? — pergunto, embora já tenha adivinhado. Já sei.

Ele levanta um canivete suíço e sorri.

— Dei um choque de realidade nas suas amigas.

— Você está descontrolado — digo, com os olhos arregalados. Não consigo decidir se estou impressionada ou assustada.

— Depende de pra quem você pergunta — retruca ele, olhando para mim. — Você, pelo menos, não precisa ter medo de mim. Eu cuido dos meus amigos.

Ok, talvez eu esteja… emocionada?

— Agora vem — a voz dele volta a ter um tom brincalhão —, vamos matar o resto do meu turno e ir ao cinema. O que você quer assistir?

Minha resposta é imediata:

— Que tal *Operação 55: Cidade Mortal*?

Vern: Me diverti hoje. Sempre que quiser repetir a dose, ou que eu acabe com alguém para você, só falar

Eu: 💯

Eu: Assim que eu terminar com as minhas inscrições pra faculdade, talvez na semana que vem

Vern: Fechou. Te vejo no stand-up. Você vai ao open mic de amanhã ou em algum outro?

Eu: No de amanhã. Até!

Vern: 🌷

15

SÃO 9 HORAS DA NOITE, o último especial do John Mulaney está tocando na minha caixa de som, e eu estou usando meu pijama favorito enquanto espero Royce ficar online para que eu possa dar para ele. Um item do meu inventário, é claro, que arrumei com todo cuidado para que ficasse apresentável quando finalmente jogarmos juntos depois de uma semana quente e intensa de estudos.

E, sim, estou prestando atenção no que estou dizendo. Aparentemente os duplos sentidos aparecem bem rápido quando estou nervosa.

Ok, tudo bem, cérebro, pare já com isso.

Prendo a respiração e tento não suar nem soltar pum, o que atrapalha meu jogo. Preciso estar no meu melhor hoje, ainda mais porque é a primeira vez que jogamos juntos. Estávamos tentando encaixar nossas agendas lotadas pra entrar no *CounterFlash* (não é fácil com as aulas do Royce e nossos compromissos no open mic, pelo menos dois por semana cada um, de preferência em dias diferentes, além das minhas sessões de fisioterapia); essa é a primeira noite livre que ficamos sozinhos desde aquele sábado na casa dele. Os dois últimos encontros para estudos foram na biblioteca da escola com outros alunos que precisavam de ajuda nas mesmas matérias, o que foi bom, afinal, quem precisa ficar sozinha com Taslim, numa bela mansão, cercada de doces? Não eu, com certeza.

Só de pensar em ficar sozinha com o Taslim, meu coração acelera enquanto espero por ele, que está atrasado. Jogar com alguém é tipo um exercício de intimidade. Tem um monte de gente com quem jogo CF online, como o NerdWolf de Nova York, o Xilixili da China e o OldNicky da Califórnia, gente que nunca vi na vida, mas que conheço bem (sei onde moram, que horas dormem, quantas vezes vão ao banheiro, lanchinhos favoritos, palavrões preferidos, pontos fortes e fracos, como lidam com a dor e com a diversão). Construí algumas amizades virtuais ao longo dos anos e alguns relacionamentos até migraram para outras plataformas, tipo a Twitch. A camaradagem, a sintonia, a história compartilhada, muitas vezes vira algo real. Se duas pessoas jogam juntas em games de estratégia, se ajudam uma à outra no jogo por dias, semanas, meses, às vezes anos, elas também compartilham risadas, vitórias e derrotas, e essa conexão é sincera para ambas.

Tudo isso pra dizer que estou nervosa por jogar com o Royce. O trem pode descarrilhar rapidinho.

Fica de boa, *ficadeboaficadeboa.*

Royce Taslim está aqui... ou melhor, o avatar dele.

Roupa fofa

Nós, ou nossos avatares, se observam. Ele está com uma skin especial de Lobo Pré-histórico, dourada ao pôr do sol, com um Martelo Devastador, e eu estou usando uma skin limitada de Vampiro roxa e verde fluorescente, com uma Foice da Alma especial que encontrei em um loot e ajuda a regenerar 20% mais rápido.

Primeiro negócios ou diversão?

Diversão

Um cara que pensa igualzinho ao meu coração de pedra

Ligamos nossos headsets e começamos; está cheio de bugs, mas é glorioso. O martelo do Royce é novo e substituiu a versão com defeito lançada há alguns meses, e é poderoso o suficiente para que navegássemos por algumas das batalhas mais selvagens. Mostro alguns dos meus movimentos especiais em combo, e muitos cérebros e entranhas voam. Épico.

É quase como um encontro, só que melhor. Não que eu já tenha ido em um encontro de fato, pensando bem. Minha experiência amorosa até agora se resume a encontros duplos com alguma das Hot Flashes e seus acompanhantes, e a maioria foi entediante demais, com muita conversa sobre viagens e acampamentos chiques no exterior que me deixaram completamente boiando.

Mas Royce e eu conversamos enquanto estripamos os inimigos, e claro, a maior parte da conversa é sobre o jogo ("Deixa ele sangrar! Deixa sangrar!" "Estaca na cabeça! Mais forte! Cuidado!" "Foge! Foge! Esquerda! Não, a outra esquerda! Aaaaaaaaaaahhhh!"), mas às vezes, quando estamos descansando num dos Túneis Escuros, trocamos ideia, falamos da escola ou do último dorama que todo mundo finge que não está vendo. E aí voltamos para acabar com a vida dos outros.

É bem relaxante, na verdade. E é definitivamente a coisa mais legal que fiz desde que parei de correr.

Foi uma jogatina épica

Sim, você estava de matar Detonou.

TINHA ALGUMA DÚVIDA? Eu arrebento.

Nenhuma, ele responde. eu sei que você é boa em qualquer coisa que se propõe a fazer.

Obrigado. fico feliz que combinamos bem. no jogo!

Não esquenta, Agnes, sei o que você quis dizer. Deus me livre a gente ter uma amizade na vida real!

Agora sério, tenho que ir. eu trabalho amanhã.

Depois de digitar aquilo no chat, fico paralisada. Não era minha intenção escrever isso. Normalmente eu teria dito que precisava dormir e só.

Você trabalha?

Tarde demais para mentir agora.

Faço bico de sábado à noite em um restaurante de churrasco coreano . você não conhece o lugar.

Royce provavelmente come em restaurantes coreanos mais sofisticados do que aquele fundo de quintal.

Como chama?

Ele claramente não vai deixar isso passar.

Seoul Hot. É na Little Korea, em Ampang.

Legal! Que bom que você tá de volta à ativa.

Acho que sim

Me diverti muito hoje à noite, sério.

Também

Então. Agora vamos aos negócios.

Ele está falando da minha promessa de lhe dar um item do jogo. Suspiro e levo Royce até minha tenda de inventário.

Fique à vontade.

Ele mal olha em volta antes de clicar num item. Um anel Demônio Viscoso do meu loot que adiciona alguma destreza e um dano medíocre ao ataque. Um anel inútil, na verdade, algo que novatos conseguem nos primeiros dez níveis de CounterFlash.

Vou ficar com este.

Tem ctz? Tenho itens muito mais valiosos. Tipo, você pode pegar qualquer coisa... exceto minha foice da alma, minha armadura peitoral forjada no inferno, e meu anel de invisibilidade e o...

Rlx, eu só quero um pouco mais de destreza, sério.

Destreza é muito valiosa...

Não um anel de +2 de destreza, mas se ele realmente quer isso.

💯 Boa noite, GarotaVeloz

Boa noite, NinjaTimido

Numa explosão de emojis aleatórios, ele sai e, curiosamente, apesar de todo o esquartejamento e desmembramento, estou... contente. De algum modo, apesar de ele ser meu antigo rival, meus sentimentos por ele ficaram mais amenos. Talvez, só talvez, estejamos sendo amigáveis um com o outro, se não nos tornando amigos. Taslim e eu somos apenas colegas bem próximos.

Zee: Você conhece algum malabarista?

Zee: Esquece

Eu: Err, não?

Eu: Posso perguntar pra quê?

Zee: O baile beneficente da escola

Eu: Ah, entendi

Zee: Alguma chance de você aprender a fazer malabarismos até dezembro?

Eu: Definitivamente não

16

CARA, EU REALMENTE PRECISO parar de ficar andando em becos por aí.

Estou sentada em cima de um balde de plástico no beco que fica atrás do Seoul Hot, escondida da Sra. Yoon porque minha perna começou a dar câibra e eu precisava de um descanso depois de ficar em pé durante as últimas duas horas. Parece que fui ambiciosa demais em querer voltar ao trabalho. Os outros garçons, Meriam, Zi Wei e Samuel foram compreensivos, mas eu podia sentir que no fundo eles estavam borbulhando de frustração. Não é justo, mas a vida não é justa. Vou dar um pouco das minhas gorjetas a eles.

— *Alamak!* Tá um calor infernal aqui — diz Jeremiah, um careca na faixa dos 40 anos e um dos chefs mais legais do Seoul Hot. Eu tinha pedido a ele a pomada para dor muscular quinze minutos atrás e ele aproveitou o intervalo para checar como eu estava. — Não é à toa que esse restaurante tem hot no nome. Ha-ha-ha.

— Não sei por que a gente se dá bem — resmungo.

Jeremias ri alto e se recompõe.

— É porque eu deixo você levar comida pra casa — ele responde, e eu mostro a língua.

— Exato! Ainda bem que você sabe o motivo, cara.

Ele ri, depois tira um cigarro do bolso do avental, o que provavelmente é uma violação às normas da vigilância sanitária.

— Você gosta de mim, pirralha, admita.

Meriam estica a cabeça da cozinha e estreita os olhos para nós.

— Agnes, a Sra. Yoon está te procurando.

Eu gemo e faço uma careta, ficando vesga. Minha perna direita está formigando e não é de animação.

— Ela disse que tem um cliente pedindo para te chamar.

— Ah, não, é aquela mesa da mulher que devolveu o prato por ser muito picante quando ela *pediu* com todas as palavras o tempero "mortalmente picante", apesar dos meus gentis lembretes de que não haveria reembolso segundo a política do Seoul Hot?

— Não, a Sra. Yoon botou aquela mesa pra fora faz cinco minutos. Teve uma pequena, errr, confusão.

A Sra. Yoon é conhecida por não ter papas na língua com os clientes, mas a comida dela é tão boa que, apesar da avaliação no Google não ser lá essas coisas, o restaurante está sempre lotado de clientes fiéis.

Céus. Preciso dar o fora daqui.

Meriam dá de ombros.

— Sei lá, mas a pessoa estava te procurando com... digamos, certa urgência. Mesa boa no seu setor. Cara de gorjeta alta.

Jeremiah assobia para eu me apressar, indicando a porta, e eu suspiro e vou até onde a Sra. Yoon está esperando, perto da porta de serviço.

— Agnes! — diz a Sra. Yoon. Ela pronuncia meu nome como "Ack--nãs". Tendo se mudado de Busan para Kuala Lumpur há duas décadas para se casar com um homem malaio, ela fala com um forte sotaque coreano. — *Haiyah*, eu te procurei por toda parte e só agora aparece! Alguém perguntou por você, disse que quer que você atenda. Pedido grande. Mesa onze. Seja legal.

— Certo — respondo, tentando correr e meio que saltitando no processo.

A mistura característica de gordura, tempero e fumaça do restaurante atinge meu rosto depois de estar ao ar livre, e passa pela minha cabeça como devo estar cheirando depois de marinar nisso pelas últimas duas horas, e ainda são apenas oito da noite.

— Mesa onze, mesa onze — murmuro, desorientada depois de ficar fora por mais de dois meses (o restaurante tem dois andares e 23 mesas — felizmente as minhas ficam no setor térreo). Viro uma esquina para a mesa onze e o que vejo me atinge feito um tapa na cara.

— Agnes!

É Royce Taslim, em carne e osso.

Não. Não. Não. Não. Não. Não.

Não consigo me mexer. O que Royce Taslim está fazendo no meu trabalho? À esta hora e vestido como se tivesse acabado de sair de um editorial da Teen Vogue?

Então me lembro de que eu tinha contado a ele sobre o restaurante enquanto jogávamos *CounterFlash*.

Não. Não. Não. Não. Não. Não.

— Agnes? — Royce chama, sorrindo demais para estar num lugar fumegante como este.

Estou paralisada. Não quero ir até lá. Não quero ir até ele com essas roupas cheirando a carne, os olhos vermelhos de cansaço, o rosto e o cabelo oleosos. Não quero. E, fisicamente, não consigo.

— Agnes! O que você está fazendo parada aí? Atenda! — sibila a Sra. Yoon enquanto passa por mim correndo para o caixa.

Recupero meus sentidos e me recomponho, colando um falso sorriso profissional no rosto enquanto caminho cuidadosamente até a mesa dele.

— Oi, Taslim — cumprimento. — Queria perguntar o que você está fazendo aqui, mas a culpa é minha. Te contei onde estaria pra você poder vir me torturar.

— Ha, engraçadinha — diz Royce, corando.

— Sem ofensa, mas por que você está aqui? — pergunto, indo direto ao ponto.

— Bem, é que... sabe... Eu queria ver... Quer dizer, tive uma súbita vontade de comida coreana, e pensei, hum, por que não comer onde minha amiga trabalha?

Minha amiga. As palavras não têm realmente o impacto que deveriam porque estou imersa em um caldeirão de emoções conflitantes, sendo a mais clara o constrangimento. Sim, estou constrangida por ele me ver assim, descabelada e cheirando a molho barbecue; aqui, durante meu turno, enquanto ele está impecável com sua camisa jeans cinza-oliva e o cabelo cuidadosamente penteado. E ele não está sozinho.

Reparo na pessoa que está sentada ao lado dele, um homem forte de rosto impassível, vestindo uma camiseta preta justa, que deve estar na casa dos 30 e poucos anos. Um novo guarda-costas. Imagino que ele tenha um para cada turno.

— Este é Mohan — diz Royce. — Ele é meu convidado esta noite. Mohan, esta é a amiga de quem eu estava falando. Agnes Chan.

Mohan me examina de cima a baixo com um olhar de aço. Não parece impressionado.

— Oi, Mohan.

— Oi. Poderia me trazer mais chá, por favor?

— Claro, e você, Taslim? — Volto minha atenção para o Royce, e enquanto faço isso, uma pontada de dor dispara pela minha perna. Eu estremeço.

— Está tudo bem? — pergunta Royce, preocupado, vindo até onde estou na velocidade da luz e parando a centímetros de me tocar.

— Foi só a minha perna — comento, segurando firme na cadeira à minha frente, com um fio de suor já cobrindo meu lábio superior. Urgh, odeio demonstrar fraqueza na frente dele. — Não se preocupe. Sente-se, por favor, ou a Sra. Yoon vai achar que você não está feliz.

Royce não se move, sua testa franze de preocupação.

— Você deveria dizer à sua chefe que precisa encerrar o turno.

— E perder meu emprego? — respondo bruscamente. Ele não entendeu que eu não estava aqui de férias?

— Quanto tempo mais dura seu expediente? — ele pergunta, franzindo a testa.

— Umas duas horas — digo, estremecendo de dor quando tento colocar peso nos dois pés.

— Tenho uma ideia — diz Royce.

— Espere. — Ele se vira para Mohan. — Peça outra rodada de bochecha de porco e mais um mix de vegetais, ok? Na verdade, peça o que quiser. Que tal uma dose de *Soju*? Você tem minha permissão para beber.

— Mas, senhor, nós já comemos…

— Tudo bem, o que não comermos, levamos para casa, porque eu vou ficar aqui por mais duas horas.

— Como é que é? — nós dois perguntamos ao mesmo tempo, no mesmo tom de incredulidade.

Ele arregaça as mangas.

— Vamos, vou te ajudar com o resto do seu turno.

Devo estar sonhando. Devo ter batido a cabeça no caminho pelo beco, porque Royce Taslim começou a servir mesas sob os olhares atentos de Samuel e Meriam, depois de negociar para que eu ficasse no caixa sob a supervisão da relutante, mas meio encantada, Sra. Yoon, que disse claramente "*Jalsaenggyeosseoyo*" quando viu Royce e, como assisti a pelo menos mil horas de k-dramas, captei o elogio à beleza dele, mesmo que tivesse soado com se estivesse chamando Royce de "portador da praga" ou algo assim.

Incrível, penso, enquanto Royce carrega uma bandeja de carne marmorizada fatiada usando uma camiseta escura da Seoul Hot, atencioso e digno de um catálogo de moda. Ela me deixou cuidar do dinheiro. Tudo bem, ela está logo atrás de mim, bufando e resmungando quando erro os botões na tela, mas mesmo assim… Ela me deixou tocar no dinheiro de verdade (quer dizer, na rara ocasião em que alguém me entrega dinheiro em vez de pagar com cartão ou outros métodos de pagamento digitais)

— ela nunca deixou nem Joyce Lim, a garçonete mais antiga daqui, operar o caixa, nunca. Sempre foi ela ou o filho dela, Luke Chandran.

Royce passa por mim com uma bandeja de cervejas, e meu coração se excita. De admiração. Não no sentido sexual!

O resto das horas passa rápido, e Royce vai embora às 10h15 da noite em ponto, porque os pais dele sempre mandam mensagens se ele atrasa um minuto sequer do seu toque de recolher às 11 horas, e eu podia ver o Mohan tamborilando os dedos na mesa, impaciente. Quando a Sra. Yoon tenta pagar a ele também — um sinal de que ela realmente está encantada com o Royce, porque eu sinceramente achei que ela dividiria o valor das duas horas entre nós —, Royce pega o dinheiro gentilmente, agradecendo, e quando ela vira de costas, ele conta as notas e deixa metade no pote de gorjetas, ao invés de tudo, como eu esperava.

— Espero que não se importe se eu ficar com metade; é meu primeiro salário — diz ele em tom de desculpas; e sinto minhas mãos ficando suadas por um momento, por um motivo que não consigo compreender.

A sensação volta quando ele insiste que seu motorista me leve embora, mesmo eu dizendo que não me sentia confortável em mostrar onde morava, fazendo uma brincadeira sobre ele ser um possível stalker. Então, ele pede ao motorista para me deixar onde eu quiser depois que ele sair, e estende a mão para me ajudar a entrar no carro alto. Acontece novamente quando ele esbarra na minha mão acidentalmente-só-que-não ao sair do SUV em frente à sua casa, e ele se vira para mim e me encara com um olhar suave e aberto, e um momento se estende entre nós, como um portal se abrindo em *CounterFlash*, antes de ele dizer boa noite.

O banco de trás do carro cheira a suor, restaurante e à loção pós barba que Royce usa. Fecho os olhos e inspiro o ar, me comportando como uma perfeita esquisita.

É só porque ele tem sido muito legal com você. É isso, minha mente grita.

Respiro novamente, por razões que não seguem a versão original que venho tentando me convencer esse tempo todo, desde o momento em que vi Royce Taslim se aproximando de mim para me cumprimentar com aquelas *horríveis* calças apertadas verde-neon.

Então eu me afundo no assento com um suspiro profundo.

Meu Deus, é oficial: eu perdi totalmente a cabeça.

Royce: Tá aí?

Eu: Não

Royce: Mentirosa 😀

Eu: Ei, obrigada

Royce: Pelo quê?

Eu: Por tudo o que vc fez hj

Eu: Talvez seja algo que vc faria para qualquer um pq você é legal

Royce: Não para qualquer um

Royce: Tenho minhas próprias razões egoístas

Eu me impeço de digitar: "Seja o que for, significou muito para mim." A presença dele no trabalho me deixou desconcertada no início, mas depois ele foi tão direto e prestativo que me fez pensar se eu não estava exagerando nas minhas reações. De qualquer forma, algo em mim mudou esta noite, embora eu ainda não saiba o quê.

Eu: Bora jogar CF amanhã às oito? ⛏️

Royce: 🕹️ ⛏️ 😀 ⛏️

Eu: 🗡️ 🤡

Royce: 🗡️ 💣 ⛏️

Royce: 🗡️ 🗡️ 🗡️

Minhas mãos ficam suadas de novo. Preciso me deitar.

17

Zee: Precisamos conversar!

Eu: Por quê? O que rolou?

Zee: Tenho ótimas notícias! Te vejo na escola mais tarde.

Nos encontramos na biblioteca durante a hora do almoço em uma quarta-feira de céu nublado, depois de eu ter tido tempo para devorar um sanduíche. Zee, estranhamente, não se atrasa.

— Você não vai acreditar! — ela exulta, chacoalhando o celular na minha direção.

Eu me acomodo ao seu lado no banco para ver o que está na tela dela. É uma conversa entre Zee e a coordenadora pedagógica, Dra. Maria Schloss.

Maria: OK, Zalifah, tudo bem. Tanto faz. Cansei.

Essa mensagem foi em resposta a um GIF do Gato de Botas com a pupila dilatada.

Olho para Zee.

— Err… o quê?

— Role para cima!

Eu rolo para cima. A conversa está cheia de pontos de exclamação e linhas e linhas de emojis, todas mensagens da Zee.

— Meu Deus, só resume, *puan, tolong.*

— Então, você sabe que estou encarregada do entretenimento para o baile beneficente deste ano, certo?

Todo ano, Dunia realiza um baile beneficente no segundo sábado de dezembro, logo depois das provas finais. É um grande evento e geralmente acontece no salão da escola, mas este ano, sendo o décimo aniversário do baile, o comitê queria fazer algo especial, e a família da Zee gentilmente concordou em ceder o salão de um dos seus hotéis cinco estrelas para sediar o evento. O baile é um grande acontecimento — costuma arrecadar 250 mil ringgits a cada ano para a instituição de caridade escolhida pela escola. Este ano, Dunia apoiará duas instituições focadas em saúde mental — em grande parte graças à minha "sugestão", ou seja, minha insistência constante.

— Sim, estou ciente. — Zee tem surtado com as atrações para o baile durante o último mês inteiro.

— Bem, a questão é que geralmente a parte do entretenimento gerado pelos alunos para o baile não é grande coisa, certo? Quero dizer, eu sei que somos obrigados a mostrar nosso "talento estudantil". — Zee revira os olhos e faz aspas no ar, e não consigo deixar de rir. — E não tem tempo para audições, então sempre é um número de um estudante que é, tipo, amigo de alguém do comitê e não tem talento, e acabamos vendo algo bem básico, tipo malabarismo amador ou truque de mágica ou canto... como se alguém ligasse? Já vimos esses números antes. Quero dizer, teve um ano em que tiveram um artista amador que cuspia fogo, e uma das cortinas ficou em chamas...

— Zee! Foco!

— Ah, é mesmo, desculpa. — Ela respira fundo. — O que eu queria dizer é que... eu sugeri stand-up.

— Ah não — digo lentamente. — Até o final da noite, você vai ser a pessoa mais odiada da escola. Todo mundo sabe que stand-up amador é um horror. O pior dos pesadelos! *Eu* sei disso!

O sorriso da Zee poderia abastecer as redes elétricas.

— Não, não será, porque você e Royce vão cuidar disso. Além dos números habituais, como malabares e canto, eu reservei vinte minutos para dois números de stand-up, o que seria perfeito para um set de dez minutos para cada um de vocês. — Ela se inclina para frente e diz num tom firme. — Eu sei que você é capaz de fazer um set de dez minutos. Eu vi você fazer um de sete minutos na semana passada. *Você dá conta.* Além do mais, precisa praticar para as seletivas, certo?

Eu também me inclino para frente e dou um soquinho na mesa.

— De jeito nenhum, a menos que você queira que Royce e eu te odiemos para o resto da vida depois deste intervalo de almoço.

— Ouvi meu nome — diz Royce, deslizando para o assento à nossa frente. — O que está acontecendo, pessoal?

Ele levanta o lábio em um meio sorriso para mim, e eu imediatamente sinto vontade de correr para o meio do tráfego. Teoricamente, é claro... uma vez é suficiente, garanto.

— O que ele está fazendo aqui? — pergunto a Zee.

— Err, obrigado — diz Royce secamente. — Oi para você também.

— Pedi para ele se encontrar comigo aqui para discutir o entretenimento para o baile. Royce e eu somos amigos agora, graças ao stand-up. Estamos, tipo, conectados em todas as plataformas e a família dele está até doando coisas para o leilão. Como equipamentos esportivos da nova parceria deles com a Frisson Cola e...

— Não! Não! Não! — digo, balançando a cabeça enfaticamente em referência à amizade entre Zee e Taslim. Posso ter pelo menos um aspecto da vida que não seja contaminado pelo Taslim? — Não! Não! Não!

— O que há com ela? — Royce pergunta a Zee.

— Você quer dizer, o que está errado? Muitas coisas, claramente — responde Zee. — Mas ouça, vamos tratar de negócios.

Ela explica a Royce sobre sua sugestão e os olhos dele se arregalam, e logo ele está balançando a cabeça dizendo "Não, não, não, não" enquanto eu o encaro triunfante, dizendo "Ha! Viu? Ha! Ha!" com um tom acusatório.

— Shhhhhhh! — Vários alunos ao nosso redor sussurram. Royce e eu espalhamos desculpas penitentes ao nosso redor e ficamos em silêncio.

— Faz todo sentido, conseguem imaginar? Dois dos alunos mais amad... bem, conhecidos, da escola, fazendo stand-up? Vamos lotar o auditório. Pessoas que não tinham intenção de ir ao baile vão aparecer só para ver vocês se apresentarem. — Zee está quase ronronando de satisfação.

— Eu não posso — diz Royce.

— Porque você está se apresentando como Ray? Tudo bem, sabe, só Agnes e eu sabemos disso, e nós...

— Não — insiste Royce, sem entusiasmo. — Eu não posso fazer stand-up para esse público. Os amigos dos meus pais estarão lá, entregando os prêmios, lembra?

— Ah, é verdade — comenta Zee, desanimada. — Esqueci desse probleminha familiar.

— Tudo bem —diz ele, rígido. — Obrigado por pensar em mim, de qualquer forma. Apesar de que... — ele tenta ser descontraído agora — a Agnes seria perfeita para isso.

— Você topa, por favor? — pede Zee, abrindo mais os olhos para mim. — Eu meio que trouxe a ideia de stand-up para o resto da equipe e eles adoraram.

— Até a Dra. Maria? — pergunto ironicamente.

— Sim, ela se convenceu, especialmente depois que eu adicionei algumas noites grátis em Langkawi para o leilão reservado apenas para lances do corpo docente. Vamos lá! Vai ser uma ótima prática para você!

— Zee. Eu... Eu gostaria de fazer isso, mas não estou confiante o suficiente para ser a única fazendo stand-up na noite.

— Então vamos convidar outra pessoa do grupo para se juntar a você no segundo ato.

Levanto uma sobrancelha.

— Comediantes de fora são permitidos?

— Sim, se pelo menos setenta e cinco por cento do programa for alocado para apresentações de estudantes.

— Então, quem você tem em mente além de mim? — pergunto, embora já saiba a resposta.

— Não sei, acho que a próxima escolha seria, bem, o Vern? — Seus olhos se arregalam de um jeito que ela acha ser inocente.

— Sim! — digo, ao mesmo tempo em que Royce diz:

— Não.

— Por que não? — Viro-me para ele. — O Vern é a escolha lógica.

— Com certeza — diz Zee, assentindo vigorosamente. — Ele é o mais jovem depois de nós.

— Além disso, ele é ótimo, nós temos saído um pouco, e temos um senso de humor e uma visão de mundo bem semelhantes — acrescento animada.

Royce aperta a boca em uma linha fina quando digo isso.

— Sim, eles são próximos. Nem acho que ela está fazendo isso por minha causa —reclama Zee. — Então, Agnes e Vern poderiam ser uma excelente dupla, não acha? Quero dizer, já que você não pode se apresentar, Royce.

O sorriso do Royce é amigável, mas não chega aos olhos.

— Claro. Mas por que não trazer mais mulheres para o palco? A dinâmica de Agnes e Gina seria boa. Além disso, Gina é mais experiente.

— Hmm, na verdade, é uma boa ideia — concordo. — Mas se a Gina vier para a nossa escola, e você estiver lá como Royce...

— A Gina sabe guardar segredo. Eu confio nela — argumenta Royce.

— Então tudo bem, eu topo — digo, dando de ombros. — Faço isso se a Gina estiver disposta.

— Acho que sim — comenta Zee com um pouco mais de relutância do que a situação exige.

— Então está decidido, Gina e Agnes vão se apresentar! — Royce pega o celular e pede licença. — Se vocês estiverem de acordo, vou perguntar para ela. — Acenamos com a cabeça, e ele começa a digitar no telefone. — Tenho que ir. Vou atualizar vocês se tudo der certo.

Damos um tchauzinho para Royce. Zee parece visivelmente desanimada com essa reviravolta.

— Posso convidar o Vern, se você quiser — digo depois de alguns momentos de ela suspirando alto.

Ela para e sorri.

— É exatamente o que eu quero.

— Eu sei.

— Você é a melhor.

— Eu sei. Qual o valor do ingresso para pessoas de fora?

— Ah, não se preocupe com isso, todos que se apresentarem vão receber um ingresso extra gratuito para o baile. Jantar completo e tudo mais. O Vern pode ser seu acompanhante. Vou colocar vocês na lista. Se ele quiser vir, claro.

Apesar da minha hesitação inicial, uma empolgação começa a borbulhar em mim.

— Legal, legal. Mas, já que é para caridade, fico feliz em pagar para doar o valor do ingresso dele.

Zee me informa o preço dos ingressos e eu concordo que a minha contribuição generosa como comediante terá que servir como uma doação em espécie. Todos devemos contribuir à nossa maneira.

Depois da escola, vou para a casa da Zee para estudar e planejar como esconder minha estreia no stand-up em Dunia dos meus pais, por várias razões. Não menos importante é o fato de que uma parte substancial do meu material foi inspirada na minha mãe e eu tenho escondido o fato de que algumas das minhas noites no Seoul Hot eram, na verdade, noites de comédia.

Zee sugeriu que eu poderia presenteá-los com uma viagem curta, com datas fixas e não reembolsáveis.

— O retiro de luxo dos meus pais em Janda Baik sempre tem quartos vagos e, como coach não oficial de mídias sociais, consigo quartos gratuitos para sorteios que eles nem monitoram o uso. Então fico feliz em conseguir um quarto para você por uma noite.

— Er, isso é ético?

— Bem, estou basicamente trabalhando de graça e sou menor de idade, então não acho que precisamos entrar no mérito.

— Eu posso pagar por isso; tenho economizado algum dinheiro do meu trabalho de meio período. — Nunca contei à Zee onde trabalho, preferi dizer que fazia coisas para o escritório de advocacia da minha mãe. Trabalhar em um restaurante parece tão básico. Preocupo-me que ela não me veja da mesma forma se souber; afinal, ela é uma socialite e a maioria dos amigos de infância dela são filhos de ricos.

— De jeito nenhum que vou deixar você pagar — diz Zee. — Eu amo seu pai, ele é um educador incrível, e acho que eu deveria ser capaz de tratar ele e sua mãe de uma maneira que não me coloque em problemas com algum conselho de ética escolar.

— Tecnicamente...

— Silêncio, Agnes. Apenas... apenas pense nisso como um presente de boas-vindas atrasado ou sei lá. Como você bem sabe, nunca tive a chance de levar um presente para vocês na sua casa.

Ela me olha de forma significativa e eu fico em silêncio antes de murmurar:

— É complicado.

— Eu sei. — Ela suspira. — De qualquer forma, só aceite o quarto extra; do contrário, vai ficar vazio, sério.

— Obrigada, Zee. — Então resmungo ao me lembrar de uma pequena... literalmente pequena... complicação. — Mas e a Rosie?

Zee coloca a mão no queixo, pensando.

— Hmm. O que seus pais acham de dormir na casa de alguma amiga? Na idade dela?

— Meu Deus, sim! — digo, estalando os dedos de alegria. — Ela já dormiu na casa de uma amiga britânica dela... como é o nome... E tenho certeza de que a Rosie adoraria ajudar nossos pais a terem um descanso. Pode ser que realmente funcione!

Ela dá um tapinha no meu braço.

— Imagine, daqui a dez anos, quando você tiver seu próprio especial de comédia na Netflix ou algo assim, as pessoas vão dizer que você foi descoberta por Zee Bakri, a magnata da beleza multitalentosa, diretora e humanitária.

Com amigos como ela acreditando em mim... Sacudo a cabeça, sorrindo. É quase como se eu possa fazer qualquer coisa, ser quem eu quiser.

Chego em casa de bom humor. Releio minha última redação de inscrição para a faculdade, faço alguns trabalhos escolares e então pego meu celular, pensando em iniciar uma ofensiva de CF, então escrevo para o Royce em vez dos meus parceiros de jogo de sempre.

Eu: Quer jogar CF daqui a pouco? Vi que você não tá na lista do stand-up hoje

Royce: Foi mal, estou ocupado. Aula de xadrez

Eu: Suas aulas de xadrez não são na quinta à noite?

Royce: Agora não dá. Preciso dar uma explicação para cada ação minha que não corresponde às suas expectativas?

Eu: OI?

Royce: Desculpa, não estou no meu melhor momento. Dia difícil. Falo com vc dps

18

NO SÁBADO, DISTRAÍDA POR mais uma resposta vaga do Royce quando o convidei para jogar, fui com minha mãe à Toys for Days, uma loja especializada em brinquedos. É o tipo de loja de brinquedos onde eles sempre atualizam os ambientes temáticos, e a iluminação é suave e bonita como a luz do luar. O tipo de lugar onde a maternidade é planejada, desejada e celebrada.

O tipo de lugar em que não dá para se fazer um escândalo, e onde é mais provável que você diga sim a uma viagem gratuita para outro estado. O plano é comprar um presente aqui, em nome de Rosie e eu, e, logo em seguida, surpreendê-la com a estadia no hotel.

Minha mãe olha para uma vitrine de pijamas 100% algodão de bambu orgânico, pega a etiqueta de papel em um conjunto embrulhado com fita e fica visivelmente pálida, largando a peça como se estivesse em chamas.

— Meu Deus, o que é que tem nessas fibras? — murmura ela. — Querida, não dá para comprar nada aqui.

— Dá sim, mãe — digo com o ar despreocupado que eu havia treinado. Economizei bastante dinheiro trabalhando no Seoul Hot, e como não tenho despesas com equipamentos de atletismo e outros gastos relacionados a esportes este ano, quero mimá-la. Balanço um vale-presente. — É tarde demais para pedir reembolso, então você vai ter que gastar. — Eu pré-carreguei o cartão com o valor de um mês dos meus turnos, tudo, exceto o que gastei com transporte para ir aos locais dos eventos de comédia. — De qualquer forma, é da Rosie também, então você não pode dizer não.

— Tudo bem — ela diz, abrindo um grande sorriso. — Obrigada a vocês *duas*.

Ela faz uma careta enquanto vai andando pelo corredor. Grávida de quatro meses, minha mãe está inchada e já sem fôlego, uma mistura da genética dela com os remédios que toma pra um monte de coisa. Mesmo assim, nunca a vi tão feliz, mesmo preocupada comigo. Ela está radiante, apesar da pele pálida. Fico de olho nela feito gavião — o psiquiatra dela mudou a medicação depois da descoberta da gravidez —, segurando a respiração e esperando aparecerem as rachaduras, os sinais antigos da tristeza, aquela melancolia vazia, o isolamento, o choro, tudo aquilo, mas, graças a Deus, nada voltou.

— Tá tudo bem? — minha mãe pergunta, levantando o olhar de uma raposa de pelúcia, bem vermelhona, que, pelo preço na etiqueta, deve com certeza custar mais do que uma viva.

Coloco um sorriso bem largo no rosto.

— Tô ótima, mãe. Tudo perfeito. — Aponto para a raposa. — Escolha perfeita para o Pequerrucho.

É o apelido temporário da bebê que o Stanley inventou porque minha mãe é supersticiosa demais pra usar o nome que eles escolheram.

No entanto, eu já vi o bordado que ela fez para o enxoval.

Yina. Yina Esther Morissette. Uma nova garotinha perfeita.

— Obrigada, querida — ela diz, com uma pequena ruga entre as sobrancelhas. Ela volta a olhar para a raposa e escolhe as palavras. — Sabe, esses últimos meses foram difíceis pra você, desde o acidente.

— Tá tudo bem, mãe, eu estou dando conta. — Me preparo para o que vem depois.

— Então, ultimamente, você tem saído com a Zee e seus amigos — talvez eu tenha exagerado um pouco os fatos — quase todas as noites quando não está estudando ou trabalhando, o que eu quero deixar claro que me deixa feliz, porque você está saindo de casa de novo… — Ela hesita. — Você pode… pode me contar o que andam fazendo?

— Claro, nós jogamos jogos de tabuleiro — digo, já tendo planejado isso. Zee estava a par de cada apresentação de stand-up minha para que pudesse corroborar meus planos com ela. — Muito seguro. Muito parado. Muito… dentro das regras. — Eu sorrio, satisfeita com esse último trocadilho.

— Sei. — Ela me observa com atenção. — E quem vai nessas noites de jogo? Alguém que eu conheça?

— As Hot Flashes, claro — respondo alegremente. — Você sabe, Suraya, Qiu Lan, Tavleen… aquele pessoal.

— Sei. — Ela acaricia o pelo da raposa. — Com todas essas mudanças na escola e em casa, se algo está… te incomodando, você pode sempre contar comigo para conversar. Estou sempre aqui por você.

— Digo o mesmo. Qualquer coisa que esteja te afetando, sabe, com a gravidez e como você está se sentindo com os novos remédios, a mesma coisa. Me avise.

Ela estremece. Coloca a raposa para baixo e diz:

— Gostaria que você não fizesse isso.

— O quê?

— Cuidar de mim. Como se você fosse a mãe. — As palavras saem ásperas.

Sinto algo se agitar dentro de mim. Palavras que eu nunca tinha dito a ela. *Se eu não cuidar de você, quem vai? Stanley não te conhece como eu conheço. Ele não estava lá.*

— Agnes, faz tempo que eu estou bem.

— Aham, claro.

Não pode ser uma coincidência que, quando comecei a me destacar nos esportes por volta dos onze anos, quando comecei a mostrar que ela não precisava se preocupar comigo, que eu não era um erro que não podia ser redimido, além de manter a casa unida, gerenciando o lar quando ela se distanciava, ela começou a se afastar da escuridão. Pode ter sido o novo psiquiatra que ela começou a consultar, claro, os novos remédios, até mesmo o Stanley, que ela conheceu por acaso na época... mas eu realmente acho que foi por minha causa. Mas agora que eu era apenas... apenas como qualquer outra criança, será que ela ficaria desapontada? Ela ainda ficaria bem?

Talvez esta criança seja o que está fazendo tudo ficar bem, diz uma voz dentro de mim. T*alvez ela já tenha voltado a ter sonhos e esperança, porque agora ela pode recomeçar do jeito que deveria ter sido.*

Talvez ela esteja bem, mesmo com tudo o que está acontecendo, porque desta vez... desta vez, tudo aconteceu do jeito certo. Desta vez, essa... essa gravidez é desejada.

Engulo o nó na garganta e seguro as lágrimas que ameaçam cair. Não. Para com isso, eu me repreendo. Ela me ama, ela me ama. Eu sei disso.

Eu sei disso.

Minha mãe se inclina e me abraça com força, surpreendendo-me, e diz no meu cabelo:

— Fico feliz que você tenha encontrado algo novo, Agnes. Espero que... esses jogos de tabuleiro te tragam alegria.

— Trazem — respondo, e nem preciso fingir essa emoção. — Realmente me ajudou a canalizar meu espírito competitivo de um jeito saudável e conhecer gente nova.

A gente se separa.

— Que bom — ela diz. — Porque eu estarei torcendo por você em tudo que faz.

— Eu sei, mãe. — É agora ou nunca; então lanço minha ofensiva. — Aliás, você nunca vai adivinhar o que eu e a Zee, e acho que a família dela também, por consequência, conseguimos pra você e o Stanley: uma estadia em Janda Baik! — Conto os detalhes rapidamente, enfatizando que é não reembolsável, especialmente quando ela começa a protestar que é um exagero. — Não se preocupe, não é nada de mais, porque é baixa temporada em Janda Baik. Praticamente uma cidade fantasma.

— Mas é no final de semana depois do Natal. Com certeza é alta temporada, não é?

— Ah, mas é tipo, a mesma época em que os morcegos-frutíferos saem pra dar uma volta, e você sabe, temporada de acasalamento de cobras na floresta perto de Janda Baik, então a família dela praticamente está dando o quarto de graça. E é realmente uma das propriedades mais simples que eles têm. Mal deve ser quatro-estrelas.

Minha mãe reprime um sorriso.

— Bem, acho que Stanley e eu não temos escolha a não ser ir a esse "lugarzinho qualquer". Isso é muito generoso da sua parte e da Zee. Vou ter que agradecer a ela pessoalmente.

— Você sabe como esses filhos de ricos são — comento. — Vivem recebendo coisas de graça. Mas sim, agradeça a ela quando puder, é só isso que ela quer.

— Sou a mãe mais sortuda do mundo inteiro — ela diz, me dando um beijo rápido.

Ela pega uma versão menor da raposa e se dirige ao caixa, mas antes que ela chegue ao balcão, já estou lá com a raposa original e pagando com o vale-presente. Dando suporte para a minha mãe da maneira como ela sempre precisou que eu fizesse.

Eu: Ei, tá tudo bem?

Royce: Como assim?

Eu: Vc tá meio estranho. Tipo, me evitando

Royce: Só estou resolvendo umas coisas. Explico quando estiver pronto

Eu: Tá, te vejo no stand-up amanhã? Vi que vc vai fazer um set de 15 minutos na noite especial de comédia lá no Bar Bibi.

Royce: É... te vejo lá

Zee: E então?

Eu: Tá feito

Zee me envia um GIF do Sr. Burns, dos Simpsons, esfregando as mãos e dizendo: "Excelente".

Eu: Muahahahaha matadoras

Zee: ⚰️

Zee: Me preocupo com nosso futuro.

Eu: Eu também

19

EU OLHO PARA A FILA de pessoas na porta do bar, enquanto espero a companhia da Zee para o início desse set de sexta-feira, nervosa e possivelmente sob os efeitos do meu terceiro energético da noite. Na fila, à minha frente, há um grupo festejando uma despedida de solteira com dez mulheres muito bêbadas, que estão sendo atendidas pelo segurança da entrada, com uma expressão cansada, e minha perna direita está começando a doer, apesar de a adrenalina me distrair da dor. Estou repassando o set em pensamento: as eliminatórias são em três semanas e meia, quinze dias depois do baile beneficente, e os jovens comediantes que estão na competição — Royce, Vern e eu — estão participando de todas as noites de open mic de comédia ou, como agora, até mesmo de variedades, sem se importar com o público nem o local. Eu consigo enfrentar uma festa de despedida de solteira; já passei por coisa pior.

— Eita — diz Vern, aparecendo com Kumar. Ele dá uma olhada de lado para o grupo barulhento. — Esta noite vai ser bem agitada.

— Espero conseguir fazer meu set sem interrupções — comento. — As eliminatórias são em menos de um mês e preciso de toda a prática possível.

— Ninguém nunca está realmente pronto — diz Kumar com sabedoria. — Nem para stand-up, nem para casamento.

Eu rio.

— Isso vai para o seu perfil no app de namoro?

Kumar pisca e flexiona os bíceps para nos divertir.

— Não precisa. Minha foto de regata fala por mim.

Dou uma risadinha. Vern balança a cabeça com um sorriso afetuoso enquanto diz:

— Esse garoto é um perigo para a sociedade.

Finalmente entramos. Royce está circulando ao lado do palco, verificando a iluminação. Sua linguagem corporal fica tensa quando me vê chegando com Vern e Kumar — ou talvez seja minha imaginação.

— E aí — cumprimento, tentando soar casual, mesmo enquanto meu coração acelera por razões desconhecidas.

— Oi, Agnes. Vern. Kumar. — Royce olha ao redor de mim. — Zee ainda não chegou?

— Está vindo — respondo, revirando os olhos. — O que significa que está vinte minutos atrasada. Ela me disse que não perderia nossos sets por nada neste mundo. — Além disso, ela mencionou querer esbarrar no Vern. Literalmente.

— Está animado? — Vern pergunta a Royce. — Vi seu nome na lista. Faz tempo que você não faz um set de quinze minutos, né?

— Sim — responde Royce, apertando a mandíbula.

— É o set que você vai usar nas eliminatórias?

— Ainda não tenho certeza — retruca Royce, ríspido.

— Sendo ou não, estou ansiosa para ver — comento.

Royce sorri e a estranheza recente entre nós se dissipa um pouco, embora aquela nova frieza ainda esteja lá. Não sei o que a causou.

— E você, nervosa? É seu primeiro set de dez minutos fechando a primeira metade? — pergunta Royce. Eu confirmo com a cabeça. — Isso é uma conquista.

— Estou um pouco nervosa, sim. Apesar de que pode ser pelas duas latas de energético de marcas duvidosas que tomei hoje. Tenho alguns trechos novos para testar sobre comemorar o Dia dos Pais sendo filha de mãe solteira... pode funcionar ou dar ruim.

— Ooh, adoro cada pedaço da sua mãe — Kumar diz, ficando vermelho ao perceber o que disse. — Droga, quer dizer, desculpa, apesar...

— Se algum de vocês disser "Ô lá em casa" nossa amizade está acabada — Vern diz. Ele se vira para mim. — Desculpe se meu amigo Kumar te traumatizou para sempre. Ele não é domesticado.

Kumar dá um soquinho em Vern.

— Tudo bem, eu já estou vacinada com todo o trauma causado pela minha mãe — digo com ironia.

— Isso vale ouro, aproveita — fala Vern. — Pelo menos seu trauma é real, não inventado. — Ele sorri de canto para Royce, que faz uma careta em resposta.

Eu tento mudar de assunto:

— Você vai às eliminatórias, Kumar? Dar uma força pra gente?

— Claro! — diz Kumar. — Já consigo recitar quase 90% dos sets de vocês, mas a parte boa é que eu ainda dou risada. Vocês são muito bons.

— Ele balança a cabeça. — Eu realmente deveria trabalhar no meu material que já funciona e que arranca risadas, mas sempre fico tentado a arriscar coisas novas.

— Você pode e deve tentar piadas novas, mas se quiser ter apresentações consistentes de diferentes durações, precisa construir uma base temática sólida. Aí é só ajustar e melhorar cada frase, apresentação após apresentação, até ficar perfeito — Royce fala.

Vern se vira para ele:

— Você não deveria estar preparando material novo, então? Já que seus últimos sets desde que a Agnes apareceu não foram... tão bons.

— Não acho que você precise se preocupar comigo. Talvez devesse focar no seu próprio material já que sabe tanto, gênio.

— Tem razão. Eu deveria focar no meu set. Bem, então, quebre a perna lá em cima, Taslim — retruca Vern. E imediatamente a expressão dele muda. — Opa — acrescenta, com a voz cheia de culpa, virando-se pra mim com os olhos arregalados. — Desculpa, Agnes. Eu não... Só escapou.

— Taslim? — questiona Kumar, inocentemente alheio.

— Posso falar com você a sós? — Royce me pergunta com a voz tensa.

Eu concordo com a cabeça e o sigo pra um canto tranquilo em um vão nos bastidores, com as palmas suadas.

— Você contou pra ele? — Royce solta um grito sussurrado. — A única pessoa que... — Ele tampa o rosto com a mão. — Droga, Agnes.

— Eu... eu não contei! — digo, irritada por ele achar que havia sido eu e me perguntando como ele teria terminado aquela frase. — Bem, não diretamente. Ele descobriu sozinho.

— Como?

— Por causa da nossa conexão com a Zee — murmuro.

Os olhos do Royce faíscam.

— Ótimo. Agora ele tem essa informação sobre mim e pode usá-la quando quiser para acabar comigo.

— O quê? — Minha pele fica avermelhada de raiva. — Vern jamais... Vou falar para ele não fazer isso. Eu confio nele.

A expressão dele fica mais sombria.

— Como você pode ter certeza? O que você sabe sobre o Vern?

— Eu sei o suficiente! E você, o que sabe sobre o Vern?

Ele dá um passo mais para perto de mim.

— Estou tentando cuidar de você.

— De mim... ou de seus próprios interesses? — desafio.

Ele solta um som de exasperação e agarra os cabelos.

— Agnes, meu Deus, você está *me matando.*

— Por que você odeia tanto o Vern? — insisto.

— Porque ele é meu maior e único concorrente! — Royce quase grita. — Para... para... — Ele se controla, sua respiração acelerada e irregular.

Engulo em seco. O Royce estava falando sobre stand-up e não queria me magoar.

— Bom saber. — Meu estômago embrulha com essa nova informação. Eu não sou boa o suficiente pra ser sua concorrente, de novo.

Royce faz uma careta.

— Ah, não foi isso que eu quis dizer... Droga. Tudo tá saindo do jeito errado. Tem tanta coisa... O Vern é meu... droga. — Royce dá mais um passo na minha direção com uma expressão de quem implora por algo, mas tudo em que consigo pensar é em como eu nunca vou ser boa o suficiente, nem aqui nem no meu melhor, para o Royce me tratar como uma competidora à altura.

— A gente conversa depois dos nossos sets — digo bruscamente.

Viro de costas e volto pra onde os outros estavam, mas só o Vern está lá. Agora estou motivada de novo. Vou mostrar pra ele quem é a concorrente.

— Aqui está você — Vern fala. — Desculpa mesmo pelo meu vacilo... Espero não ter te metido em um problema.

Eu balanço a cabeça.

— Tudo bem, você não fez de propósito.

— O Royce foi arrogante com você? — Vern pergunta, com a cara cheia de preocupação. — Ele me trata com um baita desprezo, como você viu.

— Ele é legal comigo. Na maioria das vezes.

— Mas ele te trata como igual?

Eu me esforço pra manter a cara impassível.

— Ele é muito cuidadoso — é o que consigo dizer.

Vern me analisa.

— Você ficou mais *próxima* dele, apesar do que falei.

Olho para Royce, agora sentado no balcão dos comediantes perto do palco, falando animado com a Milly, que está comandando o show hoje, e com a Zee, que acabou de chegar.

— Ele é... ele é legal quando você conhece além da aparência.

Vern franze a testa.

— Meu Deus, Agnes... você *gosta* dele.

— Não nesse sentido — retruco, e não tenho certeza se é em resposta ao Vern ou ao meu próprio debate interno. — Somos só amigos.

Não sou tão tola nem ingênua a ponto de me apaixonar por alguém como Royce Taslim. Mal somos amigos, e agora que sei que ele nem me considera uma adversária digna na comédia, o único campo em que estamos no mesmo nível, eu deveria ser lançada ao espaço se realmente me apaixonasse por ele. Porque, para Royce, eu sou apenas um caso de caridade para ele passar o tempo, e é só isso o que eu sempre serei para ele.

— Aham, claro — diz Vern suavemente. — Só *amigos*. — Ele dá de ombros. — Olha, eu não te culpo, seja qual for o seu sentimento. É fácil ser seduzida pelo estilo de vida deles. Quero dizer, eles são filhos de pais ricos e mimados, comprando o caminho pela vida.

— Para com isso — digo. — Meus amigos não são assim.

Zee escolhe esse momento para ir até o camarim dos comediantes com o que parece ser dois baldes gigantes de pipoca gourmet e todos aplaudem.

— O gerente fez uma exceção para que eu pudesse buscar comida de fora. — Ela pode ser ouvida dizendo acima do barulho.

— Ok, tudo bem, eles são ricos. E daí? Isso não faz com que eles sejam automaticamente pessoas ruins.

— Eu nunca disse isso. — Vern balança a cabeça, como se estivesse desapontado comigo. — Estou mais preocupado com *você*. Tudo bem gostar dessas pessoas, mas quero que cuide de si mesma, apenas para... se resguardar. Não se esqueça de quem é, do seu lugar. A decepção vem quando você começar a acreditar que é igual a eles. Porque, na hora do vamos ver, eles sempre vão olhar para o próprio umbigo.

Sinto um gosto estranho na boca e engulo.

— Parece um jeito terrível de ver o mundo.

— É o jeito mais inteligente de ver o mundo, Agnes — argumenta Vern em um tom baixo. — É assim que você evita se machucar, não se entregando às pessoas erradas. — Ele aponta para Zee. — Você nunca será suficiente para eles por causa do que não tem, mas você é... para mim.

Ficamos em silêncio. Sinto um peso no coração. Não quero que Vern, que é um amigo, odeie meus amigos da escola. Se ao menos ele soubesse que eu os conheço, que eles me conhecem, que me aceitam...

Começo a perceber que há muitas coisas sobre mim que não posso compartilhar com Zalifah e muitas coisas sobre a vida do Royce que eu não consigo nem sequer compreender.

— Vamos mudar de assunto — Vern fala —, quero que você esteja com a cabeça no lugar para o seu set. Pense em coisas felizes. Pense em nós dois arrasando em Nova York em março, comendo comida de rua e assistindo à stand-up, porque, sabe — ele pisca, sabendo como eu sou supersticiosa —, talvez a gente ganhe na loteria e precise gastar todo o dinheiro.

Eu rio.

— Tá bom, espertinho.

A final da competição de comédia, se a gente chegasse lá, seria em março, durante as férias de primavera.

— Ouvi a Gina comentando, uns dois dias atrás, que vocês duas vão se apresentar em um evento da escola.

— É. — Pisco. — É um baile beneficente. — Lembrando da minha promessa pra Zee, eu acrescento: — Quer ir como meu acompanhante? Vai ter comida de graça, e vamos dançar depois. Vai ser divertido, prometo. Só temos que ir bem-vestidos, claro. É traje de gala.

Um arrepiozinho de empolgação passa por mim: eu e a Zalifah temos planos de usar terninho combinando — achei algo do meu tamanho num brechó online, num tecido azul-escuro brilhante e comprei por impulso. Vamos ficar incríveis.

Vern balança a cabeça.

— Não, deixa pra lá. Quer dizer, eu adoraria sair com você, mas eu não quero vestir uma roupa de pinguim e fingir que pertenço àquele lugar.

— Que pena — respondo, mas as entrelinhas das palavras dele me machucam.

— Aproveita o baile. Me liga quando precisar se distrair.

Então alguém faz um sinal para ele se preparar para o set de abertura, e ele vai embora.

Eu arraso na minha apresentação e vou direto para casa, sem ficar para assistir a do Royce, em um estado de confusão. Vern vê o mundo muito preto no branco. Mesmo que ele não tenha essa intenção, faz eu me sentir como se fosse uma fraude, uma espécie de traidora ou tola por gostar da Zee ou do Royce. No entanto, se Vern é a única pessoa que realmente me conhece, que entende de onde eu venho, que demonstrou se importar comigo, talvez eu *devesse* ouvi-lo. Talvez ele saiba mais das coisas.

Uma mensagem faz a tela do meu celular acender. É Royce.

Royce: Tá em casa?

Eu: Sim

Royce: Seu set foi ótimo 🔥

Eu: Vlw

Não consigo evitar as respostas curtas e monossilábicas, agora que sei como me sinto em relação a ele... e como ele se sente em relação a mim. Tenho que me segurar.

Royce: Então, preciso explicar por que andei agindo de maneira estranha com você, e prefiro fazer isso pessoalmente. Você pode se encontrar comigo amanhã à tarde?

Eu: Acho que sim.

Royce: Que tal na minha casa? A gente estuda depois, se quiser. Matamos dois coelhos com uma cajadada só.

Jogada de mestre, senhor Taslim, apelando para meus mais profundos instintos chineses com um ditado. Mesmo sabendo que não é o mais sensato, eu aceito.

20

DESTA VEZ, APAREÇO NA CASA dos Taslim armada com comida de verdade: uma baita fôrma retangular com o bolo de frutas que o Stanley fez pra família, mas tenho certeza de que ele nem vai sentir falta, mesmo com o aviso de NÃO TOQUE.

Que é diferente de NÃO COMA.

Além de que as nozes desse bolo são superimportantes para o cérebro.

Meu celular vibra. Stanley. Opa. Ignoro a chamada.

Royce abre a porta vestindo uma camiseta branca e calças esportivas finas da Lululemon, das quais eu preciso desviar o olhar, porque não tenho maturidade pra isso. Culpo a Zee e os reality-shows que ela assistiu, os quais absorvi por osmose.

— Então —diz ele, depois de nos sentarmos na sala de estar —, eu queria explicar meu comportamento.

Cruzo os braços e o encaro com expectativa, sem dizer nada.

Royce pigarreia, o rosto ficando vermelho.

— O lance é que, Agnes, como você sabe, a gente tem passado um tempinho juntos, né? E nós dois estamos atuando com comédia.

Aperto os lábios e dou um breve aceno de cabeça.

— É... Então... hum e, nesse tempo, eu acabei... eu, ah, o lance é... — Um ronco alto ecoa do estômago dele, e Royce fica ainda mais vermelho.

— Caramba — digo.

— Desculpa, pulei o almoço. Voltei tarde do violino por causa do trânsito, e aí você já estava chegando.

— Sem problemas, come alguma coisa, podemos continuar essa conversa depois.

Já havia uma bandeja de *nyonya kueh*, pacotes de jujuba e vários tipos de batata chips na mesa, mas, triunfantemente, faço ele escolher o bolo.

— Prove meu bolo — digo, apontando com um gesto cheio de floreio. — É *caseiro*.

— Uau, um bolo caseiro —exclama Royce. Ele pega os talheres, corta um pedaço generoso do meu… quer dizer, do bolo do Stanley… e coloca na boca. Os olhos dele se arregalam. — Meu Deus! Isso é incrível!

— Obrigada — respondo. Provo um pouco e tenho que me controlar para não surrupiar todo o resto para mim, de tão maravilhoso que está.

Devoramos três quartos da forma em dez minutos.

— O que é esse líquido na cobertura? Sinto um gostinho alcoólico ou é impressão minha? — Royce fala entre uma mordida e outra.

— Sei lá. Provavelmente não. Tem, tipo, uma criança e uma grávida na minha casa.

— Ah, não foi você quem fez. — Royce me provoca.

— Não.

— Vou querer mais, então.

Estendo o braço pra bater nele, e ele segura meu pulso. E não solta.

Olhamos um para o outro, nossa respiração quente e com cheiro de frutas.

Caramba, os olhos do Taslim são absurdos, de um nível criminoso. Tipo, literalmente, por causa dos crimes da família dele contra a natureza. Eu me obrigo a pensar em aranha e alcaçuz, mas os lábios dele estão tão perto, e algo se soltou no meu cérebro.

— Agnes — ele sussurra.

Vai rolar. O ar começa a zumbir, estamos nos aproximando cada vez mais e…

Meu celular vibra na mesa igual uma vespa na janela. Taslim se assusta, solta meu pulso e, desequilibrada, caio de cara no colo dele, bem na frente daquela região.

— Ai, meu Deus — digo, me levantando depressa. — Foi mal… me desculpa!

Royce coloca uma almofada sobre o colo, o rosto em chamas.

— Não… não precisa se desculpar, a culpa é minha! — Ele também está falando mais alto do que o normal.

Meu celular continua vibrando com mensagens. Olho pra tela. Caramba, por que meus olhos não tão focando? Esfrego as pálpebras e tento ler as mensagens.

Stanley: Agnes, você pegou aquele bolo que eu fiz pra festa de final de ano da faculdade?

Stanley: Aquele bolo tá ENCHARCADO de rum. NÃO COMA!

Stanley: Onde você tá?

Eita.

— Eita? — Royce fala, com as sobrancelhas juntas de um jeito engraçado.

Dou um sorriso para ele.

— Acho que acabei de te embebedar por acidente. E eu também.

— O quê?

Stanley: Agnes, onde você tá??

Digito, confiante:

Eu tô bem, não se preocupa, tô na casa do Royce fazendo aula particular!

Royce estica a mão para pegar o chá e o derruba da mesa, em cima da camiseta branca dele.

— Ah não — fala meio enrolado.

Seguro o braço dele.

— Você tá bem? Precisa de ajuda pra ir pro seu quarto?

— Eu tô bem. Mas se quer tanto ver meu quarto, é só vir atrás de mim.

— Eu quero sim ver seu quarto — falo de uma vez.

— É lá em cima — comenta Royce, sem muita firmeza.

Vamos meio cambaleando a caminho do quarto dele e passamos por alguns empregados subindo a escada, o que me ajuda a voltar um pouco para a realidade, de certo modo. Quantas pessoas trabalham e vivem aqui?

E então me vejo no quarto impressionante e banhado de luz do Royce. Não consigo acreditar.

— Só um segundinho — diz ele, sumindo numa... sei lá... antessala? Um closet? Espio e confirmo que é mesmo um closet imenso. Uau.

Ouço o som de uma porta batendo lá dentro.

— Vou me trocar —avisa Royce. — Fique à vontade.

Dou uma volta pelo quarto, observando os tons de cinza e creme, quebrados por toques de cor em gravuras ou fotos emolduradas. Examino seus livros (mangás, livros de David Walliams, toda a série Percy Jackson, alguns romances de Hanna Alkaf, muitos livros de não ficção e didáticos). E então sua cama, que está perfeitamente arrumada e muito convidativa. Vou até lá, passo os dedos sobre a colcha xadrez e me sento. Tenho que resistir à vontade de afundar o rosto no travesseiro e cheirar o maldito negócio.

Para com isso, me repreendo. Viro e dou uma olhada na mesa de cabeceira minimalista dele, com uma pequena luminária redonda regulável, um Apple Watch e um pequeno porta-retrato de prata escondido entre uma marmota de pelúcia fofinha e um ursinho marrom, além de uma caixa de lenços com a estampa de um lêmure dançando.

Pego o porta-retrato, a curiosidade me vencendo. É uma foto feita em estúdio de um jovem na casa dos vinte anos com um garoto desengonçado de uns dez que, com um sobressalto, reconheço ser o Royce.

— Ei — diz Royce.

Em pânico, deixo a foto cair.

— Desculpe, não estou bisbilhotando, prometo.

— Tá tudo bem. — Ele vê a pergunta nos meus olhos e suspira. — Esse é meu irmão. — Ele pega a foto que eu estou estendendo para ele. — Meu meio-irmão mais velho, na verdade.

Olho para a forma como Royce está segurando o porta-retrato e entendo que eles eram próximos.

— Ele parece muito mais velho que você — digo cautelosamente.

— Ele é. É nove anos mais velho do que eu. Quando a mãe dele morreu em um acidente, meu pai se casou de novo... com a minha mãe, e então eles me tiveram. — Um meio sorriso surgiu nos seus lábios. — O reserva.

Cada uma das palavras que ele está dizendo carregam um peso. Fico em silêncio, querendo que ele continue.

Ele passa o dedo pelo rosto do irmão.

— Esta é a única foto dele que sobrou na casa toda. Minha mãe mandou tirar todas as fotos e guardá-las quando... quando ele foi embora. Na época, estávamos em Jacarta.

— Ele foi embora? — pergunto, sem entender.

— Sim. — Sua voz fica mais áspera. — Ele... ele saiu de casa há anos.

— Que merda. O que... onde...

— Não sei. Como filho mais velho do meu pai, que por sua vez é o único filho da sua geração, meu irmão foi preparado desde o nascimento para assumir um ramo específico dos negócios da família. Ele estudou nas melhores escolas da região, depois se graduou em Stanford, fez MBA em Harvard, e foi direto para o trabalho. Tudo estava perfeitamente bem, mas há cerca de cinco anos, do nada, ele simplesmente... surtou. — A voz do Royce vira um sussurro. — Ele falou pra gente que não queria mais nada com os negócios da família, que odiava a pressão, e puff! Adeus. Sumiu. Ele nem quis falar para onde estava indo. Nunca mais o vi.

Royce segura o porta-retrato prateado com tanta força que parece que, com um movimento errado, a coisa se quebraria em pedacinhos. Coloco minha mão sobre a dele e a aperto de leve. As mãos dele relaxam ao meu toque.

— Sinto muito... O que aconteceu depois?

Royce abaixa a cabeça.

— Meu pai ficou tão bravo que teve um AVC e ficou quase um mês no hospital. — Ele inspira e expira com força. — Aí, colocaram as engrenagens da família pra rodar novamente, abafaram o desaparecimento do meu irmão e o AVC do meu pai, porque só a doença já faria o preço das ações caírem, até despencar. E depois simplesmente... simplesmente substituíram meu irmão na empresa e pararam de mencioná-lo nos comunicados à imprensa. Plantaram uma história vaga qualquer sobre ele ter ido pra um mosteiro, e talvez seja verdade... Talvez seja isso que aconteceu.

Ele fecha os olhos e continua:

— Aí ele foi cortado da herança e das nossas vidas, como se nunca tivesse existido. Um dia, quando acordei, simplesmente falar o nome dele já era um tabu. Tiraram todas as coisas dele daqui, se livraram das fotos. Depois disso, com 12 anos, comecei a ter que fazer tudo o que ele fazia. Esses cursos de negócios, programas acadêmicos, aulas de xadrez — a ironia na voz dele era cortante — aulas de golfe, e aparecer na empresa, acompanhar meu pai em reuniões, conferências, tudo. O reserva teve que entrar em jogo. — Ele ri, uma risada baixa e amargurada. — Toda a responsabilidade caiu no meu colo. Mas sabe por que... por que a gente tá em Kuala Lumpur agora, a cidade da minha mãe, em vez de Jacarta?

Balanço a cabeça; meu estômago embrulha.

— Eu tive... um episódio.

— Tipo o quê?

O rosto do Royce se contorce e ele baixa a voz.

— Foi uns seis meses depois do meu irmão ter deixado a gente... ter me abandonado, e de todo mundo em casa fingir que ele nunca tinha existido. Me enfiaram em um monte de cursos idiotas, tipo administração e negócios, mandarim, francês, e eu ainda precisava ir pra essas viagens corporativas de esqui e reuniões chatas da Young Presidents' Organization. Eu simplesmente... pirei. — Ele cerra os punhos, esquecendo o porta-retrato no colo, com a respiração acelerada. — Eles foram me buscar mais cedo na escola e eu simplesmente... simplesmente... comecei a gritar feito louco.

Meu coração para.

— Eu… eu gritei, gritei e gritei no meio da sala de aula. Os professores tiveram que me arrastar para a enfermaria e me encher de calmantes. Meus pais ficaram malucos. Não era minha intenção, mas eu só tinha 12 anos…

Seguro o braço dele, morrendo de vontade de abraçá-lo.

— Royce, você não precisa se justificar — digo, com o coração tão apertado que sinto os olhos marejarem. — A culpa não é sua. Uma coisa traumática aconteceu e ninguém te deu apoio. *Você só tinha 12 anos.*

Eu paro, atingida por uma verdade chocante: eu também passei por algo traumático — os anos de doença mental da minha mãe —, e ninguém se preocupou em checar como eu estava lidando com isso. Nem eu mesma. E não posso culpar quem eu amava por não terem percebido, não quando parece que só agora o mundo está começando a entender a saúde mental como algo importante.

O olhar dele encontra o meu.

— Obrigado — diz simplesmente. Então se recompõe antes de continuar: — De qualquer forma, foi por isso que nos mudamos. Não tinha como eles manterem a reputação se continuassem morando em Jacarta. A comunidade é muito pequena, e com dois filhos "malucos" em casa… — Ele faz aspas com os dedos em malucos.

Afasto minha mão e cruzo os braços.

— Odeio essa palavra: *maluco* — sussurro. — Minha mãe… os alunos e até os professores costumavam chamar ela de maluca na minha frente, quando ia me buscar na escola chorando. — Essa é a primeira vez que conto isso para alguém, mas por que parar agora? Quer dizer, já tinha caído de cara no colo dele mesmo.

Royce me dá um rápido aperto no braço.

— Isso não é certo. Sinto muito por você ter passado por isso.

— E então, o que eles te obrigaram a fazer? — pergunto, quase com medo da resposta.

— Meus pais ficaram tão preocupados que apertaram ainda mais o cerco, lotaram a minha agenda com especialistas, e pediram uma avaliação psicológica. Aqui, deixa eu te mostrar uma coisa. — Ele vai até a porta e aponta para o sistema de trava, com uma alavanca simples. — Tá vendo essa fechadura? Eu não tenho a chave. Minhas portas não trancam. Nem a do banheiro. — Ele faz uma pausa e sorri sem humor. — Eles não confiam em mim. Têm medo do que eu possa fazer.

Os olhos dele ficam vidrados, distantes.

Sinto como se alguém tivesse me dado um soco no estômago. De repente, as paredes do quarto pareceram se fechar ao meu redor, o espaço, que antes parecia tão grande, ficou sufocante. Minha mãe... eu fiz o mesmo com ela, não fiz? Fiquei andando nas pontas dos pés ao redor dela, tratando-a como uma boneca de porcelana... mesmo sendo eu a filha nessa situação.

Não estou me sentindo bem por vários motivos, e não só porque acabei me embebedando sem querer. Se é isso que o rum faz, nunca mais vou beber... pelo menos até completar 18 anos.

— Cara, isso aqui não era bem o que eu esperava quando pedi pra ver o seu quarto — comento, tentando quebrar o clima pesado.

Porque eu não posso ser a garota que faz Royce Taslim chorar no próprio quarto.

E funciona: ele dá um riso sarcástico.

— Acredite, eu tinha planos bem diferentes para este dia. — Royce se junta a mim na cama novamente. — Enfim, é por isso que tem um dedo meu em tantas coisas, por isso estou envolvido em uma porção de atividades extracurriculares, e me mato para ser destaque em tudo. É o único jeito de fazer meus pais baixarem a guarda. Para eles, uma vida normal é uma vida de sucesso. Então mostro o que eles querem ver, e aprendi a fazer isso dar certo para mim. — Ele dá de ombros. — Assim, sempre tenho desculpas quando quero uma noite pra mim no clube de comédia: reforço escolar! Maratona de filmes russos! Treino de dardo! O Marcus, o Killian, o Shyam, minha galera... eles se revezam pra me acobertar. Eu sou deixado na casa deles, eles prometem aos meus pais que vão cuidar de mim, e aí eu pego um táxi...

Fico pensando em como as pessoas que eu tinha rotulado como "amigos ricos e descompromissados" estavam apoiando o Royce, inventando desculpas para protegê-lo, convidando-o para sair, fazendo tudo o que podiam para que ele fugisse um pouco da pressão. Não, não era só uma fuga — Royce ama o stand-up, assim como eu amo correr. Entendo esse tipo de paixão. Se eu estivesse no lugar dele, teria feito tudo o que fosse possível para proteger esse meu refúgio secreto também. Entendo Ray Lim e acho que agora entendo Royce Taslim também.

Pouso minha mão no braço dele.

— Royce?

— Sim?

— Eu sinto muito, muito mesmo pela situação que sua família te colocou. E por tudo que aconteceu com o seu irmão. E com você. — Faço um esforço para olhar nos olhos dele, mesmo que isso faça com que eu esqueça como se respira. — Sério, eu… eu agradeço por você ter me contado isso.

— Obrigado por ter me escutado. Eu estava com medo de que você pensasse algo ruim de mim se eu contasse sobre meu passado.

— De jeito nenhum — garanto. — Na verdade, acho que gosto mais de você agora.

— Ótimo, apesar que… — Algo muda em seus olhos. Uma pergunta neles.

Eu fico vermelha e solto a mão dele.

— Como seu pai está, hoje em dia? — pergunto, tentando soar tranquila.

— Meu pai, fisicamente, nunca mais foi o mesmo desde o AVC. Ele está na Suíça agora, fazendo um negócio experimental com células-tronco. Os resultados foram bons, mas ele teve um pequeno retrocesso semana passada. Por favor, não conta pra ninguém.

Concordo com a cabeça. Nunca usaria isso contra ele. Hesito.

— Obrigada por compartilhar isso comigo, Taslim. É… muito, tipo, pessoal.

Sou tão boa nisso. Ele sorri pra mim e diz:

— Você não acha que está na hora de me chamar de Royce?

— Royce. — Faço um teste e meu rosto fica vermelho com a novidade, com a intimidade da coisa.

— Gosto quando você fala meu nome —diz ele, agora sem ironia.

— Pode me chamar de Agnes também.

Ele me dá aquele meio-sorriso, que eu já conheço e é a especialidade do Taslim.

— Não percebeu que já estou te chamando assim há um tempo?

Penso sobre isso. Sim, é verdade. E eu gosto mais disso do que deveria.

Royce se aproxima de mim e pega o porta-retrato de novo para colocá-lo na cabeceira, mas não se afasta. Estamos muito próximos. Só não o suficiente. Ele morde o lábio e fico hipnotizada. Ele se aproxima um pouco mais. Espero que as advertências de pânico comecem a surgir, me dizendo para me afastar — *Bactérias! Tétano!* —, mas meus pensamentos estão bem silenciosos agora, mesmo enquanto minha mente fica em alerta para captar cada pequeno movimento dele. Meu coração é um pássaro preso na gaiola e meu sangue corre, lento e rápido demais ao mesmo tempo. O colchão afunda e nossos dedos se tocam. Quando não me afasto, ele segura minha mão e entrelaça os dedos nos meus, e fico olhando nossas mãos juntas, hipnotizada pela sensação levemente áspera de seu toque.

— Escuta —diz ele, com uma voz nova que eu nunca tinha ouvido antes. — Antes de você me embriagar, eu estava querendo te dizer uma coisa. É sobre…

Uma forte batida na porta nos faz pular para longe um do outro.

— *Tuan! Tuan!* Está aí? *Semua baik?* Devemos entrar para te ajudar caso tenha desmaiado?

O encantamento se desfaz; Royce solta um pigarro.

— Nós, ãhn, deveríamos descer antes que minha equipe de limpeza chame minha mãe. Eles foram instruídos para nos vigiar, caso nós, ãhn, pecássemos —diz ele com um leve tom de diversão na voz.

Concordo com a cabeça, tentando agir com naturalidade, apesar do meu coração ainda estar acelerado com o que achei que ia acontecer. Deve ser só o álcool, penso, me repreendendo. *Se controla, não se deixe afetar.* Até os empregados foram orientados a manter você e Royce longe um do outro. Deveríamos manter as coisas tranquilas, amigáveis... e só.

— Vamos voltar para a matemática, então, Royce — comento com um tom seco, já me dirigindo à porta.

— Claro, Agnes — responde ele, parecendo um pouco confuso com minha frieza repentina.

Terminamos de rever a matéria e eu vou para casa, onde encontro um Stanley compreensivelmente irritado. Faço as pazes com ele ajudando a preparar um bolo amanteigado sem álcool (ele já tinha usado todo o rum no outro bolo, de qualquer forma).

Quando minha mãe volta da consulta médica, com os olhos brilhando de uma alegria contida, vou até ela e a abraço.

21

É HOJE! ZEE E EU estamos nos arrumando para o baile beneficente. Como não sei a diferença entre base e primer, Zee se ofereceu pra fazer minha maquiagem e meu cabelo.

Eu espero pacientemente alguma coisa cremosa ser absorvida pela minha pele enquanto ela grava uma live sobre a sua rotina de maquiagem. Meu cabelo na altura dos ombros foi cuidadosamente modelado em ondas suaves, tipo a Miriam Maisel da série *The Marvelous Mrs. Maisel,* com uma ajudinha da internet, do babyliss caríssimo da Zee e de um spray de cabelo que ela diz com despreocupação que "seria ilegal na União Europeia, onde existe vigilância", mas que ela acha que é "relativamente seguro".

— Só se vive uma vez. Deveria existir vigilância aqui! — protesto. Mas Zee ignora minhas preocupações como quem compra um pulmão na *deep web.*

Ela já terminou seu visual: pintou as pálpebras com uma sombra cremosa em tom de laranja pastel, combinada com um batom coral mais escuro; as cores se destacam contra sua pele marrom-dourado. Ela ajusta o hijab, tira o protetor de maquiagem que estava usando para não sujar a camisa branca, coloca o terninho e dá uma voltinha para mim. Zee optou por um terninho preto clássico, com uma camisa social branca como pérola e um *hijab* de seda com as cores do pôr do sol. Ela está fabulosa.

Eu dou um assobio.

— Maravilhosa! Você é uma artista.

Ela sorri e solta um suspiro.

— Uma pena que a pessoa que eu queria impressionar não vai aparecer.

— É ele quem está perdendo — digo. — De qualquer jeito, estamos incríveis para nós mesmas.

— Com certeza. E, claro, para as redes sociais.

Dou uma risadinha.

Zee aplica um batom cereja matte nos meus lábios já preparados e depois borrifa algum tipo de spray fixador no meu rosto maquiado. Ela fez uma maquiagem no estilo *foxy eyes*, com uma pele uniforme e iluminada, as sobrancelhas arrumadas, um toque de brilho mais claro no canto interno dos olhos e um violeta suave reluzente nas pálpebras, que contrasta lindamente com o tom azul escuro do meu terninho e o top sem alças preto com miçangas que escolhi. Zee me emprestou um par de brincos de cristal brilhantes — pelo menos, espero que sejam cristal. Estou tão ridiculamente bonita, e ao mesmo tempo ainda reconhecível, que não consigo parar de olhar para o meu reflexo.

Zee faz barulhos de aprovação enquanto borrifa mais spray no meu cabelo.

— Alguém vai perder a cabeça — ela cantarola.

— Não estou tentando impressionar ninguém.

— Mas ele vai ficar impressionado de qualquer jeito — ela diz, sorrindo.

Meu celular vibra. Dou uma olhada na tela:

> Agnes, você pode me encontrar antes do baile? Tenho uma coisa pra te contar...

Eu viro o telefone para baixo.

— É o Royce? —pergunta Zee, bem perspicaz.

Faço uma careta.

— É — respondo, mantendo o tom leve. — Isso pode esperar.

— Por que está evitando ele?

— Não estou.

— Você gosta dele? — Direto na jugular, como sempre.

Eu me viro e me ocupo olhando para o espelho.

— Não, não seja boba.

— Humm. — Ela me olha desconfiada. — Então você vai ficar completamente de boa se ele beijar outra pessoa hoje à noite?

Eu empalideço e Zee, triunfante, levanta os punhos no ar.

— Ha! Eu sabia! Eu sabia. A minha florzinha emburrada gosta do Royce!

Tento manter a calma, mesmo que só ouvir essas palavras faça meu coração acelerar.

— Não adianta me apegar ao Royce — digo. — Ele vai embora em poucos meses, e aí como vai ser?

— São seis meses inteiros! Isso é tipo, uma eternidade!

Meu estômago afunda. Em seis meses, eu vou perdê-la também… e aí como vai ser? Apesar dos meus melhores esforços, acho que um pouco dessa emoção aparece no meu rosto.

— Agnes, você precisa dar uma chance para as pessoas te amarem, e precisa se dar a chance de amar alguém —diz Zee suavemente.

— Eu amo você — respondo baixinho. — Já é suficiente pra mim.

— Não é. Você merece mais do que eu. Sério. Eu não quero me limitar a ter apenas um amor na vida, mesmo que seja você.

Mordo o lábio, perigosamente perto de derramar lágrimas.

— Caaaala a boca — digo, com toda a minha maturidade.

Nós duas ficamos fingindo estar ocupadas com várias coisinhas por um tempo, até que, quando o clima relaxa, Zee vem para fazer os últimos retoques no meu rosto com um pincel fofinho.

— E estamos prontas! — anuncia ela, sorrindo. — Alexa, toca minha playlist *Sexy Baby Dance Party* no Spotify, por favor.

Ariana Grande explode nos alto-falantes da Zee enquanto me avalio no espelho de corpo inteiro. Ela me emprestou um par de saltos dourados (modestos pelos padrões dela) e uma linda clutch acrílica com alças metalizadas no formato de folhas.

— *Garota* —enfatiza Zee, ao ficar do meu lado com um par de saltos de plataforma transparentes de quinze centímetros, cravejado com cristais.

— Garota, digo eu — repito, assentindo para o nosso reflexo. Ficamos posando na frente do espelho por um bom tempo.

O celular da Zee apita e ela imediatamente vira uma mulher de negócios.

— Vamos! A gente tem que chegar lá antes das 16h30.

A comissão organizadora e os estudantes que iriam se apresentar precisavam estar lá antecipadamente, porque o trânsito na Malásia é imprevisível, e não somos exatamente conhecidos por ser uma nação pontual.

Rimos e então corremos para o longo sedã preto onde o motorista da mãe de Zee, Pak Khalid, está esperando. (Faço uma breve oração de agradecimento quando vejo que não é Pak Ismail, e então entro em pânico ao me dar conta de que Pak Khalid pode ser ainda pior.) E lá vamos nós, ou pelo menos o quanto é possível sair do lugar com o trânsito sinuoso de sábado no centro da cidade, com Pak Khalid dirigindo em um ritmo solene e digno, enquanto Zee fica cada vez mais agitada à medida que os minutos se aproximam das 17 horas. O telefone dela apita sem parar em suas mãos frenéticas, a ponto de eu ter que confiscar o celular para ela respirar.

— Como está se sentindo? —pergunta Zee, jogando um punhado de castanhas na boca. — Nervosa?

Tento ler meus sentimentos.

— Só um pouquinho. — Mentira. Estou no limite do pânico desde cedo, mal consegui comer mais do que duas fatias de torrada e uma maçã no almoço. Pela primeira vez na vida, vou falar sobre as coisas que me fazem ser quem sou na frente de uma plateia cheia de pessoas que me conhecem. — Mas devo ficar mais tranquila quando começar a me apresentar.

Chegamos ao hotel na hora certa, carregando sacolas com as coisas que ela encomendou para a decoração (a equipe responsável pela decoração "estourou o orçamento", e como sempre, a Zee foi a salvação). Nós duas soltamos um suspiro quando entramos no salão. Está incrível. O espaço, que já era imponente com seus tetos dramáticos de seis metros de altura, pontilhados por lustres de cristal artesanal e painéis espelhados, está banhado por uma luz cor-de-rosa, com as paredes suavizadas por drapeados esvoaçantes e delicados. Flores de seda branca em galhos dourados explodem de vasos altos no centro de cada mesa. O palco foi decorado com balões em tons de rosa, dourado e branco, e fios de luzes. Ao lado dele, há telas integradas que vão projetar a transmissão ao vivo do baile numa rede social criada só para isso nos intervalos das apresentações — no momento estão exibindo os logos dos patrocinadores do evento em um fundo preto. Só reconheço alguns: o logo abstrato do consórcio dos pais da Zee e o lêmure dançarino da Frisson Cola, mas todos se destacam na tela de alta definição. A Zee vai arrecadar muito dinheiro.

Ela pede licença para lidar com alguns pequenos incêndios que precisam da sua atenção, dispensando minhas tentativas de ajudar. Ando sem rumo para fora do salão, passando pelas cabines de fotos, a mesa de registro com as sacolas de brindes (óculos estilo aviador de uma nova startup pertencente à família de alguém, vouchers para o cinema, para a pista de patinação e pipoca gourmet de sabores exóticos da família de outro aluno). Acabo encontrando uma das salinhas da equipe de organização (Orquídea), atrás das cabines de fotos, repleta de sacolas com itens de decoração e de papelaria. Não há ninguém por perto, a maioria está reunida na sala maior que fica ao lado.

Apesar dos meus melhores esforços, começo a ficar obcecada com a mensagem do Royce. O que será que ele queria me contar em particular?

Estou apaixonado… pela Dra. Maria.

A Dra. Maria… é minha mãe.

Para com isso, repreendo minha imaginação idiota.

Meu celular vibra; dessa vez é o Vern.

Divirta-se aí em cima!

Eu: Você ainda pode vir, se quiser. Está na lista como meu acompanhante, nunca mudei isso. (A Zee não deixou.)

Vern: Sério? Estou emocionado.

Eu: Pois é.

Fico distraída com uma foto que meus pais enviaram da casa de campo deles em Janda Baik, tirada mais cedo, à tarde. Mando um emoji genérico de carinha sorrindo, satisfeita que meu plano está dando certo.

As coisas estão indo tão bem que começo a relaxar. Bocejo enquanto a exaustão me envolve como um cobertor macio… os últimos meses tem sido realmente cansativos, com minhas saídas noturnas frequentes, os turnos no Seoul Hot duas vezes por semana (com a Sra. Yoon consentindo em me deixar fazer mais pausas), a preparação para as provas finais em dez dias, e também todos aqueles formulários de inscrição para a faculdade, esperando que eu os possa atualizar em janeiro com algo como "vencedora das eliminatórias da competição de stand-up comedy JOGGCO…".

ROYCE: Agnes, por favor, a gente realmente precisa conversar.

Eu deveria ir vê-lo, certo? Só para dar uma espiada no que ele está usando para esta noite. Aí, acabo logo com essa curiosidade de bunda… profunda! Ops, subconsciente. Freud explica!

EU: A gente se encontra na salinha da equipe de organização, pertodas cabines de foto, Orquídea I.

ROYCE: Claro. Ah, guarda a primeira dança da noite pra mim, tá?

Não respondo. Não posso dançar com ele. Simplesmente não consigo, dada a velocidade com a qual estou desmoronando.

Imagino que Royce vá levar pelo menos uma hora para chegar, já que ele não vai se apresentar hoje e não tem nenhum papel na comissão, então apago as luzes e me estico no sofá para tirar um cochilo rápido, depois de programar o alarme para tocar em trinta minutos.

Sou acordada por uma batida firme no meu ombro e pulo do sofá com um grito, abruptamente acordada do meu sonho… bem, relacionado ao

Royce. Caio desajeitada na minha perna machucada e berro. Alguém acende a luz.

— Agnes! — Tavleen e Kira exclamam em uníssono. As duas estão usando vestidos elegantes, delicadamente enfeitados com lantejoulas, saltos altíssimos e cabelos supervolumosos, com joias finas e brilhantes, e de repente me sinto muito deslocada. Meu terninho precisou ser lavado a seco e desodorizado porque pode ser que alguém tenha morrido nele, e minha mãe teve que ajustá-lo na cintura de maneira bem amadora. — O que você está fazendo aqui nessa escuridão toda?

— Só estava tirando uma soneca antes do meu show, tive uma semana e tanto e a porta não estava, tipo, trancada nem nada. — Cruzo os braços. — Droga, vocês quase me mataram do coração.

"Desculpa" é o que uma pessoa normal diria. Em vez disso, Tavleen retruca:

— Mesmo que esteja destrancada, este é obviamente um espaço privado. Só membros da comissão podem ficar aqui.

— É — diz Kira com autoridade. — Tem câmeras profissionais e coisas do leilão aqui. E se algo for roubado? Você seria, tipo, a principal suspeita.

— Ei, vocês me conhecem, eu sou amiga de... — Quase disse "de vocês" por força do hábito. — Amiga da Zee, então talvez possam deixar essa passar?

— Se fosse assim, teríamos que fazer o mesmo com todo mundo — fala Tavleen. Não há tom amigável ou flexível em sua voz. Ela e eu poderíamos ser estranhas... pensando bem, talvez sejamos mesmo. Saio da sala antes que eu faça algo que possa me meter em encrenca.

— Está muito brava? — diz uma voz familiar atrás de mim. Viro-me e dou um gritinho ao ver Vern, quase irreconhecível com o cabelo cuidadosamente penteado para trás e um terno azul-marinho ligeiramente grande, mas que, de alguma forma, é também um pouco curto demais nas mangas e nas pernas. — E aí, Agnes. Surpresa!

Eu o abraço como se ele fosse um doce encarnado.

— Você veio!

— Claro que vim — diz Vern, recuando com um sorriso. — Bom, pelo menos no fim acabei vindo. Pensei, que tipo de amigo eu seria se não viesse torcer pela Agnes na primeira apresentação dela fora de um clube de comédia?

— Concordo totalmente... que tipo de amigo — repito. Depois do que acabou de acontecer com as Flashes, a presença despretensiosa do Vern me tranquilizou e me trouxe de volta ao eixo. Dou uma olhada nele de cima a baixo. — Caramba, rapaz, você está um arraso.

— Você também —fala ele, me lançando um olhar avaliador. — Belo traje.

— Oi, Agnes. — Royce escolhe aparecer nesse momento, elegante em um paletó bordô e calças pretas. Ele está carregando uma pequena sacola de papel dourada que tenta esconder atrás do corpo. Consigo ver um pequeno cartão escrito à mão endereçado a mim, ou pelo menos a alguém chamado Agn-alguma coisa. Tudo é muito fofo, até que ele se vira e vê Vern.

— Oi! — digo, fingindo animação para tentar dissipar o clima tenso que está se formando entre os dois.

Royce se recompõe e volta a atenção para mim.

— Uau, Agnes. Você está... — Ele respira fundo. — tão...

— Ela não está uma princesa? —diz Vern, passando o braço ao meu redor. — Quer dizer, ela é sempre linda, mas hoje, uau. Acho que se arrumou para mim, já que sou o acompanhante dela.

O ar fica carregado com uma nova tensão. Decido entrar na brincadeira, talvez para provar a mim mesma que o que estava acontecendo entre Royce e eu era tão reversível quanto pegadas na areia.

— Eu... hum, eu, err. É. Tecnicamente, é verdade. — Meu Deus, alguém me dê um prêmio logo.

— Não sabia que você viria acompanhada — fala Royce.

— Eu... eu, bem, sim, eu o chamei. E aqui está ele. — Eu estava mandando ver!

— Belo terno — Royce comenta rispidamente, com os olhos fixos no braço do Vern. É difícil dizer se ele está sendo sincero ou sarcástico, é tão inexpressivo. Ele enfia a sacola de presente no bolso interno do paletó. — É alugado?

— Valeu, cara, na verdade não é alugado, acredita? — responde Vern com tranquilidade. — É o único terno que meu tio falecido tinha. Não posso dizer que ele e eu temos o mesmo tamanho, ou altura, para ser sincero. — Ele tira uma poeira imaginária do ombro. — A propósito, qual dos dois você é aqui, Ray? Royce?

— Taslim, para você — diz Royce.

— Certo — fala Vern, dando de ombros. — É difícil acompanhar suas, ah, personas.

Meu estômago revira.

— Gente, por favor...

— Agnes! — Ouço um gritinho e Gina aparece, deslumbrante em um vestido prateado com decote em V, que destaca suas curvas. Nós nos abraçamos e a tensão entre os garotos diminui um pouco.

— Eu queria falar com você a sós, Agnes — diz Royce.

— Depois — Gina diz, me puxando. — Zee está furiosa procurando por nós. Precisamos ir para o camarim, já.

— Guarda a primeira dança para mim. Ou melhor, todas elas — comenta Vern enquanto sou literalmente arrastada para fora da sala por Gina, que é assustadoramente forte. A última coisa que vejo, enquanto a porta se fecha, é o olhar magoado do Royce.

Todos os artistas da noite estão reunidos na sala de reuniões ligada ao salão principal, que a comissão designou como sala de maquiagem/sala de espera dos talentos; ninguém tem permissão para sair sem informar o motivo a Yun, o gerente de talentos do evento.

— Senão… — diz Zee de maneira ameaçadora.

Por mim, tudo bem. Não tenho a menor vontade de entrar no meio da *battle royale Ken vs. Ken* que está rolando lá fora. Há uma mesa de buffet repleta de petiscos chiques e bebidas sem álcool. Estou segura aqui.

Os discursos acabaram e as apresentações estão começando. Nosso número de stand-up será depois da batalha de poesia; em seguida, as apresentações dos alunos terminam e a banda começa a tocar.

Algum tempo durante o duo de dança interpretativa que nos antecede, vou até o salão e fico no "backstage" com a Gina para nos prepararmos para a nossa apresentação. Yun aparece e diz:

— Vou colocar vocês duas antes da poeta *slam*, os pais dela querem que ela encerre o evento e são patrocinadores. Tudo bem?

— Sim, sim — murmura Gina distraidamente. Ela está pálida e suando.

— Você está bem? — pergunto preocupada assim que Yun sai. Gina geralmente era o exemplo da tranquilidade antes de uma apresentação.

— Acho que ostras e milkshakes não combinam — ela diz com uma voz tensa.

Uma das assistentes da Zee enfia a cabeça por trás da divisória improvisada que separa o palco do fundo do salão.

— Vocês entram em cinco minutos, a dança está quase acabando — ela sussurra.

O estômago da Gina ronca como um terremoto. Seus olhos estão vidrados.

— Você vai primeiro, faça seus dez minutos. Com licença, eu preciso, sabe…

— Agora? — guincho. Ela deveria se apresentar antes de mim.

A única resposta da Gina é sair correndo de volta por onde viemos. Claro, assim que ela some, a assistente volta, frenética.

— Errei o tempo. Gina, sua vez! O quê? Ela não está aqui? — Ela começa a puxar os próprios cabelos, sibilando: — Tudo bem, tanto faz, Agnes, é você! É você! *Suba no palco!*

E então, estou no palco, cintilando na luz intensa. Estou desnorteada pela mudança repentina no cronograma. Meu Deus, as luzes estão quentes, e há tantos adultos aqui.

Tantos pais de alunos.

Não posso falar sobre minha mãe para esse público. Preciso mudar!

— Ahh... err. — Pigarreio e tento de novo. — Então, a questão é, sabe...

Merda, merda, merda, merda, merda. Cadê a Gina? Minha mente está em branco como uma folha de papel nova. Eu nunca congelei no palco. Nunca.

Sempre consegui improvisar, lidar com provocações e contratempos. Faço isso há quase quatro meses, três a quatro vezes por semana, então não sou exatamente uma iniciante. E, ainda assim, cá estou eu, paralisada como uma novata.

— Eu... eu...

— Vai logo! — grita alguém.

Sinto um gosto amargo subir na garganta e meu estômago parece estar mergulhado em ácido. Tem como ser mais fracassada do que já sou?

— E aí, pessoal — Royce diz em alto e bom som enquanto atravessa o palco para se juntar a mim. — Eu sou o Royce.

Mas o quê...

— Como todos sabem, eu sou rico.

Risos de surpresa.

— E isso é ótimo, na maior parte do tempo. Exceto que, aonde quer que eu vá, sou um alvo potencial para sequestro, então estou sempre cercado por seguranças. Não me lembro de uma única vez que não tenha sido vigiado por um homem. Exceto, vocês sabem... — ele ergue as sobrancelhas de maneira sugestiva e a plateia fica vidrada — quando eu... faço meus exames!

Gritos de aprovação.

— Então, eu estava em um encontro com uma garota. Uma de verdade. E, em algum momento, ela disse "Vamos nos pegar naquele canto escuro", e eu disse "Não", aí ela perguntou "Por quê?"; eu respondi "Se fizermos isso, você vai morrer. Tem uma figura de preto que me segue o tempo todo, e ele não gosta que outras pessoas me toquem". — Ele dá de ombros. — Por alguma razão, não tivemos um segundo encontro.

A plateia ri. Royce está improvisando e parece estar se divertindo. Nossos olhares se encontram e o bloqueio dentro de mim se dissolve.

— Sinto muito, Taslim, sua vida parece tão difícil — brinco, encontrando minha voz, de repente. — O que houve, você não conseguiu comprar leite com uma barra de ouro? Eles não tinham troco?

— O quê, Chan, quer dizer que não aceitam mais ouro nas mercearias? Aceitam diamantes pelo menos? — rebate ele.

Nós nos zoamos, saímos pela tangente, improvisamos, e não é exatamente stand-up, mas as pessoas estão se acabando de rir. O holofote é intoxicante, e a recepção entusiasmada dos meus colegas é tudo que eu estava sentindo falta. Estou em casa.

Então vejo Gina gesticulando freneticamente além da cortina à minha direita, e sinalizo para Royce que precisamos encerrar nossa apresentação. Eu digo:

— Isso foi superdivertido, mas agora que vocês estão bem aquecidos, deixem-me apresentar a nossa amiga e parceira na comédia, a verdadeira estrela da noite, Gina Cheung. Nós somos Royce e Agnes, obrigada!

Gina tropeça no palco, fazendo um sinal de "Desculpe, estou com dor de barriga" para mim enquanto eu lhe passo o microfone, e Royce e eu saímos sob uma onda de aplausos e gritos ensurdecedores.

Esperamos nos bastidores escuros depois que um assistente pega o microfone do Royce. Estou tonta e sorrindo com a euforia da nossa apresentação.

— Você foi incrível — sussurro para Royce.

— Obrigado —diz ele, e se encosta contra a parede com um suspiro suave. — Uau. Foi emocionante.

— É, foi. Obrigada por me ajudar no palco quando eu estava no mundo da lua.

E por ter arriscado o disfarce dele também. Sinto um frio na espinha ao lembrar que o apresentei como um colega comediante. *Espero que ele não se meta em problemas por isso.*

— Você precisa acreditar mais em si mesma, Chan. — Uma nota irônica surge em sua voz. — Como um Taslim acreditaria em si mesmo.

Não consigo segurar uma risada.

— Vou tentar.

Assistimos a Gina contando seu número mais famoso sobre voltar para a terra natal, na Austrália, depois de uma década morando em Hong Kong.

— De repente, havia tanto espaço ao meu redor que parecia errado ter bulimia — brinca, dominando o palco sem nem mesmo tentar. — Então comecei a comer tudo o que via pela frente. Me permiti ocupar espaço. O problema é que, não importa o quanto eu colocasse na boca, ainda não me enxergavam, talvez porque tenho um metro e meio. Então, o fato é que... — ela suspira dramaticamente — comi todas aquelas linguiças à toa.

Há um murmúrio chocado entre as risadas. Royce ri alto.

— Consigo ver o branco dos olhos de vários professores e pais daqui, eles estão tão ofendidos.

— E daí se estão? — digo descaradamente. — Não estou dizendo que devemos dar carta branca para os comediantes ofenderem, mas acho que seria bom para todos nós prestar atenção ao que exatamente na piada nos ofende, e por quê, e então dar um passo atrás para ver se devemos reagir, especialmente se um comediante não está atacando alguém vulnerável. A piada da Gina tem camadas, se você realmente analisar o que ela está tentando dizer.

— A maioria das pessoas não se importa em analisar bem a piada, só ligam se acham ela legal e adequada. É tudo sobre falar a coisa certa para a plateia certa.

— Eu não me importo em nada com isso de querer me encaixar em padrões que os outros acham "certo".

— A maioria das pessoas não é como você. Você escuta, depois pensa por conta própria. Isso é... é o que eu gosto em você. Apesar que, para ser sincero, eu gosto de várias coisas.

Viro-me para olhar para ele, completamente chocada por essa reviravolta em nossa conversa.

— Como é? — pergunto antes de conseguir me controlar.

Ele pigarreia, tímido, de repente.

— Você me ouviu — diz em voz baixa.

— Linguiça! Linguiça! — alguém, espero que um adolescente, está cantarolando na plateia.

— Fale de novo — peço baixinho.

Ele não fala — em vez disso, reduz a distância entre nós com um passo deliberado. Poderia me afastar, mas não o faço. Por quê? Do que tenho medo? De que essa atração não faça sentido? Para quem? Neste espaço, finalmente somos iguais de novo. Viro-me para ele no mesmo instante em que ele faz o mesmo. Na penumbra violeta, seus olhos estão esperançosos, questionadores. Respondo fechando a distância entre nós. Seus braços me envolvem, me abraçando, e ele levanta meu queixo, com a respiração acelerada. Traça meu rosto com os olhos, murmura meu nome enquanto eu sussurro o dele. Nossas cabeças se inclinam uma em direção à outra, tão lentamente que quase consigo sentir as estações mudando, meu coração pulsa de alegria, de...

— Royce, você está aí? O comitê estudantil está te chamando, disseram que você vai receber o prêmio de Atleta do Ano, então precisa vir comigo — uma voz muito familiar diz, e eu me afasto do Royce rapidamente ao ver duas figuras sombrias emergindo da sala ao lado. É Zee... e a mãe do Royce, Ming Taslim. Os olhos dela se estreitam em desconfiança ao olhar para nós dois, percebendo nossa postura de culpados. Eu recuo antes de perceber o que estou fazendo, querendo me afastar o máximo possível do desprezo frio dela. É então que tropeço em várias caixas de papelão com produtos patrocinados no canto da sala e caio, mais uma vez, sobre minha perna que mal tinha se curado.

22

ABRO OS OLHOS E RESMUNGO com a luz do sol e as memórias atravessando a neblina da manhã. Já se passaram — olho o relógio — doze horas desde que eu e Royce saímos do baile? Parece muito menos do que isso. O constrangimento ainda está bem fresco.

Pouco depois de Royce e eu quase — meu rosto esquenta — nos beijarmos, acho, fomos interrompidos por Zee e pela mãe dele, que por acaso tinha terminado algum de seus compromissos e decidiu aparecer no baile do filho. Eu me encolho só de lembrar do olhar dela e de como me afastei rapidamente. E acabei caindo de costas numa pilha de caixas, embora, no pânico que eu estava, nem tenha sentido muito. Royce foi então chamado por Zee para esperar perto do palco para que pudessem anunciá-lo como Atleta Estudantil do Ano, e Vern me deu uma carona para casa.

Minha perna não parou de doer, mesmo depois de chegar em casa, mas ignorei, atribuindo isso a semanas de colocar peso nela em vez de descansar, como meu fisioterapeuta recomendou. Eu estava me recuperando tão rápido, afinal! Fui dormir depois de tomar dois analgésicos, com a crença de que estaria melhor no dia seguinte. Stanley e minha mãe devem voltar esta manhã para buscar a Rosie na casa da amiga dela, e eu estava planejando dormir até tarde como sempre faço aos domingos.

Inspiro e sinto o cheiro exótico do famoso curry do Stanley — nós sempre comemos pão *naan* no *brunch* aos domingos. Que bom. Eles já estão em casa. Quando verifico meu celular, há várias mensagens de parabéns — incluindo uma da Gina, que havia se recuperado da terrível dor de barriga de ontem graças a alguns remédios que recebeu do Yun enquanto Royce e eu estávamos no palco.

Coloco as pernas para fora da cama para me levantar e fazer meus exercícios de fisioterapia (e meus exercícios de fortalecimento secretos e não prescritos), mas não consigo, pois um raio de dor sobe do meu joelho e eu grito. Tropeço e caio com tudo no chão, atordoada, com suor escorrendo pelo rosto. Quando as ondas de dor diminuem, me arrasto até a porta e peço ajuda, sem forças.

— Stanley — consigo gemer, torcendo para que sua audição aguçada, com a prática de anos como professor de adolescentes barulhentos, capte o som.

Stanley me ouve do escritório ao lado e vem correndo. Ele me ajuda a andar até a minha cama, cada passo uma tortura. Quando bato a canela na quina da cama, vejo estrelas e quase grito. Desabo no colchão, sem fôlego de tanta dor.

Preocupado, Stanley se agacha para pegar as muletas que estavam embaixo da cama, e eu pisco para conter as lágrimas de frustração ao vê-las, mas o sentimento é rapidamente substituído por uma onda de agonia. Eu gemo.

— Você precisa ir ao médico agora mesmo — diz ele, me ajudando a levantar. — Vamos. Ling! Ling! — Ele chama minha mãe, que aparece à porta, pálida e inchada. É claro que ela estava tentando dormir até mais tarde, e me sinto péssima por ter causado ainda mais sofrimento e preocupação a ela, além de tudo o que ela já carrega. Sou a pior pessoa. A pior.

— O que... o que está acontecendo? — ela pergunta, desorientada.

— Mamãe — choramingo.

Ao me ver nesse estado, ela entra em ação. Me arrasta para o carro com a ajuda de Stanley, já com as chaves na mão, enquanto ele está ao telefone com a mãe da amiga da Rosie, perguntando se ela pode ficar mais um pouco na casa da Jasmine, porque o atendimento em hospitais públicos pode levar horas. Ele pega algumas coisas para nós: café, água, petiscos, e então partimos. Nem me lembro de ter pegado o celular.

O pronto-socorro do hospital público mais próximo está lotado de pessoas azaradas que escolheram o domingo para ficar doentes. Fazemos um raio-X e os resultados são entregues por uma jovem médica, que acredita que lesionei meu LCA, o ligamento cruzado anterior... de novo. Eu precisaria ser avaliada por um especialista que possa dar uma opinião mais precisa após uma ressonância magnética, e logo.

— Pode ser menos grave do que parece... — encoraja ela.

Viro o rosto para esconder as lágrimas. Eu sou... era... uma atleta, e sei a verdade: o prognóstico não é bom.

A próxima consulta disponível com um especialista em ortopedia é daqui a semanas, já que eu não estou:

1. Morta.
2. Andando por aí com um pedaço de osso saindo da perna ou jorrando jatos de sangue.
3. Na lista de pessoas importantes o suficiente para ser atendida antes.

— Isso não é rápido o suficiente —argumenta minha mãe, percebendo meu desespero.

— Sinto muito, o caso dela não é de alta prioridade — diz sem rodeios a enfermeira responsável pelo agendamento.

Assim que saímos de lá e nos acomodamos na minivan, Stanley e minha mãe começam a mandar mensagens e a ligar para amigos para ver se há alguém que possa nos atender fora do sistema público de saúde e que consiga nos dar um desconto.

— Vamos ter que encontrar uma maneira de pagar isso, não acho que nosso seguro vá cobrir atendimento na rede privada fora da emergência — lamenta minha mãe com um tom carregado de estresse. Meu coração acelera com seu jeito de falar.

— Vamos encontrar uma solução — diz Stanley. Ele liga o rádio no volume máximo e nem parece perceber que está tocando hard rock, que é algo que ele nem gosta. Baixou a voz para conversar com minha mãe, e eu entendo que é uma conversa particular, então deixo meus pensamentos me distraírem.

Meu celular vibra e eu olho para baixo.

Zee: Como está a sua perna? Novidades?

Eu: Não está boa, vou ter que esperar algumas semanas para conseguir a consulta com o especialista e meus pais estão tentando encontrar um médico na rede particular.

Alguns minutos depois, ela me liga de volta.

— Você tinha que ir no Dr. Zulkifli — diz, direta. — Ele é um amigo pessoal da família e um dos melhores cirurgiões ortopédicos da região. Super famoso. Tipo, a equipe nacional de badminton se consulta com ele, e quando aquele influenciador famoso teve aquele incidente com a cama do hotel…

— Obrigada, Zee, eu… — Abaixo a voz para que meus pais não me ouçam apesar da música e da discussão acalorada deles. — Não temos como, sabe… — Suspiro. — Ele deve ser caro.

— Ele não vai cobrar nada de você — diz ela simplesmente.

Fico em silêncio enquanto uma infinidade de emoções conflitantes briga dentro de mim para decidir qual delas vence.

— Zee, isso é demais — digo por fim.

— Diga "Obrigada, Luz Suprema", e vamos encerrar por aqui.

— Parece uma seita.

— Meu Deus, só agradeça.

Por algum motivo, as palavras travaram na minha garganta, palavras que eu nunca tive problema em verbalizar antes.

— Obrigada — consigo dizer.

— Amanhã de manhã, às 8h30, na Clínica Particular de Medicina Esportiva Murni, tá?

— Certo.

Meus pais ficaram empolgados ao saber sobre o médico que me atenderia no dia seguinte, e a consulta correu bem. Dr. Zulkifli me atendeu e disse o que eu já suspeitava: eu havia torcido o ligamento cruzado anterior. Não era nada muito sério, mas atrasaria minha recuperação e eu precisaria de mais meses de fisioterapia. Provavelmente, não conseguiria correr competitivamente a menos que fizesse uma cirurgia, que era opcional, é claro. Mais uma despesa extra para um sonho que, certamente, já está morto a este ponto.

Eles se sentaram e me disseram que estavam dispostos a pagar pela cirurgia, mas eu recusei.

— Vocês têm um bebê a caminho. Vão ter muitos gastos.

— Agnes…

— Tá tudo bem, o objetivo de querer melhorar era só pra poder competir. Não é como se eu não pudesse fazer todas as minhas outras atividades normalmente sem a cirurgia.

Eles trocaram olhares. Stanley diz:

— Sabemos o quanto sua carreira esportiva é importante pra você, mas também… — disse Stanley.

— Olha — falo, mantendo o olhar firme, a respiração controlada —, não importa mais, porque já está na metade do meu último ano, e minha vaga na faculdade e a bolsa de atletismo já estavam praticamente fora de cogitação há alguns meses, quando me machuquei, então... eu já aceitei meu destino!

— Você está com aquela cara esquisita de novo — observa Rosie.

— Estamos pensando na faculdade, para que você possa correr na faculdade. E até depois disso. Agnes, você ama correr. Não só competitivamente. Queremos que você possa voltar a fazer o que ama.

Voltar a fazer o que eu amo... que piada. De certa forma, sei que sou privilegiada por poder estudar em uma escola como a Dunia, que minhas habilidades atléticas me permitem — permitiam — ter opções em relação às universidades, que eu podia ao menos considerar fazer uma faculdade. Sei de tudo isso. É por isso que eu quero — queria — aproveitar ao máximo minhas chances, transformar isso em uma vitória garantida na vida, sendo a melhor, podendo oferecer o melhor para minha família. Mas agora... eu me esforçaria tanto apenas para saber que, mesmo se conseguisse uma bolsa, ainda não iria correr na NCAA. Invento uma desculpa sobre precisar fazer minha tarefa de casa antes de subir as escadas, de muletas.

Na segurança da escuridão, as lágrimas caem, rápidas e quentes.

— Não é nada de mais, Agnes — sussurro furiosamente para mim mesma, enxugando o nariz com papel higiênico. — Era só uma chance de entrar no time da universidade sem bolsa de estudos. Alguém ainda teria que te oferecer uma vaga com uma boa bolsa para isso dar certo.

Isso já era uma verdade antes... mas agora a porta está definitivamente fechada para qualquer sucesso esportivo no último ano. Vou terminar o ensino médio como uma ninguém.

A menos que...

Tenho uma visão de mim mesma em uma arena iluminada, sendo aplaudida, a próxima Amina Kaur, o próximo Ronny Chieng.

A comédia é a resposta. Para tudo.

Dou uma olhada na programação da Competição Internacional de Jovens Comediantes da JOGGCo — eu preciso vencer. Caso contrário, não haverá mais nada que me destaque. No meio do drama de ontem e desta manhã, não tinha checado direito meu celular. Assim que abro o aplicativo de mensagens, ele começa a vibrar com uma enxurrada de recados de parabéns, que eu ignoro. Há várias mensagens do Royce da noite passada também.

Royce: Minha mãe viu vídeos de mim no palco.

Meu coração afunda. Sei o quanto é importante para Royce parecer o filho perfeito, descomplicado, essa perfeição é o disfarce de que ele precisa, sua capa da invisibilidade. Agora ele foi pego em uma mentira, uma vida secreta que vai ter de explicar. Eles já estavam preocupados com a saúde mental dele… o que pensarão agora?

Royce: Ela está uma fera. Quer conversar assim que chegarmos em casa

Royce: Vi você sair com o Vern, espero que esteja tudo bem. Me manda uma mensagem

Royce: Ela acabou de me chamar lá embaixo. Torça por mim

Royce: Acabamos de conversar. Me manda mensagem assim que ler isso

Eu: Oi 🤡

Eu: Finalmente sobrou um tempo para mim, desculpa a demora

Royce: Oi! Como está sua perna? Fiquei tão preocupado

Eu: Aconteceram algumas coisas...

Royce: Posso te ligar por videochamada? Quero te ver 😊

Eu: Claro

Royce me liga por videochamada.

— Certo, fala você primeiro, a minha história pode esperar.

Eu explico tudo o que aconteceu, incluindo o diagnóstico. Royce parece arrependido.

— Droga. Sinto muito.

— Está tudo bem — minto. — Vou ficar de muletas por uma semana ou algo assim, depois vou conseguir andar de novo. A lesão é parcial e o médico disse que dá para gerenciar sem cirurgia.

Royce, que nunca teve aspirações de ser atleta profissional e vê esportes apenas como mais uma coisa em que precisa ser bom, não percebe o que fica subentendido.

— E as eliminatórias do JOGGCo no próximo fim de semana? Você vai conseguir se apresentar?

Eu suspiro.

— Não sei. Ainda não contei para os meus pais sobre o stand-up. Sei que provavelmente eles não vão me deixar ir. Vou ter que resolver isso depois. E você? O que aconteceu? Seus pais descobriram que você estava indo nos open mics?

— Mais ou menos. Tive que confessar para a minha mãe depois que ela recebeu vídeos do meu set. Alguém estava enviando fotos e vídeos da nossa apresentação, dizendo que as piadas eram ofensivas etc.

— Caramba. E aí?

Royce coça a barba rala no queixo.

— Bem, na verdade, depois que ela se acalmou, eu pedi desculpas por ter escondido o stand-up dela. Mostrei a ela o vídeo da apresentação, e foi bem legal, minha mãe sorriu quando me viu me apresentando. Ela riu das nossas piadas. Ela não ria há muito tempo... Desde que meu irmão foi embora, ela quase não ri. E elogiou minha presença de palco. Disse que eu era natural... como ela.

Eu engulo em seco.

— Isso é ótimo. Você já contou para os seus pais sobre a competição?

O rosto do Royce se ilumina.

— Sim. Apresentei como uma coisa realmente prestigiada, disse que muitas pessoas famosas de várias profissões fizeram parte de um grupo de improviso ou stand-up na faculdade. Falei sobre a Comedy City e a chance de dividir o palco com um comediante da Netflix, insisti que ganhar a competição abriria portas para oportunidades lucrativas na mídia e ficaria bem no meu currículo. — Royce dá de ombros. — Acho que falei na língua dos meus pais, porque consegui convencê-los. Minha mãe concordou. O dinheiro seria só um bônus, claro. Enfim, ela disse que, se me der a bênção para fazer isso, é melhor eu fazer valer a pena. Tenho que me classificar na competição. Ou parar.

Desvio o olhar. Apesar de tudo o que aconteceu, não consigo evitar a inveja que sinto. Royce está um passo mais perto de consertar sua situação, enquanto a minha parece impossível de ser resolvida.

— Que ótimo.

— Preciso ir, minha mãe quer que a gente faça uma videochamada para o meu pai. — A voz dele suaviza, cheia de significado. — Eu... gostei de verdade do nosso tempo juntos, sabe, antes de...

— Claro. Foi muito divertido dividirmos o palco — digo, passando por cima da parte na qual ele realmente queria chegar. — Boa noite.

Mantive o tom leve na minha resposta, mas por dentro eu estou um turbilhão. Sou uma tola por pensar que as coisas que dissemos durante o evento fizeram alguma diferença, que Royce e eu temos alguma chance de ficar juntos quando nossos caminhos já estão se bifurcando. Ele está se preparando para brilhar e tomar as rédeas de seu destino, enquanto meu futuro — no stand-up e em todo o resto — está mais incerto do que nunca. Se eu não tomar cuidado, vou estragar tudo, justamente quando não posso, literal e metaforicamente, pisar em falso. Preciso focar na única coisa em que realmente tenho uma chance: ganhar a competição de comédia.

23

Zee: Com q roupa vc vai??? Vestida para matar, hein?

Eu: Só se for pra matar de riiiiiiiiiiiir

Zee: Pq. Você. É. Assim.

Para ser honesta, eu também não sei.

É dia de encontro para Zee (e Vern, embora ele ainda não saiba), mas para mim é outra noite de comédia e, mais importante, o último open mic antes das eliminatórias no fim de semana. Desde a consulta com o Dr. Zulkifli, cancelei meus turnos no Seoul Hot e investi meu tempo em me dedicar ainda mais à comédia, usando Zee e as sessões de estudo como uma desculpa para meus pais, que não disseram nada. Sabendo que a lesão atrapalhou meus planos de ser atleta profissional, eles aceitaram minhas desculpas vagas, achando que eu deveria ocupar minha mente com os estudos em vez disso.

Coloco minha roupa usual de stand-up: legging preta, uma camiseta branca simples e tênis brancos, com o estômago revirando mais do que o normal de nervosismo. Gostaria de poder me concentrar no meu número, mas estou distraída. Royce também vai estar lá esta noite, e não conversamos pessoalmente desde o baile beneficente. Esse pensamento, e o fato de que eu vou empurrar a Zee para o Vern, que espera tomar um drinque tranquilo comigo, faz meu estômago revirar.

Os nervos não dão trégua nem quando chegamos ao Souled In, o restaurante, às 17h30 — meia hora antes do previsto — e nos dirigimos à nossa mesa no charmoso pátio iluminado com pisca-pisca para esperar Vern.

Ele chega primeiro, com o cabelo incomumente bem-penteado com algum produto, camiseta branca, os jeans habituais e tênis brancos. Estamos combinando. Fico surpreendentemente satisfeita com essa coincidência.

Compartilhamos um sorriso, embora o dele vacile quando vê Zee.

— Senhoritas —diz ele, deslizando para a cadeira mais próxima de mim. E Zee o cumprimenta.

— Que engraçado te encontrar aqui, ha-ha.

(Ela realmente disse ha-ha.)

O sorriso do Vern é profissional.

— Zee, certo? — Eles nunca tinham conversado frente a frente antes.

— Sim — responde ela, corando. — Para todo mundo, menos para os meus pais.

Não pergunte por que ela disse isso, mas disse.

— E aí, estou interrompendo algo? — pergunta uma voz que reconheço. Royce aparece atrás da Zee, com os olhos em mim.

— Oi, Royce! Quer dizer, Ray! — diz ela, acenando. — Chegou na hora certa.

— Oi, Zee — cumprimenta Royce. — E... Agnes e Vern. — Posso perceber que ele não esperava por mim ou Vern.

— Ray e eu temos ficamos bastante amigos durante essa coisa de stand-up, então achei que seria legal convidá-lo para um... bem, um esquenta pré stand-up.

Zee está tentando me enfiar em um encontro duplo. Espertinha. Lanço um olhar fulminante para ela, que me ignora. Por outro lado, Vern também não esperava pela Zee, então acho que tanto ela quanto eu somos pessoas terríveis e merecemos uma à outra.

— Eu posso ficar uns quinze minutos — diz Royce tranquilamente. — Depois tenho que me preparar para minha apresentação.

De acordo com a lista, a apresentação dele é na segunda metade, daqui a mais de duas horas.

Brr. Está frio aqui.

— Ah, vai, Ray, você com certeza pode dedicar um tempinho pros seus... colegas — diz Vern, com um sorriso perfeito.

Royce olha para ele.

— Com certeza tenho tempo para a Agnes e a Zee. E a partir de agora, vou me apresentar como Royce Lim. É um trato com a minha família — ele fala para mim.

— Ah, uau, mais uma persona — comenta Vern. — Nossa, é só... tão difícil de...

— Vamos fazer os pedidos! — grito, acenando desesperadamente para uma garçonete, que não parece impressionada com nossos pedidos de

Coca-Cola, com a ênfase em “com açúcar, nada daquele lixo de Coca Zero” da parte da Zee.

— Isso aqui é um restaurante, vocês gostariam de pedir alguma comida? —pergunta ela.

— De jeito nenhum — responde Vern ao mesmo tempo que Zee diz, de forma bem autoritária:

— Sim, para começar, vamos querer duas porções de batata rústica com especiarias.

A garçonete acena com a cabeça e se afasta.

— Eu não quero batata. Já jantei — diz Vern.

— Eu também não quero — digo. Tinha comido um sanduíche antes de sair e, além disso, acabei de ver quanto custa essa batata rústica.

— Talvez devêssemos ir para o balcão do bar e deixar esses dois aqui — sugere Vern, abrindo um sorriso.

— Estou sem fome —comenta Royce, irritado.

— Eu vou comer tudo sozinha, então, sem problemas, é por minha conta — diz Zee, captando e não captando o que estava subentendido (ou seja, disfarçadamente, eu tinha acabado de mandar uma mensagem para ela por debaixo da mesa: tô sem graaaana!).

As bebidas chegam.

— Então, vocês já se inscreveram oficialmente para a seleção do JOGGCo? —pergunta Vern, depois de discutirmos o que estávamos assistindo e ouvindo ultimamente.

— Já — respondo, animada.

Royce hesita.

— Sim.

— Oh — exclama Vern. — Mesmo assim, não sei, pode haver algumas regras contra... Especialmente depois dos novos patrocinadores...

Há uma pergunta na voz dele que eu não entendo.

— Você está enganado —diz Royce, com severidade.

Vern ri.

— Achei mesmo que você tivesse alguma justificativa.

— Alô? — Aceno com o braço. — O que está rolando aqui?

— Nada — responde Vern de maneira desinteressada. — Apenas avaliando minha concorrência. De qualquer modo, seus sets já estão prontos?

— Sim, comecei a trabalhar em dois de dez minutos bem ajustados, com algumas piadas de reserva.

Vern concorda com a cabeça e coloca o braço ao redor da minha cadeira.

— Ótimo. Sabe, deveríamos praticar juntos lá em casa. Eu posso gravar e te dar dicas. Cheguei às semifinais de outra competição regional de stand-up no ano passado, e o formato é o mesmo.

— Sim, eu adoraria! — aceito, grata pela ajuda.

Royce se levanta e diz, de maneira um tanto rude:

— Zee, eu vou te transferir a minha parte de tudo, bebida e comida. Tenho que ir.

— Tá, claro — diz ela, com uma expressão de surpresa. — Mas as batatas ainda não...

Ele sai sem se despedir.

— Que falta de educação — comenta Vern, tirando o braço da minha cadeira. — Acho que algumas pessoas não foram educadas direito. Não como você, Zee.

— Ééé, como é? — responde ela, com uma sobrancelha levantada em dúvida.

As batatas rústicas chegam, uma cesta perfumada trazendo uma perfeição crocante. Eu me arrependo da minha posição anterior de não querer comer, mas preciso me manter firme.

— É, você sabe, sendo Zalifah Bakri e tudo mais? — diz Vern com sua maneira franca habitual. — Quer dizer, eu sei que você nunca mencionou seu nome completo ou quem é sua família, mas todos nós sabemos. E definitivamente apreciamos como você é generosa com dinheiro, agradecemos muito, mas apesar de todas essas suas quase sufocantes demonstrações de empoderamento financeiro, devo dizer que você é muito mais divertida do que eu pensava. — Ele esfrega o queixo e a olha pensativo. — É, você é legal, Zee Bakri. Enfim, também preciso ir. — Ele se levanta. — Gostaria de poder ficar, mas preciso trabalhar no meu set. Eu sou o primeiro hoje à noite.

— Mal posso esperar — comento. — Seu último set foi ótimo.

— Digo o mesmo — fala Vern, afetuosamente. E aí ele vai embora.

— Bom, isso foi... um encontro rápido. Zee, o achou?

Ela está olhando para as batatas rústicas com uma expressão estranha que eu nunca tinha visto.

— Eu tenho feito isso mesmo, não é?

— Como assim? — pergunto, enquanto dou uma mordida nas batatas.

Ela está piscando de um jeito esquisito.

— Sempre disse que minha família não me define e eu realmente acredito nisso... mas aqui estou, comprando o favor das pessoas igual político em campanha eleitoral.

— Calma, você não é assim, quero dizer, você não faz isso conscientemente.

Ela levanta os braços.

— Não é pior ainda se eu estou fazendo isso inconscientemente, apesar de toda a minha conversa sobre ser uma mulher moderna e independente?

— Bom, tecnicamente, você é uma... — tento aliviar o clima.

— Você está entregando sua piada antes do tempo — retruca ela, azeda. — Sei que sou menor de idade.

Suspiro.

— Zee, você só está sendo generosa. Não tem nada de errado em querer tratar bem as pessoas. Quer dizer, você sabe que eu não sou sua amiga por causa disso, de jeito nenhum. — Empurro a tigela de batatas rústicas meio vazia para longe, só para garantir.

— Você é a exceção à regra... — Ela faz uma pausa, se recompõe e continua. — Claro, não tem nada de errado em gastar um pouco para agradar os outros, mas pensando bem, "gastar para agradar" parece ser o meu jeito padrão de agir. — Ela balança a Coca-Cola no copo e dá uma risada curta. — Talvez eu seja insegura e nem tenha percebido. Ou pior, talvez, sem minha família ou o dinheiro, eu nem saiba quem sou. Com todo o meu discurso sobre me mudar para fazer faculdade na Califórnia, sobre ficar fora do alcance da minha família... talvez eu só esteja me iludindo. Talvez acabe perdendo o que me faz ser eu mesma e descubra que ninguém quer estar perto de mim, a verdadeira eu, sem o filtro do dinheiro.

— Isso não é verdade — rebato com firmeza. — Não são sua família ou seu dinheiro que te definem. Você é a Zee. Uma pessoa brilhante, vivaz e engraçada. Você é boa em vídeos de maquiagem e em comunicação. — Coloco minha mão sobre a dela. — E você é uma amiga incrível.

— Amiga. Certo. — Ela me contempla com aquela mesma expressão pensativa. — Se tudo o que eu disse sobre família e dinheiro não importa para a amizade, então por que é o contrário com você?

Um frio me assola.

— Não estou entendendo — digo, hesitante.

— Então me fala, Agnes, por que, nesses quatro anos em que nos conhecemos, eu nunca fui apresentada pra sua mãe, exceto de passagem, ou convidada pra ir à sua casa?

— É... só... é só que... minha mãe... — Engulo em seco. — Nós só... sabe, reformas — termino, com o rosto tão quente quanto um forno.

Zee faz um barulho de impaciência.

— Nossa, você está fazendo de novo. Você é como um espelho de um lado só. Por que me mantém longe, Agnes?

— Eu... eu n-não, não era isso o que eu queria!

— Claro que não — ela diz com tristeza e balança a cabeça. — Cansei de tentar te convencer a me deixar entrar na sua vida. Tenho que ir. Faça um bom set, Agnes.

Então ela vai embora sem olhar para trás, e pela primeira vez desde que nos conhecemos, não paga a conta.

Cometo alguns erros durante a minha apresentação. Um sinal de quão afetada estou por tudo o que aconteceu com a Zee é que eu nem me preocupo com desempenho. Só consigo pensar nela, minha amiga mais próxima. Provavelmente minha melhor amiga. Não posso perdê-la.

Eu: Oi, Zee, tá acordada? A gente pode conversar, por favor?

Três pontinhos aparecem e desaparecem. Não a culpo. Sei melhor do que ninguém que a confiança é algo difícil de se conquistar e de oferecer. Quando eu tinha 10 anos e os primeiros episódios da minha mãe começaram, as crianças que eu achava que eram minhas amigas zombavam dela e de nós, sem entender por que eu chegava à escola com as roupas amassadas e às vezes sujas, por que minha lancheira estava frequentemente vazia ou cheia de pedaços rasgados de pão e nada mais, por que ela chorava na porta da escola quando me deixava lá. Antes de vir para Dunia, a única pessoa que realmente me ajudou quando viu que eu precisava, compartilhando sua comida comigo e me ouvindo, naquela tarde em que custaria caro para ele se associar a mim, foi o Vern, com uns 15 anos na época. Não meus amigos, nem meus professores. Só o Vern.

Sou avarenta quando se trata de confiar. Para proteger minha família e a mim mesma, guardo a confiança como as pessoas guardam comida em tempos de fome.

Eu: Você estava certa. Sobre tudo

Eu: Me desculpa por não ter deixado você se aproximar, Zee

Eu: Vou te contar tudo o que você quiser

Os três pontinhos aparecem e desaparecem.

Então tomo uma decisão. Às vezes, não podemos esperar que a outra pessoa tome a iniciativa. Temos que ser vulneráveis primeiro.

Começo a gravar minha história em mensagens de voz para ela.

Só espero que não seja tarde demais.

24

ELA NÃO RESPONDE. Espero por horas até pegar no sono, e na manhã seguinte... nada. Também não fala comigo na escola. Quando nos encontramos, ela me vê, mas não se aproxima. Passo uma semana completamente sozinha no intervalo do almoço. Até o Royce, que sempre foi um rosto amigo, não está em lugar nenhum.

Pelo menos, posso me distrair com as provas finais e depois será o recesso de Natal.

Almoço em um canto do campo, como fazia na minha antiga escola, e, para não me sentir tão sozinha, falo com o Vern pelo celular. Não importa o que ele esteja fazendo, no trabalho ou em outro lugar, ele sempre atende. Ele dá um jeito.

Vern: Cabeça erguida. Ela não vale a pena se não voltar. Você não precisa dela. É mais forte sem alguém que seja apenas um peso morto. Enfim, com esse tipo de gente, isso ia acontecer mais cedo ou mais tarde

Eu: Como assim? Ela é minha melhor amiga, Vern

Vern: Eles não são como nós, Agnes. Confie em mim. Eles só cuidam da própria laia

Vern: Cadê o Royce nisso tudo?

Eu: Ele está ocupado com aulas e monitorias, acho

Vern: Ocupado demais para perceber que você está sofrendo?

Ele tem razão: onde está o Royce? Me evitando? Ele tem agido estranho desde o nosso encontro duplo que nem era realmente um encontro — na verdade, ele tem agido estranho desde a manhã seguinte ao nosso baile beneficente.

Vern: Esquece eles. Foca na seletiva dessa sexta e deixa eu cuidar de você. Foca na gente. Foca em vencer.

Sra. Yoon: Agnes, você vai voltar a trabalhar essa semana?

Eu: Oi, Sra. Yoon, desculpa, mas acho que não posso mais trabalhar como garçonete porque machuquei a perna de novo, você precisa de alguém para o caixa?

Sra. Yoon: Não preciso, tá tudo bem, não precisa voltar.

Sra. Yoon: Tchau.

Sra. Yoon: Ah, e diga ao seu amigo Royce que ele pode trabalhar comigo quando quiser

25

E ENTÃO, A SELETIVA para as regionais do JOGGCo chega na sexta-feira antes do fim de semana de Natal, vai ser em um pequeno teatro na cidade. Chego cedo e vejo que o lugar está lotado, com uma longa fila que serpenteia para o lado de fora. Ando apressada até a fila mais curta para comediantes e equipe de produção. Me pergunto se Zee se lembra sobre hoje. Sinto muita falta dela.

Sigo a sinalização até a sala de espera ao lado do palco e encontro vários rostos conhecidos e novos, então meu coração começa a acelerar. Procuro por Vern, que deveria me encontrar aqui, e vejo Royce praticando num canto, com o rosto pálido. Ele não me vê, e eu não vou até ele. Em vez disso, acho um espaço tranquilo para praticar atrás das pesadas cortinas de veludo, e reviso meu set. Anotei as palavras-chave no pulso com uma caneta Sharpie, caso me dê branco no palco e eu precise de uma luz.

Embora isso nunca tivesse acontecido, nas sessões de open mic desta semana, minha cabeça entrou em parafuso enquanto eu estava no palco. Duas vezes. Tudo porque achei que tinha visto Zee na plateia, mas era só alguma outra garota de *hijab* que a luz fraca e minha saudade transformaram em Zee.

Cerca de trinta minutos antes de começar, Evans confere a presença de todos os artistas, reparando a ausência do Vern (eu falo que ele está a caminho e peço desculpas em seu nome), e nos dá um resumo do que esperar.

Então as luzes do palco começam a diminuir e um assistente nos diz para esperar na sala, onde uma tela foi montada para que possamos ver o que está acontecendo no palco e cadeiras dobráveis foram montadas de um jeito aleatório. Eu me sento e Vern entra apressado, impressionante em um conjunto todo preto, e se joga em uma cadeira ao meu lado.

— Oi, linda — me cumprimenta, incomumente pegando minha mão e apertando-a na frente dos vinte outros comediantes. — Pronta?

— Sim — digo. — E você?

— Pronto o suficiente.

— Achei que a gente ia se encontrar meia hora antes da chamada.

— É, desculpa o atraso. — Ele aponta na direção das cortinas. — Precisei levar a minha tia até o assento dela. Ela é pequena e tem tanta gente que eu fiquei com medo de que algo acontecesse. Só tem, tipo, uma recepcionista na entrada e ela está sobrecarregada. Parece que a divulgação do evento realmente atraiu a multidão. Está lotado.

— Sua tia está aqui? — pergunto.

A tia é a parente viva mais próxima que o Vern tem; ela o criou sozinho quando o tio morreu.

— Tá, eu tento incluir ela nessas coisas quando posso. Mesmo que ela não entenda muito bem o inglês.

Evans sobe ao palco para dar início ao evento. Ele quebra o gelo com algumas piadas clichês e faz uma interação com o público para aquecer a plateia, antes de começar a explicar as regras, o formato da competição (dez minutos por participante, oito semifinalistas avançam desta rodada) e detalha as regras gerais, antes de anunciar:

— Agora vamos começar essa festa com Nassir, da Tailândia!

Meu celular vibra.

Zee: Quebre a perna, Chan

Zee: Mas não a mesma

Zee: 😫

Meu coração se expande. Meu lábio inferior estremece.

Eu: Zee! Eu estava com tanta saudade

Zee: Eu também.

Zee: Mas estou magoada. Ainda estou sofrendo. Você me escondeu muita coisa, mesmo sabendo tudo sobre mim

Eu: Eu sei, me perdoa. Queria poder voltar atrás. Por favor, me dá uma chance

Zee: Eu quero, mas preciso de tempo. Tenho meus próprios problemas para processar, além das suas revelações

Eu: Com certeza. No seu tempo.

Zee: Vamos conversar depois, tá? Agora vai lá e acaba com eles ❤

Estou sorrindo. De repente, sei que tudo vai ficar bem. Vou me lembrar dos meus sets. E vou ter a minha amiga de volta.

Royce me pega sorrindo. Ele me dá um joinha hesitante e faço o mesmo.

Vern se inclina e pergunta:

— Como vocês estão? Você e Royce?

— Estamos bem, eu acho... Estamos passando por uma fase estranha, mas acho que está tudo bem.

— Interessante — comenta ele, me observando.

Mais quatro competidores mandam bem em suas apresentações, então Vern entra. Eu grito e aplaudo, assim como muitos dos comediantes malaios que o conhecem. Mas Royce, não.

Desço para a plateia e ocupo um lugar nas duas primeiras fileiras reservadas para os comediantes. Nada se compara a estar na plateia num show de comédia ao vivo, e eu quero estar aqui para apresentação do Vern. Todos que já se apresentaram estão espalhados pelas duas fileiras, relaxando e dando apoio para os seus compatriotas.

O set do Vern era novo, um show intenso e sombriamente cômico sobre sua vida.

— Gostaram desses músculos? — pergunta ele, fazendo uma pose. A plateia vibra.

— Vou contar como consegui eles — sua voz muda para um tom jovial — trabalho infantil!

Ele faz uma pausa dramática, interrompida pelo riso nervoso da plateia, e então diz:

— Ou, nas palavras que usaram, participar dos negócios da família.

Ele conta sobre como começou a trabalhar como eletricista aos 14 anos para a empresa do tio quando sua tia o acolheu depois que seus pais faleceram.

— Quer dizer, eles foram descansar em paz e acabaram com a minha paz. — Mas pelo menos ele sabia que ficaria com os tios. — Trabalhar com meu tio não era sobre aquela sensação boa de sentir orgulho do que você fez bem, era mais aquela sensação de "faça o serviço direito, senão a gente não vai ter nem onde fazer cocô esta noite"!

Risadas de choque. Mesmo sendo doloroso, o público está adorando. Eu estou adorando. Sua autenticidade é inspiradora em tantos níveis.

Vern termina sob uma salva de palmas estrondosas. Ele sai do palco e vem em minha direção, sorrindo. Ouço o nome de Taslim — ou melhor, Royce Lim — sendo anunciado como o próximo concorrente, e enquanto levanto a mão para dar um high-five em Vern, vejo Royce esperando nos bastidores, observando-nos enquanto espera sua vez.

— Você foi brilhante — parabenizo, vibrando de empolgação enquanto ele se senta ao meu lado, e Evans anuncia Royce como o próximo a se apresentar. — Eu fiquei vidrada em cada palavra!

— Fico feliz — Vern diz, afastando o cabelo da testa. — Você é a única aqui que importa para mim. — Então ele faz uma pergunta super estranha: — Você confia em mim, né?

— Claro que confio.

— Estou testando uma teoria — diz ele.

E então me beija.

26

O PÚBLICO AO NOSSO redor explode em gritos e assobios entusiasmados. Foi um beijo na bochecha, mas pelo jeito como estão reagindo, parece que ele acabou de fazer uma cena de comédia romântica, se ajoelhou e fez um pedido usando um pedaço de arame como anel ou algo assim.

Embora tenha sido só um beijinho amigável, durou um segundo, dois, a mais do que seria apropriado... e foi mais perto dos meus lábios do que eu gostaria.

Quando ele se afasta, passo a mão distraidamente no lugar e olho para Royce, imaginando o que ele teria visto da posição que está. Será que, pelo ângulo dele, o beijo pareceu tão inocente quanto foi?

Royce está paralisado ao lado do palco, o rosto contorcido enquanto olha para mim e Vern, e percebo que era exatamente o que eu temia: o beijo pareceu mais do que só platônico. Uma ansiedade desconhecida me invade, mesmo enquanto digo a mim mesma que isso não importa, que Royce e eu somos apenas amigos e nunca poderíamos ser mais do que isso.

Evans, que está na beirada do palco, pigarreia e diz:

— Ray, Royce, seja lá como você se apresenta agora, pare de ficar encarando como um pervertido. E você, Vern, pare de beijar e arranje um quarto com a sua garota. Esses adolescentes, viu — diz ele, arrancando risadas.

Sua garota. A raiva cresce dentro de mim: Evans me viu algumas vezes antes, inclusive no briefing mais cedo, mas já se esqueceu de mim ou decidiu me tratar como se eu fosse uma a *garota qualquer.*

Royce chega ao centro do palco, visivelmente confuso. Ele tenta falar, mas o microfone emite uma série de ruídos estranhos e depois para de funcionar. Agora ele está claramente nervoso. Um assistente pede um novo microfone, e Evans anuncia um breve intervalo. Royce se retira para os bastidores, e a plateia começa a murmurar.

— Você não devia ter feito aquilo, Vern — digo. — O que estava tentando provar? Para o Royce, pareceu mesmo que você estava me beijando.

— E era exatamente isso que eu queria — diz Vern em um tom conspiratório. — Estou tentando ajudar você e o Royce a perceberem que têm sentimentos um pelo outro. Foi só um beijinho no rosto, sabe, como os europeus às vezes se cumprimentam. Desculpe se meus métodos não são tradicionais.

— Não foi isso que me incomodou — falo, com a voz tensa, tentando mantê-la baixa. O problema não era o beijo em si, mas a intenção por trás disso, e as emoções que ele despertou em mim, todas confusas e embaralhadas. — Só... só não faça algo assim de novo, mesmo que seja para "ajudar"... Eu... eu quero que meu primeiro beijo seja especial.

O clima entre nós esfria visivelmente.

— Certo, entendi —responde Vern friamente. — Ficou bem claro.

— Não leva a mal...

— Preciso ir ao banheiro e tomar uma cerveja — ele me interrompe. — Quer alguma coisa?

— N-não, obrigada.

Ele assente, evitando meus olhos.

— Se eu não ver você depois, boa sorte.

E então desaparece.

Não, você deveria ter dito "Quebre a perna!" Todo mundo sabe que é a gíria correta para boa sorte! Além disso, Vern sabe que eu sou supersticiosa. Mas antes que eu possa me preocupar mais, Hettie, uma das comediantes de Singapura que eu já tinha encontrado algumas vezes, se vira e cutuca meu braço.

— O que foi aquilo? — sussurra, sorrindo. — Você e o Vern estão juntos?

— Não — respondo. — Foi só uma brincadeira.

Meus pensamentos se espalharam para os quatro cantos do meu — até então — mundo perfeitamente mapeado.

— Sei... —diz Hettie, sorrindo. Ela cochicha algo para as amigas.

Percebo que muitos dos outros comediantes estão cochichando e lançando olhares na minha direção. Me afundo na cadeira, com as emoções à flor da pele.

No palco, Royce finalmente consegue um microfone. Me pergunto se as várias interrupções o desestabilizariam como já havia acontecido antes. Um sinal do quanto mudamos nesses tempo é que eu não estou desejando o pior para ele.

Até que ele começa a falar.

E faz um gesto em minha direção.

— Isso é uma competição ou uma colônia de férias? — diz. — Quer dizer, eu sei que é uma competição para adolescentes...

Ele arqueia uma sobrancelha. A plateia ri. Olho para Royce com os olhos ardendo, meu estômago se contorcendo como se tivesse levado um soco inesperado.

— Eu venho de uma família rica — continua ele, com um sorriso confiante para a plateia. — Dinheiro é ótimo… — Ele faz uma pausa, franze a testa, e o público fica vidrado em cada palavra, esperando o desfecho. — É isso. Essa é a piada.

Não deveria funcionar tão bem com essa plateia, mas de alguma forma, dá certo. Porque eles acreditam na verdade do que ele diz, e Royce está apostando tudo no estereótipo.

— Estou solteiro e cadastrado nos aplicativos de namoro. Meus amigos dizem que preciso ser mais "relacionável", então, nos meus hobbies, coloco coisas como trilhas, leitura, viagens, em vez de correr nu pelo meu cofre de dinheiro. O quê… todo mundo tem um cofre, né? Onde você vai se proteger quando o apocalipse chegar? E, mais importante, onde você esconde as barras de ouro da fiscalização?

Ele finge uma tosse e diz, audivelmente:

— Não dá para esconder barra de ouro na cueca, né?

O público cai na gargalhada. Mesmo que o tema corrupção não esteja mais na moda entre outros comediantes — Hasan Minhaj fez um ótimo número sobre um escândalo malaio em 2019 — provavelmente nunca vamos superar isso. Rimos porque é a única coisa que podemos fazer a respeito.

— Tenho saído em alguns encontros…

Ele começa uma versão adaptada de uma piada sobre seguranças e bicho-papão que fez no nosso baile beneficente, e depois segue com uma piada atrás da outra no mesmo estilo, ficando mais confiante a cada risada que arranca. Ele está arrasando… e tudo graças a mim.

Royce termina sua apresentação sob aplausos ensurdecedores, enquanto as pessoas gritam "Royce! Royce!", e sai do palco com a confiança de quem domina a cena. Royce, que acha que 10 mil dólares é só um "bônus" legal de se ter. Royce, que ganhou o prêmio de Atleta Estudantil do Ano sem se importar muito com esportes. Royce, que nunca precisou se preocupar com nada. Pessoas como ele sempre vencem. Sempre. Por que eu deveria facilitar as coisas para ele?

Vern volta com uma cerveja. Entrego meu celular para que ele grave minha apresentação para as redes sociais e vou até o palco, quase tremendo de raiva.

— Uau, nova persona, Royce? Não conseguiu sustentar o papel de pobrezinho e agora está voltando ao que realmente é? — provoco, sem conseguir me conter. As palavras saem de mim como uma torrente. — Cara, acho que dinheiro não é mesmo capaz de comprar uma personalidade, hein. Seu tênis é mais original do que sua personalidade.

Assim que as palavras saem da minha boca, sei que cometi um erro, e um sentimento nauseante toma conta de mim quando encontro o olhar chocado do Royce. A plateia ri nervosamente, sem saber se isso faz parte da apresentação. Mas Vern grita e aplaude, quebrando um pouco da tensão no ar, e eu sorrio em resposta, até que meus olhos encontram um rosto na plateia que eu jamais esperava ver.

Ai, meu Deus.

Meu coração quase sai pela garganta… é o Stanley.

27

STANLEY ESTÁ SENTADO na quinta fileira, com dois professores que eu reconheço da Dunia. Ele me vê e balança a cabeça de um jeito rápido e sem alegria, como quem diz *Vamos conversar depois.*

Como alguém que já foi premiada com vários *Vamos conversar depois,* sei bem o que está por vir.

Consigo terminar minha apresentação (uma versão reformulada sobre amor condicional e incondicional em relação aos pais asiáticos e ser uma aluna mediana, que termina bem) e saio do palco sob aplausos entusiasmados que quase não registro, tamanho o nervosismo de saber que Stanley está ali.

Quando volto para o meu assento, os comediantes que me conhecem e também ao Ray — Royce — me observam tentando disfarçar suas expressões de desapontamento. Eu fico tensa, esperando por uma repreensão, talvez uma punição. Mas eles não dizem nada. Eu os deixei sem palavras.

Eu *me* deixei sem palavras.

Na minha cabeça, ouço cada coisa que disse no palco ecoando sem parar, e sinto vergonha. Visualizo meu rosto, distorcido pela ganância, como aqueles demônios retratados nos infernos chineses. Retorcido. Possuído.

Os resultados saem, e, da Malásia, Vern, Royce e eu passamos, junto com outra garota, Natalia, que havia vindo de Penang. Mas eu me sinto vazia. Vazia e enjoada. Tanto que, quando Evans vem até o bar para me entregar o formulário de autorização para ir a Singapura e diz que eu não sou tão ruim para uma mulher comediante, eu não pego minha caneta e a enfio em uma das narinas dele. Porque não defendo a violência sob hipótese alguma, mas também porque estou mais lenta do que o normal.

Stanley e eu não falamos muito durante o trajeto de volta para casa. Pelo jeito como ele segura o volante e pela velocidade com que está dirigindo (incrivelmente ainda dentro do limite de velocidade), posso perceber que está chateado, mas não sinto raiva.

Depois de dez minutos de silêncio total, ele fala.

— Há quanto tempo?

— Uns quatro meses desde a minha primeira apresentação no palco — murmuro, envergonhada.

— Então, todas aquelas noites estudando com a Zalifah ou trabalhando no Seoul Hot eram mentira?

Mantenho o olhar fixo no meu colo.

— Algumas, sim.

— Sua mãe vai ficar tão decepcionada — diz ele, balançando a cabeça. — Por que você simplesmente não contou para ela que estava fazendo stand-up?

Eu mordo o lábio. Ele não entende. Na nossa cultura, às vezes precisamos esconder as melhores partes de nós mesmos das pessoas que mais amamos, só para que elas continuem nos amando da forma como queremos ser amados. Eu quero que minha mãe olhe para mim da mesma forma que ela olha quando eu estou vencendo. Quando não estou errando ou correndo o risco de errar. Pelo meu bem… e pelo dela.

— Você sabe por quê — murmuro, me encolhendo para apoiar na porta do carro.

Ele suspira.

— Sua mãe é mais forte do que você pensa.

— Eu a conheço há mais tempo — retruco, sem conseguir me conter.

Ele não responde, mas o carro acelera um pouco mais. Passamos o resto do caminho em silêncio. Meu coração bate forte e o sangue retumba na cabeça; está difícil respirar. O estresse de ter que me abrir para minha mãe me esgota.

Meu telefone vibra e olho para baixo.

Que patada épica.

É Vern. As palavras são seguidas por uma série de emojis de fogo.

Você realmente mostrou praquele 0,001% o que é autenticidade e verdade no mundo da comédia! Foi tão corajoso da sua parte, Agnes.

Ele pensa que eu sou algum tipo de rebelde. Faz parecer que não foi uma reação impulsiva e desajeitada, e sim algo que eu havia planejado em prol de um Grande Objetivo. Me sinto melhor por isso.

Quando nos aproximamos do nosso bairro, reúno toda a coragem que me resta para pedir:

— Você poderia... poderia, por favor, manter isso em segredo por um tempo? Eu só... preciso encontrar o momento e a maneira certa de contar para ela.

Entramos na garagem, e ele ainda não respondeu. Estaciona com cuidado e desliga o carro. Já estou praticamente hiperventilando de nervosismo. Minha mãe é imprevisível demais para eu contar agora, na fase das eliminatórias... não posso arriscar. Não posso. Há uma grande chance de ela simplesmente me obrigar a acabar com tudo isso.

Finalmente, ele diz:

— Não vou ser eu quem vai falar. Mas você não vai mais sair à noite, a não ser para trabalho ou estudos, até contar tudo para ela.

Eu tinha até o Ano Novo para entregar meu formulário de autorização, que me permitiria me apresentar em Singapura nas semifinais que aconteceriam no segundo fim de semana do novo ano.

— Vou contar logo — digo, tentando me convencer.

Um tamborilar no volante. Esse é o sinal do Stanley para *Tenho mais a dizer, espere um pouco.* Então eu espero.

— Aliás... no seu show, eu vi como você estava agindo com o Royce. Só queria dizer que isso não é legal. Estou realmente decepcionado com você. Não é assim que sua mãe e eu te educamos. Não devemos pisar em ninguém para nos elevar.

Lágrimas ardem meus olhos. Eu nunca tinha ouvido Stanley dizer que estava decepcionado comigo, nunca. Isso dói quase tanto quanto minha perna.

— Vou preparar o jantar — diz ele, saindo em direção à cozinha; por jantar, ele quis dizer preparar um mingau de aveia com canela.

— E, Agnes?

— Sim?

— Peça desculpas ao Royce. Ele não mereceu aquilo.

Eu sei que ele tem razão. Parte de mim sabe que fui longe demais, que o Royce não mereceu. Eu tinha me arrependido desde o início.

Mas não foi o Royce que me menosprezou primeiro, no palco? Assim que me lembro do comentário sarcástico dele, a raiva volta com força. Por que eu deveria me desculpar, se ele tem tudo o que eu sempre quis?

E aí tem essa outra parte de mim, uma parte que experimentou um novo tipo de droga, a certeza da aprovação do Vern, a emoção de colocar alguém em seu devido lugar, que sussurra: *E daí se eles não aprovarem?*

28

A SEGUNDA-FEIRA CHEGA e estou na biblioteca, esperando por Royce, que já deveria estar aqui para uma sessão de monitoria em redação de apresentação para as universidades. Meu coração está acelerado, pois tenho uma missão difícil: pedir desculpas pessoalmente. Stanley me fez prometer que eu faria isso hoje, e embora não esteja com vontade, o tempo que passou só aumentou minha vergonha do ocorrido nas seletivas na sexta-feira passada.

Zoltan Pali, um colega de classe, está ao meu lado, com o cabelo castanho bagunçado e um olhar de desânimo. Ele não para de olhar para o relógio, porque Royce está quase vinte minutos atrasado.

— Seu amigo está com uma tendência à morosidade.

Olho para ele, sem entender.

— Quê?

— Morosidade. Sabe, quando alguém é devagar, lento. Ele está atrasado. A palavra morosidade está certa, não?

Mordo o lábio.

— Sim, Zoltan, você está certo.

Zoltan concorda com a cabeça.

— Achei que sim. Essa língua é tão idiota-estática.

— Você quer dizer idiossincrática — corrijo gentilmente.

— Não, idiota mesmo. — Ele levanta uma sobrancelha para mim. — Sabia que eu falo e escrevo seis idiomas, incluindo o polonês, que é o mais difícil do mundo?

Estou prestes a mencionar que falo três — bem, dois e meio, na verdade — quando Royce chega fazendo barulho com alguns papéis. Zoltan sussurra, não muito baixo, "que morosidade" para mim e pisca, e desta vez não tenho certeza se ele está se referindo ao atraso.

— Desculpa pelo horário — diz Royce, ainda um pouco ofegante. — Eu, hum, minha mãe veio me trazer, hum, umas correspondências.

— Não é legal da sua parte — retruca Zoltan. — Nosso tempo também é precioso.

— Eu sei — rebate Royce, um pouco irritado. — Já pedi desculpas. — Ele está desconcertado, com o cabelo bagunçado, e eu resisto à vontade de arrumar uma mecha do cabelo suado na sua testa. Ele revira a mochila antes de tirar alguns livros. — Vamos começar.

— Vocês dois podem começar a se organizar, agora é a vez do Zoltan se desculpar, pedir licença, e ir fazer coisas importantes — diz Zoltan. — Banheiro — ele esclarece, quando Royce começa a protestar. Ele se afasta com um semblante de quem está cansado.

— Certo — diz Royce, abrindo um livro de referência sobre os fundamentos das redações para inscrições universitárias. Seu tom está frio. — Então, Agnes, que tipo de ajuda você precisa com a redação?

Eu balanço a cabeça em negativa.

— Na verdade, já terminei a maior parte das minhas redações e as enviei ontem. — Incluí minha vitória nas seletivas como parte das minhas conquistas, como já tinha planejado.

— Bem, acho que você não precisava ter vindo hoje, então — ele diz, seco.

— Talvez — concordo, em um tom de voz que poderia ser descrito como Ligeiramente Discordante.

Nós dois ficamos em silêncio. O ar entre nós parece carregado de enormes palavras não ditas.

— Onde o Zoltan se meteu? —pergunta Royce depois de alguns minutos de intensa evitação de contato visual.

Digo em voz baixa:

— Olha, eu... hum, bom, sabe, desculpa por tudo aquilo.

Ele se vira para mim.

— Ah, finalmente ela tem capacidade de pedir desculpas — diz sarcasticamente. Ele cruza os braços sobre o peito. — Se ao menos eu soubesse pelo quê.

Sinto minhas bochechas esquentarem.

— Ok, tudo bem, eu mereço. Sinto muito, muito mesmo, pela maneira como agi no show de comédia. Por ter te ofendido. Por ter agido como um idiota de primeira. Estou falando sério. Nada justifica.

A sinceridade relaxa a postura dele, que descruza os braços e concorda com a cabeça.

— Foi uma atitude bem escrota, mas vamos seguir em frente. Tenho exatamente quarenta e sete minutos até meu motorista vir me buscar.

— O que você vai fazer depois? — Reparo que ele não pediu desculpas pelas coisas que falou nas seletivas. Isso me deixa com um gosto amargo na boca e faz minha guarda subir.

— Aula de tênis, depois xadrez. — Ele pausa. — E russo. — Ele esfrega os olhos. — O que você vai fazer hoje à noite? Talvez a gente possa jogar *CounterFlash* depois da aula de russo, por volta das nove.

Eu tinha mesmo planos de jogar *CounterFlash* em quinze minutos com meu grupo de sempre, como o *NerdWolf* e *Z-Flash*, mas não conseguiria me concentrar em jogar agora. Droga. Vou ter que cancelar.

— Vou ensaiar as falas com a Rosie, para a aula de teatro dela, e depois vou assistir a um reality-show que a Zee tem insistido para eu ver, chamado *Casamento* a Prova de Choque, então acho que não vou poder. — Odeio mentiras, mas o que mais eu poderia dizer? *Não quero passar tempo com você, estou com raiva*. Onde estava o pedido de desculpas dele? Não percebeu que também me magoou?

— Qual o problema?

— Eu quero um pedido de desculpas pelo jeito como você agiu também. Quando zombou de mim depois que o Vern me beijou.

Royce cora. Ele hesita, como se estivesse lutando contra alguma coisa. Talvez uma indigestão por ter sido confrontado.

— Sinto muito por ter feito isso. Não sei o que me deu — diz de maneira formal. — Você e o Vern estão…

— Não — respondo, me odiando por ter dado a ele uma resposta tão rápida. — Não sei, talvez no futuro — acrescento.

Um silêncio desconfortável se instala entre nós.

Royce solta um pigarro.

— Eu acho que tenho que te agradecer pelo conselho. Parece que realmente me ajudou a desbloquear minha performance, me apoiar no estereótipo de garoto rico idiota e ser autodepreciativo. A plateia adorou. Acho que essa é minha sacada agora: vou ser o Playboyzinho Irritante.

— Que terrível — falo com sarcasmo. — Se ao menos o resto de nós pudesse ter esses problemas.

— Por favor, Agnes, não quero discutir. Não hoje. — Ele esfrega os olhos. — Já tenho problemas suficientes para lidar.

— Como assim? — pergunto, curiosa, apesar de tudo.

— Isso — responde Royce, colocando um pedaço de papel amassado na mesa e alisando-o. — Minha mãe encontrou no lixo. Ela ficou irritada o suficiente para pedir ao motorista que a trouxesse até a escola para só gritar comigo nos portões assim que me chamou. — Ele dá uma risada amargurada. — Mas não antes de se certificar de que ninguém importante estava por perto.

Olho para o emblema de Harvard. *Prezado Sr. Taslim, é com grande satisfação que informamos que…*

Então, o Royce foi aceito em Harvard. Sinto um nó se formar na minha garganta. Lá se vai ele, seguindo em frente para conquistar coisas maiores e melhores, coisas que estão fora do meu alcance.

— Parabéns — consigo dizer.

— Eu não quero ir para lá — murmura ele, com a voz carregada. — Só me inscrevi porque meu pai estudou lá. Secretamente, eu esperava que… Mas meus pais… quando não tiveram notícias sobre Harvard, começaram a ligar para o escritório de admissões, prontos para doar muito dinheiro, e então, quando eles… bem, um dos funcionários de casa encontrou a carta de admissão no lixo…

Pisco várias vezes para ele.

— Espera, a equipe de limpeza revira seu lixo?

Seu rosto começa a ficar vermelho.

— Não, quero dizer, eles não costumam… quero dizer, estava bem ali e eu não tenho muito lixo, já que eles esvaziam as lixeiras duas vezes por dia. Mas acho que meus pais devem ter… pedido a ajuda deles.

Que merda.

— Erro de amador — brinco, tentando aliviar o clima. — Da próxima vez, recomendo triturar ou queimar a carta.

— É… — responde ele, com um humor sombrio, torcendo os dedos no colo.

— Foi a única carta de aceite que você recebeu? — Não poderia ser, mas eu precisava perguntar.

Ele balança a cabeça.

— Não, recebi mais três. Duas de outras Ivy Leagues.

E eu aqui, rezando para receber uma resposta de qualquer faculdade, nem que fosse das menos populares.

— Para onde você quer ir?

— Para cá. — Ele coloca outra carta perfeitamente dobrada sobre a mesa e diz, um pouco vacilante: — Abra.

Eu engulo em seco e estendo a mão para pegar a carta.

— Os banheiros ficam tão longe — diz Zoltan antes que eu possa desdobrar o papel. — Tive que parar para lanchar. — Ele vê a carta e a pega. — Ah, o que é isso? Um teste? — Ele a abre, ignorando os protestos do Royce, lê rapidamente e lhe dá um tapinha nas costas. — Parabéns pela oferta da Columbia. Artes cênicas? Uau, amigo, quem diria? — Ele ri enquanto lhe lança um olhar sugestivo. — Bonito e artístico, meu tipo favorito.

Olho para Royce e ele me olha de volta.

— Ainda não aceitei nada — diz ele. — Também fui aceito na NYU e em Dartmouth, em programas semelhantes, então ainda é cedo.

Minhas têmporas latejam com uma dor de cabeça iminente.

— Que chique — respondo, desanimada.

— E você, para onde vai? — pergunta Zoltan, voltando-se para mim.

— Não para os Estados Unidos, a menos que eu consiga uma bolsa de estudos — digo, abaixando o olhar para o livro e mantendo a voz calma. — Sem ajuda financeira, o melhor que posso conseguir é uma universidade pública na Malásia.

— E tem ótimas universidades públicas... — Royce hesita diante do meu olhar fulminante. Independentemente de haver ou não ótimas universidades públicas na Malásia, estudar, ou melhor, ter sucesso na NCAA era o meu sonho. Outras opções podem existir, mas nunca serão uma substituição adequada para o que eu treinei quase a metade da minha vida para alcançar.

Tudo bem, ouço a voz do Vern na minha cabeça. *Você ainda é uma estrela no stand-up. Talvez este possa ser seu novo caminho para o sucesso.*

Tento me animar: eu poderia transformar essa apresentação em meu trampolim para a carreira de comediante nos Estados Unidos. É a minha chance de brilhar como meus ídolos da comédia e fazer todo mundo se orgulhar. Ainda é possível, e é nisso que preciso focar todas as minhas energias.

Zoltan dá uma tapa nas minhas costas, bem forte.

— Ou seja como o Zoltan aqui! Meus pais querem que eu vá para Oxford estudar Ciências Econômicas, mas estou pensando em me autossabotar, falhar em tudo e repetir o ano, sair da faculdade e, no fim, me formar na escola da vida — diz ele, rindo. Foi uma piada, é claro. Os pais de Zoltan são diplomatas e ele vem de uma família de médicos e cientistas; sem chance de isso ser uma opção de verdade. Ele me dá uma piscadela. — Você é bem-vinda para se juntar a mim nessa escola cheia de liberdade. Quer vir comigo surfar em Bali? Podemos ficar na casa de investimento dos meus pais por tempo indeterminado.

A voz do Vern na minha cabeça diz: *Apenas os fortes prosperam. Use tudo o que você tem para chegar onde precisa.*

Decido seguir o conselho dele.

— Obrigada, Zoltan — digo, sorrindo doce e exageradamente para ele; posso sentir os olhos do Royce fixos na lateral da minha cabeça. — Acho que a este ponto, já que estou pensando em tirar um ano sabático, qualquer coisa é possível. Eu realmente tenho que explorar meu lado... criativo. Você deve ter ouvido falar que sou uma comediante amadora.

— Sexy — Zoltan se inclina para frente e pisca. — Posso te prometer um espaço bem criativo e sexy. — Ele estende a mão para mim.

— Perfeito — digo, deslizando minha mão para a dele com uma risadinha exagerada. — Adoro surfistas.

Royce se levanta abruptamente.

— Se vocês vão ficar se pegando, vou deixar os dois a sós. Estou fora.

Um flashback do comentário dele sobre mim antes do set nas seletivas faz meu sangue ferver.

— Ciúmes não combina com você.

— O que faz você achar que eu dou a mínima para o que você faz com os seus sentimentos? Você é tão indecisa, de qualquer forma.

Ai, meu Deus. Eu poderia rasgar a cara dele.

— Vocês dois estão me deixando excitado — ronrona Zoltan.

Eu viro para ele:

— Vamos lá, então, vamos sair daqui e ver o que rola.

Pego um Zoltan sorridente e praticamente o arrasto para fora da biblioteca ao som de assobios e sussurros, mesmo enquanto Royce grita que estava saindo primeiro. Não acho que nenhum de nós ganhou hoje.

Perco o interesse em continuar com o flerte assim que Royce se vai e rapidamente dou uma desculpa para me afastar, alegando planos com a Zee. Seria nosso primeiro encontro desde a grande briga. Não que Zoltan tenha ficado muito abalado com a minha mudança de planos, ele já estava dando olhares para uma menina mais nova que passou.

Meu coração se anima assim que vejo Zee no portão da escola. Nos abraçamos cheias de solenidade, mas no meio do abraço, ela começa a gritar e rir.

— Florzinha — diz. — Ai, senti tanta saudade! Acho que o stand-up me influenciou, meu grupo do chá da tarde está tão tediosamente chato agora.

Esfrego meu nariz na lateral do *hijab* dela.

— Eu não tinha nenhuma turma para comparar com você, mas também senti saudade.

Entramos no ônibus que sempre pego para ir para casa.

— Está pronta? — pergunto a ela.

— Você está? — ela pergunta de volta.

Apertamos as mãos uma da outra.

O ônibus deixa a gente a cerca de um quilômetro da minha casa.

— Como foi? — pergunto, imaginando que tenha sido a primeira vez que ela pegou um ônibus público.

— Empolgante — diz Zee, revirando os olhos. — Sabe, eu já peguei ônibus antes. Várias vezes.

Caminhamos em silêncio, suando, até minha casa. Até a explosiva Zee está silenciosa quando chegamos, com sua mochila magenta e prata pendendo frouxamente nas costas.

— Bem, aqui está — murmuro, apontando.

Zee olha para a minha casa.

— *Haiyahhhh*, é aqui que você mora? — pergunta ela. — Essa aqui?

— O quê? — retruco um pouco irritada.

— Do jeito que você escondia de mim, eu esperava um barraco com uma colônia de ratos. Aff, é como qualquer outra casa. Olha — diz ela, batendo na porta —, tem até uma porta! Feita de... madeira!

— Entre — digo emburrada, enquanto começo a destrancar a porta da frente.

— Antes de entrarmos, só quero dizer uma coisa — fala Zee, segurando minhas mãos e me encarando solenemente. — Mesmo que você morasse em um barraco com uma colônia de ratos, eu ainda te amaria. Nada mudaria a forma como vejo você. Você é Agnes, minha amiga emburrada, mandona, às vezes engraçada, mas sempre a melhor. Eu te amo demais.

— Aaaaaii, fica quieeeeeta — digo, fingindo nojo para esconder o fato de que meus olhos estavam à beira das lágrimas, como minha mãe gosta de dizer.

— *Masuk masuk* — diz ela, me empurrando para dentro da minha própria casa. Quem é a mandona nessa relação?

— Tem mais alguém em casa? — pergunta, olhando ao redor. — Eu adoraria conhecer toda a família.

— Stanley tem algum compromisso na escola, somos só nós, garotas, minha mãe e a Rosie, espera um minuto, vou chamar ela.

Rosie fica encantada com a Zee.

— Eu adorei o seu tutorial do delineado gatinho e aquele em que você usou gloss nos olhos nas festas de fim de ano.

— Obrigada, eu também adoro esses. Você deveria ver o vídeo em que uso um pincel molhado de spray fixador para transformar sombra em delineador.

— É épico — diz Rosie.

Levo Zee para a sala de estar. Rosie pede licença e vai fazer sua tarefa. Minha mãe traz uma bandeja com keropok e chá gelado e nos deixa a sós.

— O que você vai fazer com relação a Singapura? — pergunta Zee em voz baixa.

— Eu vou continuar com as etapas. — A conversa com Royce consolidou essa decisão. — E o Vern? Você ainda quer que eu... — De alguma forma, faço um gesto estranho de soco no ar.

— Não. Não acho que o Vern esteja interessado em mim. Quando nos encontramos na saída do restaurante, ele basicamente acenou e voltou a olhar o celular. Eu fiquei por perto e tentei conversar, mas ele não quis dar muita atenção.

— Ah. Deve ser porque era antes do show. Eu posso...

— Agnes — interrompe Zee. — Deixa pra lá. Não vai rolar entre o Vern e eu, e tudo bem. Até eu não posso sempre ter o que eu quero neste mundo.

Ela diz isso de um jeito brincalhão, mas há uma pontinha de dureza nas palavras. Um silêncio cai entre nós, carregado de palavras não ditas. A tensão da nossa briga ainda está presente.

— Tem... Tem mais uma coisa que eu queria discutir — fala Zee depois de um tempo. — É sobre a sua contribuição para os meus vídeos. Sobre os roteiros.

— O que tem?

Zee respira fundo.

— Quero começar a te pagar pelo trabalho.

— Por quê? — Eu a encaro. — Faço isso como amiga.

— Sim, e é exatamente por isso que eu deveria começar a valorizar sua contribuição como amiga. Já faz bastante tempo e, se continuar assim, vou estar te explorando. Seu tempo e esforço merecem ser compensados.

Ela está certa, claro. Só parece estranho no contexto de tudo que aconteceu entre nós recentemente.

— Eu gosto de trabalhar nesses vídeos com você.

— Eu sei. Isso é sobre compensação. Se eu tivesse contratado um freelancer ou uma agência para criar os roteiros, eu teria que pagar por isso.

Por que não pagar a minha melhor amiga? — Ela sorri, radiante. — Isso é o certo a se fazer. Você sabe que estou ganhando muito com esses vídeos, com as parcerias e os patrocínios.

Eu assinto, constrangida.

— Tudo bem, pode ser.

— Legal. — Ela bate as mãos, animada. — Tenho um rumo totalmente diferente para a próxima temporada. Estou pensando em mudar minhas redes sociais, deixar o sobrenome do meu pai, Bakri, de lado, e ficar com um nome só. Quero me concentrar em mim e no que faço de melhor, e não em trabalhar ou promover os negócios de amigos da família, a menos que os produtos ou serviços realmente valham o dinheiro suado dos meus seguidores.

— E-essa é uma grande mudança — digo, surpreendida.

Ela dá de ombros, corando um pouco.

— Tipo, eu sei que no mundo real eu nunca vou me livrar completamente da influência da família, mas pelo menos vou saber que, se eu quiser apoiar alguma coisa, é só porque eu acredito naquilo... e eu acredito em mim mesma.

Eu a abraço.

— Estou tão orgulhosa de você — falo com sinceridade.

Zee sorri. Então seus olhos se estreitam.

— E como estão as coisas com Royce? Depois do seu pedido de desculpas?

— Estranhas — admito. Isso estava pesando em mim, e a única coisa que me ajudou a colocar tudo em perspectiva foi o encorajamento do Vern para eu manter distância do Royce, já que ele estava indo embora depois do fim do ano letivo para os Estados Unidos. Eu preciso mantê-lo longe para o meu próprio bem. — Enfim, não é como se fôssemos, tipo, ficar juntos ou algo assim.

— Garota, eu vi vocês dois nos bastidores depois do baile. Tinha muita química ali. E eu entendo de química... tirei nota dez em química avançada! — *Zee* sempre faz questão de ler os ingredientes dos cosméticos e produtos de *skin care* antes de recomendá-los.

Faço um som de desdém.

— É uma causa perdida, então vamos seguir em frente.

Zee aperta os lábios e não diz nada.

Entramos no quarto do bebê. A estrutura estava pronta: eu havia comprado a tinta especial, segura para crianças — um adorável tom de amarelo-manteiga com o qual Stanley e Rosie passaram o último fim de semana pintando as paredes; o berço branco é um que compramos na IKEA. O robusto guarda-roupa (branco, arranhado), a mesinha de cabeceira (cinza-claro) e o trocador (marfim) vieram usados da rede de funcionários da escola, e a fantástica cadeira de balanço antiga em madeira natural foi um presente dos sócios do escritório de advocacia onde minha mãe trabalha. Os móveis descombinados eram ecléticos e acolhedores… como nós.

Olhei de soslaio para ver o que Zee achava.

— Muito bonito — anuncia ela, e eu relaxo.

Nós estamos aqui para enfeitar o quarto com algumas decorações. Ela desempacota sua grande bolsa de coisas, que tenho certeza de que contém presentes para a minha mãe. Como ela está em uma missão para ser mais cuidadosa com a forma como "espalha sua influência", eu falei que não precisava gastar muito dinheiro. Tínhamos tudo o que poderíamos precisar, incluindo itens essenciais, presentes ou coisas vindas da escola e do escritório de advocacia: sacos de roupas e brinquedos novos e usados, e uma verdadeira pirâmide de fraldas.

— Eu não consegui me controlar — fala Zee, tirando seu primeiro presente com um ar envergonhado. É algo numa caixa, tecnológico e, naturalmente, caro. — É um extrator de leite de última geração. Tipo, o Maserati dos extratores de leite.

— Zee — resmungo —, eu te amo, mas isso é demais. Sério, você poderia ter dado um mais simples, o Perodua dos extratores, e já estaria de bom tamanho. Além da estadia no resort que você já deu…

— Shhh, *ma biche*, shhhh —responde ela, colocando um dedo nos meus lábios que estão se movendo. — Está tudo bem. Deixa as coisas rolarem. Deixa rolar.

Ela espalha suas outras surpresas no chão: uma coleção de brinquedos para recém-nascido de marcas escandinavas sofisticadas e algumas roupinhas de uma loja de departamentos local. Eu faço pequenas objeções, que ela ignora.

— Esses são presentes dos meus pais, então você não pode devolver.

— Obrigada — falo, derrotada.

Então a abraço, minha amiga doce e gentil.

— Bonitos esses quadrinhos — diz ela, olhando para as molduras de madeira branca em que coloquei as melhores fotos da família e uma série de ilustrações monocromáticas de crianças segurando balões e uma de uma lhama, só porque eu gostei.

— Vamos fixar eles com essas fitas especiais, e depois pendurar essas bandeirinhas de tecido que a Rosie e eu fizemos. Aí, vamos organizar todas as roupinhas, colocá-las nas gavetas e guardar as fraldas.

— Ah, o bom e velho trabalho duro... — diz Zee, e eu reviro os olhos para ela, que já havia previsto exatamente essa minha reação. Não me importo. No final das contas, a verdadeira amizade é sobre isso : captar a essência de uma pessoa e valorizá-la por toda a sua beleza e imperfeições.

29

Royce: Agnes, não sei por que a gente continua brigando, quando tudo que eu quero é o oposto disso. Podemos nos encontrar, por favor?

Royce: Estou com saudades

Royce: Agnes, por favor, me responde

Vern: Tá acordada?

Eu: Sim. Jogando.

Vern: Beleza. Não tá treinando pra semi em Singapura?

Eu: Estava, mas tô com dificuldade de me concentrar.

Vern: O quê? Por quê?

Eu: Desde que o Stanley me pegou no flagra, ainda não consegui contar pra minha mãe sobre o lance da comédia, e até eu fazer isso, não posso sair para as noites de comédia. O Stanley tá começando a perder a paciência, e isso tá me distraindo demais. Estou quase tentada a deixar tudo pra lá. Quase

Tem o Royce também, mas sinto que não devo falar dele, não para o Vern.

Vern: Você tem que ir, vamos lá. Não conta pra sua mãe e só faz o que tem que fazer. Sem você não vai ter graça nenhuma

Eu sorrio para mim mesma; já estava planejando falsificar a assinatura da minha mãe e ir pra Singapura de qualquer jeito.

Eu: Uma pessoa a menos pra competir com você, né?

Vern: Você é minha amiga, quero que esteja lá comigo... Na verdade, a gente devia trabalhar em todos os nossos sets juntos. Me deixa te ajudar. É o que amigos fazem

Eu: Claro

Eu: Não sei o que faria sem você

Vern: 🔥 Isso aí, continue assim

Na quinta-feira, Vern e eu nos encontramos para tomar chá gelado depois do trabalho dele e da minha aula, no mesmo shopping onde eu *stalkeei* — sim, agora admito que *stalkeei* mesmo — minhas falsas amigas. A gente se senta perto da fonte seca na parte a céu aberto que ninguém usa, porque a umidade equatorial não é para amadores, e ele demonstra um teste do seu set de stand-up para a semifinal.

— Tá muito bom — digo, depois de dar umas pequenas dicas.

— Agora é sua vez — diz ele.

— Ah, não sei, não. — Apresentar para uma pessoa só é bem diferente.

Ele me cutuca.

— Vamos lá. Sou só eu.

Eu me preparo e apresento o set que estava trabalhando.

Ele realmente me ajuda, anotando algumas coisas e dando um bom feedback.

"Não fique vesga de propósito."

"Melhora um pouquinho sua dicção ao pronunciar as palavras, às vezes você fala enrolado."

"Simplifica a linguagem ali, isso vai te levar mais rápido ao ponto alto da piada."

— Meu Deus! — exclamo, mas só parcialmente irritada. — Você estava mesmo fazendo anotações?

— Sim, o tempo todo, e também estava gravando você. — Ele aponta para um segundo celular que estava me filmando ao lado da mochila dele. Eu dou um grito e tento pular nele, mas Vern é bem mais alto do que eu e segura o celular para longe do meu alcance, o que me irrita profundamente. Tento ser estratégica e espero ele se cansar, mas ele não baixa o braço nem um centímetro. — É por isso que eu não ia te contar até você terminar. Confia em mim, você precisa se ver em vídeo para melhorar. Eu gravo todas as minhas apresentações, até os ensaios.

— Aff, eu odeio me gravar.

— Por quê?

— Eu sou toda desengonçada. Tipo uma aranha gigante.

— Você quer melhorar ou não?

— Quero — resmungo. — Então me manda, acho.

— Excelente. Agora vou baixar o braço, e você vai me prometer que não vai tentar pegar meu celular, tá?

— Tá — digo, emburrada.

Ele abaixa o braço com cautela, mas eu não ataco. Cumpro minha promessa. Ele faz sons de aprovação enquanto revisa meu set.

— Sabe, se você quiser, podia escrever alguns trechos sobre os sanguessugas de dinheiro da sua escola... e os filhos que eles mandam pra lá.

Eu dou risada.

— Mas eu não sou uma comediante maldosa.

— Talvez devesse ser. Autodepreciação não funciona pra todo mundo na comédia. Dá para explorar o lado mais sombrio do stand-up, sabia? — Ele aponta para um trecho específico. — Tipo esse aqui. O final teria um impacto muito maior se, do nada, você fosse mais incisiva. Quero dizer, você tem uma personalidade tão agradável e um rosto doce, bonito, que se você contrastar isso com um material pesado, sem papas na língua... — Ele imita uma explosão.

Mordo o lábio, corando com o elogio embutido.

— Não sei, parece... não ser eu mesma.

— Não descarte a ideia antes de tentar — diz Vern. — Mas, enfim, você está se sentindo melhor com a situação dos seus amigos?

Mordo o lábio.

— Como assim?

— Sobre ter se livrado do que eu chamo de Amigos de Fachada. Suas supostas colegas da equipe de atletismo? As Hot Flushes? Flashers?

— Flashes — corrijo automaticamente.

Eu pensei sobre isso. Por um lado, realmente achava que o que elas disseram sobre mim tinha um fundo de verdade. Eu as considerava minhas amigas, mas nunca me abri de verdade com elas. Claro, eu queria me conectar com o grupo. Por outro lado, acho que elas nunca se esforçaram de verdade para serem minhas amigas também. O Vern me ajudou a enxergar isso. Que eu não sou como elas, e tudo bem... e mais, que eu não preciso delas.

— No começo, doeu — admito. — Achei que éramos amigas, não só colegas de equipe. Mas eu estou melhor sem falsas amigas.

— Seja como eu, Ags. Eu tenho foco no objetivo e mantenho meus sistemas de apoio enxutos. Tenho pessoas na minha vida a quem posso apoiar e que me apoiam. — Ele sorri. — Minha tribo. Meu povo. Minha matilha.

— Você quer dizer, seus amigos?

Há sarcasmo nos olhos dele.

— *Amigos.* Essa palavra não significa nada para algumas pessoas. O que é um amigo para garotas como suas Flashes? As pessoas com quem elas andam? Com quem elas festejam e fofocam? Não preciso de "amigos" desse tipo.

Não parecia tão ruim, o que ele estava falando. Pertencimento.

— Então, do que você precisa, Vern?

— Vou simplificar. Qualquer um que não possa agregar à minha experiência aqui na Terra, qualquer um que não tenha potencial de realmente fazer a diferença... não vale a pena eu me abrir ou ter na minha vida.

— Parece um pouco... transacional.

Ele dá uma risada de escárnio.

— Todas as relações têm algum tipo de transação. À medida que você crescer, vai perceber isso. Todos nós damos e recebemos das pessoas em nossas vidas. A diferença é que algumas pessoas recebem mais do que dão. Eu acredito em dar tanto quanto recebo. Um favor por outro.

Eu fico quieta. Não discordo, acho, mas isso soa tão frio quando colocado dessa maneira. Bom, ele é mais velho, então deve saber sobre o que está falando.

— E o que acontece quando você não vê utilidade em um membro da matilha?

— Seguimos caminhos diferentes, sem ressentimentos.

Dou de ombros.

— Eu não acho… bem, isso soa tão frio.

Ele ri.

— Não é. Se eu te incluí na minha matilha, é porque sei que não vamos nos separar facilmente. Seria para a vida toda.

— Então eu estou na sua matilha?

Ele me encara e eu o encaro de volta.

— O que você acha?

— Eu espero que sim. — E espero mesmo. Passei a valorizar a amizade do Vern, ou seja lá como ele chama.

— Então é claro que você está — diz ele, com um sorrisinho nos lábios.

— Legal, legal. Então, você e a Zee fazem parte da matilha da Chan.

Vern se vira para mim, com uma expressão no rosto que eu não consigo decifrar.

— Você realmente acha que a Zee é alguém que você quer ter na sua matilha?

Eu me sobressalto, percebendo a hostilidade na pergunta.

— Com certeza. Ela é ótima — afirmo com um tom de veemência.

Vern me observa.

— Ela é muito diferente de você.

— O que há de errado em ter amigos que são diferentes de você? Isso não enriquece a vida?

— Quais são os passatempos e interesses da Zee? Seus objetivos ou — a voz dele assume uma inflexão sarcástica — ambições?

— A Zee adora reality shows, maquiagem e fazer tutoriais de maquiagem. Acho que ela quer ir para a Universidade do Sul da Califórnia, para estudar cinema.

— Cinema? Ela pensa em seguir essa carreira? Por que Califórnia?

Eu dou risada.

— Acho que é só porque ela quer morar na Califórnia.

— Aí está. Ela vai te distrair dos seus objetivos. Pessoas como ela e o Royce têm a vida feita, não importa o que façam ou deixem de fazer. Você e eu, nós precisamos de pessoas motivadas para nos inspirar e manter o foco no objetivo. A Zee é um empecilho.

Eu, instintivamente, quero protestar contra essa afirmação, mas então me lembro das vezes em que a Zee me distraiu durante as aulas com fofocas sussurradas; nas nossas sessões de estudo que ela interrompeu me pedindo para ser sua modelo ou me instigando a assistir TV. Ela pode se dar ao luxo de relaxar.

— Ela não é um empecilho — digo, com menos convicção.

Vern dá de ombros.

— Olha, estou tentando te ajudar a ter sucesso na vida. Faça o que quiser com o meu conselho.

Ficamos sentados na fonte em silêncio por mais alguns momentos carregados de tensão.

— Preciso voltar ao trabalho — diz Vern depois de um tempo. — A propósito, como você está de grana? Tiveram todas aquelas viagens pela cidade, para os shows de stand-up, e agora que você não tem mais o emprego de meio período... E as suas despesas futuras para ir às finais?

Em pânico, bato em um galho que encontro, com Vern me observando com um brilho compreensivo nos olhos.

— Acho que... — Hesito e engulo em seco. — Acho que minha grana está curta.

— Eu posso arranjar um emprego para você na pista de patinação.

— Você faria isso?

— Claro. Eles sempre precisam de alguém para o balcão de patins.

A ideia de ver minhas colegas de equipe, entregar os patins para elas e desodorizar os usados depois de tudo o que aconteceu...

Vern concorda com a cabeça.

— Ok, entendi, nada de patins. Que tal trabalhar no Grub Hub? Eles estão procurando alguém para início imediato no turno da noite.

O Grub Hub é um pequeno quiosque que fica dentro do espaço da pista de patinação, vendendo cachorros-quentes suspeitos, hambúrgueres gordurosos e farinhentos e refrigerante. Ninguém da minha equipe jamais comeria lá, nem mesmo nos dias de folga. Endireito os ombros.

— É, acho que pode ser.

— Ótimo. Você pode ficar sentada o turno todo, descansar a perna. Trabalhar nos seus sets. Moleza. E ainda vai receber por isso. — Ele pisca. — Vamos ter mais tempo para ter ideias para as piadas.

E será o disfarce perfeito... Eu poderia dizer ao Stanley que parei de fazer stand-up e usar meus turnos no Grub Hub como uma desculpa. Nunca precisaria contar para minha mãe, poupando-a do desgosto de descobrir sobre minha vida dupla.

Um sorriso astuto se espalha pelo meu rosto.

— Você é o melhor.

— Escuta — diz Vern, parecendo hesitante. — Você já percebeu que somos amigos há tanto tempo e continuamos sempre nos encontrando nessa fonte horrível?

— Siiiiim, eu sei que é ruim, mas é grátis e tranquilo.

— Bem, eu estava pensando, se... — o rosto dele fica vermelho — sabe, se para economizar dinheiro e tal, mas sem morrer de calor, se você gostaria de almoçar na casa da minha tia neste sábado, para trabalharmos no nosso set da semifinal? Tipo um almoço de Natal atrasado, se quiser. Nada grandioso.

— Eu vou conhecer onde você mora? — pergunto, emocionada.

— Quero dizer, é um encontro casual, não fique animada — murmura ele.

Coloco a mão sobre a dele.

— Vern, isso é muito importante para mim. Antes da semana passada, eu nunca nem sequer tinha convidado a Zee ir à minha casa. Eu sei o quanto é sagrado convidar alguém para o seu santuário.

A outra coisa não dita é que Vern sempre foi honesto sobre como cresceu com uma vida simples, e como alguém que passou por isso, sei o quanto é difícil compartilhar essas experiências com alguém de fora. Requer coragem, muita coragem.

— Então você vai, né? — ele pergunta.

— Sim — digo gentilmente. — É claro que sim.

30

A CARA DA ZEE, QUANDO ela descobre que vou almoçar na casa do Vern, é um espetáculo.

— Você está me matando. — Ela suspira. — Tem certeza de que eu sou a inconstante e instável aqui?

— Eu nunca disse isso.

— Eu sei. Eu que disse.

Ela insiste em me deixar em frente à casa da tia dele, para fazer um reconhecimento do território, e me pede para mandar uma mensagem se surgir qualquer problema. Reviro os olhos. É ridículo o quanto a Zee não confia no Vern. De maneira um pouco cruel, pergunto-me quanto disso está ligado ao status socioeconômico dele.

Vern mora numa casa térrea simples, em uma parte nada glamourosa de Shah Alam, "onde as enchentes anuais despejam o lixo", nas palavras dele.

Sua tia abre a porta quando eu bato; ela está vestida com uma camiseta velha e um sarongue vermelho sujo amarrado na cintura, e seu cabelo grisalho a faz parecer mais velha do que deve ser de fato.

— Oh — fala ela em cantonês. — Você chegou.

Ela se vira e deixa a porta aberta sem dizer mais nada; entendo como um convite para entrar, o que faço com cautela.

Olho para a pequena e simples sala de estar, as cortinas baratas com estampa de flores, um sofá de dois lugares em couro sintético preto, uma poltrona de rattan e uma mesinha de jantar marrom com dois banquinhos de metal encostados na parede. Algumas fotos emolduradas, principalmente do Vern, estão sobre uma estante baixa ao lado de uma TV quadrada, que pisca com um filme mudo. A sala de estar é separada do resto da casa por uma cortina de contas, que se abre para revelar Vern, sorridente e vestido com uma camiseta e short, assim como eu.

— Oi — diz enquanto a cortina de contas se fecha atrás dele. — Por aqui.

Eu o sigo com um pouco de hesitação. Vern solta uma risada.

— Fique tranquila, só estamos indo para a cozinha para que minha tia possa assistir TV sem nos perturbar. Não estou te levando para o meu quarto; isso é só para encontros românticos.

— Ah, eu... eu... não achei que... — Meu rosto está ardendo.

Vern ri. Há uma nuance que eu não entendo na voz dele.

— Eu sei, Agnes, pare de hiperventilar e venha para a cozinha. Não estou interessado em você dessa forma, acredite em mim.

Com as bochechas em chamas, eu o sigo para a cozinha limpa e sem grandes detalhes, com bancadas de formica bege e todo o resto em um tom de branco-acinzentado; apenas um pequeno vaso com flores de plástico amarelas adiciona cor ao espaço. Ele faz um gesto para que nos sentemos a uma mesa de madeira estreita coberta com uma toalha de vinil branco imitando renda, com dois banquinhos acolchoados no canto, ao lado de uma pilha torta de jornais.

Vern percebe o meu olhar curioso e diz:

— São bons para limpar as janelas. O que você gostaria de beber? Tenho água da torneira em temperatura ambiente e — ele faz um gesto expansivo para a geladeira — água da torneira gelada. A gente ferve antes.

— Gelada, por favor.

Ele volta com dois copos de vidro e um prato de frutas variadas. Agradeço e mordo uma carambola, minha favorita.

Vern abre o laptop e mostra seu set. Eu olho para uma pilha de panelas e frigideiras descombinadas em uma bancada.

— Você cozinha? — pergunto.

— Cozinho, mas nada muito sofisticado. Faço principalmente pratos de uma panela só, tipo macarrão ou arroz. — Ele dá de ombros. — Alguém tem que garantir que vai ter comida de verdade. Minha tia comeria miojo com ovo todos os dias, se eu não intervisse.

A tia dele aumenta o volume da TV. Ouço um homem e uma mulher conversando animadamente em cantonês. Ela resmunga para o diálogo.

Uma memória surge e me fisga. Minha mãe e eu, em uma cozinha semelhante, com uma mesa coberta por uma toalha de plástico parecida com essa, comendo ovos cozidos, torradas e feijão no jantar, ela dando pequenas mordidas enquanto eu devorava a maior parte da minha.

— Minha mãe e eu fizemos isso por um tempo, quando eu tinha oito ou nove anos, bem antes do Stanley e da Rosie entrarem em nossas vidas — digo, sem ele perguntar nada. Não sei por que estou compartilhando isso. — Ela nunca me deixava passar fome, mesmo quando ela mesma passava. — Hesito e pergunto: — Tudo o que você disse no seu set era verdade? Sobre trabalhar desde os 14 anos?

— Treze — corrige ele. — Não fique tão chocada. Eu basicamente ajudava meu tio a passar fiação e como auxiliar de pedreiro; não era como se eu fosse maltratado. Eu cresci bem rápido, era maior do que a maioria das crianças da minha idade. Minha tia e meu tio me amavam do jeito deles. Sempre recebi todo o apoio de que precisei.

Concordo com a cabeça. Eu podia quase dizer o mesmo sobre a minha mãe, exceto por aquele ano em que ela perdeu o emprego e entrou em depressão. Era difícil estar por perto sabendo que a crise que ela estava passando se devia ao sentimento de inadequação como mãe e às contas que ela não conseguia pagar. Isso a derrubou. Foi só graças à ajuda oportuna de uma instituição de caridade focada em doenças psiquiátrica que ela obteve o apoio e os medicamentos necessários para transformar sua vida. É por isso que eu nunca deixarei minha mãe se preocupar comigo novamente. Ela só pode ver o melhor de mim.

— Minha tia teve uma vida difícil. Ela não precisava me acolher, mas acolheu. Eu nem tenho laços de sangue com ela. Meu tio é que era meu parente.

— Onde ele está? — pergunto, cautelosa.

— Morto — responde Vern. — Teve câncer no pulmão cinco anos atrás.

— Sinto muito — digo suavemente. Eu achava que o que ele disse sobre o terno no baile beneficente era uma brincadeira.

— Eu também — diz Vern, olhando para baixo por um momento.

Meu celular vibra com uma mensagem. É o Royce, de novo:

> Agnes, você vai se apresentar no Saloma amanhã? A gente pode conversar, por favor?

Viro o celular para baixo. *Não, Royce, eu não quero.* Estar com Royce é difícil… e não faz sentido. Volto minha atenção ao Vern.

— O que sua tia faz agora? Ela ainda trabalha?

— Trabalha, ela faz parte de uma equipe de limpeza em um desses novos espaços de coworking. Bem chique, uma dessas redes que estão bombando na região. — Ele contrai o lábio e penso que está sorrindo, mas o sorriso não chega aos olhos. — Ela conta que não olham para ela quando passam pelos escritórios, mas se cumprimentam entre si. Eles têm um verdadeiro espírito de *comunidade*. E muitas vezes fazem a equipe de limpeza fazer coisas que não são parte do serviço, como arrastar móveis pelo lugar quando um locatário sai. — Seus olhos se estreitam. — Eu não gosto que ela trabalhe lá, mas não temos escolha. Ela tem diabetes e vários problemas de visão e nos pés, e mesmo com o maravilhoso sistema de saúde pública que temos na Malásia, temos outras despesas, e precisamos pensar no futuro dela, em quando ela não puder mais continuar lá...

Então é por isso que ele trabalha tanto.

Ouço o tilintar da cortina de contas se abrindo e a tia dele entra.

— Coma, coma — diz ela em cantonês. Assinto e, em mandarim, digo que já comi, e ela sorri, um sorriso verdadeiro. — *Bagus* — responde em bahasa, fazendo um sinal de positivo com o polegar, e se retira com uma xícara de água quente.

Trabalhamos nos nossos sets por horas, bebendo chá chinês quentinho e comendo fatias de frutas e salgadinhos de camarão. O almoço é uma mistura de macarrão de arroz, ovo, repolho e linguiça chinesa, tudo refogado. E a tia dele come em frente à TV, assistindo a uma comédia clássica dos anos 1980 de Jackie Chan, enquanto nós estamos sentados à mesa de jantar. Eu rio do que os personagens estão dizendo, mesmo sem entender algumas coisas. E, enquanto converso com ele e às vezes com a sua tia, em uma mistura questionável de bahasa, inglês, cantonês e mandarim, sem trocar de idioma de fato, como faço na escola, percebo que me sinto em casa aqui.

31

O ANO NOVO CHEGA e se vai numa num borrão de festas sem grande animação. Consigo o emprego de meio período, o que é um alívio. É exatamente como o Vern falou... os clientes são tão raros que sobra tempo para eu trabalhar no meu set, e ainda me pagam em dinheiro no final do dia, com um recibo que posso mostrar ao desconfiado Stanley e para a minha mãe.

Cerca de uma semana depois de começar no trabalho, ele me chama sério antes de eu sair para o meu quarto "turno da noite" seguido, que na verdade era mais uma noite de open mic.

— Você contou pra sua mãe sobre os shows? — pergunta, sem rodeios.

Vejo o carro do Vern parado à sombra da mangueira do vizinho. Ele se ofereceu para me levar até nosso show, e eu estou ansiosa pra ir — será nossa última chance de aprimorar nossos sets antes das eliminatórias.

— Pra quê? — pergunto, dando de ombros. — Não tenho a menor intenção de ir às semifinais em Singapura neste fim de semana.

Isso era mentira: eu já tinha entregado minha autorização, com a assinatura da minha mãe cuidadosamente falsificada, logo depois do Ano Novo. Mas, como o Vern sempre dizia, às vezes os fins justificam os meios.

Stanley parece surpreso.

— Por que não? Você não acha que ela poderia te apoiar?

— Deixa pra lá. Era só um hobby idiota; preciso focar no último ano. Já superei isso — respondo, dispensando o assunto.

Os olhos do Stanley se enchem de lágrimas e ele morde o lábio.

— Agnes, eu não acho que...

Eu o interrompo, balançando a cabeça em negação de maneira convicta.

— Olha, só... por favor, não conta pra minha mãe que eu tenho mentido pra ela esse tempo todo. Ela não precisa saber que eu a decepcionei.

Ele se encolhe.

— Agnes, você não a decepcionou. Nunca, jamais. É por isso que ela precisa saber. Que tal falarmos com ela agora? Está no escritório, lendo...

Eu olho para o relógio... .nesse ritmo, vamos nos atrasar. Entro em pânico.

— Por favor, só não conte a ela ainda... pai. Por favor. — Escapuliu. Não sei o quanto disso foi planejado. Nos olhamos e, para meu grande pavor, vejo que os olhos do Stanley estão se enchendo de lágrimas.

— Agnes, eu... eu... Você não sabe o quanto...

— Não foi nada, eu vou me atrasar, tchau! — digo, e saio correndo o mais rápido que posso sem me estatelar, indo em direção ao carro do Vern, tentando não pensar em como manipulei o Stanley. *Eu tinha um bom motivo*, lembro a mim mesma. O Vern sempre dizia que eu precisava ser mais estratégica... bem, foi isso o que eu fiz. Consegui evitar contar à minha mãe e escapar da bronca do Stanley. Estou evoluindo.

O carro do Vern sacode o trajeto todo até o local do show, mas ele liga o som e cantamos junto com nossa playlist de esquenta favorita no Spotify. Saio do carro antes de ele ir estacionar, atrás do restaurante onde vamos nos apresentar, sorrindo por causa da adrenalina de gritar as letras das músicas com as janelas abertas e as pessoas olhando. É tão libertador ser eu mesma sem me importar com a opinião dos outros.

Enquanto estou lá na calçada quente, ainda rindo ao ver o Vern estacionar o carro em uma vaga na rua, percebo que é isso que eu gosto no stand-up. Claro, eu gosto da parte técnica, sempre gostei, e da competição. Gosto do ambiente, com a galera peculiar. Mesmo os comediantes mais convencionais são pessoas que não se encaixam exatamente nos padrões. Mas, na verdade, acho que o que eu mais gosto quando estou no palco, é que tenho a liberdade de ser absoluta e imperfeitamente eu mesma.

Me viro e vejo o Royce parado na entrada, me observando, todo estiloso com sua camisa xadrez vermelha e seu jeans azul escuro.

Sinto um aperto no estômago quando percebo que ele me viu com o Vern. Levanto o queixo para ele.

— Royce.

Uma pausa.

— Chan.

Ele abre a boca como se fosse dizer algo, mas acaba mudando de ideia. Dá as costas e entra no café. Espero na calçada até ele sumir de vista, e Vern se junta a mim, silencioso como uma sombra. Entramos juntos.

Naquela noite, qualquer efeito desestabilizador que eu tenha causado em Royce já evaporou. Ele se apresenta e arrasa, e eu começo a entender por que ele era chamado de Garoto de Ouro antes. Em contraste, eu estava começando a ter dificuldades. As sugestões que o Vern tinha me dado nas últimas sessões estavam atrapalhando a minha performance, tornando-a menos natural do que já fora. Ou talvez...

Sacudo a cabeça. Não era porque o Royce mal olhava para mim. Não tinha nada a ver com isso.

Vern vem falar comigo depois do meu set inseguro.

— Você está bem?

— Ótima — respondo sem emoção.

— Fiquei empolgado com seu roteiro novo.

Eu me surpreendo.

— Sério?

— Com certeza. Sua performance estava mais ousada. Gostei do delineado que você fez no olho também. E adorei aquele trecho novo que você incluiu sobre como é difícil ser uma garota até mesmo no espaço dos games.

— Eu não sei...

— Você só precisa trabalhar um pouco mais na introdução e tenho certeza de que vai dar certo.

— Beleza. — Assinto. O Vern tem mais experiência, afinal.

— É isso aí. — Vern me dá um tapinha nas costas. — Agora, deixa eu te dar uma carona pra casa. Tenho que proteger minha matilha daquele tipinho ali. Ele aponta para o Royce, que está nos observando do outro lado do café, então se inclina e diz: — Você não pode confiar em pessoas como o Taslim. Eles não têm nada real para perder.

32

Zee: QUEBRE A PERNA AMANHÃ

Eu: ⚰️

Zee: Metaforicamente, só pra deixar claro.

Eu: Lembra do plano: em teoria, vou passar o dia todo estudando com você e dormir na sua casa amanhã à noite, ok? Não vai ficar batendo perna no shopping e postando stories ou algo assim. A ROSIE TE SEGUE nas redes sociais.

Zee: Argh, SIM, chatinha.

Zee: Ah, e não fique brava, mas eu contei ao Taslim que você ia para Singapura. Ele disse que você ainda está ignorando as mensagens dele e quer esclarecer as coisas.

Eu: !!!

Zee: Foi mal, florzinha! Confia na Zee, tá?

Respiro fundo e passo a mão no rosto. Confio a minha vida na Zee, mas o problema não era ela... era a combinação do Royce e o Vern.

Tento relaxar enquanto espero Vern chegar na rodoviária na manhã de sábado, torcendo por uma viagem divertida e tranquila de seis horas até Singapura. Apesar de ser 8 da manhã, o grande complexo climatizado de dois andares estava lotado de viajantes, muitos deles fazendo longas viagens por toda a Malásia Ocidental.

Vou para o terminal certo e já encontro o Vern lá, sorrindo e acenando, com uma mochila nas costas.

— Oi, parceira — ele me cumprimenta. Damos um soco com os punhos. — Bem na hora, também.

— Oi, parceiro — digo.

Nosso ônibus chega à plataforma, e ele pega minha bagagem.

— Melhor a gente guardar isso antes que a fila se forme. Te vejo no ônibus?

Eu assinto. O Royce aparece, então, corado, com uma mala de mão verde-jade chamativa. Ele me cumprimenta com um aceno seco. Percebo que está acompanhado de alguém, seu segurança, que também surge com uma mala de rodinhas cinza.

— Eu vou levar as malas para o fundo do ônibus — diz o segurança para Royce, que concorda com a cabeça. Então ele e eu ficamos sozinhos, ou tão sozinhos quanto podemos ficar com outras vinte pessoas esperando para embarcar.

Ele me guia gentilmente pelo cotovelo um pouco para longe dos outros.

— Eu realmente queria esclarecer as coisas antes da competição, ou isso vai atrapalhar minha cabeça — diz em voz baixa. — Você é muito importante para mim, Agnes, e eu odeio que a gente esteja nessa situação. — A expressão dele fica tomada de dor. — Desde o baile, as coisas mudaram entre a gente... Eu pensei que te dizer que gostava de você, e... e você dizer o mesmo, faria a gente se aproximar, mas não foi o que aconteceu. Só nos afastou ainda mais. Talvez tenha sido pressão demais, talvez meus sentimentos não fossem correspondidos, e você se sentiu de alguma forma obrigada... — Ele fecha os olhos e fala, antes que eu possa dizer algo para desmentir essa ideia. — Se minha confissão estragou nossa amizade, então não valeu a pena. Eu preferiria ter você na minha vida, da forma que fosse, do que não ter nada.

Meu coração se aperta. Ele viu a verdade impossível da situação e queria retirar sua confissão.

— Tá tudo bem — digo com indiferença. — Vamos esquecer de tudo isso.

Algo cintila e desaparece na sua expressão. Ele assente.

— Desculpe pelo meu comportamento na seletiva e depois. Eu estava magoado e acabei descontando em você.

— Me desculpa também. Eu não fui exatamente uma santa.

Ele dá uma risada irônica.

— Amigos?

— Amigos — respondo. Ele ainda não soltou meu cotovelo, e isso é ao mesmo tempo maravilhoso e excessivo no momento.

Um tapinha na janela acima de nós. Vern. Ele acena e indica que guardou um lugar para mim.

— Eu deveria... — Faço um gesto para Vern.

— Sim, claro — responde Royce. — Vou sentar com o Jit. Meu segurança. — Ele percebe minha expressão e acrescenta: — Sim, eu sei. Outro.

Eu dou uma risada nervosa e a energia entre nós se tranquiliza um pouquinho.

Ficamos na fila com os outros passageiros. Quando chega minha vez de subir, ele solta meu cotovelo sem dizer mais nada. Esse gesto final parece uma despedida.

33

CHEGAMOS E PASSAMOS SEM problemas pela alfândega por volta das 14 horas. Meu estômago não parou de revirar desde que Royce e eu conversamos. E as mensagens animadas da Rosie durante a viagem de ônibus dizendo que eu tinha acabado de receber "uma espécie de carta universitária com um brasão" não ajudavam em nada. Agora, chegamos ao nosso destino: um shopping decadente com um grande estacionamento que serve de terminal de ônibus — e temos quatro horas livres antes do show.

— Aonde deveríamos ir? — pergunta Vern enquanto pegamos nossas malas com o funcionário da empresa de ônibus, que está descarregando-as do bagageiro. — Temos tempo. Podemos fazer alguma coisa turística, visitar um museu, ver um filme...

— Você que sabe — respondo para Vern. — Não conheço nada de Singapura.

Vern já tinha visitado o país duas vezes no ano passado, para fazer stand-up.

— Legal, vou te mostrar a cidade — diz, sorrindo.

— Royce? — arrisco cautelosamente, já que ele também está esperando a bagagem, do nosso lado e provavelmente escutando a conversa.

— Vejo vocês depois, no clube de comédia — responde Royce secamente.

— Aonde você vai? — pergunto.

— Para o hotel que fica na frente de onde vai ser a nossa competição. Onde vocês vão ficar?

Sinto meu rosto corar. Não tinha planejado passar a noite em Singapura (#SemGrana). Vern e eu havíamos combinado de pegar o ônibus da meia-noite de volta para Kuala Lumpur, onde eu dormiria na casa da Zee e ele seguiria para casa.

— Vamos voltar depois do evento — digo.

Vern concorda com a cabeça.

— Nosso plano é pegar o último ônibus para Kuala Lumpur depois do show. A Agnes não te contou?

Royce mantém a voz neutra.

— Não, não contou. Bom, a gente se vê lá. — Ele se afasta.

— Tchau, Royce! — diz Vern animado, acenando com um excesso de entusiasmo e colocando o braço livre ao meu redor. — Vou cuidar *muito bem* da Agnes, não se preocupe.

Royce não responde. Sinto um aperto dentro de mim... talvez eu esteja com mais fome do que imaginei.

— Vamos procurar um lugar para comer — digo com certa aspereza.

Paramos rapidinho para almoçar um frango com arroz e depois passamos um tempo na Galeria Nacional, conferindo a exposição permanente (e aproveitando o ar-condicionado) antes de irmos para o Capitol Theatre, um prédio branco de quatro andares, em estilo neoclássico, onde vai acontecer a competição. É aí que o suador de nervoso começa pra valer.

Nunca foi tão importante vencer. Eu poderia voltar a me sentir eu mesma, e não mais tão perdida, como se não tivesse um propósito na vida. Terei a sensação de que eu sou importante para alguma coisa.

Entro e vejo Lai circulando na recepção, conferindo ingressos e rindo com um homem corpulento. Corro para lhe dar um abraço.

— Ei! O que você está fazendo aqui?

— O organizador é meu melhor amigo — diz, afastando-se com um sorriso. Elu me apresenta ao homem forte, cujo nome é Nigel. — O Nigel aqui é dono de uma importante empresa de eventos, e eles trazem muitos dos grandes comediantes em turnê. Vim só dar uma força para ele.

— Fico feliz. — Pela maneira como Lai e Nigel se olham, dá para perceber que tem mais coisa nessa história. Sorrio. — E agora, para onde eu vou?

— A sala de espera fica ao lado do palco. Royce já está lá.

Elu me leva ao camarim dos comediantes, que é basicamente uma mistura de depósito com vestiário, onde conto outras oito pessoas, que estão andando de um lado para o outro, murmurando suas falas, sozinhos em cantos, revisando o material e fazendo anotações em blocos de notas ou conversando com outros comediantes em inglês, em uma mistura de idiomas e dialetos.

Royce, como era de se esperar, está sozinho.

— E aí, Ray. Cadê a sua sombra? — Vern chama a atenção de Royce. Percebo que ele está se referindo ao segurança.

Royce aperta os lábios antes de responder:

— É Royce. Mas, enfim, já esgotou seu estoque de provocações, Vern?

Vern ri.

— É sempre um prazer, Ray... quer dizer, Royce. — Ele pisca e vai para o outro lado da sala. — Ei, Ags, vem cá, podemos ensaiar aqui.

Eu hesito. Não quero ir atrás dele com Royce me olhando desse jeito, mas também não quero que Vern pense que vou abandoná-lo para ficar com Royce, o que seria uma atitude bem ruim para uma amiga. Então digo:

— Acho que vou repassar minhas falas... — Olho ao redor da sala. O único lugar vazio fica perto de uma pilha de fantasias mofadas que estão em uma caixa num canto cheio de teias de aranha. — Ali.

É um bom lugar, caso eu desmaie.

Um organizador entra na sala e nos dá as informações: Vern é o quinto no primeiro bloco, que tem um intervalo de quinze minutos, e eu vou abrir o segundo bloco, seguida pelo Royce. Meu coração bate tão rápido que me sinto tonta, mas a adrenalina é eletrizante. É uma sensação parecida com a que tenho antes de correr competitivamente, só que com doses extras de pavor, porque na comédia, muito mais coisas podem dar errado.

Eu queria que a Zee estivesse aqui. E meus pais também.

Podemos ouvir todos que sobem ao palco, e a energia é eletrizante. A primeira parte passa rápido. Estou tão nervosa que não consigo prestar muita atenção nas apresentações dos outros concorrentes, nem mesmo na do Vern, de tão imersa que fico na revisão das minhas falas. Estou tão distraída que mal percebo quando ele volta para a sala de espera, até que ele me dá um tapinha no ombro e eu me viro para ver seu rosto sorridente.

— Como foi? — pergunto a ele. De seu assento próximo, Royce levanta o olhar, acompanhando nossa interação.

— Mágico — diz Vern, com os olhos brilhando. — Acertei todas as marcações das piadas. — Então ele me puxa para um abraço. — E eu devo tudo isso a você, Agnes. Seu apoio significa o mundo para mim.

É como qualquer outro abraço que já demos — só que não. Ele me segura mais perto, por mais tempo, de maneira possessiva. Não sinto que seja algo platônico.

— Chega — digo com a voz fraca, tentando me soltar, mas o abraço de Vern só aperta mais.

— Solta ela — rosna Royce atrás de mim. Sinto ele puxar os braços de Vern e depois o empurrar para longe. Vern cambaleia para trás, surpreso. Eu só fico ali, chocada com a reviravolta dos acontecimentos. Royce se coloca entre mim e ele, me protegendo.

— Qual é o seu problema, Royce? — debocha Vern. — Está com ciúmes?

— Ela mandou você *dar o fora, porra* — diz Royce em um tom tão baixo que quase não consigo ouvi-lo com o som da apresentação do comediante no palco; meus olhos se voltam para seus punhos, fechados com tanta força que posso ver as veias pulsando.

Vern olha para mim, os olhos agora cheios de preocupação, e diz:

— Desculpe, Agnes, mas qual é o problema?

— Eu... Eu... — digo, ainda tremendo. Não sei por que meu corpo está reagindo assim. Ele não fez nada de errado... fez?

Royce dá um passo em direção a Vern.

— Toque nela novamente e vou acabar com você.

— Uma ameaça direta! Eu deveria chamar a segurança — diz Vern, sorrindo, embora seus olhos estejam duros. — Deveria chamar a segurança e fazer com que te expulsassem da competição.

Os outros comediantes estão sussurrando atrás de nós, e ouço alguém dizer:

— É, chama a segurança.

Respiro fundo e digo, com uma voz falsa e animada:

— Gente, por favor, vamos parar com toda essa masculinidade tóxica aqui, ok? Credo.

Eu não quero que nenhum dos dois se meta em problemas.

Alguns caras dão risada e a situação se acalma. Um dos membros da equipe organizadora aparece e chama Vern, porque precisa de algumas informações dele, que sai com um aceno casual para mim, como se nada tivesse acontecido. Como se tudo não tivesse passado de uma alucinação da minha cabeça.

Da minha cabeça que está latejando. Eu me sento em uma das caixas de fantasias, com Royce ao meu lado, sem me tocar, mas emanando uma energia intensa enquanto me observa de perto, perguntando do que eu preciso, e eu continuo balançando a cabeça, que parece estar cheia de algodão.

Ouço meu nome sendo chamado de longe, pedindo para eu me preparar para subir ao palco. Pisco e pego o copo d'água que Royce está me oferecendo. Seus olhos encontram os meus e meu estado de confusão se esvai.

— Eu não sei o que foi aquilo, Agnes, mas sua vez vai ser em cinco minutos. Preciso que você vá lá e arrebente na competição.

Balanço a cabeça, com os braços ao redor de mim mesma.

— Eu... eu não sei se estou com cabeça para isso... não sei nem se consigo me apresentar...

— Claro que consegue, Agnes. Você é a pessoa mais forte e corajosa que eu conheço. Pode fazer qualquer coisa. Só ignora todo o barulho. Fecha os olhos.

— Eu... eu...

— Olha, vamos fazer juntos — diz ele, fechando os olhos. Depois de um minuto de hesitação, sigo o exemplo. — Use a técnica de mentalização que usava antes de correr.

Fecho os olhos. Meu ritual de visualização me dá força, poder, esperança. Visualizo-me correndo, visualizo meus pais, Rosie. Visualizo Zee. Visualizo Royce.

Ele coloca a mão sobre a minha e a aperta.

— Estou aqui sempre que precisar — diz. — Sempre.

Sinto um aperto na garganta com a emoção. Abro as pálpebras e encontro os olhos cor de avelã dele, cheios de ternura, e não de pena, como eu sempre presumia. Minha mente está em paz.

— Estou pronta.

Então, enfim, é a minha vez. Subo ao palco pronta para mostrar ao mundo quem sou eu.

Falo sobre minha mãe. Falo sobre minha família não convencional. Falo sobre minha escola e o que o sucesso significa para mim, em comparação com meus colegas. Sobre perder parte de quem eu era e ter que me reinventar, sendo alguém que sempre foi obcecada por alcançar o sucesso.

Cada frase sai de maneira natural, como flechas de um arco. O público vibra com cada uma delas. Quando termino meu set, os aplausos são estrondosos.

Saio do palco e vejo Royce, aplaudindo tão forte, com um sorriso tão brilhante para mim, que sinto o estômago revirar e as pernas bambearem. Que mesmo se o Garibaldo estivesse ali na sala, eu não teria notado; tudo o que vejo é Royce envolto na luz solar.

Ele sempre esteve lá por mim — eu só não tinha percebido isso antes porque tinha medo do que poderia significar. Mas agora eu percebo.

A verdade é que Royce gosta de mim pelo que eu sou.

Eu não me importo mais com as nossas diferenças. Não depois desta noite. Não se ele me aceitar como eu quero que aceite.

Eu quero...

Meu rosto esquenta. Opa, preciso me acalmar. Jit, o segurança dele, sem dúvida estará lá para, como dizem, me barrar. Ele provavelmente estará me observando. Desaprovando. Não como o bicho-papão da piada do Royce, mas uma espécie esquisita, um híbrido de protetor/guardião que luta Krav Maga e sabe técnicas de defesa do CSI — também conhecida como a arte de esconder corpos.

O último comediante se apresenta, e os jurados vão para uma sala deliberar sobre os dois que irão para a final em Nova York.

Fecho os olhos e tento controlar a respiração. Ao meu lado, Royce está fazendo algum tipo de exercício respiratório para me ajudar com a ansiedade, sussurrando:

— Você arrasou, Agnes. Não importa o que aconteça, já é uma vencedora. Você foi incrível.

Eu não sei como acontece, mas de repente estamos de mãos dadas — e parece que estou tendo uma experiência fora do corpo, porque cada uma das minhas células está dando voltas ao redor da maldita Lua.

A avaliação leva mais tempo do que a meia hora prevista. Agora já são quase 21h30, e apesar da adrenalina, o dia cansativo e a competição estressante deixam a sala de espera em silêncio. Então, um membro da equipe nos chama para o palco, e, numa fila silenciosa, subimos lá diante de uma plateia cheia. Vejo Vern sair de um canto escuro nos bastidores, bem do lado da nossa sala de espera, e se juntar aos comediantes no palco. A princípio, parece que ele está vindo na minha direção, mas quando vê que estou de mãos dadas com Royce, faz um som de desdém e vai para o outro extremo da fila.

Sob as luzes fortes, eu pisco e encaro, sem ver, a sala lotada.

A jurada principal, Lola Hashim, uma comediante bem conhecida da Malásia, na casa dos 50 anos, finalmente sobe ao palco, limpa a garganta e faz o discurso padrão sobre a qualidade dos concorrentes. Então diz:

— Temos o primeiro participante classificado para a final em uma decisão unânime. E nossa primeira escolha é...

A mão de Royce aperta a minha. Eu sei que, depois de dois anos de stand-up, esta seria uma realização para ele; tudo o que ele sempre quis.

— Vern Goh!

Solto um suspiro de surpresa. Vern entra no foco das luzes, sorrindo beatificamente. Vern, que diz que nunca venceu na vida, é o melhor da noite. Não sei como me sinto em relação a isso, nem mesmo sobre ele. Ainda não processei tudo o que aconteceu mais cedo.

Lola parece um pouco desconfortável.

— Mas agora temos um probleminha...

Tanto Royce quanto eu estamos segurando as mãos um do outro com força agora. Um pensamento passa pela minha mente, sem ser convidado: *se eu ganhar, Royce ainda vai gostar de mim?*

Nós dois somos competitivos.

— Temos um empate entre dois comediantes, e vamos fazer algo incomum...

Olho para Royce, cujo rosto está pálido. Meu coração acelera.

A jurada hesita antes de dizer:

— Royce Lim... e Agnes Chan!

Ao nosso redor, o espaço explode em uma gama de respostas, variando entre desapontamento a felicitações. Ao meu lado, Royce está em silêncio, e eu não sei como interpretar sua reação. Todos os músculos da minha barriga se contraem.

— Vamos precisar que a plateia decida por nós esta noite — diz a jurada. — Royce e Agnes, por favor, venham para a frente do palco.

Nós seguimos sua instrução e a jurada se dirige para a plateia:

— Agora, vocês vão decidir quem vai ser o escolhido com uma última salva de palmas! O comediante com os aplausos mais altos será selecionado.

Meu estômago afunda e eu fico paralisada. Um concurso de popularidade. Estou ferrada.

A juíza acena para Royce:

— Quem gostou do Royce, faça barulho!

A plateia grita e faz tanto barulho que é como se estivéssemos mergulhados no meio de todas aquelas pessoas. Meu coração se alegra por ele.

Então, ela se vira para mim:

— Agora, quem gostou da Agnes, faça barulho!

Eu fico chocada com a força do barulho. Ao meu lado, Royce está aplaudindo e vibrando por mim.

— Ótimo! Ótimo! Maravilhoso! — Ela franze a testa. Os outros jurados, que estão de frente para o palco, dão de ombros. — Humm. Vamos fazer o exercício novamente!

Eles passam por três rodadas sem um vencedor óbvio. As pessoas estão filmando com seus celulares. É um empate. Lola se desculpa e se junta aos jurados fora do palco. Eles se consultam, parecendo inseguros.

Há uma pausa no barulho quando Vern acena para a plateia e exibe aquele sorriso torto que desarma qualquer um. Ele levanta o braço para sinalizar que precisa falar, e o lugar todo fica em silêncio.

Vern começa a andar de um lado para o outro no palco.

— Agora, galera, nós sabemos que mulheres são minoria no meio da comédia, não é? Quantas comediantes como a Agnes vocês viram no palco hoje? Três em dez? — A plateia murmura. Ele para. — Isso mesmo, é difícil ser mulher neste espaço. Como comediantes, elas têm que lidar com muito mais problemas. Então, que tal darmos um pouco mais de apoio à Agnes Chan? Vamos lá, ela merece. Vamos fazer isso novamente, Royce contra Agnes, desempate! Para Royce!

Os aplausos diminuem um pouco.

— Para Agnes!

Dessa vez, há um vencedor claro.

Lola sobe ao palco, visivelmente aliviada.

— Certo, pessoal, parece que temos nosso segundo vencedor. Vamos aplaudir Agnes Chan! A plateia se pronunciou. Agnes Chan ganha o segundo lugar!

Os aplausos nos envolvem novamente.

Eu caio de joelhos no palco, com lágrimas nos olhos. Não consigo acreditar: eu vou para Nova York.

34

— PARABÉNS — DIZ ROYCE.

Eu me levanto com dificuldade e vejo que ele está sorrindo, um sorriso dolorido, mas genuíno. Ele me puxa para perto e me abraça com força, sussurrando suas felicitações.

— Eu sempre soube que você conseguiria.

Eu olho para ele, atônita.

— Mas... mas é... você não está...

Ele dá de ombros.

— A vida é assim, não é? Não existe garantia de sucesso.

Então Lola toca no meu ombro e pede que eu a siga.

— Você e Vern precisam dar algumas entrevistas para a imprensa.

Eu a sigo através de uma névoa de euforia.

A próxima hora passa em um borrão. Vern e eu somos desfilados pelo palco, há uma cerimônia, os juízes apertam nossas mãos, fotos são tiradas, e então a plateia começa a se dispersar, e eu olho ao redor procurando Royce, que já não está mais lá.

Vern me cutuca no ombro e pede um momento. Com um pedido de licença, Lola nos deixa a sós.

— Nós conseguimos! E aí, como é ser finalista na competição internacional de comédia mais prestigiada para menores de 25 anos? — diz Vern, em voz baixa.

— Eu não precisava da sua ajuda — digo. Lembro-me do abraço demorado e estremeço. — De nada que você fez hoje.

Vern solta um pigarro.

— Agnes, desculpa pelo que aconteceu com o Royce.

Eu olho diretamente nos olhos dele.

— E pelo que você fez comigo — acrescento em voz baixa.

— Aquele abraço? Ah, qual é, não seja dramática. Não é como se nunca tivéssemos nos abraçado antes. Foi só um *abraço,* Agnes. Não sei por que todo mundo sempre acha que qualquer contato físico entre um garoto e uma garota é automaticamente desejo sexual. Você e eu já ficamos sozinhos várias vezes, e eu nunca, jamais, fiz algo inapropriado com você.

— Aquele abraço não pareceu apropriado.

Vern ergue os braços.

— Sinto muito que você se sinta assim. Você está interpretando minhas ações de maneira completamente errada. Não tenho culpa do que o Royce sente por você... ou do que você sente por ele, pelo visto.

Mordo o lábio. Quando ele fala assim...

— E aquela salva de palmas? E tudo o que você disse?

— Eu não te ajudei. Apenas esclareci as coisas, acelerei a tomada de decisão. Você merecia aquele lugar.

— Eu merecia? — rebato.

— Ah, Agnes — Ele ri com desdém. — Amadureça. Não dá pra ganhar nada sem magoar alguém. Só os vencedores vão longe na vida. Achei que você já tinha entendido isso. Você e eu somos farinha do mesmo saco. Nós dois queremos vencer.

— Nós não somos iguais — digo devagar.

— Eu tinha as melhores intenções. Eu juro. Pensa bem. Quem tem te ajudado o tempo todo, sem expectativas? E mais importante, eu sempre agi corretamente quando estamos sozinhos.

Penso no tempo que passamos juntos e tenho que admitir que ele está certo. Vern nunca se comportou de forma inadequada comigo.

— Você pode não concordar com o meu jeito e os meus métodos, mas eu sempre cuidei de você, sabe disso. Desculpe, se eu passei do limite, sério.

Ele parece sincero e eu amoleço.

— Tudo bem — murmuro.

Ele segura minhas mãos brevemente e depois as solta.

— Eu estou com você, Agnes. Não se esqueça disso — diz, assentindo. — Te vejo no ônibus.

— Eu preciso de um tempo — digo.

— Tudo bem. Vou te dar todo o espaço e tempo que precisar. Só lembra que estou do seu lado.

Quando estou saindo do teatro, vejo Royce me esperando. Seus olhos estão vermelhos, mas ele está sorrindo. Jit está a poucos metros de distância, fingindo avaliar o palco.

— Queria que tivéssemos ido para as finais juntos.

— Está tudo bem — diz ele, balançando a cabeça. — Nem sempre conseguimos o que queremos... e tudo bem. Essa é a vida.

Isso é o que um perdedor diria para se confortar, ouço a voz de Vern na minha cabeça.

— Mas isso era tão importante para você.

Royce coloca a mão no meu rosto e o acaricia.

— Agnes, estou tão feliz por você, de verdade. Não preciso conseguir tudo o que quero, mas gostaria de pensar... gostaria de pensar que ganhei algo mais importante hoje, algo que sempre quis. — Ele se aproxima mais de mim, e atrás dele, Jit murmura que vai sair para fumar e que volta em alguns minutos.

— E o que seria isso? — sussurro, sentindo minha pulsação nos ouvidos. Embora eu saiba o que acontecerá a seguir, o que deve acontecer, o que estamos perto de fazer desde aquele dia no quarto dele, preciso que ele diga primeiro. Preciso que ele me diga o que quero ouvir em alto e bom tom, de forma irrevogável, para que eu possa pular no escuro com os olhos bem abertos, para que eu possa acreditar.

— Você — ele diz, com olhos fixos em mim enquanto me envolve em seus braços, levanta meu queixo e nós finalmente, *finalmente*, nos beijamos.

35

Eu: Berro!!!

Zee: BERRO!

Eu: EU SEI! Não consigo acreditar que vou para Nova York.

Zee: Ah, achei que você tava falando sobre Royce e você se B-E-I--J-A-N-D-O na porra do Capitol Theatre!

Obviamente, contei para Zee literalmente segundos depois de afastar meus lábios de Royce.

Eu: Isso também! BERRO!

— Shhhh! — sussurra alguém da fileira à frente.

Estou no ônibus de volta para a Malásia com Vern, embora estejamos sentados a três fileiras de distância. Foi uma decisão mútua, embora tenham tido momentos durante as quase seis horas de viagem em que senti falta de tê-lo ao meu lado, e acho que ele também sentiu. Eu o peguei lançando olhares na minha direção.

Royce: Boa viagem de volta para casa 😚 🖤 😚

Eu (print da tela): Ai, meu deeeeeeuuuzzzz, Zee, olha o que ele acabou de me enviar

Zee: MDS O CARA TÁ CAIDINHO POR VC

Eu: ELE TÁ MESMO!!!

Zee: AMOOOOOO! ENTÃO, ME CONTA, COMO FOI A PEGADA?

Eu: quê?

Zee: 👅 Quero saber se teve beijo de 👅

Eu: NÃO VOU FALAR

Eu: 👅

Eu: Aha! Hahahaha! Muita língua. Um verdadeiro tsunami!

Zee: Ecaaa, Agnes, QUE NOJO, para com isso! Eu gostava do Royce.

Eu: !!! Verdade, ai meu Deus, isso é tão errado da minha parte.

Eu: Desculpa.

Zee: hahahaha, ah tá! Um beijo seu e do Royce não é nada no meu medidor de coisas nojentas! Me conta todos os detalhes. VAI EM FRENTE! 👅 🧟

Eu: ⚰️

Zee: Eu te amo

Eu: Eu também

Lá na frente, três fileiras adiante, ouço Vern dizer:

— Agnes, por favor. Consigo ouvir você digitando daqui.

— Cala a boca, Vern — retruco.

Estou completamente elétrica, e não só porque vou para Nova York, mas porque... porque não consigo parar de repassar mentalmente o momento do beijo com o Royce.

A forma como os cílios dele se fecharam. Como cada segundo ardeu de desejo até nossos lábios se encontrarem, e então cada fibra do meu ser se encheu de luz, mesmo com os olhos fechados, e enfim, enquanto nossos lábios se encontravam de novo e de novo, cada beijo uma carícia. E conforme seus beijos se tornavam mais confiantes, ele me puxava para mais perto, aumentando a pressão até que nossos lábios se separaram e...

Solto o menor e mais silencioso gritinho de felicidade do mundo.

O acerto de contas acontece assim que chego em casa na manhã seguinte, depois de um cochilo rápido na casa da Zee.

Quando chego, encontro minha mãe me esperando na sala de estar, Stanley está em uma conferência. Ela ergue o celular, onde um anúncio dos vencedores das semifinais foi publicado no noticiário local. Estou lá, no meio do palco, com Vern ao meu lado.

— Ai, merda — exclamo. — Eu não sabia que a mídia tradicional podia ser tão rápida. — Dou a ela minha melhor expressão plena de vencedora, mesmo que esteja me sentindo qualquer coisa, menos vitoriosa.

— Tome seu café da manhã e depois vamos conversar — diz ela.

Depois do café, ela se senta comigo.

— Então, você não estava com a Zee ontem.

— Não. E desculpa por você ter descoberto assim. — Meu pobre coração passou por muita coisa nas últimas vinte e quatro horas. Tento manter minhas respostas leves, mesmo enquanto a examino em busca de sinais de angústia.

Ela aperta os lábios, mas parece surpreendentemente calma.

— Foi a primeira vez que usou a Zee como desculpa?

Desvio o olhar.

— Er... talvez não?

Ela balança a cabeça, e o desapontamento transparece em suas palavras.

— Não gostei de descobrir que você estava em Singapura pelos malditos jornais nacionais, e com certeza não gostei de saber que você mentiu para nós sobre sair com a Zee quando, na verdade, estava fazendo stand-up. Por que você não me contou?

Hesito Esta seria uma boa oportunidade para contar à minha mãe que escondi várias coisas dela durante toda a minha adolescência para preservar sua sanidade. Seria um bom momento para confessar, já que ela parece calma. Mas eu já vi, na prática, como ela pode estar calma e bem... até que de repente tudo muda. E, com a gravidez, o que eu li na internet é que as doses são ajustadas ou mais baixas do que as que ela normalmente toma, ou os remédios são até trocados, então não posso correr o risco.

— Eu não queria estragar tudo contando antes... queria que, quando eu ganhasse, fosse uma surpresa bacana.

Não contei a ela o quanto eu andava estressada. Alguns anos atrás, decidi poupar minha mãe dessas coisas, mostrar a ela apenas a parte feliz e próspera da minha vida, e agora acho difícil mudar isso, ser vulnerável e insegura na frente dela. Faço isso para o bem dela. Me pego pensando em Vern, apesar de todas as coisas complicadas que aconteceram entre nós, ele entenderia, porque faz o mesmo pela tia.

— Eu não queria te contar até ter certeza.

Os olhos da minha mãe ficam tristes.

— Eu teria gostado de ter acompanhado você nisso tudo, meu bem.

— Qual é o meu castigo? — pergunto, ansiosa para terminar a conversa. Simplesmente não temos esse tipo de relacionamento.

— Você está de castigo por uma semana —diz ela. — Eu sei que você é a rainha da socialização.

Ela realmente não me conhece.

Então me entrega um envelope.

— Isso chegou para você.

Meu estômago revira; eu tinha me esquecido da carta de que Rosie havia falado.

— Precisa de privacidade? — pergunta minha mãe.

Eu concordo com a cabeça e ela vai para a sala de jantar.

É um envelope timbrado e azul da Rhode Island College of the Arts. Abro-o lentamente e leio as palavras com descrença.

Rhode Island College of the Arts — uma das opções de reserva que a Sra. Tina me pediu para considerar — está oferecendo uma bolsa de estudos parcial generosa, que cobre mais da metade das minhas mensalidades da faculdade, uma bolsa destinada a estudantes internacionais em posições de liderança. Não consigo acreditar. Minhas emoções estão embaralhadas, a notícia é agridoce. Rhode Island não é uma universidade da Ivy League, nem mesmo uma das melhores universidades do estado como as que eu estava destinada a frequentar, mas é uma faculdade da

Segunda Divisão da NCAA em atletismo feminino, fica na Nova Inglaterra e tem um programa de Escrita Criativa muito conceituado, caso eu queira me especializar nisso algum dia.

É perfeito.

Eu me sento no chão com um estrondo alto que atrai todo mundo.

— Você está bem? — pergunta minha mãe.

Entrego-lhe a carta em silêncio.

— Ah, nossa — exclama ela, escorregando devagar até se sentar também, com um estrondo ainda mais alto.

Rosie se joga ao meu lado de forma dramática.

— Até tu, Agnes? — diz. — Vai me trair assim?

— Ah, nossa, uau — digo.

— Escrita Criativa? — pergunta minha mãe.

— Rainha do drama — comenta Rosie.

— Não podemos arcar com as taxas e o custo de vida — minha mãe diz, com uma expressão de sofrimento.

— Eu sei — falo apressadamente. — Não espero que vocês banquem tudo isso. Posso adiar um ano e começar a trabalhar para economizar o suficiente para a faculdade.

— Um ano inteiro?

— Faz sentido... talvez minha perna se recupere milagrosamente e eu possa usar esse tempo para juntar dinheiro suficiente para ir para a faculdade. Tá tudo bem — digo. E caso eu me destaque na competição JOGGCo...

Uma pequena chama de esperança chamusca em meu peito.

36

ALGUNS DIAS DEPOIS QUE a oferta da Rhode Island chega, Vern aparece no meu turno no Grub Hub com um buquê de chocolate e mais pedidos de desculpas. Sua sinceridade derrete o resto da minha raiva e decido dar mais uma chance a ele. Não posso desconsiderar as muitas vezes em que ele me ajudou quando ninguém mais o fez, então tento me convencer de que às vezes as coisas não são tão preto no branco. Eu, mais do que ninguém, deveria saber isso.

Não espero que alguém se importe com a minha vitória, mas sou surpreendida por uma enxurrada de felicitações na escola, pessoalmente e pelas redes sociais. Recebo mensagens de todo mundo, incluindo das Flashes — Suraya e Tavleen até postam um vídeo antigo nosso, rindo e de braços dados depois de uma competição. Todo mundo adora um vencedor, especialmente alguém que está em toda parte, no lugar que mais importa para a minha geração: a internet. Quando a TentPole Productions posta um dos meus sets em um *reel* e Taylor Addison, uma das comediantes da geração Z mais famosas, curte e comenta sobre isso, o número de seguidores nas minhas redes sociais explode da noite para o dia. Além disso, a competição JOGGCo se tornou um verdadeiro sucesso e está sendo muito comentada, em parte graças a muitos dos sets que viralizaram no TikTok, a ponto de a TentPole Productions anunciar que estão trabalhando em grandes novidades.

Mas nem todos estão impressionados com a minha recente fama. Vern vê o reel da Suraya e me mand um print, dizendo:

Vern: Falsa.

EU Eu sei. Mas o que posso fazer?

Vern: Tira satisfação. Mostra pra todo mundo quem é essa falsa puxa-saco.

Não quero fazer isso, e ele fica me alfinetando. Diz que sou boazinha demais. Mas qual é o propósito? Estou de volta ao topo, e isso é bom, e desta vez não terei um prazo de validade.

Eu andava fazendo tudo errado, correndo atrás dos melhores resultados em um esporte onde todos são forçados a se aposentar cedo. Na comédia, na internet, você — e, mais importante, seu conteúdo monetizado — pode durar o tempo que quiser, se souber entrar no jogo.

Tento me encontrar com Royce, mas ele parece distraído. Sempre que me vê, sorri, acena e entra na porta mais próxima, o que tenho certeza de que não tem nada a ver comigo. Deve ser pelas provas que estão cada vez mais próximas, em um mês — as últimas para os veteranos — que terminam cerca de duas semanas antes de viajarmos para Nova York durante as férias de primavera. Eu me contenho de contar a ele sobre Rhode Island, não só porque ainda parece um sonho distante, mas também porque em cada encontro breve que temos pessoalmente parece que ele está irradiando estresse.

Mas nas mensagens… é o mesmo Royce de sempre, só mais carinhoso do que nunca.

Royce: Desculpa, estou um pouco ausente. Não é o melhor dos momentos, vamos ter mais tempo depois das provas... mas não consigo parar de pensar em você... bjs

Royce: Adoro que você esteja alcançando tudo isso ❤

Royce: Você me faz explodir de alegria, mal posso esperar para estarmos juntos quando toda essa loucura acabar ❤❤

Royce: Sonhei com você ontem à noite, queria que estivesse aqui de verdade nos meus braços... ❤❤

Estou tão distraída com tudo que está acontecendo, com as provas, os turnos e o stand-up, que quase perco a atualização na conta do Instagram da TentPole Productions, a empresa de eventos do Nigel, "amigo" de Lai.

A postagem diz:

Diante do grande interesse na competição, os organizadores discutiram com todas as partes envolvidas, incluindo os patrocinadores do evento, Frisson Cola e Swoosh Airlines, e decidiram que permitiremos a participação de 3 concorrentes de cada etapa da competição, em vez de 2. Os prêmios também foram ajustados para 25.000 dólares, 15.000 dólares e 10.000 dólares para primeiro, segundo e terceiro lugar, respectivamente. que o melhor comediante vença.

A TentPole explica nos comentários que os organizadores mudaram oficialmente o formato da competição, de forma que a final terá seis concorrentes, em vez de quatro, graças ao orçamento expandido aprovado pelos patrocinadores originais e pela empresa de produção, o que permitirá mais tempo de transmissão para a final.

Quase deixo meu telefone cair de surpresa e felicidade — que milagre! Isso significa que Royce irá comigo para Nova York! Sua jornada ainda não acabou. E esse prêmio em dinheiro é impressionante. Estou ainda mais determinada a ganhar.

Mando uma mensagem para Zee com a atualização.

Zee: Ahn, um sinal dos céus de que vocês dois estão destinados a ficarem juntos? Uhuu!

Zee: 😌

Zee: Ah, desculpa, essa mensagem era para outra pessoa.

Eu: Eca

Então envio uma mensagem para Royce:

VOCÊ VIU? SOBRE A COMPETIÇÃO DE COMÉDIA? PARABÉNS!!! ❤

Ele lê — vejo os dois risquinhos azuis. Mas não responde.

Envio mais duas mensagens carinhosas depois de algumas horas. Continua sem responder.

Coloco um emoji de beijo. Nada. Já se passaram dezoito horas.

Dê mais um dia para ele, minha voz interior me aconselha.

Fogo nele!, uma voz que soa estranhamente como a da Rosie diz alegremente.

Inquieta, vou dormir.

No dia seguinte, a Tentpole Productions publica outra postagem no Instagram:

O segredo foi revelado! Temos dado dicas sobre a identidade do comediante para quem o vencedor desta inaugural Competição de Jovens Comediantes JOGGCo abrirá, e aqui está, finalmente! O sortudo vencedor terá cinco minutos para fazer o show de abertura da comediante canadense Amina Kaur na primeira noite da etapa de Nova York em sua turnê nacional no Comedy City!

Vern me manda uma mensagem:

SHOW DE ABERTURA PARA A AMINA KAUR! 😱

Eu: EU SEI!

Tento falar com Royce mais uma vez.

Eu: Você ouviu? Temos uma chance de nos apresentar com nossa comediante favorita!

Trinta e oito minutos depois…

Royce: 👍

POLEGAR PRA CIMA? Eu sou o quê, a vó dele?

Respondo, sentindo um peso sobre mim:

Eu: O que tá rolando? Fala a verdade.

Royce: Desculpa... é... é complicado.

Royce está digitando. Ele continua digitando por um longo tempo.

E então, por algum motivo, desaparece.

37

UMA SEMANA SE PASSA. Vou para a escola. Vou para casa. Jogo videogame. Fico furiosa com Zee, que está surpresa e triste com o sumiço de Royce. Fico furiosa com Vern, que passa por mim no Grub Hub depois de um turno e diz:

— Talvez ele não queira se envolver com o lance da competição.

Hesito quando percebo que ele está falando de mim.

— Eu... eu não... não pode ser.

Vern tira o pó de seu uniforme de trabalho.

— Vai saber. Ele está tão acostumado a conseguir o que quer na vida, provavelmente não sabe como lidar com você estando no caminho dele.

Um peso estranho se aloja no meu estômago. Minha boca está seca, desagradável.

— Cuidado com os carros de grife velozes se estiver sozinha em um beco escuro — diz Vern.

Ele está brincando, mas eu visualizo a cena mentalmente: um dos motoristas/seguranças de Royce, com os olhos estreitos, dirigindo seu Vellfire em minha direção, enquanto estou de alguma forma encurralada em um beco sem saída, sem lugar para correr do meu destino iminente. O rosto brilha e muda, e então se torna Royce.

A insônia, algo com o qual eu não tinha problemas desde os 12 anos, volta a me assombrar. Uma noite, desço para preparar um chocolate quente e vejo alguém na sala assistindo ao noticiário no mudo. É minha mãe.

— Oi — digo, juntando-me a ela. — Não consegue dormir?

— Pergunto o mesmo — responde ela, arqueando uma sobrancelha. — Não é um pouco tarde para você estar acordada?

— Estava praticando meu set — digo, disfarçando meu coração partido.

Ela gesticula para a barriga.

— Bem, a pequena está praticando artes marciais lá dentro, e eu achei melhor esperar até ela se acalmar antes de subir.

Ficamos sentadas e assistimos, ou não assistimos, às notícias em silêncio.

— Como você está se sentindo? — pergunto.

— Bem. Estou realmente gostando de estar grávida de novo. Não achava que ia gostar, na minha idade, com todas as coisas que tenho para fazer.

Uma emoção inexplicável cresce em meu peito.

Minha mãe sorri e bagunça meu cabelo.

— Lembro que, quando eu te tive, as coisas eram mais simples. Eu só precisava focar em você.

Olho para ela.

— Mas você era estudante. E então deixou de ser. As coisas eram... diferentes. Você não tinha escolha a não ser focar em mim.

As coisas não ditas caem ao nosso redor.

— Eu *tinha* escolha — diz minha mãe, depois de um silêncio tão alto que meus ouvidos zumbem. — Eu escolhi você.

— É o que você diz.

A voz dela falha.

— Agnes, é verdade.

Talvez por causa do escuro e por ser tarde da noite, as palavras que eu vinha guardando desde que ela me contou sobre meu pai biológico saem mais facilmente.

— Talvez você não tivesse *mesmo* escolha, por causa dos seus pais. — Meus avós são católicos, muito, muito religiosos e conservadores. Eles fizeram a obrigação deles quando ela estava grávida, para garantir que eu nascesse, e então cortaram todos os laços conosco quando ficou claro que minha mãe não ia se casar tão cedo.

Ela estremece, e seu rosto à luz azul da TV está ainda mais pálido do que o normal.

— N-não foi isso que aconteceu! Claro que eu tive uma escolha quando se tratou de você. Eu *escolhi* ter você.

Eu me levanto.

— Mãe, tá tudo bem. É passado. Eu sei que você me ama agora.

Eu conquistei o amor dela, pouco a pouco. E por tudo o que eu lhe custei, vou recompensá-la um dia.

— Vou para a cama.

— Você entendeu tudo errado —diz ela em voz baixa. — Você é meu orgulho e minha alegria, desde o primeiro dia.

Fico na escada e olho para ela.

— Não é assim que eu lembro — digo, e então entro no meu quarto e fecho a porta.

A coisa mais estranha é que o silêncio do Royce está, na verdade, ajudando minha concentração. Agora que sei que Rhode Island é uma opção, redobrei meus esforços para melhorar minhas notas.

Com as finais do stand-up se aproximando, eu me concentro e estudo com Zee, que, da noite para o dia, se transformou numa espécie de temível mestre das tarefas. Criou planilhas sobre o que precisamos fazer para melhorar nas "matérias problemáticas" e encontrou um TikTok sobre como biohackear nossos cérebros e corpos para absorver mais conhecimento com menos sono — ela está basicamente nos usando como objeto de experimento. Seus cozinheiros preparam alimentos ricos em nutrientes com ingredientes como salmão, couve e macadâmias enquanto ela grita "Pausa pra hidratação!" a cada trinta minutos, como uma versão assustadora e obcecada por água do treinador Everett.

E por causa de sua monitora, Aini, que havia dado um bom feedback para meus pais, tenho permissão para assistir a um raro show em Kuala Lumpur do renomado comediante sueco Lars Peterson, que estava a caminho de uma turnê na China. Lai tem um ingresso extra, então eu sou meio que a acompanhante delu. Dadas as últimas semanas e como eu estive tensa, fiquei tão grata pela generosidade que praticamente me prostei diante delu quando me chamou para ir durante o último show de open mic.

Estamos na metade da abertura, feita por um comediante local em ascensão chamado Jeff See, quando vejo Royce algumas fileiras à frente, com alguém que reconheço da escola, um de seus colegas de equipe, e tudo muda instantaneamente. Meu humor alegre evapora.

— Aquele imbecil está aqui?

Lai suspira.

— O que aconteceu?

— Royce. A gente se *beijou* em Singapura e eu pensei que talvez... Não sei... que ele fosse se tornar... que ele se importava comigo? — Não consigo dizer a palavra *namorado*. — E agora ele está me evitando. Sabe, me dando um gelo. E eu não sei o porquê.

Lai olha para o teto e murmura:

— Ai, cara.

Balanço a cabeça.

— E agora, de todas as coisas que ele poderia estar fazendo, ele escolhe vir ao *meu* show. Que audácia!

Várias pessoas se viram e mandam eu me calar, e Royce, talvez percebendo a perturbação na Força, gira para trás e me vê. Ele tem a boa vontade de parecer constrangido enquanto seu colega de equipe, Han ou algo assim, dá uma cotovelada nele, sorrindo.

— Podemos conversar lá fora? —sussurra ele.

— Não! — sussurro de volta. — Agora já é tarde demais.

— Caiam fora daqui — sibilam as pessoas ao nosso redor.

Lai passa a mão no rosto.

— Essa é a última vez que convido uma adolescente para um show.

Royce vai em direção à saída, e Jit, que estava algumas fileiras atrás, escorrega para fora do lugar para segui-lo.

Assim que estamos do lado de fora, Royce se vira para mim com a cara estoica de quem sabe que merece o que vem por aí, só que não tem certeza de como vai acabar. Até Jit parece assustado com a minha expressão.

— Pode falar — diz Royce.

— Eu? Você é quem tem que me dizer o que está acontecendo — digo, ficando cada vez mais irritada.

Ele balança a cabeça.

— Não sei nem por onde começar.

O SUV de Royce encosta do nosso lado bem nesse momento, presumivelmente porque o motorista acha que ele está indo embora. A porta se abre, e eu noto algo no chão do veículo.

Uma sacola de papel verde-lima com o logo de um lêmure dançarino e os logos da Tentpole Productions e da empresa de streaming.

A ficha cai.

O lêmure dançarino. O mesmo emblema que eu tinha visto nas telas do baile beneficente. Nas polos dele e na caixa de lenços no quarto dele.

O logo da Frisson Cola.

— O que é isso? — pergunto, com a boca seca, apontando para a sacola de papel que tem os dois logos lado a lado.

Royce empalidece.

— É… é… — Ele engole em seco. — Não é o que você está pensando.

Uma fúria que eu nunca havia experimentado antes me consome.

Eu sibilo:

— Acho que é exatamente o que eu estou pensando.

Tudo está bem claro agora. Não foi difícil juntar as peças. Quando Royce deixou de ser Ray e competiu usando o próprio nome — bem, metade do nome verdadeiro dele, de qualquer forma —, a Frisson Cola, que provavelmente faz parte do conglomerado de alimentos e bebidas da família Taslim, decidiu aumentar o patrocínio para que o seu precioso filho pudesse passar para as finais da competição. Por isso ele estava agindo de modo tão suspeito nas últimas semanas, logo depois que nos beijamos.

Talvez ele tenha me beijado porque queria um plano B, como uma forma de manipular meus sentimentos, e eu havia deixado. Por que mais ele teria feito aquilo? Podia ter a garota que quisesse. Deve ter sido algum tipo de jogada de poder.

Vern estava certo o tempo todo.

Uma onda de humilhação tão espessa quanto bile sobe dentro de mim.

— Você mexeu os pauzinhos para chegar à final, não foi? A generosidade repentina da Frisson Cola?

Royce começa a balançar a cabeça.

— Não. Eu não fiz nada disso. A Frisson Cola não é uma empresa controlada de forma alguma pela minha família.

— Ah, por favor — desdenho. — É o que, uma das empresas de algum amigo de golfe do seu pai, então? É assim que funciona, não é?

Royce fica tenso.

— Agnes, eu não tive nada a ver com isso. Nem meu pai. Eu perguntei. Foi decisão do parceiro de negócios dele.

— Claro — zombo. — Claro. Zero conflito de interesse aqui. Pobrezinho, o inocente Royce!

Eu viro as costas e começo a correr em direção à rua, tentando chamar um táxi em meio a um turbilhão de emoções conflitantes. Não é uma encenação, penso comigo mesma, piscando desesperadamente para não chorar. Eu sou uma idiota. Uma garota ingênua e boba. Mas não vou chorar na frente dele.

Royce me alcança e tenta me segurar pelo pulso. Jit nos segue, incerto, com uma expressão de profunda tristeza.

— Por favor, Agnes, eu não tive nada a ver com isso. Nada.

— Só porque você não apertou o gatilho, não significa que não forneceu a munição, que não aprovou isso.

— O que eu posso fazer para consertar as coisas?

— Você pode desistir da competição.

— O quê? — Royce parece genuinamente irritado agora. — Isso é ridículo. Eu não influenciei a decisão dos jurados em nada. Eles são independentes, selecionados pela TentPole! Eu fiquei em terceiro lugar de forma justa.

— E você não teria chegado à final se o amiguinho do seu papai não tivesse comprado sua vaga.

— Ele agiu por conta própria, e nem eu nem meu pai fizemos nada para encorajar essa decisão. Nós nem sabíamos até a decisão já ter sido tomada.

— E daí? Você se beneficiou disso mesmo assim.

— Do mesmo jeito que você se beneficiou da intervenção do Vern nas palmas? — diz ele suavemente.

Eu recuo como se tivesse levado um tapa na cara. Uma sensação de culpa toma meu estômago.

— Eu não tive nada a ver com aquilo — rosno.

— Assim como eu não tive nada a ver com isso — insiste Royce. Ele estende a mão para encostar em mim de novo. — Olha, Agnes, vamos resolver isso juntos. Eu só descobri sobre as vagas extras depois que foram anunciadas, e eu queria te contar. Tive uma discussão enorme com meu pai, pedindo para ele solicitar ao amigo que revogasse a decisão, porque eu sei como isso vai parecer se alguém descobrir sobre a ligação deles, mas fui impedido porque não foi só o amigo dele, o outro patrocinador também concordou, e já tinha sido anunciado... Olha, estamos no mesmo barco. Eu não pedi por nada disso.

Eu me afasto. É verdade que a fala espontânea do Vern influenciou a minha colocação, eu não podia negar isso. Mas ter o amiguinho do papai pagando a vaga dele em uma competição... como isso poderia sequer estar no mesmo nível do que aconteceu com Vern?

— Fiquei um tempão pensando sobre isso e não consigo encontrar uma maneira justa de resolver — diz ele.

— Declare conflito de interesse aos jurados e veja o que eles dizem.

— Mas por quê? Não houve *nenhum* conflito de interesse na seletiva. E não haverá nas finais também — diz ele, levantando os braços em frustração. O julgamento deveria ser feito por um painel de comediantes de stand-up, cujas identidades ainda eram desconhecidas. — Mas se você me fizer declarar isso, minha reputação provavelmente vai ser arruinada,

Agnes. Para sempre.

— Se você não vai no mínimo declarar um conflito de interesse, guarde o que quer que tenha para dizer para a próximo idiota — retruco, empurrando o braço dele. — Encosta em mim de novo e eu vou começar a gritar.

Royce abaixa a mão. Aceno para um táxi que não posso pagar e entro, antes de as lágrimas caírem de verdade.

Envio uma mensagem para a Zee, pedindo que me ligasse. Quando ela liga, as palavras jorram de mim, flamejantes e furiosas, e, pela primeira vez, ela fica sem saber o que dizer.

Depois de um tempo, arrisca:

— Olha, acho que isso não é necessariamente algo tão preto no branco.

Claro que ela diria isso, ouço a voz do Vern. A *família dela é uma dinastia política antiga e cheia de conexões, eles provavelmente lidam com zonas cinzentas como essa o tempo todo. Uma mão lava a outra, né?*

— Discordo — digo para a Zee. — Algumas coisas são bem preto no branco, pelo menos para mim. Eu só acho que, às vezes, uma omissão pode ser tão ruim quanto uma ação. Além disso, nunca me senti confortável com essa manipulação toda. — Imito uma voz num tom agudo e irritante: — Ah, vamos lá, eu vou doar uma ala de hospital se você me permitir ser um paciente no seu ensaio clínico! Por favor, deixe meu filho entrar em Harvard, vou doar 250 mil dólares! É uma licitação competitiva e sua oferta não é a melhor, mas como fomos colegas de faculdade, vou aceitar sua proposta!

Ouço a respiração dela ficar ofegante, e percebo, tarde demais, que houve um caso recente na família extensa de Zee que reflete o último cenário.

— Eu respeito sua decisão — diz ela, com frieza —, mas, pelo menos neste caso, não acho que seja tão simples assim.

— Vern diz…

Zee interrompe:

— Eu não dou a mínima para o que esse garoto diz.

Encaro o celular, atingida pelas palavras. Por que Zee está reagindo tão mal ao Vern? Por que ela o odeia tanto?

— Você está com ciúmes do Vern?

— Argh, de jeito nenhum. Ele não tem nada que eu queira.

Zee não quis dizer dessa forma, mas de repente ouço a voz de Vern na minha cabeça: *Para pessoas como Zee, é tudo sobre o que o outro tem a oferecer. Por enquanto, ela está interessada em você, porque você é diferente. Ela e Royce vivem em uma bolha, no mundinho hermeticamente fechado deles. Você é interessante para ela porque é tudo o que ela não é, e ela é um espírito livre, não? Com sua fascinação por reality shows, pelo povão. Quando ela se formar na escola, vai para uma faculdade fora da Ivy League, certo? Berkeley, não é? Para estudar cinema e mídia? Uau. Assim que ela estiver na Califórnia e se cercar de versões mais legais de você, você não será mais especial. Vai ser só mais uma pedra em um caminho que ela pisou. Você vai perdê-la.*

Meus olhos embaçam.

— Só porque o Vern não é igual você, você menospreza ele —digo. — Você não vê o que eu vejo, porque ele não tem nada para te oferecer.

— Que merda é essa? Do que você tá falando? Perdeu completamente o juízo?

Acabe com isso antes dela, aconselha a voz de Vern.

— Agora que o último ano está quase acabando, nós duas não vamos ter mais nada em comum.

Isso não é verdade, uma voz, possivelmente a minha, sussurra dentro de mim. Penso nas nossas piadas internas sobre os outros estudantes da Dunia, no nosso amor pelos doramas sem romance, nossos trocadilhos e brincadeiras. *Abortar a missão! Abortar a missão!*

Mas eu não consigo parar. Vern está certo. Ela não é do meu mundo — nunca foi. Ela já é uma estrela e eu sou a poeira cósmica.

— Talvez este seja o fim da nossa amizade, Zee.

Um guincho agudo vem do meu telefone. Apenas cinco minutos foram suficientes para desfazer quatro anos de amizade. Meus lábios tremem e eu tenho que enfiar o punho na boca para evitar chorar.

— Agnes, o-que… n-não, não.

Eu desligo e bloqueio o número dela antes que minha determinação se quebre.

Meu telefone vibra.

Royce: Agnes, por favor

Royce: O que eu posso fazer?

Minhas mãos tremem enquanto digito:

PODE PARAR DE FALAR COMIGO E SAIR DA COMPETIÇÃO.

Royce: Eu mereço estar nesta competição. Cheguei onde cheguei de forma justa. Nós empatamos em 2º lugar! E ninguém sabia quem eu era. Eu fui ao palco oficialmente como Royce Lim nas semifinais, você sabe disso.

Eu: Nem sei mais do que você é capaz, sinceramente

Royce: Vencer a qualquer custo não faz parte de quem eu sou. Mas estou começando a pensar que de você, sim.

Eu: Não me insulte. Sou uma competidora justa.

Royce: Então quando o Vern te ajuda é justo?

Eu: Golpe baixo pra quem mexe os pauzinhos pra chegar aonde quer

Royce: Pela última vez, eu não tive nada... minha família não teve nada a ver com isso. Eu achava você me conhecesse de verdade.

Eu: Eu também achava

É meia-noite. Meu coração está apertado. Minha cabeça, no entanto, está clara como o dia.

Não quero que o Royce desista, mas também não quero que ele siga adiante, não até que seja comprovado de forma objetiva que não há conflito de interesse.

Preciso conversar com alguém. Alguém que entenda.

Faço uma videochamada para o Vern e conto tudo para ele.

— Não posso dizer que estou surpreso — diz, fazendo uma careta. —

Mais um riquinho manipulando a situação para conseguir o que quer.

— A Zee... Zee acha que ele não fez nada de errado.

O riso de Vern tem um tom cruel e zombeteiro.

— Claro que ela vai defender o lado dele! Eu te *avisei* que isso ia acontecer. Eles sempre se protegem. — Ele suspira. — Agnes, você realmente é boazinha demais. Enfim, o que você acha que devemos fazer?

— Nós?

— Claro. Temos que fazer alguma coisa. É questão de justiça expor o que ele fez.

— Eu... eu não sei.

— Não entendo por que você está sempre protegendo o Royce. Ele não te protegeu durante a competição.

— Como assim?

— Bem, que tipo de ajuda ele te ofereceu? Monitoria? Não foi ele que se recusou a ser seu monitor?

— É... quer dizer... — Hesito. Na verdade, fui eu quem decidiu parar de fazer monitoria com o Royce algum tempo depois da nossa terceira ou quarta sessão (a Aini já estava mais do que suficiente, além de que, eu me pegava olhando para o Royce quando pensava que ele não estava olhando, mesmo quando estávamos em grupo), mas ele poderia ter insistido mais para me ajudar, certo? Como Vern tinha feito. Lutado por mim.

— E o timing superconveniente do beijo dele, só quando achava que não tinha chance de seguir na competição. E ele não começou a te evitar assim que você virou oficialmente uma competidora de novo? Não é exatamente alguém que coloca você em primeiro lugar.

É difícil não achar o comportamento do Royce condenável quando colocado dessa forma.

— Eu não posso... não tenho cabeça para isso agora. Minhas provas finais começam amanhã.

— Eu entendo. E, de coração, queria que o timing fosse melhor. Mas isso é importante. As finais da competição são em duas semanas. É agora ou nunca.

— O que você está pensando em fazer, então? — pergunto, de repente desconfortável ao lembrar dos pneus furados de Kima. — Não quero machucá-lo.

Com um sorriso descontraído, a expressão de Vern se ilumina.

— Deixe isso comigo, então.

38

AsiaOnlyNews.com

Últimas notícias! Fofoca revela que o herdeiro do bilionário Peter Taslim, Royce Taslim, está na final da nova Competição Internacional de Jovens Comediantes JOGGCO — e ele precisa agradecer ao papai por isso.

De acordo com uma fonte interna, a frisson cola ofereceu patrocínio para a vaga de taslim júnior na competição quando o ceo, amigo do pai dele, foi incentivado a fazê-lo por taslim pai. Que ousadia! Fica a dúvida: no que mais royce tem recebido ajuda do papai?

FofocaBoa.com

O que você faria se perdesse uma competição internacional?

Aparentemente, se você for Royce Taslim, tudo o que precisa fazer é correr para o papai e pedir para que ele acione os amigos para investir dinheiro no evento. Segundo rumores, essa é a razão pela qual os patrocinadores da Competição Internacional de Jovens Comediantes JOGGCO decidiram, repentinamente, permitir que Taslim, que havia sido eliminado nas semifinais, concorresse à final. Isso sim é privilégio!

Notícias de Singapura

De acordo com a família, que divulgou uma declaração através da assessora de imprensa Nina Bell, nenhum dos Taslim influenciou ou encorajou, de maneira alguma, o copatrocinador da Competição Internacional de Jovens Comediantes JOGGCO a aumentar o número de finalistas. A sra. Bell insiste que a Frisson Cola agiu de forma independente de qualquer influência externa, mas a reação negativa nas redes sociais já começou.

@TentPoleProductions a tentpole productions gostaria de assegurar a todos que a competição foi julgada de forma justa e em nenhum momento os jurados receberam qualquer compensação monetária ou outro tipo de benefício para permitir que royce taslim competisse na final. Na verdade, até as semifinais, royce taslim competiu sob um pseudônimo e foi cauteloso em manter sua verdadeira identidade em segredo.

Os jurados, os organizadores do evento e a produtora manifestam seu apoio a royce taslim, que é um jovem talento excepcional.

@sassybrekkie21: #FechadoComRoyce E @HeyRoyceTaslim, sinta-se à vontade para deslizar para dentro das minhas DM ou onde mais quiser se enfiar <emoji mostrando a língua>

@Andarilho097: Falando sério, ele não é uma delicinha? RoyceT é o meu tipo! Quero devorar esse gostoso todinho. De jeito nenhum que ele é um trapaceiro, com essa carinha de anjo.

@dany_bebê: Rico desgraçado que não serve pra nada #ForaTaslim

@vire_aqui: Aposto que a família dele sacrifica virgens para chegar onde chegou. Veja meu vídeo no YouTube expondo os Taslim #BilhõesSujos

@nadadisso: Inocente até que se prove o contrário #FechadoComRoyce

@VadiasMeMatam: Típico do patriarcado

@ACOMEDIANTE00: Honestamente, coitado do @VernChaz e da @ReallyAgnes, é assim que os ricos se infiltram #VerdadeirosVencedores

@Oreidaverdade: Ele definitivamente trapaceou! É um fato que ele trapaceia em tudo, até nos esportes! Eu já vi!

@coelhinhamalvada: O colégio @DuniaIntSchool deveria expulsar R*yce T*slim imediatamente! Temos provas de que ele trapaceou em uma COMPETIÇÃO IMPORTANTE e eles ficam em silêncio! QUEM CALA CONSENTE!

Eu: Royce, por favor, atende o telefone

Eu: Sinto muito, muito mesmo

Eu: Eu não tive nada a ver com isso

Eu: Não fui eu, juro

Eu: Por favor

Vejo Royce digitando, mas nada aparece.

O que foi que eu fiz?

39

COM CADA MENSAGEM, cada post, cada notícia, o mundo encolhe e me esmaga até eu mal conseguir respirar. Embora tenham se passado apenas três dias desde que Vern vazou a história na internet, parece que foi uma eternidade. Não consigo imaginar o quão ruim as coisas devem estar para o Royce.

Pensar nele, no Vern, na Zee, e em todo o fiasco, me incapacita. Não consigo nem fingir que estou bem para os meus pais, para a minha mãe.

Fico trancada no quarto, atordoada e enjoada. Não importa que eu ainda tenho mais duas semanas de aula, nem a Competição de Jovens Comediantes, decido. Nunca mais sairei do quarto.

Vern me liga e eu ignoro, mas depois de mais uma dúzia de tentativas, atendo tremendo.

— Ei, você está bem? Tô tentando falar com você há um tempão — diz ele, parecendo preocupado.

— Por quê? — Eu engasgo. — Por que você vazou a história?

Há um silêncio, um silêncio tão longo e profundo, que começo a me perguntar se perdi a sanidade e imaginei que ele estava me ligando, quando ouço uma risadinha suave.

— Porque você queria que eu fizesse isso.

Meu estômago parece que vai parar no chão.

— Eu *não* queria n*ada* disso.

— Bom, Agnes, você me enganou bem então. De qualquer forma, se estiver gravando isso, não estou admitindo nada, e se houver mensagens trocadas entre nós sobre esse assunto, elas foram apagadas.

Burra. Eu fui uma burra.

— Pensei que no mínimo você fosse ficar feliz que a exposição aconteceu depois de todas as suas provas terminarem.

— Eu não pedi pra você fazer isso — rebato, tremendo, como se pudesse desfazer tudo, voltar no tempo. — Não pedi.

Ele ri alto.

— Pediu de todas as formas possíveis, menos com palavras.

Eu estou sacudindo a cabeça.

— Não. Não pedi. Pensei... pensei que você tivesse em mente algo menos... menos destruidor de vidas!

— Cruzes, Agnes, acorda, para de ser uma falsa inocente. Você sabia que era isso que eu ia fazer. A verdade, Agnes, é que você quer vencer tanto quanto eu. Nós somos vencedores. É isso que *fazemos*.

Será que ele está certo? Eu posso ser tão insensível e vil quanto Vern? Porque é isso que ele é, percebo agora. Frio e manipulador.

— Não. O que você fez foi desproporcional.

— Admito que saiu um pouco do controle — diz ele. — Mas você sabe como essas coisas funcionam. Os escândalos sempre desaparecem para caras como Royce. Não se preocupe com isso. Mas pelo menos nós... nós vamos ter a chance de uma competição justa, como deve ser.

— Eu não quero ter mais nada a ver com você, nunca mais.

Um tom de incerteza quebra o orgulho dele:

— V-você não disse isso.

— Não estou brincando, Vern. Você não é uma boa influência para mim. Acabou.

Ele dá uma risada seca.

— Você fala isso agora, mas quando estiver sozinha, quando todos os seus amigos populares tiverem te deixado... de novo, devo acrescentar... você vai voltar. E adivinha só? Eu estarei aqui para você, quando ninguém mais estiver. Cadê a Zee nisso tudo?

— Ela está... ela está ao meu lado — minto.

— Uh-hum. — A voz dele volta ao tom suave. — Não vê? Você não pode confiar em nenhum desses falsos cheios de caprichos. Eu sou seu melhor amigo. Seu único amigo. Seu *verdadeiro amigo*.

Ele faz parecer tão... tão... verdadeiro. O pânico sobe na minha garganta. Minha única constante nesses meses confusos tem sido o Vern... não posso negar. Mas por que ser amiga dele vem com tanta toxicidade? Sacudo a cabeça para clarear as ideias.

— Não. Chega da sua baboseira, Vern. Amizade não deveria ser assim... Eu nem acho que você me vê como uma amiga.

Ele sobe o tom de voz:

— Agnes, eu te disse... você é mais do que isso. Você é família para mim. Isso significa que eu vou estar aqui te esperando até você perceber o quanto precisa de mim. Eu...

Desligo, tremendo. Se Vern estiver certo, então estou completamente sozinha agora. Eu me abraço e espero que os tremores passem. Eles não passam.

40

@VERNCHAZ JUSTIÇA @TENTPOLEPRODUCTIONS @FRISSONCOLA @SWOOSHAIRLINES #FORAROYCE

@TENTPOLEPRODUCTIONS atualização: ainda estamos debatendo com nossos patrocinadores. Pedimos a todos que expressem suas opiniões de maneira civilizada e que não tentem hackear os dados dos envolvidos ou enviem ameaças de morte. Envolveremos a polícia se acharmos que nossos concorrentes e equipe estão em perigo.

NOTICIASDIRETAS.COM

Em uma rara entrevista com a mídia, a ex-miss Ming Taslim falou com nossa repórter Alisha Carter sobre uma conspiração para atacar seu filho e, por extensão, sua família. Aqui estão alguns momentos importantes, conforme transcrito:

MT: "Quero afirmar de forma inequívoca que minha família não teve nada a ver com esse patrocínio. Meu filho passou por muita coisa esta semana. Ele recebeu ameaças de morte! Ele queria desistir para poupar nossa família de mais controvérsias, e, a princípio, meu marido e eu estávamos de acordo, mas depois de muita conversa, decidimos que isso não resolveria o problema. Pareceria que somos culpados, e nós não temos culpa de nada.

AC: "Certamente há haters por aí que parecem determinados a tomar as rédeas..."

MT: "Eu já disse ao meu filho muitas vezes que alguns setores do entretenimento... e falo como alguém que teve um pouco de experiência como artista, veja bem, Alisha... estão repletos de pessoas tóxicas, e o stand-up é um deles. Vamos falar sobre o movimento #metoo e como ainda não resolvemos algumas das alegações feitas contra comediantes famosos..."

@TENTPOLEPRODUCTIONS recebemos um aviso oficial de um competidor que desistiu devido à atenção da mídia. Não podemos divulgar o nome por enquanto. Agradecemos a compreensão.

@FRISSONCOLA gostaríamos de afirmar de forma inequívoca que nossa decisão de aumentar o valor do patrocínio foi acordada de maneira independente com o co-patrocinador, devido ao interesse do público na competição, mesmo antes da final, e não tinha o objetivo de beneficiar Royce Taslim.

À luz da controvérsia, estamos em diálogo com outros patrocinadores para que eles assumam nosso valor, de forma que não haja mais contestação sobre a independência da competição.
Se não encontrarmos um patrocinador em quatro dias, a tempo para as finais, é provável que o evento seja cancelado.

41

NÃO HÁ LUZ.

Não há esperança.

Acabou. Eu arruinei minha vida e a de Royce. E não sei como consertar as coisas.

Após três dias tumultuados, recusando-me a ir para a escola e a sair do meu quarto, comendo só o que deixavam em uma bandeja na minha porta, sem contar a eles o que estava acontecendo além de insistir que estava doente, finalmente saio do quarto e bato na porta dos meus pais, mesmo sendo quinta-feira à noite, o dia do "vale-night" deles. Quando eles abrem a porta, seus rostos estão cansados, mas esperançosos.

— Eu preciso falar com os Taslim — anuncio.

Minha mãe resmunga. Stanley me faz sentar e contar a eles a história toda. Faço isso em um tom monótono. Quando termino, ambos ficam em silêncio, estupefatos.

— Ah, Agnes — diz minha mãe. — Como isso pôde acontecer?

— Desculpa, mãe. — Minha voz parece estar sob uma densa névoa. — Não queria que a notícia explodisse assim. Mas eu tenho que assumir a responsabilidade por isso. Eu tenho que salvar Royce.

— Você não pode assumir a culpa por isso — diz Stanley depressa. — Não é culpa sua. A culpa é desse Vern!

— Ele nunca vai admitir. Ele é esperto demais. Já cuidou de qualquer rastro que pudesse ter deixado.

Stanley coloca a mão no meu ombro.

— Agnes, se você fizer isso, pode afetar seu futuro.

— E o futuro do Royce? — rebato em voz baixa, me afastando do toque.

Então começo a soluçar com o choro. Agora estraguei tudo. Passei a vida inteira tentando ser a melhor versão de mim mesma para ter o melhor futuro possível. Para merecer o amor da minha mãe, seus sacrifícios. No final, sou apenas um erro *inútil*.

Não é de se admirar que meu pai tenha me abandonado.

Não é de se admirar que a Zee tenha me abandonado.

Não é de se admirar que o único tipo de amizade que faço sejam com vermes de esgoto como o Vern.

Eu sou inútil.

— Vocês não merecem uma filha como eu — digo entre soluços.

Minha mãe me abraça e aperta com força.

— Não fala isso — diz, com a voz baixa e urgente. — Não quero nunca mais ouvir você falar assim. Você é a melhor coisa que já me aconteceu. — Ela se volta para o marido e oferece um sorriso fraco. — Desculpa, Stanley. Sem ofensa.

— Eu sei — diz ele, beijando o topo da cabeça dela com ternura.

— Eca — murmuro, enxugando os olhos, o que faz meus pais sorrirem, embora nada tenha mudado e eu acredite em cada palavra que acabei de dizer. Nesse momento, percebo que tenho usado a comédia como um escudo para minhas verdadeiras emoções. E ainda não acredito na minha mãe: ela tinha que falar essas coisas. É só esperar ela ter a Yina. Ela ter a sua chance de recomeço.

A ideia de repetir tudo o que falei na frente dos Taslim me deixa enjoada. Não consigo acreditar que Royce não tenha dito nada para ninguém até agora. Ele pode não querer ter nada comigo, mas ainda está me protegendo. O que isso diz sobre mim?

— Só vamos à casa dos Taslim — peço com a voz rouca. Não é como se eu pudesse perder Royce mais do que já o perdi, de qualquer forma.

Na casa dos Taslims, Peter e Ming Taslim estão sentados diante de mim e de Stanley (minha mãe teve que ficar com Rosie), com uma bandeja de água morna e chá em cima da mesa, enquanto esclareço tudo. Royce não aparece, o que eu imagino ser uma pequena gentileza. A expressão no rosto de Ming transmite sentimentos tão alarmantes que me encolho atrás de Stanley, e ele coloca o braço ao redor de mim.

— Sinto muito mesmo pela minha participação nisso — digo com a voz baixa. — Eu não sabia que o Vern iria... que ele agiria dessa maneira, e então a multidão na internet... simplesmente distorceu tudo, amplificou e tornou as coisas muito piores. Por favor, diga ao Royce que sinto muito pelo dano que causei à reputação dele, e eu farei tudo, tudo o que puder para resolver isso, explicar à TentPole, tornar público meu envolvimento, o que for. Só quero fazer as coisas ficarem bem para ele novamente. Também lamento que sua família tenha se envolvido nisso.

O rosto de Peter se suaviza.

— Obrigado por ter vindo falar sobre isso, Agnes, mesmo que você não seja a verdadeira culpada. Não posso falar em nome do meu filho, mas, da minha parte, eu a perdoo. Você é muito corajosa.

O rosto de Ming se contorce, mas ela não o contradiz.

— Então, como podemos resolver isso? — pergunta Stanley.

— Claro, precisaremos discutir isso com a TentPole e fornecer qualquer evidência que a Agnes possa ter para comprovar que o Vern começou esses rumores infundados. Isso ajudará a exonerar Royce, acima de tudo, e a mim, embora eu nunca tenha realmente me preocupado com o resultado da investigação, já que não estou envolvido com a Frisson de forma alguma, além de que tenho um relacionamento amigável — ele me lança um olhar —, mas totalmente profissional, com o CEO e sua equipe. E Ulrich, o CEO, me disse que sua equipe já tem os e-mails em que discutiram o aumento do valor do patrocínio para reforçar a independência da decisão. Na verdade, a origem de toda a discussão veio de uma sugestão do estagiário de marketing deles, que viu o potencial de promover a competição em vista do interesse nas redes sociais, desde cedo, então isso será útil.

Ele toma um gole de água e continua:

— E, ontem, Ulrich também mencionou que conseguiram um terceiro patrocinador interessado em assumir o compromisso deles, e todos sairão dessa sem muito dano à reputação. Na verdade, a Frisson provavelmente vai ganhar uma boa publicidade com isso, uma vez que vai ficar claro que eles não fizeram nada de errado. — Seu olhar é gentil. — Olhe, apenas nos dê mais um dia para resolver as coisas sem que você precise fazer qualquer tipo de declaração pública, certo? Nós vamos nos reunir em um ou dois dias.

Engulo em seco. Meus olhos se enchem de lágrimas.

— Obrigada.

— Você tem algo que possa provar que esse tal de Vern arquitetou isso? — dispara Ming.

Abro a boca, mas a fecho antes de chacoalhar a cabeça.

— Bem, então está dispensada — diz Ming.

Nesse momento, o celular dela vibra e ela o pega, fazendo uma careta enquanto vê a tela. Eu me assusto quando reconheço a capinha do telefone — é uma capa metálica escovada com as iniciais R.T. em relevo no canto inferior esquerdo e o brasão da Dunia.

É o celular do Royce.

Ming digita uma senha de acesso e toca rapidamente na tela. Uma expressão de desgosto contorce seus traços perfeitos.

— Outra DM de uma garota oferecendo mostrar os peitos para meu filho que ainda nem é maior de idade. Maravilhoso, simplesmente maravilhoso. Graças a Deus a Nina teve a ideia rápida e sensata de filtrar as mensagens e contas nas redes socais dele! Deus sabe que outros erros de relações públicas ele ia cometer em nome de...

Ela interrompe a si mesma e me olha com curiosidade.

— Qual é o seu perfil nas redes sociais?

— Por quê? — pergunto.

— Só me conta. — Um sorriso doce e enjoativo se espalha por seu rosto. — Por favor.

— É... é ReallyAgnes.

— Você tem algum outro perfil em outros aplicativos? — pergunta ela suavemente.

— Er... n-não? — Eu tenho o mesmo nome de usuário em todas as redes sociais.

— De que se trata isso? — interrompe Stanley, com a paciência no limite.

— Só estou tentando descobrir a identidade da pessoa que mandou mensagens para o Royce no dia em que a notícia vazou. Só consegui ver as mensagens que apareceram nas notificações, já que ele está conversando com essa pessoa em um outro aplicativo que tem bloqueio por senha e eu não consigo obrigá-lo a mostrar todo o histórico para mim. — Ela balança a mão no ar, como se o que está confessando fosse algo normal e não uma violação total de confiança. — Mas acho que essa pessoa e meu filho estavam em algum tipo de relacionamento inapropriado para a idade, porque ela ficava perguntando como ele estava e implorando para que ele ligasse para ela. Só que, é claro, Royce salvou essa pessoa com um apelido.

— Ah? — digo casualmente, minhas mãos suando. Enquanto ela falava, coloquei a mão na bolsa para desligar o telefone, só para o caso de ela decidir ligar para o número. — Qual é?

— GarotaVeloz.

Stanley faz um barulhinho ao meu lado novamente, se recompõe e diz, brincando:

— Tem certeza de que conhece seu filho tão bem quanto sua espionagem sugere?

O olhar de Ming poderia cortar aço.

— Vou supor que você esteja brincando, Sr. Morissette.

— Eu nunca ousaria — diz ele, com a expressão impassível. — De qualquer forma, está tarde e não queremos tomar mais do seu tempo, então sugiro que me deixe lidar com a escola para esclarecer o máximo possível as coisas, certo?

Depois que nos despedimos dos Taslim, Stanley espera até estarmos no carro antes de se virar para mim e dizer:

— Isso não significa que você está fora do meu radar, *GarotaVeloz.*

Então ele meio que estremece um pouco e uma onda de risadas contagiantes toma conta dele. Eu nunca tinha pensado que um ser humano poderia rir tão alto, mas lá está ele, me ensinando. Acho que, quando você chega tão perto de uma catástrofe como pai, você meio que precisa ver o lado engraçado das coisas, ou pode realmente — desculpe a expressão — perder a cabeça, sair correndo para o deserto

42

QUANDO CHEGO EM CASA, minha mãe ainda está acordada, e nós contamos o que aconteceu.

— Vamos torcer para que a situação seja contida nos próximos dias.

Meu peito aperta com a decepção na voz dela. Desvio o olhar.

— Talvez... talvez eu devesse desistir da competição...

— Bobagem — diz Stanley com firmeza. — Você trabalhou duro para chegar até aqui, e nós não achamos que tirar a chance de competir seja uma punição adequada. — Eu gostaria que tivesse sido minha mãe a dizer isso. Me pergunto se ela sente o mesmo que Stanley, mesmo que esteja concordando com a cabeça.

— Além disso, eles cancelaram nossas férias em família em Langkawi no próximo mês para você ter dinheiro para se divertir em Nova York, porque é caro e eles não querem que você fique hospedada num sofá qualquer por aí — acrescenta Rosie. Esse realmente tinha sido meu plano, porque mesmo com todo o dinheiro que eu havia economizado e as despesas básicas de viagem cobertas pelo patrocínio, quatro dias em Nova York seriam caros, especialmente com a péssima taxa de câmbio do ringgit. Eu teria que pagar por todos os tipos de seguro e a acomodação.

— Vamos depositar o dinheiro na sua conta segunda-feira — diz minha mãe; então, com a voz fraca: — Surpresa!

Eu gemo, me sentindo cada vez mais culpada.

— Mãe! Pai! Aquela era a nossa viagem em família antes da chegada do bebê!

— Vamos pensar nisso depois — diz Stanley, dando um beijo no topo da minha cabeça. — Agora, vá descansar. Você passou por uma quantidade tremenda de estresse na última semana.

Subo para o meu quarto, onde me deito na cama e me enfio debaixo dos cobertores, preparando-me mentalmente para o pior.

Podem me condenar legalmente por alguma coisa? Por ter sido cúmplice, como dizem nos programas legais? Eu seria culpada de quê? Calúnia? Difamação? Todas as alternativas?

Imagino-me largada no chão de uma cela de prisão solitária, ratos ao redor da minha carne apodrecendo (pelas feridas da minha autoflagelação), mordendo pedaços aleatórios da minha pele, enquanto a carcereira(?), uma mulher marcada por cicatrizes, com olhos amarelados e frios, os encoraja. *Esta aqui é a pior de todas*, diria ela, apontando um dedo cheio de pústulas na minha direção. *Ela destruiu uma família inteira, só porque queria vencer uma competição.*

Ouço Vern na minha cabeça: *Ou talvez o verdadeiro problema seja que você ficou mole, teve que ir lá abrir a boca quando poderia ter abaixado a cabeça e mantido os olhos no prêmio. Eles nunca teriam condenado o pai do Royce. Você não tem o que é preciso para vencer. Você não é uma vencedora.*

Se eu não tenho o que é preciso para ser o tipo de vencedora que Vern é — que certamente se viu superando dificuldades com uma combinação de tenacidade, charme e astúcia —, o que isso significa para o meu futuro? Se eu não me tornar um sucesso, o que eu tenho a oferecer a alguém? Quem se importaria comigo se eu fosse uma ninguém? De todas as pessoas que conheço, Vern é o único que viu o pior de mim e ainda quis ter algo a ver comigo.

Talvez eu precise falar com o Vern…

Não. Chacoalho a cabeça. Ele não é a solução para esse problema. Me pegar procurando automaticamente pelo Vern é um choque. Uau, ele realmente aprendeu a me controlar.

Não, eu deixei que ele me controlasse. Às vezes, não fazer nada pode ser tão ruim quanto fazer.

Sinto falta de Zee com todas as minhas forças. Tentei enviar mens gens para ela várias vezes nos últimos dias, mas sempre desisti no final. Tento escrever uma mensagem de novo, com um pedido de desculpas pronto, e apago tudo. Ela não me merece… ela merece alguém muito melhor.

Entro no jogo *Vingança do Devorador de Almas*: *Fogo do Inferno* e começo a destruir entusiasticamente um Estaca Sangue, um dos minions do inferno, que tenta pegar o herói, Flayer, o Bastardo. Como previsto, minha pressão arterial diminui a cada morte que conquisto.

Meu telefone vibra. Solto um guincho de alegria e terror quando vejo quem é.

Zee: Eu vi você escrevendo e apagando tantas mensagens nos últimos dias que resolvi te dar uma chance de se explicar.

Zee: Então, explique. E como você está? Como está o Royce? Não consigo falar com ele.

Envio para Zee várias mensagens de voz bem longas para explicar tudo o que aconteceu e o envolvimento de Vern na história.

Eu: Eu sinto muito, muito, muito, Zee. Fui uma péssima amiga para você e para o Royce.

Zee: Sim, eu sei. Como sua amiga, eu te amo, mas o que você fez ainda é péssimo.

Eu: Assumo 100% isso Eu não mereço seu perdão

Zee: Ainda bem que você sabe

Zee: Mas eu te perdoo mesmo assim

Lágrimas inundam meus olhos. Na tela, Flayer, o Bastardo está sendo devorado por formigas de fogo gigantes, porque eu, muito inteligente, esqueci de pausar o jogo.

Zee: E também... EU AVISEI! FALEI QUE AQUELE VERN ERA ESTRANHO!

Zee: Ahhhh é TÃO BOM poder dizer EU AVISEI!

Zee: É como estourar uma espinha.

Zee: Se eu pudesse estourar o Vern...

Envio para ela uma enxurrada do que chamo de emojis com cara de arrependimento. Zee ganhou o direito vitalício de me dizer "Eu avisei", porque ela aguentou muitas das minhas besteiras.

Meu celular apita novamente.

Número desconhecido: Oi, Agnes. É o Royce.

Dou um gritinho e quase deixo o celular cair, meus batimentos ressoam no tímpano. Me sinto nervosa e eufórica. Depois de quase cinco dias sem notícias dele, por que está me procurando agora?

Eu: Como posso ter certeza de que é mesmo você? VOCÊ É UM BOT?

Número desconhecido: Tenho como provar. Posso te ligar?

Meus dedos tremem enquanto eu digito,

CLARO.

Atendo no segundo toque. A voz linda e profunda de Royce inunda o alto-falante.

— Oi, GarotaVeloz.

Eu abro um sorriso.

— Royce, eu sinto muito, muito mesmo por isso. A culpa é minha.

— E não nego que você teve sua parte nessa confusão — diz Royce com ironia. — Fiquei muito irritado, para ser honesto. Não sou um santo.

— Eu entendo — digo com a voz baixa. — Eu teria ficado furiosa se estivesse no seu lugar.

— Desculpe por não ter descido no outro dia, quando você e Stanley vieram. Um dos seguranças da minha mãe, Uwe, estava postado do lado de fora da minha porta, com ordens rígidas para não me deixar descer. Não me liberaram para sair de casa desde que a notícia caiu na mídia.

Engulo em seco, me sentindo cada vez mais enjoada.

— Droga, isso é... isso é bem extremista.

Ele suspira.

— Normalmente, eu concordaria, mas eu e minha família recebemos algumas ameaças de morte, então a preocupação dos meus pais é bem fundamentada, e eu estou mal demais com tudo isso para tentar argumentar contra. Meu pai tem... — a voz dele fica mais dura — alguns concorrentes desagradáveis, e eles estavam esperando uma oportunidade como essa para derrubar ele.

Cubro os olhos com as palmas trêmulas. Odeio que minhas ações e as de Vern tenham levado a isso.

Ele pigarreia.

— Para ser honesto, tinha uma parte de mim que não queria te ver até saber sobre o que era a reunião. Eu te disse, não sou um santo. Estava bravo com você, e preocupado, sem saber se você tinha sido implicada nisso de alguma forma, especialmente porque eu não sabia o que Vern ia fazer se você retaliasse.

Meu coração acelera com a preocupação dele.

— Eu não tinha ideia do que estava acontecendo nas redes sociais, na internet, do que as pessoas estavam dizendo. Fui banido de acessar a web, e minha mãe…

— Ela está com seu celular. Eu vi hoje à noite. — Engulo em seco.

— Pois é, ela pegou assim que as primeiras notícias saíram. Nossa assessora de imprensa recomendou que eles respondessem por todas as minhas contas, já que não podiam confiar em mim para "manter a narrativa".

— Como você está falando comigo agora?

Posso ouvir o sorriso na voz dele.

— Esse é o celular do Jit. E estou no meu closet.

— Royce — minha voz falha.

— Sim?

— Eu não queria que ele fizesse nada disso. Eu juro.

— Eu acredito em você. E já te perdoei.

— Não deveria.

— Como não? — a voz dele é forte. A linha chia. — Se a garota dos meus sonhos estava disposta a confessar um crime que não cometeu, só para eu poder sair de casa sem ser atacado pelos haters na internet?

Os pelos do meu braço se arrepiam. A garota dos meus sonhos. Talvez a acústica no closet dele tenha distorcido o que disse. Talvez ele tenha falado a garota que nos deixa tristonhos ou a garota de hábitos medonhos, ou talvez tenha dito a ex-garota dos meus sonhos.

Ou talvez ele de fato quis dizer exatamente o que eu ouvi.

— Bem — digo, tentando trazer mais leveza —, eu não ia levar toda a culpa. Falei que o Vern era o culpado. Sou boba, mas não sou burra.

— Agnes?

— Sim?

— Só aceite o elogio. Só… só aceite o que eu disse. Não sei quando vou ter a chance de falar com você de novo… Jit nem deveria me ver, muito menos me entregar o celular. Minha mãe o trocou por um guarda-costas em quem ela confia. Jit deveria estar fazendo o turno com meu pai. A qualquer minuto alguém vai começar a procurá-lo.

— Ok, ok. — Solto o ar em um suspiro. — Eu não posso. Não posso aceitar isso. Eu não sou digna.

Ele ri.

— Na maior parte do tempo, você é digna sim.

Ficamos na chamada por um tempo sem dizer nada. Finalmente, eu sussurro:

— Ok. Eu aceito. Você vai para Nova York semana que vem?

— Você quer que eu vá? — pergunta ele.

— Se eu disser que não, você cancelaria sua vaga? — eu o desafio retoricamente, porque já sei a resposta.

— Não — ele concede. — Mas também sei que você nunca me pediria isso.

— Tem razão, eu não pediria. Não seria bom recuar agora.

Vern falava sobre nós dois como uma matilha de lobos, mas ele cuida mais dos próprios interesses do que dos outros. Eu pensei que tinha encontrado a única pessoa que entendia como era ser eu, uma forasteira, uma exceção, alguém que passou a vida tentando se encaixar, mas na verdade foi Royce quem me enxergou como eu sou — a versão boa, a ruim e a zona cinzenta — e aceitou tudo. E se há algo que ele desperta em mim, é a minha melhor versão. Eu sei disso agora.

— Você não ia querer que eu te entregasse uma vitória de bandeja — diz ele.

— Isso é verdade. Você também não ia querer. — Vern teria aceitado a vitória.

— Não mesmo — concorda ele. — Respeito você demais para isso.

Palavras estão se formando no meu coração e escapando pela minha boca antes que eu possa entender ou pará-las, solto:

— E é por isso que você é o garoto dos meus sonhos.

43

VERN ESTAVA CERTO, depois de alguns dias, a poeira abaixou na internet. A Frisson Cola encontrou um patrocinador para assumir sua parte (MAXJ Soundsystems), e, com isso, Royce está oficialmente 100% de volta à competição.

Então chega o dia do meu voo para Nova York. Os competidores da Ásia chegariam um dia antes da rodada preliminar, que representa 25% da pontuação dos jurados para todos os finalistas. Suspeito que tenham feito isso para aliviar o jetlag dos competidores que estão indo de longe. Afinal, é quase um dia inteiro de viagem aérea, com uma conexão no Japão.

Vagueio pela sala de embarque do Aeroporto Internacional de Kuala Lumpur, com o coração alternando entre a empolgação de finalmente ver Royce de novo e um profundo nervosismo em ver Vern.

Vejo Vern primeiro, exatamente quando estou prestes a entrar na fila para passar pela segurança, usando jeans escuros e um moletom, com uma pequena mala azul marinho surrada e uma mochila com estampa militar.

Ele para quando me vê, e um sorriso ilumina seu rosto, o que me surpreende.

— Agnes — ele me chama, como se não tivéssemos passado a última semana e meia sem nos falar.

Ver ele novamente é como um soco no estômago. Eu realmente me importava com Vern. Pensei que éramos amigos. As longas noites de mensagens e conversas, as sessões de cinema online, a comédia juntos e a tensão subjacente que eu sentia crescendo entre nós, que não era exatamente platônica no jeito como nos atraíamos... tudo isso desaba ao nosso redor, e eu mal consigo respirar tamanha dor e tristeza. É uma perda, uma perda de um amigo importante. Como se alguém tivesse aberto um buraco na minha alma.

Ele dá um passo em minha direção, e eu levanto as mãos.

— Não quero falar com você — digo.

— Agnes. — Vern franze a testa. — Eu *não queria* que isso saísse do controle. E aconteceu exatamente como eu falei: os Taslim saíram ilesos.

— Você não sabia se seria assim.

— Eu sabia. E estava certo.

Ele estende a mão como se fosse me abraçar, e eu rapidamente dou um passo para trás.

— Chega — digo.

Eu me viro antes que ele invente novas meias-verdades para me prender de volta em sua teia pegajosa. Ando rápido até o portão e olho ao redor em busca de Royce, que me mandou uma mensagem algumas horas atrás dizendo que estaria no mesmo voo que eu — só que na classe executiva, com Jit, que havia voltado à ativa agora que a crise de imagem estava resolvida.

Assim que Nina Bell avaliou a situação de relações públicas e considerou que o risco estava suficientemente baixo, o celular de Royce foi devolvido a ele, literalmente no dia do nosso voo, embora ela o tenha feito passar por mais um sermão sobre o que ele podia ou não fazer ou dizer sobre o assunto ("Não falar nem postar nada é o melhor!" Royce me disse uma noite depois que pegou o telefone de Jit novamente, imitando a voz severa de Nina. "Fique na sua até a tempestade passar e a controvérsia acabar. Pelo menos no seu caso, você não fez nada de errado, então deve passar rápido. Não estrague as coisas em Nova York, hein!" Essas foram suas palavras exatas, aparentemente.)

De qualquer forma, aqui estou eu, na fila, esperando Royce aparecer e me perguntando se ele pode sentir algo diferente sobre mim quando me ver hoje.

Eu sou só uma garota ordinária, apaixonada por uma pessoa extraordinária, e além disso, eu realmente o magoei nesse processo. Ele não deveria estar interessado em mim de jeito nenhum.

Mas aqui está ele, sorrindo como se eu fosse a musa de seus sonhos quando me vê.

Jit também está aqui.

— Oi — digo, sorrindo para Royce (e Jit).

— Olá, GarotaVeloz — diz ele, usando meu nickname dos jogos. Que stalker do metaverso.

Jit anuncia:

— Fui designado a revistar qualquer pessoa que não esteja na lista aprovada dos Taslim antes de permitir que se aproximem do Royce, por motivos de segurança, mas vou deixar você passar.

— Você deveria repensar isso, já que eu já tentei assassinar a reputação dele — brinco com Jit.

— Quer ser revistada por mim? — brinca Royce, e todos os ossos do meu corpo se derretem.

— Pare de tentar ganhar vantagem nessa competição — resmungo.

— Estou bem aqui, e ainda posso ver e ouvir tudo — diz Jit, soltando um suspiro quase imperceptível.

— Devemos mesmo nos concentrar — comento, sem jamais desviarmos os olhos um do outro.

— Então vou precisar manter distância — diz Royce.

— Só por mais três dias, um dos quais você passará confortavelmente no seu voo, roncando em um ótimo leito lado do Jit.

— Sonhando com você, naturalmente — diz Royce, e eu vejo os olhos de Jit rolarem para o teto.

— Eu não, porque meu assento vai ser superdesconfortável.

— Faça um esforço para descansar. — Os dedos de Royce tocam meu rosto. — Porque eu vou acabar com você no palco.

— Vai sonhando, Taslim — digo, com os pelos do pescoço eriçados.

— Era exatamente disso que eu estava falando — retruca ele, com a voz rouca.

Os olhos de Jit piscam, porque ele é realmente bom em manter a cara de paisagem, mas é o suficiente para me mostrar que, naquele momento, ele está arrependido de todas as escolhas que fez na vida.

A chamada para o embarque da primeira classe e da classe executiva é anunciada, e Royce me dá uma piscadela antes que Jit praticamente o conduza até o portão, enquanto eu me esforço ao máximo para controlar todos os pensamentos relacionados ao Royce.

Ele estava brincando, mas eu não. Realmente quero vencer. Mais do que qualquer coisa. É a única maneira de consertar um pouco dos problemas que causei aos meus pais.

44

FAÇO CHECK-IN NO MEU quarto em um estabelecimento de zero estrelas que faz vista grossa ao rótulo de "hotel" (chama-se Standard American Hotel). Originalmente, Vern e eu o escolhemos porque ficava a uma distância *caminhável* da competição (e por distância *caminhável*, queríamos dizer meia hora a pé, mas enfim, temos recursos limitados).

Tiro uma soneca rápida (no caso, três horas), acordo revigorada, e então percebo que já é quase meia-noite no horário local.

Eu: Tá acordado?

Envio para Royce. Sem resposta. Ele ainda deve estar dormindo, porque viajar de classe executiva é obviamente muito cansativo para a disposição de um adolescente.

Saio do meu quarto, vestida com um casaco fofinho, jeans e botas, pronta para explorar Nova York como uma verdadeira turista, ou seja, com meu celular totalmente carregado e o plano de dados móveis mais barato; a chave de casa presa entre os dedos, para garantir que não a perca; e um mapa reserva no bolso dos jeans, além do medo saindo por todos os poros do meu corpo (por causa de todo conteúdo de mídia que sai sobre Nova York, incluindo podcasts de crimes reais que eu escutei).

Claro, dou de cara com Vern, tremendo um pouco no lobby frio de mármore, apesar de suas roupas de inverno.

— Vai a algum lugar? — pergunta ele.

— Só dar uma volta.

— Não deveria ir sozinha —diz ele com leveza. — Não estamos exatamente em um bairro tranquilo, se é que não percebeu.

Penso nas minhas opções. Do lado de fora há um homem do tamanho de uma rocha num casaco velho, com o capuz levantado, as mãos enfiadas nos bolsos enormes, olhando para a entrada do hotel, como um vampiro esperando uma vítima cruzar o limiar. De vez em quando, ele para de murmurar para rir de modo maníaco, e então volta a murmurar baixo. Parecia estar numa discussão com alguém que não conseguimos ver.

Vern cruza os olhos comigo e levanta uma sobrancelha.

— Ele está só... passando o tempo.

— Com certeza parece inofensivo — diz Vern suavemente.

— Não é um *vampiro* — acrescento do nada.

— Então, por que não vai lá fora sozinha?

Respiro fundo e murmuro:

— Ok, tá bom, eu preciso de companhia, *mas não vou falar com você.*

Caminhamos em silêncio por uma rua qualquer, deslumbrados pelas luzes, a sujeira, o barulho eo fluxo de pessoas, até que encontro uma barraquinha de cachorro-quente com um vendedor mal-humorado e sonolento. Com brilho nos olhos, compro um (apesar de Vern opinar que parecia que éramos os únicos clientes em horas) e o devoro; o chucrute, a mostarda e a salsicha borrachuda descendo pela minha garganta em uma massa horrenda, mas meu orgulho é forte demais e me recuso a admitir que Vern estava certo, então, teimosamente, como todo o cachorro-quente.

— Então, basicamente você pagou os preços salgados de Nova York para comer comida de pista de patinação — diz Vern.

— Cala a boca, não acaba com a minha empolgação — digo. A cebola gruda na minha garganta como se estivesse viva (e talvez esteja). Não importa o quanto eu engula, não consigo fazê-la descer. — D-delícia — engasgo.

Vern suspira e me passa sua garrafa de água.

— Por favor, Chan.

Aceito com alívio mal disfarçado.

Nós damos uma volta no quarteirão até que eu começo a ficar cansada, por volta das 2h30 da manhã, admirando os bares, clubes, restaurantes e as vitrines de lojas que não conseguimos identificar, como pobres turistas que somos, apenas caminhando. O silêncio entre nós é estranho, mas não hostil, e finalmente, ao ouvir meu bocejo, ele sugere que voltemos e eu não protesto.

Há uma sensação de encerramento em nosso passeio, que se filtra pela névoa do cansaço causado pelo meu *jetlag*, uma espécie de ar de tristeza. Fomos confidentes por quase sete meses, e agora nunca seremos mais do que uma nota de rodapé nas histórias um do outro.

Paramos em frente ao saguão. O homem de antes ainda está lá, encostado em uma parede grafitada com a cabeça inclinada para o céu, ainda murmurando e rindo. Me ocorre que parece que ele está conversando com alguém de quem gosta.

Vern se vira para mim.

— Eu queria — ele limpa a garganta e engole em seco — que as coisas tivessem sido diferentes.

— Eu também — digo, encontrando seu olhar.

Não é um pedido de desculpas. Não chega nem perto disso. Eu aceito mesmo assim.

Ele aperta os lábios e o sorriso de canto volta a aparecer.

— Te vejo amanhã, Chan.

— Te vejo amanhã — repito.

Ele acena e espera eu entrar no saguão primeiro e pegar o único elevador. O meio sorriso em seu rosto é a última coisa que vejo antes das portas se fecharem e eu subir.

45

NOSSA PRIMEIRA RODADA DEVERIA ser algo casual, não televisionado, mas julgado diante de um público ao vivo, como nas rodadas anteriores, então eu esperava me apresentar para umas vinte ou trinta pessoas.

Imagine meu horror ao ver a fila se estendendo pelo quarteirão todo e ser informada de que o "lounge menor" do Comedy City, onde nossas preliminares seriam julgadas, pode acomodar cem pessoas. Aparentemente, assistir a comediantes estreantes é considerado um programa divertido para os nova-iorquinos.

E mais: nosso evento principal no dia seguinte, que será realizado na sala de espetáculos principal, pode acomodar trezentas e nove pessoas! (Um número bem específico.)

Encontro Vern, Royce (ambos ignorando um ao outro) e os demais finalistas esperando em frente ao palco. O organizador do evento, um homem magro na casa dos 30 anos, apresenta-se como Andy e nos dá um resumo do que está por vir. Eu dou uma olhada no lounge vazio e engulo em seco, pensando na multidão lá fora esperando para entrar, e minha ansiedade dispara apesar dos meus esforços para controlar a respiração.

Depois que somos dispensados do briefing e direcionados para a sala de espera, avisto Andy conversando com Vern fora do palco. Talvez Vern tivesse instruções específicas sobre a iluminação ou algo assim. Sob as luzes diretas do palco, percebo que ele parece mal, como se não tivesse dormido há dias.

— Oi, moça — diz uma voz, e eu me viro para encontrar Royce sorrindo para mim.

— Royce! — O abraço dele é perfumado e aconchegante, com cheiro fresco de sabonete. Acho que ajuda, embora eu não esteja certa de que tenha sido o melhor para acalmar meu coração acelerado.

— Pensei que você pudesse precisar de um pouco de cafeína, se teve uma noite como a minha. — Ele me entrega um café em um dos seus copos dobráveis. — Peguei um *flat white* a caminho daqui, não sei se ainda está quente.

— Chique — murmuro, antes de virar tudo em três goles. Má ideia, porque eu já tinha tomado dois energéticos hoje. Meu estômago se contrai e começo a suar ainda mais. Tudo fica hiper nítido e saturado.

— Uau, suas pupilas estão dilatadas — observa Royce. — Quer uma banana?

Afasto sua preocupação com um aceno.

— Estou bem — insisto, piscando para tentar umedecer meus olhos que, de repente, estão secos.

Andy aparece para conferir a presença e nos dar a ordem de apresentação. Um comediante chamado Satoshi vai abrir. Eu sou a última.

Ser a última é bom. Ser a última é especialmente bom se você terminar com tudo.

— Errr, boa sorte, quebre a perna, e que os bons ventos te acompanhem e tudo mais — diz Royce.

— Pra você também — respondo.

Vou para um canto mais isolado e evito todo mundo; fico murmurando mantras motivacionais como: "VOCÊ CONSEGUE! VOCÊ É A MELHOR! VAI COM TUDO!" do mesmo jeito que faço antes de correr. No lado interno do meu pulso esquerdo, escrevi palavras-chave dos meus diferentes sets com marcador preto: *pais asiáticos, prioridades vs. desejos de uma criança asiática, e videogame/pervertidos.*

Estou tão agitada que mal consigo acompanhar o que acontece no palco, apenas vagamente ciente quando Satoshi termina, depois Kitty, cujo set eu pretendia prestar atenção (já que Vern não parava de dizer que ela seria minha maior concorrente, por termos o mesmo estilo de comédia), depois Vern, depois Alaia, depois Royce, que arrasa, e então meu nome é chamado.

Subo no palco, pronta para começar. Venho trabalhando nisso durante a maior parte do último ano do ensino médio.

No lounge lotado, o público está espremido em fileiras apertadas, atento.

Abro a boca, pronta para fazer uma rápida interação com a plateia antes de começar com meu número testado e aprovado sobre como "pais asiáticos amam seus filhos incondicionalmente… até certo ponto". Até preparei minha abertura com "Alguém aqui tem pais asiáticos?" ao qual eu responderia com um simpático "Vamos conversar" para qualquer resposta afirmativa, ou "Bem, então isso vai ser ótimo *mesmo*" se ninguém disser nada (improvável, já que estamos em Nova York).

Mas, ao invés disso, nada sai da minha boca. Diante de uma plateia de cem pessoas, eu travo completamente.

46

FICO NO PALCO SEM dizer nada por dois minutos antes de sair, deixando a plateia em choque. Royce tenta falar comigo, mas eu balanço a cabeça, sussurrando que estou bem, que só preciso clarear a mente; Jit pede para Royce esperá-lo, o que o distrai, e aproveito a oportunidade para sair correndo por uma porta lateral e me misturar à multidão de pessoas que estão aproveitando a noite de sábado em Chelsea.

Vinte e cinco por cento da minha pontuação total, perdida.

Perdida antes mesmo de eu tentar.

Eu coloquei todas as minhas esperanças, toda a minha energia nisso. Todos os meus sonhos. E agora acabou. Eu não sei o que me resta oferecer. Vou decepcionar todos que já acreditaram em mim, que sacrificaram tanto para me deixar batalhar por esse sonho idiota. Pelo menos com esportes há uma abordagem científica. Você treina, evolui, avalia onde precisa melhorar e trabalha em direção a um objetivo. Você sabe exatamente onde está, para onde está indo, do que é capaz. Stand-up, e por extensão minhas ideias malucas sobre ter uma carreira na escrita... tudo isso são tiros no escuro. Estou buscando algo inatingível.

Eu me expus ao mundo e fingi ser merecedora. Agora sou só mais uma perdedora. Uma farsa. Como vou conseguir fazer isso amanhã, na frente de uma plateia ainda maior, com uma câmera gravando minha performance? Só de pensar nisso, sinto náusea. Corro para um beco e vomito a bile na rua, atrás de uma lixeira. Tenho sorte de o beco estar vazio, mas não arrisco e rapidamente volto a me misturar às pessoas na rua.

Caminho por horas. Bem, quarenta minutos. Finalmente, a fome e o cansaço me vencem, e paro para comer um cachorro-quente (um bem mais apetitoso e gostoso, graças a Deus) e começo a voltar para o hotel, desanimada.

Uma ideia vaga começa a se formar na minha cabeça: não preciso aparecer amanhã. O que eu perderia, afinal? Sendo realista, não tenho chance de vencer.

Chego ao saguão e encontro Royce conversando baixinho com Jit. Quando ele me vê, se aproxima sem dizer uma palavra, e me envolve em seus braços.

— Fiquei preocupado, você não respondeu minhas mensagens.

— Desculpa — digo com a voz embargada. — Acho que meu celular morreu. Tive que usar minhas habilidades de orientação aprimorada pelos games para voltar.

— Tenho uma surpresa para você.

— Eu odeio surpresas.

— Bem, acho que essa você vai gostar. Vem comigo.

Andamos algumas quadras e paramos em frente a um hotel impressionante, com um estilo gótico, aquelas varandas de ferro ornamentadas na fachada de tijolos vermelhos. As pessoas que entram e saem do lugar parecem elegantes. Engulo em seco.

— Olha, Royce, não sei se estou vestida pra isso…

— Você está ótima — Ele me conduz pelas portas, com Jit nos seguindo alguns passos atrás, e chegamos aos elevadores. Meu coração está batendo tão forte que parece que vai explodir. Será que ele pensou… Essa surpresa… estava ligada ao corpo dele? Nesse caso, seria um péssimo momento. Certo?

Ando pelo corredor ao lado dele, desconfiada.

Ele suspira.

— Agnes, seja lá o que você está pensando, garanto que está errada.

Ele bate em uma porta, que logo se abre.

— Voilà — diz, praticamente me arrastando para dentro do quarto.

É a minha mãe.

— Surpresa! — exclama Royce, feliz.

— Oi, querida! — cumprimenta minha mãe, sorrindo ao ver minha expressão de surpresa. — Que coincidência te encontrar aqui!

Dou risada e abraço minha mãe, depois me viro para Royce.

— Você… você fez isso? — pergunto, com a voz tremendo.

— Sim — responde ele, radiante. — Trouxe toda sua família. Achei que você gostaria de um apoio para o evento principal amanhã.

Ótimo, agora minha família vai assistir ao meu fracasso… ao vivo.

Não é culpa dele, sei que a intenção é boa, mas minha ansiedade dispara.

— Errr, bom, eu vou indo. Tchau, Sra. Morrissette!

Minha mãe agradece, e ele dá um tchauzinho tímido antes de sair.

— Mãe, você tem autorização para viajar grávida? É seguro?

Ela sorri.

— Ainda estou com sete meses de gestação, querida, além disso, fui liberada pelo meu obstetra e pelas companhias aéreas para viajar, então acho que está tudo certo. Essa é a minha última viagem em família antes da bebê.

— Onde estão o Stanley e a Rosie agora? — gaguejo desajeitadamente.

— Saíram para dar uma volta na esquina e comprar uns lanches, nós pousamos faz umas cinco horas.

Ela dá um tapinha no espaço ao seu lado na cama e eu me sento cautelosamente.

— Então, vamos conversar — diz ela, e sinto minha garganta se apertar e, pelo espelho ao meu lado, vejo minhas costas se curvando.

Percebo que não converso de verdade com minha mãe, sobre qualquer coisa séria ou até mesmo pessoal, há muito tempo, nem mesmo sobre as decepções cotidianas, como perder dinheiro em uma máquina de venda automática com defeito ou esquecer a lição pronta em casa e ser repreendida por isso, não porque não confio nela, mas, em meu desejo de protegê-la, não contar a ela sobre as decepções menores e maiores que enfrento se tornou algo natural.

— Como foi a pré-apresentação? Você se gravou, como pedimos?

Todo o estresse daquele momento vem à tona.

— Sim, mas… — Engulo em seco, minha voz cai para um sussurro. — Eu paralisei no palco; não disse nada.

Conto o que aconteceu, e ela me abraça com empatia.

— Ah, Agnes, que pena. Mas você ainda vai se apresentar amanhã, né?

— Não. — Meus olhos se enchem de lágrimas. — Vamos para casa.

— Mas você trabalhou tanto no seu set. Deveria pelo menos tentar, nunca se sabe.

— Não faz sentido fazer algo se não há chance de sucesso.

Ela me olha, confusa.

— Mas você *gosta* de stand-up. Isso deveria ser suficiente.

Eu me afasto dela.

— Eu deveria estar gastando meu tempo de forma melhor, em vez de desperdiçá-lo em coisas que não vão resultar em nada.

— Você só tem 17 anos! — diz minha mãe. — Você tem tanto tempo pela frente!

— Você tinha 20 quando me teve, e tudo foi arruinado.

Escapou. Não foi o que eu quis dizer, mas o rosto da minha mãe empalidece, ela envolve o pescoço com a mão e só me encara. Minha mãe é uma pessoa naturalmente falante, sociável, alguém que sabe instintivamente o que dizer em qualquer situação, mas agora ela está sem palavras.

Engulo em seco e continuo:

— Eu tornei tudo mais difícil, em um momento em que você deveria estar... pensando, sei lá, no seu primeiro estágio, na sua primeira viagem impulsiva com um grupo de pessoas que você conheceu em um barzinho... tá bom, talvez não em um barzinho, mas no estágio, e essas pessoas se tornam seus amigos inseparáveis, e vocês tomam decisões ruins juntos, talvez acidentalmente matem alguém em uma viagem, e então encobrem isso unidos, e aí você tem seu primeiro... não sei, qualquer coisa que os adultos acham importante fazer aos 20 anos. Mas eu tirei isso de você.

Ela faz um som de dor.

— Por que... por que você *pensaria* uma coisa dessas?

— Não sei... — Algumas palavras que alguém disse na TV sobre uma pessoa em uma situação parecida, palavras que se enraizaram na minha mente jovem e impressionável e criaram raízes escuras.

Ela passa a palma da mão pelo rosto e diz:

— Olha, no ano em que eu entrei em depressão... quando você tinha 10 anos... Isso não tinha nada a ver com você ou com a nossa vida juntas. Aconteceram coisas. Foi só um ano ruim, Agnes. Eu procurei ajuda e melhorei por causa da terapia e dos remédios. E estou bem agora porque ainda faço terapia e tomo as medicações.

Respiro fundo e me viro para minha mãe:

— Isso foi só uma parte. Eu acho que... eu só... senti que, se eu vivesse a vida que você queria para si mesma, você seria feliz. Eu só queria que você fosse feliz. Sacrificou tudo por mim... Eu só... eu só queria que você sentisse que tinha feito a escolha certa na época. Que se eu tivesse tudo resolvido, e nunca te preocupasse, e se eu fosse bem-sucedida e tivesse um ótimo trabalho, então um dia eu... eu poderia cuidar de você como você fez, do jeito que você sempre faz. Eu só quero merecer o seu amor.

— Ah, Agnes — diz minha mãe, com os olhos marejados. — Sinto muito que você tenha pensado... — Ela começa a chorar baixinho e meu coração se parte. Ela me envolve em seus braços. — Sinto muito que você tenha sentido que precisava se adequar para ser amada. Isso é absolutamente *ridículo*, porque eu te amaria de qualquer jeito.

— Mesmo se eu me tornar líder de uma seita? — sussurro, sem conseguir me conter.

— Querida, por favor. Essa conversa é séria.

— Desculpa.

— Olha, eu só quero que você seja feliz, e sinto muito por nunca ter deixado isso claro o suficiente. — Ela aperta os braços ao meu redor. — Você não é um erro. Você foi uma *escolha*. Minha escolha, e eu sabia, mesmo naquela época, que você seria a melhor decisão que já tomei. Você é mais do que suficiente, Agnes... você é perfeita para mim. Entendeu?

— Tá — digo, minha voz saindo abafada contra o ombro dela e tentando não chorar, mas sem sucesso. — Quando você fala desse jeito...

Ela solta uma gargalhada e nos afastamos, sorrindo, envergonhadas, enquanto passamos lenços por todos os orifícios do rosto que estão com algum líquido escorrendo. Ela dá um toque no meu nariz.

— Eu não preciso que você cuide de mim. Eu só preciso que você seja feliz e que me ame. Que converse comigo como a gente fazia, sabe? Me conta, o que está passando nessa sua mente inteligente e maravilhosa que consegue criar piadas? O quê? — Ela balança a cabeça, impressionada. — Vou precisar que você me envie vídeos de todos os seus sets de stand-up, tá bom? Mesmo os que você errar feio. E de todas as coisas maravilhosas que você vai sonhar e escrever em Rhode Island, ou em qualquer outra faculdade que quiser ir, enquanto eu fico presa com uma criança que grita e faz cocô... e a bebê Yina, tá? Promete?

Eu dou uma risadinha.

— Prometo.

Ela me beija no topo da cabeça.

— Meu bebê — diz. — Meu primeiro bebê.

A porta apita.

— Ai meu Deus, eu saio por um minuto e vocês começam a chorar? — diz Rosie, correndo para nos abraçar.

Enquanto isso, Stanley, lutando com uma sacola de compras, exclama, cansado:

— Surpresa!

— A Zee disse para você quebrar todas as pernas — acrescenta Rosie, segurando o telefone. — Acho que ela não quis dizer literalmente, porque depois falou na outra mensagem: "Não as suas, Agnes. Você já se quebrou o suficiente".

Ela não está errada. Eu realmente me quebrei de diversas maneiras, e vou parar de fazer isso comigo mesma.

— Fala pra Zee que eu vou — digo, rindo e enxugando os olhos. — Quebrar a perna. Metaforicamente falando.

47

SUBO AO PALCO NO dia seguinte como a comediante de abertura, depois que o apresentador anuncia a programação — o lugar mais difícil, para ser honesta, mas sorrio e aguento firme, sem me preocupar. O que é o pior que pode acontecer? Quebrar a outra perna? Ha-ha! — e faço meu show com entusiasmo. Com paixão. Dando o meu melhor, mesmo que eu não acredite mais na vitória.

Até mudei um dos números e fiz uma piada realmente aleatória sobre estudantes de medicina e como eles escolhem suas especializações, principalmente a Proctologia; e como um pai asiático, quando perguntam se seu filho é um proctologista, simplesmente diz que não, que ele é só um clínico geral. E ai, meu deus, não é o famosíssimo Chow Yun Fat entrando agorinha mesmo neste restaurante?

Uma piada muito, muito arriscada, mas não me importo. Eu amo esse set e quero dividi-lo com a única pessoa na plateia que vai gostar.

Porque a vida não se resume a isso. Quer dizer, sim, vencer é importante. Causa uma sensação boa. Mas não deve ser a única coisa que te faz sentir bem.

A vida é grande demais para isso.

Faço o show somente para mim (e talvez para as trezentas pessoas assistindo e para as pessoas que talvez um dia assistam a isso… credo).

Foi maravilhoso fazer as pessoas rirem, todas essas pessoas mais velhas do que eu. O que aprendi com os mais velhos sobre a vida é que acabamos nos atolando tanto tentando resolver as demandas do dia a dia que esquecemos de rir das pequenas coisas, como…

Peixe-balão depois de um susto.

Um bebê tentando andar.

A palavra "gluglu" (que é, sim, válida em Palavras Cruzadas) e onomatopeias em geral.

E talvez, quando você se esquece de rir das pequenas coisas, acaba, com o tempo, parando de experimentar todas as maravilhas ao seu redor. Você não acorda e pensa: *Caramba, quem foi o gênio que inventou de combinar manteiga de amendoim e geleia? Ou shoyo com óleo de gergelim? Ou molho de peixe com açúcar?*

Ok, talvez eu esteja com fome.

Tudo para dizer que eu subo lá e arraso. Arraso tanto quanto Vern e Royce. E os outros três finalistas.

E então os jurados se reúnem para decidir, e eu me afundo em uma cadeira na sala de espera ao lado do palco, espremida entre Royce e Satoshi. Vern está sentado no canto mais afastado da sala, na única cadeira dobrável, nossos olhares se encontram e se desviam ocasionalmente. Eu desejo boa sorte a ele, realmente desejo.

Desejo boa sorte a todos.

Quando chega o momento de anunciar os resultados, estou calma. Fiz tudo o que podia e me diverti muito pelo caminho. Isso é mais importante do que vencer.

A jurada principal é Margaret Zhou, a lendária e descolada comediante asiático-americana. Ela sobe ao palco com todo o seu brilho, furor e seus coturnos Dr. Martens, agradecendo a todos por apoiarem novos comediantes.

— Agora, vamos partir alguns desses frágeis corações da Gen Z!

— Em terceiro lugar... Kitty Graham!

Meu coração acelera. Ok, talvez eu tenha alimentado uma esperança secreta de que ainda poderia ficar em terceiro, se não em segundo.

— Em segundo lugar... Vern Goh!

Bato palmas. Eu realmente bato palmas.

Ao meu lado, Royce está respirando com dificuldade. Cruzo os dedos por ele.

Margaret Zhou levanta as sobrancelhas.

— E este é o grande prêmio. Que rufem os tambores, por favor: o primeiro lugar vai para... ROYCE TASLIM!

Solto um grito de alegria. Eu grito. Eu choro.

Royce cambaleia para o palco, e da sala de espera vemos ele subir lá na frente, sorrindo e acenando para as pessoas. Ele olha para a plateia, onde meus pais e Rosie estão na segunda fila, e Jit na terceira, e sei que ele está procurando seu próprio milagre, mas não vê. Não estão lá, é claro, sua família. Um hobby não é importante o suficiente quando você tem impérios para manter, territórios para expandir.

Eu me pergunto se agora Royce entende que, mesmo que as pessoas que ele mais ama não levem sua paixão a sério, o que importa é como ele se sente em relação a isso, e não os outros.

No final, a única pessoa que pode decidir quais peças fazem parte da sua identidade é você mesmo.

Uma sombra passa pelo rosto de Royce. Então ele se recompõe e diz:

— Senhoras e senhores, galera, estou muito feliz por ser o vencedor desta noite…

A multidão começa a gritar:

— Royce! Royce! Royce!

— Mas, infelizmente, não aceitarei o prêmio. Eu desisto. — Sem dizer mais nada, ele sai do palco em direção à sala de espera.

A plateia fica boquiaberta. Há um momento de silêncio atônito, e depois o barulho se torna um caos em meio ao falatório.

— Ei! Você deveria estar lá fora! Haverá uma cerimônia de premiação depois — diz um dos assistentes de palco enquanto Royce volta para dentro.

Ele é seguido pelos três jurados, que não parecem nada satisfeitos.

— Alguém pode me explicar o que ele acabou de fazer? — pergunta Libby Kelk, uma das juradas.

— Estou me retirando — diz Royce calmamente. — Peço desculpas por qualquer inconveniente causado.

— O que está acontecendo, Taslim? — pergunta Mike D'Arcy, outro jurado. — Você ganhou.

— E eu não quero a vitória — diz Royce. Ele se dirige aos jurados, mas sei que está falando comigo. — Toda a minha vida foi sobre o que os outros queriam para mim. Esta foi a primeira coisa que eu quis para mim mesmo, a única coisa que fiz por mérito próprio, e eu só precisava saber se era bom o suficiente para isso. O dinheiro e o título podem ir para outra pessoa…

Ele dá uma olhada para Vern e diz a ele em voz baixa:

— Pode ir para o vencedor do segundo lugar.

Os olhos de Vern faíscam.

— Não quero sua esmola, Taslim.

— Vern, não é isso. Estou desistindo. De acordo com as regras, o segundo lugar deve avançar. Vocês todos vão subir uma posição.

— Então eu sou a segunda? — diz Kitty. — Ótimo!

— E quem ficou em quarto lugar? Não vai ser promovido para terceiro? — pergunta Satoshi.

— Satoshi ficou em quarto — diz Margaret.

— Uhu — diz ele, jogando o punho para o ar. — Da hora!

Royce está perto o suficiente para que eu o ouça sussurrar para Vern:

— Você chegou aqui de forma justa. Estou só nivelando o campo de jogo. Apenas pegue o dinheiro e use com sua tia.

Há um confronto de olhares enquanto eu observo Vern ponderar a situação. Pelo tempo que o conheço, ele sempre colocou a vitória como seu objetivo principal, mas não acho que jamais teria imaginado vencer dessa forma, mesmo que, ironicamente, tenha sido uma vitória tão limpa quanto poderia ser. O rosto de Vern se fecha e ele dá um aceno seco com a cabeça para Royce, o que os jurados interpretam como concordância.

Libby revira os olhos, suspira e diz:

— Ok, então vamos anunciar os vencedores novamente com a lista corrigida e fazer uma observação para a produção para cortar toda a parte sobre Royce desistindo. — Então, não exatamente em voz baixa, ela acrescenta: — Adolescentes.

48

A FESTA VIP PÓS-SHOW está decorada com fitas prateadas e douradas e pisca-piscas, com mesas altas e potes de vidro segurando velas e flores. Garçons circulam com bandejas servindo canapés e coquetéis incríveis, que seriam tentadores se minha família não estivesse por perto.

Aqui estão eles, aglomerando-se ao meu redor para me abraçar, enquanto minha mãe proclama que "eu sou a pessoa mais engraçada de todos os tempos", o que é estatisticamente improvável, mas eu aceito. Afinal, o humor tem um elemento subjetivo.

— É cedo demais para te chamar de perdedora sempre que eu te ver? — provoca Rosie.

Dou um leve peteleco no antebraço dela e erro.

Eles ficam por ali por meia hora, Rosie mencionando todas as pessoas remotamente famosas que consegue identificar e postando uma sequência de TikToks. Depois, eles se vão, uma combinação de *jetlag* e o cansaço da gravidez vencendo-os.

— Fique o quanto quiser — diz minha mãe. Ela me dá um abraço. — Confio em você.

Assim que eles se vão, aceno para a Kitty.

— Por favor, me traga uma cerveja, acho que mereço uma.

— Claro — responde. Ela volta com uma garrafa e brindamos. Eu bebo a minha de uma vez só. Está deliciosa e nojenta. Adoro.

De repente, Royce está na minha frente. Iluminado por uma luz estranha e angelical, e mal posso esperar que isso acabe, ou talvez possamos fugir para algum lugar durante a festa, porque tenho coisas para dizer a ele.

— Ei — fala para mim. — Vem comigo. Tem alguém que gostaria de te conhecer.

Ele me leva pela mão até um canto, e lá está ela, em carne e osso, sorrindo para mim. Amina Kaur.

— Ahh! — digo de forma muito eloquente.

— Sim, este é quase meu nome — brinca ela, com um brilho no olhar.

Depois de eu gaguejar minha admiração, Amina me pergunta como estou e me conta que acabou de convidar o Royce para abrir o show dela em Singapura, e que ele concordou provisoriamente, aguardando a autorização dos pais.

— O quê?! — exclamo. Obviamente, é tarde demais para impressionar Amina com minha habilidade verbal. — Royce! Estou tão feliz por você — falo, abraçando-o com todo o meu afeto não resolvido.

Royce sorri.

— Obrigado. Decidi que vou conversar com meus pais sobre tirar um ano sabático, adiar minha entrada em Harvard, e rezar para que nesse meio tempo meu pai encontre alguém melhor do que eu para transformar em CEO da empresa, e talvez ele concorde que eu possa ser apenas um vice-presidente ou algo assim.

— Uau, isso é uma grande mudança de planos.

— Vale a pena tentar. Sempre pensei que pararia por aqui, mas aí pensei, *por que não*? Eu mereço um ano sabático antes de ficar preso ao império do meu pai, certo?

Amina se vira para mim e diz:

— E você, Agnes? Gostaria de se juntar a mim e ao Royce?

Eu fico atônita.

— Desculpa, o quê?

Ela sorri.

— No palco, em Singapura, quando eu sair em turnê pela Ásia. Eu vi suas outras apresentações. Você tem aquele algo especial que me agrada.

Minha cabeça está girando. Eu fiquei em último lugar na competição. Todos *arrasaram* nas finais televisionadas. Não há razão para Amina me escolher.

— Como você... quando...

— Vern. Vern me mostrou.

Acontece que, depois da cerimônia de premiação, Vern abordou Amina e mostrou a ela o vídeo da minha apresentação nas seletivas que ele havia gravado no celular ¬¬— e um monte de outros também, aparentemente — e Amina ficou impressionada. Ele convenceu ela a me dar uma chance, já que Amina sempre disse que adoraria apoiar mais mulheres comediantes.

Vern...

— Há algo no ar entre vocês três — comenta Amina. — O produtor do programa, que também trabalha comigo em outros projetos, me contou que, pouco antes das eliminatórias, Vern estava perguntando a ele se podia desistir também. Ele teve que convencê-lo a não fazer isso.

Essa revelação é como um soco no meu estômago. Olho ao redor da sala e lá está Vern, cercado por um grupo de admiradores, com um sorrisinho no rosto. Ele me faz um sinal de positivo e eu o imito. Então gesticula algo com os lábios, mas não entendo, ou talvez não queira entender.

Ah, Vern.

— Honestamente, não sei o que está acontecendo entre vocês três, mas façam as pazes.

Meus olhos vão para Royce. Eu realmente duvido vamos fazer as pazes com Vern. Ainda assim... é um começo.

— Então, você aceita? Se apresentar com a Mama Amina em Singapura? Vai ser divertido! — Ela pisca para mim. — Isso é, se você não se importar em trabalhar com seu namorado, Royce.

— Ah — digo, corando. — Royce e eu não estamos juntos.

— E essa é a outra pergunta: você gostaria de estar? — Ela se inclina e diz para Royce em voz baixa: — Certo, campeão, passei a mensagem, agora é com você.

— Valeu, chefona.

— O prazer é meu — diz ela. Observamos enquanto ela se dirige para a multidão de fãs.

Royce se vira para mim.

— Então, depois de tudo o que aconteceu, me diga... você quer ficar comigo, Agnes Chan?

49

MINHA MENTE FICA EM branco pela segunda vez neste fim de semana.

— Oiiii. Terra para Agnes Chan — diz Royce, sorrindo para mim.

Eu pisco e volto a prestar atenção.

— Errr, então, quando você diz "estar comigo", quer dizer, tipo, no palco com você e a Amina, ou...

Ele ri com um tom rouco e minhas entranhas se derretem.

— Namoro, Agnes. Mas também a parte de se apresentar para abrir o show.

— Ah, nesse caso, sim. Sim! Sim para ambos!

Os olhos de Royce brilham.

— Eu estava um pouco preocupado que você dissesse não para uma ou ambas as opções. Que todos os planos que eu tinha para o nosso verão quente de casal antes de a faculdade começar seriam cancelados antes mesmo de começarem. — Ele faz uma careta. — Bem, verão quente de *trisal*, acho. Já que estou preso com o Jit.

— Estou bem aqui — murmura Jit repentinamente das sombras, fazendo-me pular. Cara, ele é bom no que faz.

— Jit, você sabe o que eu quero dizer — diz Royce com um empurrão brincalhão.

— Mas como isso vai funcionar? — penso alto.

— Podemos entrar nos detalhes depois — responde ele em voz baixa, puxando-me para perto.

Jit suspira e murmura que precisa sair para checar o clima ou o trânsito, algo assim.

Eu me desvencilho.

— Antes de fazermos isso, eu devia... devia agradecer ao Vern por, sabe, pelo que ele fez por mim em relação à Amina.

— Claro. Faça o que tem que fazer.

Saio para falar com o Vern e estou a meio caminho da sala cheia de gente quando vejo um homem com barba desgrenhada se aproximar de Royce com um olhar determinado. Eu me viro, a paranoia me atinge. Eu me abro caminho pela multidão, que reclama. Onde está o Jit quando precisamos dele?

— Royce! — grito em alerta, alguns passos atrás do homem. Mas quanto mais me aproximo, mais reparo que já vi aquele rosto antes. Espera, é...

— Royce — diz o rapaz, justo quando Royce solta um grito de reconhecimento e o abraça.

— Rayford!

É Rayford Taslim.

A ficha caiu. *Ray* Lim. Eu nunca tinha perguntado ao Royce por que ele escolheu esse pseudônimo. Royce estava tentando homenagear o irmão, fazendo uma referência a ele.

Os irmãos se abraçam tão apertado que quase caem um sobre o outro, chorando e rindo.

— Estou orgulhoso de você — diz Ray. — Você foi muito bom lá.

— Obrigado — agradece Royce, com a voz abafada. — Eu não esperava que você... quer dizer, eu tinha uma sensação de que você podia estar em Nova York, mas...

Alguém se aproxima dos irmãos e dá um toque no ombro de Ray. Os dois se separam com sorrisos tímidos.

— Royce, este é o Alexis — diz Ray, enxugando os olhos. — Meu... amigo.

Royce não para de sorrir.

— Oi, Alexis.

— Oi — diz Alexis. — Seu irmão tem acompanhado a sua carreira o tempo todo e não parava de falar de você. Estou tão feliz que conseguimos te encontrar na cidade. Ele desmarcou, tipo, cinco sessões de coaching para estar em Nova York.

— Quando o alerta do Google chegou, eu fui rápido — comenta Ray.

Royce me chama.

— Esta é a Agnes. Minha, hã, amiga também.

Ele se inclina e sussurra algo no ouvido de Ray, ao que Ray responde:

— Legal.

Ainda estou olhando para Ray porque algo ainda não está se encaixando direito.

— Eu *conheço* você, na verdade.

Ele inclina a cabeça enquanto me observa.

— Conhece?

— Sim. Você joga CF?

— Todo mundo joga, não? —responde Ray.

— Você é o NerdWolf — exclamo com satisfação. — Eu sabia que tinha visto seu rosto antes. Você é exatamente como a sua foto de perfil. Eu sou a GarotaVeloz!

Ele estala os dedos.

— A GarotaVeloz? O quê?! Uau, isso é muito doido, quais são as chances? — Nós apertamos as mãos, sorrindo. — Embora eu tenha que confessar algo. Há um motivo egoísta que me fez permanecer na mesma equipe por tanto tempo... mesmo que vocês sejam um terror absoluto no jogo.

— Ah é?!

— Em algum momento, descobri que você era colega de escola do Royce. Você ficava falando e falando sobre o atleta presunçoso, o filhinho de papai cheio de si. — Ele se volta para Royce, com um pedido de desculpas. — Ela tinha até um apelido especial para você, nos dias em que você a irritava mais, especialmente logo depois do acidente dela.

— Qual era? —pergunta Royce casualmente, e eu preciso desviar o olhar.

— Royce Biscoiteiro. — Ray pigarreia. — E eu percebi que tinha que ser você, já que não há exatamente muitos atletas ricos e adolescentes chamados Royce circulando pela sua parte do mundo.

— Isso foi antes de eu te conhecer de verdade — asseguro ao Royce com uma voz esganiçada. — Só alguns desses apelidos se aplicam agora. No jogo, as emoções tendem a ser mais intensas, entende?

Ray está sorrindo, mas seus olhos ficam sérios.

— Fico feliz que você seja tão expressiva. Era a única forma que eu tinha de ter notícias do meu irmão biscoiteiro e presunçoso.

— Errr, obrigado? — diz Royce.

Ray coloca o braço ao meu redor e diz para o irmão:

— De qualquer forma, eu não entraria na lista de inimigos dessa aqui jamais. Agora, o que deveríamos fazer esta noite?

Royce olha para Ray.

— A questão é que, bem... Agnes e eu meio que... temos planos para esta noite. — Royce me lança um olhar significativo e eu fico vermelha. A lembrança do nosso primeiro beijo é inesquecível.

— Ah, certo! — exclama Ray, entendendo rápido. — Claro, sem problemas! Que tal amanhã, então?

Royce assente.

— Fechado. Mas há algumas, hum, questões logísticas que precisamos resolver antes disso. Tipo um Acordo de Confidencialidade. — Ele acena com a cabeça para Jit, que acabou de voltar do nosso tempo de privacidade e agora está encarando Ray como se ele fosse o irmão feio do Pennywise. Royce sussurra alto: — A questão é que Jit nunca viu Ray Taslim pessoalmente.

Todos nós rimos enquanto o rosto de Jit fica pálido. Coitado, quanto mais ele pode aguentar?

— Então, estamos combinados para amanhã à tarde? — Alexis pergunta. Todos concordam. — O que vamos fazer?

— Se ninguém tiver planos melhores, eu adoraria comer um bagel no Russ and Daughters, depois um cachorro-quente no Nathan's Famous e, para a sobremesa, cupcakes da Sugar Sweet Sunshine Bakery, seguido por uma visita ao Frick Collection, por favor — digo animada, tendo me recuperado da vergonha a tempo.

— Mas o Nathan's fica no Brooklyn — fala Alexis.

— Bem, então, vou me contentar apenas com o bagel e os cupcakes, por favor, e talvez o Frick. — Nesse aspecto, ninguém pode argumentar que eu não sei quais são minhas prioridades. Então Royce pede licença e me puxa para um canto tranquilo da sala.

Nenhum de nós quebra o contato visual.

— Então, Agnes Chan.

— Então, Royce Taslim.

Ele envolve os braços ao redor da minha cintura.

— Vou te beijar agora, se estiver tudo bem por você.

— Tá tudo ótimo — sussurro.

Ele inclina a cabeça e dá um beijo suave na minha testa, depois na ponta do meu nariz, e acho que ele está tentando percorrer todo meu rosto com beijinhos, mas não deixo. Eu desvio a trajetória dos lábios dele colocando minhas mãos em seu rosto e o trazendo para mim, faminta, e então eu o beijo como se estivesse reivindicando-o, o que, de certa forma, acho que estou.

Certo, não vou entrar em detalhes sobre o que acontece a seguir.

Ok, tá bom, vou dar alguns detalhes. A coisa toda vai mais ou menos assim: *bowchicka-WOWWOW.* 🌋 💥 🌋

Nós escapulimos de Jit e corremos até o hotel de Royce, de mãos dadas, rindo e saltitando pelas escadas porque o elevador estava ocupado, três andares como se fossem nada, com nossos corações subindo pela garganta. Ele para em frente à porta do quarto, de repente tímido, e eu o incentivo a se apressar. Ele me envolve com os braços e me puxa para perto, fechando a porta do quarto, nossos beijos frenéticos e eletrizantes, nossa respiração abafada com sussurros e desejo, e ele repete "Agnes, Agnes" como se fosse um mantra, e então eu o puxo para perto, em cima de mim, e esqueço de qualquer outra coisa.

Acordo ao lado dele na manhã seguinte, com o cabelo desgrenhado, sorrindo. Estou usando a camisa dele e meu short jeans. Ele está sem camisa e é uma distração e tanto.

— Oi, moça — diz ele.

— Oi, moço — respondo, com um tom falso de seriedade.

Ele traça meu rosto e meu coração.

— Oi... moça — repete ele, se inclinando para dar outro beijo nos meus lábios.

Nós ficamos nessa por um tempo.

— Olha, nós realmente deveríamos escovar os dentes e tomar um café da manhã — diz ele por fim, quando meu estômago ronca. Ele passa os dedos pelos meus cabelos e eu quase o paro e digo, *Vamos ficar* na cama, mas considerando que estivemos offline e inacessíveis por mais de doze horas, acho que Jit precisa ser informado, ou subornado, ou eliminado.

Estou brincando. Ele é leal ao Royce.

— Vamos — digo, puxando-o para fora da cama.

Nos vestimos rapidamente e saímos para o frio da manhã. Março em Nova York é cortante. Pegamos um café e croissants para viagem em uma padaria próxima e voltamos para o hotel.

— Espero que o Jit não esteja muito bravo — digo.

Sem que Jit soubesse, Royce aproveitou a oportunidade para trocar de quarto discretamente quando fez o check-in da minha família ontem. Então, Jit provavelmente está um pouquinho preocupado agora, se não teve notícias de Royce e nenhuma resposta da porta do quarto conjugado.

— Eu falei para ele que precisávamos de um tempo a sós e que ele não precisava se preocupar, mas sim, deve estar um pouco irritado.

Royce bate na porta e, como era de se esperar, Jit está ali. Ele não parece muito feliz em nos ver, embora estejamos trazendo café e croissants. Talvez ele odeie glúten. Ou cafeína. Ou a minha presença.

— Desculpe, Jit — diz Royce. Ele aponta para o telefone do segurança, que parece extremamente frágil na mão musculosa dele. — Você viu as mensagens que enviei quando trocamos de quarto? Espero que não tenha entrado em pânico quando nos perdeu de vista.

O lábio de Jit se contrai e ele diz:

— Bem, eu segui vocês dois quando saíram da festa, até o quarto. Vocês não estavam exatamente tentando se esconder o tempo todo, então foi bem fácil acompanhar. Vocês estavam no quarto 313 ontem à noite.

Royce sorri.

— Você deveria ser promovido.

— E receber um aumento — diz Jit.

— Vou falar com a gerência.

— Se você se mudar aqui para Nova York, seus pais provavelmente não me enviarão junto. Eles querem alguém que seja 100% deles.

— Eu sei — diz Royce. — Obrigado pelo que fez ontem.

Jit assente.

— Me avise se precisar... ficar... no quarto 313 por um tempo. Vou esperar no meu.

Royce se vira para mim e eu para ele; estamos no estágio em que um único olhar é tudo de que precisamos para nos comunicar — e se isso falhasse, ele poderia ler o que eu estava dizendo só com os lábios, não muito sutilmente.

— Acho que a Agnes está com fome, então vamos sair. Provavelmente vamos explorar a cidade, ver a Estátua da Liberdade, Times Square, comer algumas comidas locais...

— Tacos! Bagels! Ir ao Levain Bakery! — eu solto, já estava fazendo uma lista há algum tempo.

— E assistir a um show de comédia mais tarde no Comedy Cellar. E talvez um pouco de jazz depois disso.

— Quer vir? — pergunto para Jit.

Algo como um sorriso aparece no rosto dele.

— Certo.

Ele não tem muito escolha, mas sei, assim como qualquer outra pessoa, que é bom se sentir desejado.

Então, aqui está o que vai acontecer, se tudo correr bem:

Julho é quando Amina começa a turnê, o que significa que Royce e eu teremos alguns meses para polir nossos sets de meia hora a tempo para nossa estreia oficial em Singapura. Vamos passar um tempo com nossas famílias e planejar nossos próximos passos para setembro, quando Royce se mudará para Nova York e eu irei para Rhode Island com uma bolsa de estudos, enquanto (esperançosamente) trabalho meio-período no campus e online (de alguma forma, me tornei uma legítima microinfluenciadora nas redes sociais, graças ao JOGGCo).

Amina prometeu a mim e ao Royce que, se fizermos um bom trabalho no show dela em Singapura, pode haver oportunidades futuras quando ela se apresentar em locais menores em Nova York no outono, quando ela for testar um novo material para a turnê do ano que vem.

Royce e eu nos visitaremos (ou melhor, ele fará a maior parte das visitas, porque pode pagar por isso) o máximo possível, e eu vou aprender a me sentir confortável sendo seguida por uma figura furtiva de preto.

Vou começar a tentar correr novamente, de forma não competitiva.

Vou aprender a tolerar o frio.

Minha mãe, meu pai, Rosie e minha irmãzinha Yina (que será uma verdadeira pirralhinha, com certeza) virão me visitar nas férias de inverno, espero, e faremos uma viagem em família para New Orleans, de onde Stanley é. Zee e eu temos planos de nos visitar.

Há muitas contingências nesse cenário. Vários "talvez", "se" e "quando". Muita coisa pode acontecer entre agora e setembro, ou depois que eu começar a faculdade no próximo outono. Por exemplo, o fornecedor das calcinhas de desenho animado que eu gosto pode parar de fabricá-las na cor branca que eu prefiro; Royce pode desenvolver o hábito de ficar soltando onomatopeias o tempo todo, ou começar a usar gorros de verdade — até mesmo no verão; eu posso me cansar de fazer stand-up e me dedicar apenas a escrever contos e romances sobre as vidas ocultas de pessoas que se parecem comigo. Posso começar a correr competitivamente de novo, mesmo sem cirurgia, quem sabe. Ou o apocalipse zumbi pode chegar de repente, em uma onda devastadora de destruição e acabar com todos nós.

Qualquer coisa pode acontecer, e isso é.... perfeitamente aceitável.

Esta é A Era da Agnes Chan, e eu quero muito vivê-la: quero vivê-la intensamente.

Agradecimentos

ANTES DO NASCIMENTO DO meu primeiro filho, fui comediante amadora por dois anos em singapura. Digo "amadora" porque comecei com pouca ambição de seguir no stand-up, era mais para me aventurar como uma curiosa: amava a forma da arte, as pessoas e os bares onde eu podia, legitimamente, ficar até tarde depois "para fazer networking" (além disso, era um excelente lugar gratuito — ou quase gratuito — para trabalhar meus problemas). Por dois anos, aterrorizei o público de Singapura (e às vezes em open mics em Hong Kong e Austrália) com minhas sacadas aleatórias sobre tudo, desde proctologia (uma piada que acabou no meu primeiro livro, *Last Tang Standing*, e aqui) até sobre ter pais asiáticos. Não voltei aos palcos, mas pelo menos consegui alguns livros (e amigos) com a experiência — e este é um deles, diretamente inspirado no meu tempo no palco. Espero que você se divirta lendo tanto quanto eu me diverti escrevendo.

Gostaria de agradecer às seguintes pessoas que me ajudaram neste livro de alguma forma:

U. K. Shyam, atual recordista nacional dos 100m de Singapura, que pacientemente dedicou seu tempo quando o consultei sobre suas experiências com o processo de recrutamento universitário de atletas dos EUA e sobre corridas.

Ying Wei Lum, o melhor médico de Baltimore; e Ian Matthews, o melhor médico de emergência de Singapura (e às vezes engraçado :)).

Tina Forbush, conselheira universitária, que me orientou sobre o processo de admissão em faculdades dos EUA para estudantes internacionais e respondeu muitas, muitas mensagens desesperadas. Quaisquer erros são inteiramente meus.

Prescott, Jon, Kenneth, que também ajudaram a recriar uma experiência autêntica de escola internacional americana.

Sam See, o melhor comediante de Singapura e meu amigo.

Suffian Hakim, Sarah Bagharib e Sarita Singh, que deram contribuições muito necessárias quando foi preciso.

Escrever este livro foi uma verdadeira diversão, e eu tive ótimos momentos com a minha editora, Rebecca Kuss, assistida por Ashley I. Fields. Também queria agradecer a todos que trabalharam no meu livro na Disney-Hyperion, mesmo que nunca tenhamos trocado e-mails oficialmente!

Sou grata pelo apoio das minhas famílias, os Ho e os Wohl-Schneider, sem os quais minha carreira de escritora não seria possível.

Fiz amigos incríveis na minha carreira até agora, mas devo destacar Jesse Sutanto, que é uma luz genuína na minha vida, assim como Ali Hazelwood e Hanna Alkaf, ambas generosas e amáveis, que me ajudaram muito durante esta jornada.

Minha agente, Katelyn, obrigada por me guiar até aqui, eu sou, claro, sua maior fã; também quero agradecer a toda a família JGLM (Denise e Sam, especialmente) por todo o apoio gentil.

Aos meus leitores leais e novos: obrigado por lerem ROYCE. Por favor, lembrem-se de avaliar e resenhar este livro quando terminarem, isso ajuda muito os autores, independentemente da etapa que estejam em suas carreiras.

E, claro, meu marido e meus filhos, que entendem que quando meus olhos ficam vidrados no jantar, não é por causa deles, é por minha causa, e eu devo imediatamente anotar a ideia do livro ou o trecho que a Musa me concedeu, ou passar a noite toda tentando me lembrar.

E para todos os comediantes por aí: estou torcendo por vocês. Não é fácil ser engraçado, e não é fácil ser engraçado em um mundo onde cada palavra é pesadamente analisada e dissecada online por muito mais tempo do que a piada deveria durar na vida real. Continuem trilhando seus caminhos.